"一見短袖子，立刻想到白臂膊，立刻想到全裸體，立刻想到生殖器，立刻想到性交，立刻想到雜交，立刻想到私生子。中國人的想像惟在這一層能夠如此躍進。"

魯迅

中等常渡 憤怒集

# 作者序

　　首次意識到「可以出書」約是中等常渡建立半年，慢慢接受作家頭銜的過程中湧起粉絲敲碗實體收藏的聲音。在那之前，我充其量是找個地方放些隨筆，偶爾分享迷因，怎可能萌生如此踰矩的想法？而初代粉專勢如破竹，以每個月一千讚的速度陸續增長，日月堆砌的方格子漸能夠撐起一本書的重量。起初我把那些當成網友間打趣的玩笑話，沒放在心上；然而自從被如此暗示，那樣的念頭好像再也揮之不去了。

　　沒將它視作選項的根本原因，必然是書寫內容充斥鄙俗低級，不堪入目卻刻意營造的惡趣味，自由發展我非主流的文學步調。拜網路發展所賜，很幸運能在禮樂崩壞的局勢裡搏到一小塊版面，再早個幾年估計大眾是無法承受的。我曾作抒情文，然這東西的弊病乃向作者勒索負面情緒，太過明亮的故事經不起散文化的長期咀嚼。我的生活裡缺乏適合轉錄成字的感慨，惟獨擅長將陌生小事互相串聯、牽扯，點子從日常經驗源源不斷地產出。當散文的框架已無法囚禁我亟欲奔竄的創造力，我轉而投身於遐想的奇幻國度。幻想文一詞忘記是誰取的，卻很切合主題，即使和市面上同類型的創作者比較，我的作品仍稱得上特立獨行，難以預料的敘事切換伴隨極為浮誇的展開，主角各種栽進不正常的情節卻不以為然地順受，看一次就很難忘記了。

　　我的作品曾被評論過於譁眾取寵，猶如低配版二師兄。這番話並無折損我的創作慾，畢竟我是發自內心嗜好下流內容，愈是骯髒愈能贏得絞盡腦汁產出的快感，彷彿回到孩提時代因穢物而發笑的純粹本能。此等大便文不稀罕心靈品質的晉升，只專注於讓讀者發出「這樣也行？」的感嘆為目標。故我得非常非常用力地聯想，竭盡所能拼湊圖案，腦海中各類不相干的時事或借代物像神經連線上百次織成一片捕夢網。振筆疾書後的暢快使我上癮，批判化為一篇篇情詩去脈絡化送給那些笨蛋。

　　由於沒有想做的事，動力貧乏，我因此衍生一種特有的生活哲學：在有天賦的路途上，我能洞見自身未來的成就，能想像十年寒窗後的風華並預支屆時的成就感。一旦有如此的可能性，對現在而言已等同達到，則不必付出過程的勞累或扼殺「選擇這條路被迫放棄的其他自己的容貌」。黃樹林的兩條路本質相同，管他踏上哪一條多年後仍會怨嘆命運，不如索性躺在岔路口看雲飄過遐想美好的一切。這好比在便利商店挑零食，最愉悅莫過於結帳之前，好似店內一切商品盡被自己囊括。

　　這樣的中心思想使我常駐正向，卻也讓我對生活感到煩躁，無論達成了什麼，全是「可預見的」、「預支過的」，一點新奇感（成就感）都沒剩下。在這般快樂且無意義的人生裡，幻想文發現了我，我首次找到願意消耗生命追尋的理想，期待明日，期待睜開眼睛新題材的誕生，必得立即拓印在螢幕上。那是無人可預知的、全然隨機的邂逅：到底能提前想到的話，早該寫過那個題材了。上述聽來詭辯，卻帶給我微小明確的動力，給我救贖。每一篇幻想文都是一個新宇宙，從現實的苦悶中脫逃。

　　2020/4/15我創立了中等常渡，經歷各種觸及調降，在臨近六千讚時被祖克柏以多次違反社群守則為由永久刪除粉專。我重整旗鼓，搭建第二個據點「中出素渡」，繼續撰寫文章。不意外的，中出素渡三個月後也遭停權，但我已經無感了；倘若我就此封筆，才是真正被現實擊敗。有人說一個不怕祖的粉專，可謂真正的無敵，哪怕粉絲歸零，原稿尚沈睡在硬碟盤底靜待重生。

　　然而，我的Mac因版本更新死機了。

　　我沒有備份習慣，資料救不回來，電腦甚至壞到認不得我的使用者密碼（有夠壞！）。從直營店踏到寒冷的街上，我差點想讓車撞死，我的靈魂已不再完整。那些散文小說是我這一年活過的證據，恍若人生永久磨損了一角，極為痛心。轉瞬的靈感難以重現，擦去隨手塗鴉後，我們如何修改皆不比第一次耐看；寫作更是如此，永遠追不上來時自己的背影。

　　何其幸運，我在寥寥5GB的雲端上挖到絕大部分文稿的備份，鑑於純文字檔案甚小，電腦曾自動上傳。不由得感嘆命運多舛，彷彿世界執意要將

它們抹去似的，要我的才華不被承認。我又叛逆，既然不允許它存在，我偏要用另一種方式曝光：現在你們手上拿的，便是我某部份的二維人生，寄放在你們那了。

憤怒集不期引人深省，只引人發笑。我本就醉心於淫穢場面與政治不正確，同時為吸引荒誕屬性的粉絲，書中情節總脫離不了性器、肥宅、同志，嘲諷社會議題以及被女權檢舉而報復性批鬥；稍加翻閱便知裡面沒有黃金屋，多的是鬼扯。現代人已不太看長篇大論。在速食瀏覽的年代，千字文——尤其對社群網路而言——是很不吃香的。假如無人停駐閱讀，要如何散播我的個人意識呢？遂早期的作品偏向單純惡搞，開頭就讓你隱約覺得故事走向不妙，再往下會更勁爆。

若你年過三十，建議你立即擱下本書；要嘛看不懂梗，要嘛引起你的反感。獨以為幻想文的受眾是頻繁更新網路時事的年輕族群，適合一笑置之，請別刻意檢視內容，遑論這裡每篇故事皆病得不輕。

事實上，我從不認為我的作品很糟或者反社會。它們無非是將筆者的觀點透過另種方式傳達，又恰好觸及你的底線（注意，不是誤觸）；我的意思是，假如你覺得它們隱含的意義是差勁的，那是我這個人之差勁，與作品無關。好比國外的脫口秀並不壞，講者冒犯你就是目的、就是藝術，諷刺的華麗絕不止於辱罵。更進一步說，文學何須偉大，對我而言它注重的是如何有效率地遞出作者的疑問，儘可能引起反思。現代人早把靈光拋棄了，版面遍佈偷來的迷因，發文不附來源，故事於是僅剩語句字面的意涵。我這麼講不意謂印書就能恢復靈光，內容的本質才是重要的，內容必須留存，不能讓賈伯斯或祖克柏搞掉。

幻想文字數累積迄今有二十萬餘，本書十六萬字是剔除較小眾的鋪陳，精選重要篇幅集結成冊，另方面盡量刪去搭建於真實人物上的笑點，留下個人評估無傷大雅的部分（或當事人已無法追究）。書中每段故事均為本人原創，若你在別的地方看過，那也是出自中等常渡/中年普渡/中資偷渡/中出素渡等我一系列的粉專。此外書末我有替每篇文章標註日期，理解創作當下的時事因素也是解讀關鍵之一，埋個線索供大家研究。縱使發表

日期上有很長間隔也未必是久未練筆，更可能是那段時期的書寫多半需要迴避出版。

我自認作品與小說差距甚大，幾乎不替主線外劇情或遠景額外贅述，維持高速節奏推動進展，形容詞之類就交付讀者想像。我的目標不在塑造角色，而為置入海量笑點迎向結尾高潮。是沒啥意義，但綻放創意與才華，對我也是最親暱完善的發洩途徑。並非每項議題都有成軍之潛能，莫怪在下功力淺薄僅能萃出粗俗部分；最基本的，至少我覺得很有趣，也樂意寫。雖嘴上聲明自己不屑高雅或反思性，嗑藥難免會嗑膩，後期我的幻想文蘊含諸多生命哲理（甚至沒有笑點），就請各位看官細細品味了。

現實的不滿終堆積成赤色的墨，灌入書頁複製成冊。憤怒集的誕生純屬偶然，出版並不是我的夢想，我沒有夢想——但你也清楚，青春不枉瘋狂一次，在尚未歸順前齊力對抗體制的荒謬。讓我們把石頭徒勞地推上山頂，再遙望它毫無道理地滾下吧！不過這次情況不同，因為有本幻想指南在你手中，而它保證有趣。

歡迎蒞臨中等常渡的幻想世界，我們無處不幻想！

# 目次

本書係按照創作日期依序編排，與精彩程度或前後文無關。若您只是恰巧在書店看到本書，或因任何緣故沒打算把本書完整看完，推薦您直接翻到書末的回憶錄，挑有興趣的敘述閱讀。客觀而言，愈後面的篇幅愈出色，鑑於筆者寫作功力的積累。

本書內容純屬虛構
角色設定可能參考現實
但不反映其立場

# 台南之旅・糖人傳奇

「糖有一股特別的魔力。」阿祖總把這句話掛在嘴邊。

民國初年，阿祖自對岸泳渡海峽後即定居台南，以挖糖礦為生，至今九十來歲。他的軀殼看不出歲月的侵蝕，外表約才半百，矍鑠硬朗，頭髮白得像是灑在夜空中閃閃發亮的二號砂糖，對照他長年打拼赤褐色的肌膚，曬痕從吊嘎下方稍稍探頭。

雖然阿祖也跟其他臺南人同款，糖是一包包入口，身形卻瘦得見骨，可能代謝特別好吧？

我是家裡的獨子，小時跟表兄弟姊妹玩在一塊。父母外地工作，外公又因病早逝，幼年生活在台南的我則被養得白白胖胖。阿祖說我不成材，說真正的臺南人吃再多糖也不會肥，被我當成老番顛起肖不予理會，繼續打我的銀河天馬。阿祖搖頭嘆氣，今日囝仔都不玩木陀螺了。

可是阿祖確實疼我，每次出門回來老塞給我好多好多的糖，甚至把那件歷經數代的祖傳吊嘎送我當幸運符，儘管它早不知被我收到哪去，淡出生活邊界。

甩出記憶的絲線，陀螺在黃塵中旋轉不斷，我啟程前往北部求學。台北的食物沒有家鄉好吃，可是很有高尚氣息，交通亦方便，不像從前上學都得搭牛車騎野豬。我藏起阿祖的祖傳吊嘎：它的表面已經泛黃，走在大街上多不體面，我換上土色襯衫與寬褲長白襪，戴頂漁夫帽以及幾塊反核徽章作個文青。這才是一個現代人該有的生活態度。

上大學後，許久沒再回到那粗鄙的蠻荒地帶，乃至過年也留在台北跟朋友玩樂，草草打通電話回去祝賀，轉頭跳回狂歡之中。反正阿祖親戚那麼多，那年代的超會生，怎麼會缺我一個呢。

段考前，遠房親戚猝然通知，稱阿祖出事了，叫我一定要回去見他且必須帶上那件祖傳吊嘎，猜測阿祖是想見它最後一面——或是，我不禁聯

想，那汗漬其實是張藏寶圖，指向無數金銀珠寶，以後我就不用當社畜了？阿祖又為何突然病倒，電話裡沒交代，難道太想我憋出病來？

家人當然比考試重要，早晨即踏上歸途。離開城市，彷彿失卻了知覺，對一切完全陌生，剩下目的地的輪廓恍惚指引方向。火車顛簸，如那張木製搖椅晃呀晃回故鄉。空氣中甜膩的香味在車廂間擴散，睡夢間喚醒了我。那是陪伴我好多年的味道。

站到大紅木門，三合院裡嘈雜的親戚七進七出，油嘴滑舌，非預料中哭哭啼啼的場面，倒像在籌劃什麼宴會。那麼早準備腳尾飯？

應門的竟是阿祖本尊，好端端的樣子同幾年前朝氣蓬勃，好似時間未改變他半毫。

「阮這次把大家叫回來，是想找你們幫忙，尤其是阿謙。」

「來來來，來幫忙備料。」三姑媽在廚房吆喝。

咱張家就這樣從下午忙到隔天，夜深則燃起火把油燈，直奔東方之既白。期間我用盡各種理由接近阿祖，哪次沒被打發走的。他只管虔誠切肉、清洗蔬果，說到時就會晴朗。這關子賣了很久，汗水自頭頂流入眼眶，我瞇起眼皮，迎接第一道日光。

「囝仔人有耳無嘴，把手邊的工作用心做完卡實在。」遠房親戚用碩大的蘿蔔敲我的頭。南部實在太熱，乾脆把衣服全脫了，僅留一件美援時期阿祖穿過的麵粉袋內褲掛在身上。

壓軸是糖，卡車運來滿滿一車糖倒進埕裡。我們一顆一粒用筷子小心揀起，攢去不純，大圓竹簍堆起高高砂堡，一簍估測比人還重。整個排開看有三十幾座山，陳列在三合院裡氣勢磅礡；每座山都要跪拜，承蒙祖先讓我們豐衣足食，感謝各路神祇保佑咱的厝。

近中午，大夥也沒要歇息的意思。全部人左右切成兩邊，阿祖端坐正廳之外，拼成ㄇ字型的大紅桌面被豬油塗得光亮，上方擺滿菜餚。

「開動！」叔公敲鑼。

阿祖著手吃糖，旁邊嬸嬸叔叔們舀糖如盛飯般闊氣，接力遞到桌上發勁一推，碗公沿著長桌滑到阿祖手邊，一碗一碗倒進嘴裡吞掉，空碗則遞

回去，交錯運行比林森北路的車速還快。糖的部分就嗑掉半個時辰。阿祖嘴巴未曾歇著，喀滋喀滋地響，假使別的老人家牙齒約莫要嗑崩了，他卻不露飽足跡象，肚子望上去仍乾瘦如常。親戚們沒有怨言，那貪嘴的二嬸婆都沒瞧她偷吃，恭恭敬敬地，慎重追遠，任重而道遠。

「厚啦。」阿祖兩指吹出響亮哨聲：「攏過來呷。」

親戚們端起碗公鏟糖，過百張碗、過百張口拼命進食。忽然憶起，確實，幼年時期曾有這幅光景：眾人顧著狂吃像餓死鬼似的，阿祖坐在現在那個位置，都好像沒有變。而那糖山到底經不過我們一番啃食，要吃完二十簍了。

接連上主菜。牛肉湯、潤餅、米糕、蚵仔煎、麵線羹，各式道地美食攤在桌上，撒糖，淋上甜膩醬汁溜進阿祖嘴裡。如此又過了一個半時辰，對我而言美食親像折磨了。

「恭請飲料駕到！」桌上又排出幾打手搖杯，那種雞排店專屬的超大容量，七百西西十元。在台北，這類低價位東西會被朋友瞧不起，認為是化學去調的，送他們還當著我的面倒掉。我曾有樣學樣，以為這才叫高尚文化，而今眼前景象使我羞慚萬分。

「更、多、糖！」姑婆們摟在一起底里歇斯亂叫，肥肉在陽光下撞出閃金的油滴。

「怎麼會有東泉辣椒醬？那什麼邪門偏方？」四舅公把瓶子扔出牆外，磅的一聲爆開像子彈響。

一路折騰到將近正午，阿祖看起來挺滿意。

他揮手示意我去：「快拿我們家的祖傳吊嘎來，時候不早。」我回房間翻找行李，詭秘的慶典，神奇的吊嘎，隱隱感覺重頭戲要來了。方走近門邊忽覺外頭鴉雀無聲，眾親戚無不屏息凝望門口。

大門那站了個穿西裝的男人。

定睛一看，我嚇得把糖大吃一斤。這不是我們偉大大學的校長嗎？

阿祖脫去上衣，精實的肌肉線條在正午烈陽下反著油光。他接過吊嘎換上，瞪視校長。

校長皺起眉頭。「真寒酸，」他嫌道：「一點品味都沒有。」

「蛤？哩公啥？」阿祖重聽，請體諒他。

「讓我們來算帳吧，你這百年老妖。」

校長招來兩個穿偉大大學T的部下。他們交給校長幾張像是收據的紙，校長不過目，全給撕掉，紙屑散在地上打滾。

「Ah...，就這點錢，連合併一間學店都辦不到啊。」

「幹拎娘，亂丟垃圾……」南部人口氣大，六嬸婆率先發難。她聲未落，校長右手猛然一翻，大嬸隨即重重跪下，四肢拔不出來像臃腫待產的畜生貼在地上求饒。瞧地面快被她壓裂了，她應該沒胖成這樣吧？

丈公罵一聲幹往校長奔去。校長朝空氣一抓一揮，他的軀體便飛過眾人眼前如脫線玩偶拋去撞牆，壁面砸破一個大坑，磚瓦應聲迸裂揚起土色塵煙，有如無數細小的砂糖飄在空中。

「這是你的義務，中年人，」校長太陽穴爆出青筋：「你要納稅，你要還債，你要為這國家貢獻，還在這靠腰？」

「好了啦，賣捉弄查甫人，」阿祖扯開嗓門。「那兩個拖去主廳各餵一碗冰糖，高級的。」

校長從口袋掏出一疊千元大鈔，於眾人面前將它們五張五張地撕裂。毀損國幣的悖德感化作他的力量，校長摘下眼鏡，雙瞳深處燃起幽暗的藍色，是不祥的色彩。

「超級資本主義（Supercapitalism）的時代來臨了。」校長捂嘴輕咳：「之後的發展，人類再也無法預測。」

偉大校長腳邊忽劇烈一震，兒時篩穀曬稻澆入的汗水，尪仔標在空中翻騰的劈啪響，同輩追逐的嬉鬧與責罵全都裂成碎片。那縫隙裡伸出白色枯槁的手，爬出成群披鎧戴甲的骷髏，衣服雖已破損腐壞，尚看得出是個倒十字的標誌。

「十字軍東征，為的是信仰嗎？」校長自問自答：「當然不是，他們渴求的是錢與聲望。」

　　骷髏兵團的額頭上貼著符咒，一張張扭曲變形的千元大鈔散佈著恐懼與銅臭的腐敗味道，不禁令人皺起鼻子。

　　「金錢能使鬼推磨，更破除文化隔閡。可惜今天不是帶美金，不然這些小可愛們會更聽話。」反派死於話多，我似已預見校長的敗亡。

　　「我們南部人的血統也不容小覷！」阿祖踩腳雄嗥，門窗無不響應叫好。「大家也是過著甘苦人生，嚐盡社會百態！」你們明明只吃甜的吧，我在心裡吐槽，偏義複詞偏錯邊。

　　「昭雪！」阿祖右手往天上一撒。空氣中凝出許多細小的糖晶，一閃一閃像精靈的粉末，徐徐飄落在發瘋砍人的十字軍上。糖分逐漸侵蝕他們的骨頭韌帶，結塊的骨頭們動作不靈光了，撞在一起摔跤，在地上匍匐更為怪異駭人。我連逃帶爬至阿祖身後尋求庇護。

　　「就決定是你了，酵母菌！」阿祖摳摳喉頭，反芻出一大塊炒麵麵包，澱粉包澱粉乃是邪教。嘔吐物化在地上炸開，黃色霧狀的酵母四濺，沾黏到骷髏兵上撐開死人骨頭的關節，失去連結的它們鬆散墜落一地。

　　「快把他們拿去熬湯，大骨湯很營養。」阿祖下令。幾個人把嘎嘎叫的骷髏用球棒打碎丟進大鍋煮，很靈動。

　　「這幫無路用的低薪勞工！」校長氣急敗壞地扯下一旁死人額前的大鈔，大拇指按住幣額向上一抹，一手一張，咻咻咻地兌換成數以千、百、伍佰計的銅板向四周掃射。三姑六婆驚聲逃逸，死人骨頭趁勝追擊；只要有利可圖，它們不介意死第二次三次四次。

　　荒煙漫草。待機關槍停歇，我方戰力僅剩阿祖一名，他前方不知何時召喚出一面潤餅皮反彈子彈，其餘人全掛彩了，像電影裡不重要的龍套。

　　「他們就這樣掛了？」儘管我也叫不出他們的名字。

　　「無要緊啦，他們下去領便當，便當也很好吃啊。」阿祖豁達地說：「比較難搞的是骨灰，這樣會撿到基督教的人，我們是道教ㄟ，觀音會生氣。」

　　硬幣無效，校長又掏出一張千元大鈔。

「中恆、等毅、常弘、渡欣，你們出來吧！」四人回應召喚從那鈔票裡迸出，全身深藍色的，各拆下四分之一座地球儀朝我們奔來。這幾個小朋友抓著鈍物，移動也是極快，來不及應對一下繞到我們兩側。

阿祖眼見不妙，「水啦！」縱身一躍避開夾擊，跳到斷垣殘壁之上。

「佛跳牆出現了！」我怕校長沒get到，只好勉強給阿祖一個場面，這梗真的過時了。

常弘朝著腳筋攻擊，阿祖及時抽開；地球儀砸到地面，竟崩出個三尺大坑。小朋友賣力拔出陷入的武器，縱使不被戰鬥波及，我在一側仍感覺到奇特的引力，這地球儀豈帶有地球的質量？

「讓你見識有錢人怎麼品嚐美食！」校長躍起：「魚翅展翼！」他的西裝背上展開兩片壯觀的魚翅，殺小名字？

阿祖甩一甩手，自指尖縫抽出長長寬寬的白麵條鞭打四個追來的小阿凡達，小孩子就是孬，他們放聲大哭。哈哈，低能兒，我連忙叫好。

一道藍光從天而降剎那切中阿祖的左臂，整隻胳膊落下來，血流如注。阿祖爆哭，哈哈原來阿祖也是低能兒。

校長接續射出更多光束，見粉紅的、綠的、淺褐色還有藍的。阿祖腰間又擦過一道稀奇的紫光刮破體表；外殼剝蝕脆裂，展現裡側蒼白的肌膚。

原來阿祖的外皮是焦糖做的，像海綿寶寶曬成乾那集。

阿祖繼續奮鬥，左右躲閃攻勢，肢體缺損沒打擾他的靈活。

「快丟佛手柑上來！」我照辦。

吞下水果後，天空灑下一道聖光，依稀看見菩薩的手靠著阿祖的胳膊醫治，手臂竟逐漸長回。校長罔顧神仙顯靈，趁機對他眉心射了一發，阿祖扭頭避過，錢標打中菩薩。菩薩用力瞪了校長一眼，嘴形宛若說著「再一次就讓你煩死人的阿嬤托夢給你」，校長只好悻悻然地停止瀆神，從袖口抓出一堆發票當金紙亂撒鬼叫。

太浮誇了，只是名字裡有個手字吧，況且我以為阿祖會噴糖漿出來。幹，我真不孝。

阿祖把神請走後,隨手撈起一根十字軍的手臂吸它的骨髓補血。

「我剛剛訂了幾百台跑車唷,快遞的,不知道什麼時候會送來。」校長突然冒出一句。

天空變得昏暗,一抬頭,陽光被眾多黑點遮住了。我瞇起眼睛,黑影愈變愈大,瑪莎拉蒂像免錢一樣一台一台砸下來。

「0到100Konly四秒鐘~」校長高歌離席。

「葡萄王,靈芝王,」阿祖凝神默念。「j個是……多醣體!」

阿祖驟然瞬出十來個殘影,飛簷走壁,其中一個把我撈起,像機車在市區要道橫衝直撞躲避車陣,一閃身尚有餘力對校長發動反擊。金色震波在校長身旁起落,泛黃吊嘎於烈陽之下閃爍。

「別看我這樣,阮在當年也是個秀才!」阿祖四號準備一拳貓進校長左胸,校長將胸口鍍上一層合金抵禦衝擊,又出爪欲擒住四號的手腕,四號即化作煙消散。

「吃那麼多糖還不肥,你猜猜這些糖分去哪了?」阿祖三號突進擒抱,校長金遁,碎紙颯然爆開瞬身右後方,出手牢牢擒住對方吊嘎的肩帶;另一方面手腕反被吊嘎纏住,脫不了身。

「糖分就是熱量,熱量就是能量!」阿祖扯開嗓門:「就是諏梯批啦,三倍的ATP!吃我一記,糖糖阿宏!」

校長側身躲避當面迎來的溫度高得滾著汗(糖)水(漿)的左勾拳。若吃下這記,校長唯恐也再站不了身。

一台瑪莎拉蒂從阿祖身邊擦過,差點身軀就要削去大半。吊嘎驚嚇而鬆開校長,可是校長的魚翅已烤焦脫落,暴殄天物地下墜。校長雙手集中綠色靈氣交叉抵在額頭上方,嘴裡碎念似在詠唱什麼;阿祖見狀拉開距離,校長則切換狀態,改用食指點金以雷射干擾。

「跳樓大拍賣——啦!」阿祖愈戰愈勇,瞬閃至校長身旁,左掌沸著糖漿燒開的滾滾蒸汽。校長沒料到阿祖起肖後速度如此之快。

「鐵觀音——」阿祖出手。

「全糖！」喀的一聲，掌心擊中校長的腰間。那股力道估計是碎了內臟。

阿祖接續掏出數顆方糖拋起。進入射程旋即補上一掌，爆裂，將糖晶插入對方循環系統引起血栓。校長眥目乾咳，阿祖的掌法快到反應不及。

「加糖！」（爆開）

「加糖！」（爆開）

「加糖！」「加糖！」「加糖！」「加糖！」「還不夠甜！」「加糖！」（嗶嗶啵啵嗶嗶啵啵）

「小心血糖太高囉！哇哈哈！」（哈哈！）

校長噴飛至高空，阿祖則帥氣踩回地面。校長不久後就要中風了，這是我們張家的勝利。

然而戰鬥尚未結束。

校長在高空翻滾數圈，眼見就要喪失意識，忽握緊拳頭大喝，皮膚炸出千百瘡孔以碧血包圍糖晶摒除體外。他十指迅速交錯結印，掏出一捲手紙蓋掌，極亮的紅光漫出紙面，能量之大竟把正午的天空綻成赤色。校長發動了傳說中的奧義「地下錢莊」。

阿祖眯眼張望，驚覺那是張地契。校長變賣了他的房地產拼死一搏。地面湧出硬幣，像流沙將阿祖和我捲入金錢煉獄，沒了施力點我們動彈不得。陽光漸暗，似日全食被什麼遮住了，我與阿祖抬頭。

一座陶朱隱園從天而降。

阿祖從下面抓出一捆黏稠麥芽糖勾住高處，使出渾身解數要拔我們出來，然而此時要逃離建案的範圍為時已晚。陶朱隱園太大太奢華了，我不得不讚嘆天龍國的壞氣，能被壓死也是種光榮的殉難。

阿祖可不這麼想。「阿謙，你要緊緊抓牢阿祖的手。阿祖要準備變身了。」我失神地頷首。

他深吸一口氣。

「黃偉哲賜我力量啊啊啊啊！」一道陽雷自高空劈下，在陶朱隱園中刺穿一線生機。

「滷肉飯～」

阿祖稀疏的頭髮竄成金黃色的，整個人散發極為濃膩的甜味，讓我瞬間胖了兩斤並乾嘔。他捏著我的手，順著裂隙帶我衝破一層又一層地板，客廳、浴缸、健身房等一輩子都碰不到的高級設備在我眼前潰敗，想想沒差，畢竟陶朱隱園是座鬼城。八秒過後，我們從頂樓迸射而出，阿祖甩開手使我滑落空中花園吃土，曾孫之於他是個累贅。他在上空減速，對望渾身青光的校長。

阿祖已然進化為★超‧級‧臺‧南‧人☆。

校長掏出一綑大鈔，十張十張的撕。他身上的氣轉為暗紫。幣值最大的額度會是怎樣的力量？我不敢想像，可阿祖依舊沒有動搖。

校長甩了甩手，從外套內側掏出一塊新鮮的肝。

「這是你曾孫的肝臟，」校長邪笑。我摸一摸自己身體的器官，還真少了一大塊。我癱坐在頂樓，痛苦地嬌喘。

「認清事實吧，我手上握有籌碼，你再冥頑不靈的話我就要把它捏爆。」校長輕拋手中肥滋滋的肝。

「不要……」弱者的呼救可傳不到阿祖耳裡。

阿祖踩著糖凝聚成的空中支點向校長步步進逼，一朵一朵開出晶花。

校長挑眉。

「還不夠嗎？這裡還有一顆腎唷。」我僅有的器官又少了一塊，秒你媽，絕對是學校飲水機那股怪味害的。

阿祖全身發著光與高級特效，像開通VIP7會有的專屬閃耀光芒，炯炯挺立校長面前。

「我給你三秒鐘投降。」校長比出手勢。他的紫色真氣燃得異常旺盛。

「三。」

阿祖的拳頭結成塊狀的堅硬糖晶，延伸至上臂，默示錄病毒。

「二。」

阿祖一拳尻進校長的太陽穴。

「工程師才不在意肝！你少騙人！」校長噴飛，臟器從高空摔落，我趕緊滑壘去接。

「台南人哪個不洗腎的，不洗腎的啊，」阿祖瞬步，抬起左腿。

「真是台南人之恥！」再補上一記，想必這下也壓斷幾根肋骨。校長撞擊地面，順帶碾爆了我的肝，我脆弱的心也跟著碎掉了。校長跟我倒在頂樓抽搐不止。他的靈壓消失了，在阿祖眼裡，僅剩一個衣衫不整的落魄中年，及他半死不活的曾孫。

「饒過我吧，我已經沒有消費能力，沒有力氣了。」阿祖闊步邁向處刑台，伴隨貝斯吉他，鋼琴與弦樂演奏起來，每一步都是一個頓點。

「求求你放我一馬……」阿祖把校長的舌頭拉出來。

「搗捂捂……」阿祖放上一顆方糖，於舌尖上化開。

校長哭了。

我們誰不曾回想，或拒絕回想起兒時記憶呢？我們誰不惦記家鄉的那股味道？

「起來罷，阿弟，我弄東西給你吃。」阿祖拉起校長，他轉身進入廚房的背影，濕透的吊嘎在風中模糊。陶朱隱園頂樓有全套廚房，超屌。

阿祖端出三碗大腸麵線，兩碗放在桌上，一碗用狗碗裝著踢過來示意我吃。

「碗都破了，不夠用。」阿祖聳肩：「以客為尊嘛。」

校長從內側襯衫暗袋顫顫巍巍掏出不銹鋼湯匙，盯著大腸麵線裡若隱若現的芋頭小碎塊，張嘴訝異地說不出話。

「芋頭應該從大腸麵線裡消失，所以我就把他煮到消失。」阿祖無所謂地說。

「那個……你沒加香菜嗎？」

阿祖攔下湯匙，一拳揍進校長的鼻樑。

「香菜是最下等的食物。」他咒罵。

# 海妖之音

今天講大學室友的故事。

室友B唱歌蠻好聽的，每個週末都揪KTV，沒人跟團就自己開包廂。洗澡時勢必高歌一曲，連去大便也會叫。

順便抱怨一下八舍四樓的小便斗，如果身高有一米八尿尿就會碰到頂了，而且浴室裡瀰漫糞尿味，可以斷言咱是被放棄的一群。

那天我超想拉屎，一到廁所又聽到B在馬桶間唱歌，盪氣迴腸。

「阿謙是你嗎？」

我只顧專心大便，用一連串啪嗒啪嗒的水屁回應他的呼喚。

「你想聽什麼歌，我可以唱哦。」

「我想聽幫助排便的。」其實我不想聽，只是想刁難他要他惦惦。

「我想想喔，」B沈思了一下，「這首如何，劉德華的馬桶！」

「這是三小歌？」

本以為他在唬爛，偏偏B開始清腸兼清唱，像真有這首歌似的，害我在括約肌探頭的腸子又縮回去了。

「其實我以前唱歌很難聽誒，是我一直唱才越唱越好的。」

「是喔，阿你怎麼連大便都在練唱。」隨口應付一下。

「這個嘛，」B拉長語氣，「其實我是在打手槍。」

我突然噗通了，黃色馬桶水濺到我才買沒多久的純白新鞋上。

「你邊唱歌邊打手槍？」

「對啊，你想想看，如果一個人在唱歌，那別人幾乎不會想到他同時間在尻吧？」

「是沒錯。」我從鞋襪之間壓出米色濃汁。

B信心滿滿地說：「故我反其道而行，俗話說最危險的位置即是最安全的地方，這樣我帶手機進去看片，再也不會被奇怪的目光注視！」正常人應該覺得邊蹲馬桶邊唱歌比較獵奇吧。

他接著說：「所以說我每次在浴室唱歌的時候……」

「不、不用跟我講啦。」也太色氣了吧，難怪B很喜歡唱煎熬，大概是控制在高潮時進副歌第三句，此來便沒人發現他其實在淫叫了。

幹，難怪那句都會走音。

仔細想想，這方法其實蠻不錯的，因此也開始在浴室裡唱歌尻尻。久而久之還犯了職業病，尻的時候一定要邊唱邊尻，幾乎變成一種反射動作。

直到今天，我在廁所聽到別人唱歌還會勃起，討厭。

# 星爆克

　　清大對面有家星爆克。

　　身為一名資工系大學生，實在不懂有何必要專程跑咖啡店讀書寫功課。對我們普通理工宅而言，宿舍或24K既方便又簡單，做起事來效率也不差。看著那些穿得很文雅的男男女女進入星爆克就讓我反胃——也罷，畢竟他們也只消費得起一小杯一百多的咖啡，用這種即刻的小確幸麻痺自身藉此暫放自己的悲慘。

　　我並不討厭文組，我嫌棄的是那種型態——尤其文青之徒，空談理想而無作為。我常和文組同學相處，交大的通識課不少，且文組妹子實屬顏值巔峰，個個無不穿搭打扮上淡妝，關鍵是基數多。看我們這種班上五十人才四位女生的誇張性別比，令人感嘆工程師撿+9妹嘲諷之切實——不，又老又肥又醜的工程師才是被揀選的乙方。

　　我申請了跨域學程，意即我能夠搶到某些特殊學分，這學期便修了一門課叫科技藝術概論。設計與藝術領域跟理工科很不一樣，幾乎所有project均由報告組成，需要查好多資料寫好多字出來，自我問答懷疑辯論，為了GPA頭腦失火；相對地，資工系大多屬寫code跟考試，比較多制式化的東西。找bug雖然惱人，不過有最佳解，只存對錯。

　　我平常根本沒什麼寫文章，到底要怎麼打出那一長串的唬爛裝逼文啊？繳交期限漸漸逼近，手足無措的我選擇孤注一擲。

　　星爆克的自動門滑開。

　　我點了一杯特大杯的咖啡漿果拿鐵（相對划算），味道是不錯，但要賣到一八五狗幹貴，連鎖店欸！文青都盤子嗎，我以為他們沒錢。

　　來到二樓，週五下午已有二十幾位定居於此。有些人讀書，有些人低聲談話，籠罩著蘋果的靈壓。靠窗的座位，眼前的文件惟有科技藝術概論六字，腦袋純粹空白，任憑星爆克的爵士樂撞擊鼓膜。

「何不先打上你的報告主題？」有個聲音說。於是我把關鍵字輸進去。

我的指尖驀地動了起來。打上起頭，著手搜尋有用的訊息，轉眼分頁開了十幾個，一邊瀏覽，一邊消化資料，任中樞指揮我的身體。待回過神來，螢幕上顯示逾千字。

太神奇了！這莫非是所謂星爆克的魔法？原來文青的氣場如此強大？

又經半小時左右，幾千字報告行雲流水地呈現眼前：語意通順流暢，評點犀利切實，篇幅展開如電影情節般精彩絕倫，那劇情解析峰迴路轉，竟令我無法移開視線半晌，疑惑自己是否真能看懂。上傳後，思考這些應已無助益，可我忍不住又陸續掃視好幾遍：這真的是我寫出來的嗎？

難怪大家都愛這裡。揣著歡喜感激之情，我走出店門，將這奇蹟視為單純的靈感湧現，哎交大生那麼優秀正常啦。

才怪！

身為一名理工科學生，講求理性與事實的極致追求，我非常清楚自己的極限在哪。我絕對絕對不可能寫出這麼棒的哲學論述！人家是理組的耶！不可能的！

柯南道爾賜我智慧，即便極不可能，我也僅能作出如此懷疑：方才確實有人在操控我的心智。

我擬定作戰策略，誓言要搞清楚究竟怎麼一回事。

又過一星期，我若無其事回到星爆克門口，可這次我做好了萬全準備，定能揪出主謀。

吾是如此分析：上次初來店裡，兩手尚未自行啟動，是當我把研究主題打上去後才發生的，表示主謀無法逕自讀取我的心靈，否則我一坐下應能開始寫了。

先不論手怎麼操弄，這人或許是靠監視讀取我的螢幕內容，進而協助我尋找資料，否則為何不直接讀心？為驗證我的想法，我在腦中專注且重複「我有武漢肺炎」，測試有誰偵測到訊息作出反應。

時光冉冉，到我確定沒人有明顯動作，準備進行第二階段。

　　我脫下口罩，電腦螢幕打上「怎麼辦，我剛從中國逃回來，好像患上武漢肺炎但我不敢說。」我坐在角落的窗台，左邊放面小鏡子暗中觀察。

　　果然觸發了事件。一名穿黑色風衣的男子氣沖沖跑上樓，手拿著溫度計與酒精。

　　「各位客人好，我是星爆克的店長，現在要來檢測各位的體溫有無異狀。」黑衣店長直直朝我走來，拿額溫槍逼我的頭。

　　「這位客人，您貌似發燒了。」黑衣店長忿忿朝我周圍噴灑酒精：「請你離開我們店裡！」他撈起兩隻溫度計就是一陣亂揮，面容猙獰。

　　我用餘光瞄到顯示溫度，36.5，很正常。

　　我咧嘴一笑：「終於抓到你了。就是你在控制我的身體吧，桐人。」

　　桐人退了一步。

　　「我沒有發燒，更沒有出國。那只是我打在螢幕上釣你出來的餌，精妙的計劃。」我娓娓道來：「我瞭解你是為大家好，想幫助每個客人完成他的作業，但這行為有討論餘地。」

　　「我、我只是想幫忙……」

　　「你用什麼方式操控我的手？」

　　「我在飲料摻了些微晶體，讓我可以透過ARGUS的神經連結技術接手人體動作，藉此幫助光臨本店的可憐學生。」

　　「我懂。不如這樣吧，」我懇切地說：「事實上我是資工大神，咱們合作完成一套沈浸式系統，讓你藉由這項技術邀請更多獨行玩家登入虛擬世界，不被課業束縛，達成他們真正的夢想吧。」

　　「一言為定！」

　　交大資工預計在2022年與星爆克合作推出NERvGEAR，請各位拭目以待以待以待。

# 蚊子大姊姊

最近八舍這裡超多蚊子。

不知道多少人和我一樣，一旦房裡有蚊子是不可能安穩入眠。那並非是蚊子的振翅聲擾人，對於低頻干擾我是幾乎聽不到的——但身為一個異位性皮膚炎患者，我對於搔癢極端敏感。蚊子爬過我的肌膚，剛叮咬的紅腫感險些使我抓狂，尚且一隻母蚊子能夠吸上好幾口血才會飽，叮在露出棉被外的腳底。

今晚又是個難以闔眼的漫漫長夜，房裏大概有……兩三隻蚊子，以及孤單的我。交大什麼時候才要把宿舍翻新啊，那窗戶縫隙寬到我媽都爬得進來。

蚊子比較喜歡我的溫度與養分，猜是肥宅的緣故，多汁軟嫩又無害。她們甚是囂張，從我滑手機的螢幕前掠過影子，如同嘲笑我無法抓死她。她們停在人身上時是警覺的，一點震動足以驅離，而肥宅的震動又很大，害得我完全打不中。兩點折騰到三點半，我早瀕臨崩潰極限。

我把衣服通通剝光，棉被亦敞開。

「要吸血就給你吸個飽啦幹！」既然反抗無用，乾脆讓她好好享用我的肉體，一時苦痛，一勞永逸。我一動也不動躺著，憋住搔癢感受蚊子降落在油性皮膚，微微傳來細嘴插入表皮的刺痛感。

我哭了。

全世界的雌性生物只剩下蚊子願意吻我。唯有對蚊子而言，肥宅才是他們心目中最好的伴侶呢……那就請你們好好吃掉我吧，讓我在沉沉死去前，感受世上最後的熾愛吧。

任憑身體遭恣意侵犯，我緩緩失去意識。

睡夢中，我看到了蚊子大姊姊。

　　她身披一件土色風衣朝我走來，紅色高跟鞋發出佝僂佝僂的響聲，迴盪在無垠的空間，要我的心跳與之同步。她卸下外著，風衣如昆蟲脫殼柔柔洩在地上，像一層散去的薄霧引誘我看得更深。她傾下身子，展示整套黑色的彈性連身衣，從脖子、鎖骨、乳房、肚臍、人魚線，一路延伸至腿。大姊姊身形曲線的弧度與美麗顯露無遺，令人深深感嘆著迷。那是對於軀體之美的震驚，並非全是性的妄想。

　　蚊子大姊姊踢掉高跟鞋，身體的震動延導至上半身。一雙世世代代哺育餵養、真切母愛之意象在我眼前細細垂動。

　　「抱歉，我也是有苦衷的。」她苦笑，卻好甜美：「你知道呀，我有小孩要養。」襯著她蒼白無血色的肌膚，豔紅的咬唇妝像慾火一樣焚上了我的心頭。

　　忘了什麼時候點頭的，我記得有。

　　蚊子大姊姊拍動翅膀靈巧地降落面前，撥開我黏膩的瀏海，輕輕吻了我的額頭。那灼熱吻痕在我正上方爆開，這輩子還沒有人如此溫柔對待過我，從來沒有，我媽也沒有。

　　她將頭往後一甩，暗金色長髮染層似煙霧吹散化開，飄垂在她肩上的柔潤光澤滑順如歌，只應天上有。她的髮色鮮紅了些。緊接著她咬上我的頸子、大腿，腳底亦不放過，舌上如有數千根針扎在神經末端。倘若是真實世界，那一定是發癢難耐，不過此刻我只感受到好溫暖好溫暖的悸動。

　　蚊子大姊姊突然握住我的雙腳向下一抽，我重重摔落在地。她坐了上來，雙腿跨過肩膀，把我壓制在地不得動彈。大姊姊臀部好像變得飽滿了，畢竟蚊子吸血是儲存在那邊呢。

　　我凝視她，她的臉色變得紅潤可人。

　　她將臉埋進肥宅我的B罩杯裡，胸部在我的大肚腩上移動共振。這是天堂。倏忽之間，蚊子大姊姊從頭頂裂開增殖。我眼前出現了兩個一模一樣的蚊子大姊姊。

　　「要來了唷。」她們輕靠在我耳朵旁哈氣。

　　大姊姊們各埋入我一邊乳首，貪婪地吸吮血液。那感覺極為奇妙，猶在發癢的同時搔抓解饞。神經迴路裡訊號失控觸發，電流不停刺激全身，竄來竄去已分不清肉體身在何方。我四肢抽搐，嘴裡呻吟不止，唯一可以確認的是：我快要去了。

　　蚊子大姐姐們竟在這時加速舔舐，無法壓下，即將衝過閾值……

　　我睜開眼睛，發覺自己躺在宿舍地板上，全身赤裸。

　　我雙手各捏著自己一側奶頭，肥短根部仍在灌木叢中跳動，溫熱液體濺了我一身，還噴到臉。我全身上下覆滿蚊子叮咬的腫包，那些發燙的吻痕，是要提醒我剛才那些美好，都是千真萬確發生過的。

　　頭上房門沒關。室友看著我，外面聚集好多住宿生也看著我。管理員站在門邊，手裡的鑰匙掉在地上。

　　一切都不重要了。我這輩子已然活過，現在我只想回去找她們。

　　我流著口水咯咯傻笑：「蚊子大姐姐呢？」

　　「在這裡唷，在你心裡。」

# 唐縫

　　2040年，唐縫受到年輕人吹捧，選上台灣第二十任總統。也許你沒聽過唐縫，但你一定聽過他某些事蹟：

　　當貝爾發明電話後，他發現有三通來自唐縫的未接來電。

　　唐縫能刪掉資源回收筒。

　　唐縫的矩陣是圓形的。

　　唐縫的手機號碼是圓周率的最後十個數字。

　　唐縫能投比特幣進自動販賣機。

　　有一條蛇咬到了唐縫，這條蛇變成了python。

　　類神經網路是唐縫的神經纖維。

　　學者發現史前時代壁畫上刻有ASCII碼，轉譯後為「唐縫來過這裡。」

　　在阿拉伯數字發明之前，唐縫已經知道2000年會出現千禧蟲危機。

　　唐縫在你出生前兩年就能背出你的身分證字號。

　　跟牛頓不一樣，唐縫小時候喜歡坐在紅黑樹下思考。

　　一切生老病死都只是唐鳳下意識寫的一個迴圈

　　Apple的商標會缺一塊，是因為那是唐縫咬的。

　　網站的忘記密碼功能，背後只是幫你寄一封信問唐鳳。

　　唐縫在MIT演講的時候，艾倫・圖靈因為人太多了擠不進教室。

　　p=np問題對唐縫是沒有意義的，因為他的多項式時間永不超過O(n)。

　　哀縫是唐縫的表哥。

　　另外，唐縫很推崇迷因工程，亦即使用觸及高散播快的迷因對錯誤訊息進行澄清。維尼於2030年猝死後，新任政權接管共產黨。雖仍口口聲聲說要武力犯台，現在的統戰策略均以洗腦為主。外國早有研究指出中國政府委託劍橋分析等大數據團隊以量身定做的方式教化台灣人，於是迷因變

成唐縫宣揚的政策之一，也深得年輕人喜愛。現在行政院下面多了一個專門研究迷因的迷因部門，每天量產優質迷因供人分享，另類洗腦。

不僅如此，為了自衛每個幼童都要學習替身，即各種迷因的具現化。

忘了自我介紹，我叫做唐希銘，沒錯，唐縫是我的父親，也因此我成了各反叛軍竭力搶奪的對象。為了不讓我淪為談判籌碼，從小父親便把我關在家裡，見不到女生的我只能聽Google小姐的聲音尻尻（我們家有裝色情守門員）。

家中實在太悶，我偷溜出去，偏偏技術糟到被管家逮個正著。

「少爺，您這樣不妥，不過在下也瞭解少爺對外界的好奇與渴望，不如由在下陪您出去吧。」管家是我很敬重的人，也是我在千篇一律的日常唯一接觸到的真人，不是那些虛擬語音助理。

父親幾乎沒來看過我。管家知道作為一個總統，唐縫或許是個佼佼者，可他沒有盡到父親的責任。這哪能分對錯呢？父親掌管的是一整個國家啊。

於是管家陪我四處逛逛。

雖然我不曾露面，有心人總是知道唐縫有這麼一個兒子。我們剛吃飽喝足，幾個反叛軍便圍過來擋住我們去路。

「你就是唐希銘吧。瞧臉便知，長這麼唐一定是唐家的人。」綁著麻花辮子的嬉皮說：「喏，真好奇我們神通廣大的總統會給自己的兒子什麼替身……」

「請您退後，少爺。」管家右手擋在我身前。

「我們一齊上吧，別送頭了。」外國人說：「跟上，夥伴們。」

外國佬從口袋裡掏出一把小鍋鏟。那鍋鏟發出紅色的光炫然拉伸三尺長，像高爾夫球桿那樣扛在肩上。

「出來吧，我的替身，」他把武器向前劃出：「地獄廚房！」

外國佬後方忽有龐然大物破土而出，路面轟然震動。一顆頭衝破瀝青鑽了出來，直徑有二十尺寬。

那是戈登拉姆齊的頭。

「這塊豬肉超級生，生到端出來時還在嚼附餐沙拉！」戈登拉姆齊吐出一道紅白色的辱罵，若不是管家及時把我拉走，我則同後方餐廳燒成灰燼了。

「喂！不要傷害人質！」嬉皮暴跳如雷，像隻猴子。

另個穿水手服的長髮傢伙（就當他是女性吧）疑似是海巡署的內應，也叫出了替身：一道白光閃過，我就爛比著讚騰空出現在我們上方，果然是有買版權的。

「你超爛！」我就爛朝我們衝來，看來能力是近身肉搏型。管家將我撈起，與敵人拉開距離，左手射出一條鐵鍊盪著牆壁邊角逃跑。我倆飛到隔壁屋頂上喘息，嬉皮何時卻已在此守候。他微笑，左前方的地板升起一尊棺材。

「見見我的好朋友們。」棺材開啟，黑人從中一個個搖了出來。他們身穿西裝，戴黑色禮帽，一字排開跳著舞。

管家卸去手套：「在下也要拿出真本事了。大總統選在下保護少爺不是沒有原因的。」管家從未脫去的手套之下，指甲竟是由暗紅色的鋼製成的。

「鎖鏈康妮！」

兩串銀鏈從高空垂落，敲出悅耳的清響。一個小女孩沿著鐵鍊滑了下來，咯咯竊笑。

「幻影小指鍊！」這沒有觸犯著作權嗎？

白人小女孩從手中射出好幾條鐵鍊分別抽打著黑人。但他們同奴隸般耐打，盈盈舞步敏捷地避開攻擊；每踏出一步，腳下便彈出一朵棉花，將他們往上拋起，難以瞄準。

管家的年紀也逾半百，一次操控那麼多條鎖鏈顯得有些吃力。他奮勇揮舞著鍊頭，相互撞出金光。

一名黑人轉身逃走，鎖鏈朝他背後襲去。他出乎意料地俐落轉身，像早已計劃好伸出兩隻白手套，拿住鎖鏈。

「陰險！」我大罵：「是多喜歡鍊子？」

「抓到你囉。」他勾出一個刺眼的潔白微笑，頓時我無法睜開眼睛。

黑人將手往右後方扯，管家的身體隨即拉向前。鎖鏈康妮眼看不對，收起鏈子將管家抽回，被捉住的那條鏈子只得擰斷求生。

管家的左手無名指甲殘忍地剝落，血液汩汩流出。

沒留意一道紅色咆哮從背面擊中了我，我整個人騰空飛去，管家不及攔截已被我就爛迅速擒住，十字固定在空中，我後背衣服燒出個大洞。

「嘿，叫你小力點了，這是我們唯一的談判籌碼！」

「少爺！」管家咆哮著：「放開少爺！」

「這口棺材才是你的容身之處。」嬉皮指了指箱子。

管家的青筋湧現，鎖鏈康妮的頭劇烈晃動，如老人癲癇。她脖子兩側增生出扭動的肉塊，先是瘋狂暴漲，再縮回塑型成另外兩張臉孔，四隻手臂亦從胳膊裡鑽了出來。三雙康妮的眼睛炯炯閃爍橙紅色的光，溫度之高使鐵鍊燒成亮紅色的滾煙。

「完全體，究極鎖鏈康妮。」管家赤色的臉也蒸出水氣，猶如開了二檔，口中嘶著氣：「吾的職責是守護少爺。」

「是嗎？那你怎麼不叫他保護自己呢？」外國佬叫囂：「他可是大總統之子啊，肯定裝填了什麼很強的替身吧。」

這番話聽起來格外刺耳。我眼前一陣眩暈，我……

其實，我是無能力者。父親為了不讓別人知道我的存在並沒有帶我登記資料領取到每個人該有的替身。這不是他想就能給的，必須親身受洗，而一個隱形人如何受洗呢？

遙望管家面對數名敵人幾近分身乏術，單槍匹馬筋疲力竭地戰鬥，毫無作用的我只管流淚——不，不僅毫無作用，我是負擔。

那群黑人愈逼愈近，臉上的笑容從未止息，像黑袍死神揮舞著大鐮刀，抑或豺狼成群捉弄獵物，玩膩了就要大開殺戒。管家忽一陣卡頓，體力不支倒退幾步，跌坐下來。敵人捉住時機反攻，鎖鏈康妮每一條鏈子全被扳住了。

「還好我們有準備隔熱手套。」黑人說。

「老年人有能耐適應科技時代和新迷因，值得讚賞。」嬉皮搖了搖他的辮子：「不過嘛，上了年紀總會體力不支……那正是你的死期。」

「別小看我，我還有海量長輩圖……」管家想掏暗器，手臂卻被牽制著，抽不回來。

「你的迷因太火了，老頭！」黑人從白手套裡爆出青色火焰，謾罵聲沿著鏈子反燒到管家身上。管家左右打滾，沙啞地慘叫。

「約翰！」我放聲大哭，手腳在空中瘋狂揮動。那是管家的名字。

黑人們把鏈子大力一抽，管家順勢被拋進棺材裡封印。黑人們扛起棺材搖晃，管家哪經得起如此劇烈的震幅？

戈登拉姆齊又一陣咆哮，那棺材就這麼無預兆化為灰燼。我愣在空中，失了魂。

「現在怎麼辦？這人又是怎樣，都不用替身。」

一股異樣的寒冷滲透出來，感覺我的心洶湧著黑暗能量。那股情緒蔓延全身，四肢皆發狂顫抖──我後來才知道那不是怯懦，而是對於力量即將綻放的吟詠。

「啊，該不會！」嬉皮驚叫：「總統為了抹消他的存在，沒帶他去戶政事務所？那他就沒有替身了。」

"My goodness, what an idea. Why didn't I think of that?"海巡署婊子故作訝異，掌打在額頭上："Pathetic."

是，我確實沒有迷因替身。但身為大總統之子，我所擁有的可不僅是一般的「迷因」。

而是一種更高層次的「分類」。

「黑人給我閉嘴！歐巴馬！」我左手奮力一甩掙脫我就爛的手臂，朝嬉皮所在位置順勢划拳。那是什麼？他叫道，是毀滅的赤色爆烈波。我與我就爛受猛烈的反作用力噴飛，那股純粹力量摧毀了路徑上的一切，大樓劈去一大半，餘下焦黑的殘痕冒煙。

「幹，歐巴馬是誰？」

「文盲尼哥，去喝奶茶！」這一掌拍下，頭部完全抹去，化為血水。

「難不成……這是傳說中的地獄梗？不是迷因，而是凌駕於迷因的『種類』？這是真的？」海巡署長髮女驚惶失色：「不要歧視我！我是女權！」她把我就爛召回身邊，吊著自己打算逃離這裡。我豈會放過她？我雙眼因怒火燒得通紅，繼承著管家的遺志。誰在乎這些人渣，誰在乎其他無知民眾？他們體會過我被囚禁在家十幾年的寂寞難受嗎？

「盆栽要剪，女人該扁。」我疾速飛至那女人身後：「這台吸塵器好吵喔，是不是有雜音？」我雙拳聚合，從她後腦勺爆捶下去。那顆肉球像流星急速斜墜，拖著長長的赤色彗尾，轟在地上曳出一道血痕。

所有人都要為約翰的死負責。所有人。

戈登拉姆齊跟外國佬轉身想逃，我虎口對嘴創構出一個三角空間，集光明會之力將他們困在超現實結界內，飄著meme man的頭（俗投！）。我身邊匯聚大量暗紅色能量粒子，能感受到，這或許是我一輩子一次的徹底解放了，不過不要緊，我已不打算繼續見不得光地活著。

最強大的地獄梗不是傷人於死，而是消費自己。我要以傷害自己為制約，毀滅這些人渣。

「猜猜是誰出生沒有母親，爸爸也不愛，剛剛還死了一個相依為命的管家，那麼可憐？」我故作無辜地問。

「不、不知道……？」外國佬尿濕褲子。

我仰身狂嘯，血從瞳孔裡噴射而出：「就是我啦！」

「超級沒梗！比地獄梗圖社還硬要！」臨死的吐槽。那股失控的能量終於滿溢爆出。就讓世界毀滅，就讓一切化成灰，一切荒謬今天都終結。

朦朧間，我看到淺綠色的矩陣在空中析出。

「爸爸……？」

「你做得夠好了，剩下的交給我吧。」父親平舉雙臂，掌心朝下：

「格式化。」

父親的長髮飄起，我的能量逐步崩解，切割成一塊塊紅色立方果凍。外國佬扭曲變形的臉孔隨結界碎形化了。柏油路奇蹟似的逆熵修復，綠色的光束牽引萬物，退回建築物應有的狀態。過去毀壞的一切彌補重來，市容的傷恢復原貌，是父親曾設下的存檔，再度讀入。

「這些年我很抱歉了」父親發動腦控雜訊：「你想要什麼我都盡量幫你實現，當作對你的補償。」

靜下來認真想想，我並不真的厭惡父親。他虐待我無疑，不過我明瞭自己與父親背負的責任，亦能諒解他的苦衷。真要說的話，我好像是有一個願望。

「我想知道母親是誰，至少讓我聽聽她的聲音也好。」

「這個嘛」唐縫皺眉：「你確定要聽？我是連你平常用什麼東西尻尻都知道的喔，我覺得讓你知道這件事不太好。」

「我確定。」

「好吧」父親深吸一口氣。

「你是我跟Google小姐生下的兒子，你平常都在意淫老媽。」

註：文章開頭的唐縫事蹟轉自網路流傳笑話。

# 體面

　　高中隔壁班同學A，他是個滿臉痘痘的三類組怪咖。

　　某天A把我拉到一邊，問我能不能下次尻的時候把淡裝進瓶子送他。

　　「三小啦，你要幹嘛？？？」

　　「我要拿來敷臉，據說那個富含膠原蛋白，是很珍貴的保養品誒。」

　　「幹那為啥要找我，你自己尻不就好了？」

　　「幹我又不是甲，自己尻出來還敷在自己臉上超噁的，而且不小心吃到自己的淡怎麼辦啊？超gay砲。」

　　「所以？」我不解。

　　「所以敷別人的比較不噁心啊，這樣就不甲了。」

　　挺合乎邏輯的，想想也對，晚上挑了一部豪乳亂搖大爆射，把我的兒孫滿堂們射進空的中藥玻璃罐，紅色蓋子的那種，隔天交到A手上。

　　再隔天A的臉上滿是中藥味，混著捧起內褲深吸一大口會有的獨特鼠蹊部騷香。

　　「如何？」我問。

　　「我覺得沒效，應該是離開身體太久膠原蛋白都死掉了。」

　　「幹真假，難怪保養品那麼貴。」三類組的我又學到了新知識，改天一定要向朋友賣弄。

　　「今天放學約男廁，我要新鮮的。」他命令道。問題是，我為何要鳥他啊？

　　當天我是值日生，最後一節結束後要自己清黑板，弄完已近六點。我去廁所小解，發現A竟然還在等我。安度因說：「時光不等人。」等那麼久也怪可憐的，既然我也沒損失，那就給他吧。

　　旁邊有人的情況下誰也沒辦法尻。A著急了，沒管我的人權，把我壓在門上整根握住然後超快速嚕嚕嚕嚕轉轉轉。別人操刀特別敏感，在繳械的

前一秒A蹲下把臉靠過來接，我嚇到往後撞破廁所門，起身只看到A臉上身上滿是白液。

「讚喔。」A說，走到洗手台前對著鏡子把精華塗抹均勻。

我對天發誓再也不要做出這麼甲的行為，可是A說以示答謝要請我吃雞排。

之後我們每天下課都約廁所互相顏射保養，皮膚還真有變好，敷在臉上過一陣子涼涼的觸感恰似母親的保養品。精華滲透後再去沖洗，頓覺彈潤清爽。尤其A原本坑坑疤疤的壁癌臉，乾淨以後其實挺不錯看的。過幾星期我們交往了。待到高三他家裡有事轉學，我們的戀情也宣告結束。

「聽說A重考第三年終於上了。」多年後，高中同學小聚。

「什麼系啊，值得他一直考。」我漫不經心問道。

「中醫啊。」她說：「他好像很喜歡那個味道，真怪異，他高一明明很討厭的。」

我立刻聯想到那個中藥罐子，跑去廁所狂嘔。

我這輩子絕對不會再吃任何中藥。

# 平行時空・鳥人

　　郭教授愛鳥成癡。

　　校園還算綠意，常見鴿子麻雀，幸運時偶有白頭翁。在一餐吃飯，兩三隻麻雀便毫不介意飛了進來，跳到桌上啄食不畏生人，已蠻適應這樣的覓食模式了。

　　鳥語飯香，吱吱啾啾，角落坐一孤單老頭盯著鳥直瞧，癡癡地望，遲遲不捨得移開視線，嘴裡的飯愈嚼愈慢似非為飽食而來。好在教授不是愛胸部成癡，不然就送性平了。

　　郭教授和我同為高雄人，亦是交大學長。傳聞他來新竹的第一天是哭著回家要找媽媽，消息一傳開即被冠上媽寶稱號，他也不介意，每當握著與母親的合照便是幸福。直到郭媽媽陡然因心肌梗塞去世，他黯然回到學校一句話也沒吭，一滴淚也沒流，一夕間長大成人。不久他發憤讀書，考上國外的研究所。

　　郭教授現任交大時空研究院的所長。沒聽過？我們當然不能對外宣稱這個系的存在，機密遭竊可會招致世界危機的。你想想嘛，堂堂一個科技之首，看它左壓清華、右踏台大，就憑「交通大學」四字，可有這群頂尖師生團做不到的事？

　　至於這個系的詳細內容與據點……恕我無法托出，並不是我亂掰，實在是維護世界和平的責任太過沈重，絕不能落入壞人手中呀……。

　　北大門進來左轉上行數百公尺，經過幾個網球羽球場地，最終在左手邊看見一棟有點年紀的建築：奈米研究電子大樓。

　　說是有點年紀，實則學校不肯裝修罷，盡搞個十二舍給新生高潮。一般學生是禁止進入大樓的，老實講，我未曾見過其他人走進去。那兒一樓總是沒開燈，空蕩蕩的，令人望之卻步——但週末晚間的個別研究，我會

隻身前往那棟大樓做實驗。郭教授不怎麼相信人，他的直系學生僅我一個，可能是因為我長得很可愛吧，嘻嘻。

每逢星期三晚上，逃生出口的綠色指標會不規律地閃爍。學校研判是電線短路，派了水電工人來修也不知哪裡故障，到底沒影響誰於是作罷。但教授看出了其中的玄機。

「這是ASCII。我要轉譯它。」

月亮很圓，照在門前腳印。我將手輕按在玻璃上，玻璃傳出一股低沈共鳴恰好對應著逃生方向的閃爍頻率。

「就是這裡了，我大交通大學長年不敢碰觸的禁忌科技，就由我來解開。」

郭教授把破譯完的數字輸入門邊的密碼機。門開了。

與外側看進來的景象大相徑庭，這裡是一片純白的空間向四周無限延伸，先前的落地窗透成大片空地，朦朧有夜光照映。似萬花筒般，我能在周圍看見許多自己不同視角的倒影，一旦靠近觸摸，目標卻愈離愈遠，永遠無法走近。種種奇異機具遠方乍現或漂浮空中，郭教授率先領悟操作方式：唯在腦中有「觸碰」的強烈慾望，機械才得以具現，以鏡像反射的途徑閃現至視線死角，轉過身便能觸及映像。諸如此類的怪異設定，宛若這空間裡有種本能的防衛機制，難以用意志之外的方式操作。我想這會不會是防止其他非高等智慧生物誤觸什麼機關。啊，渺小的人類終究也只是三維空間的生命體罷了，無法理解這種原理。

郭教授把這個地方稱作「傳送點」，是彼此之間的偉大秘密。

幾天後，教授握著一張藍圖，照其設計在該處構思出一座巨型鳥籠。他還割下部份次元隨身攜帶，傳送點缺少他最愛的鳥，教授便每日中午上一餐捉麻雀，經次元通道將雀兒引至籠內。

因他少在學校露面，有人對郭教授的行為感到不適，叫了警衛來抓怪叔叔，把麻雀全給嚇跑了。郭教授勃然大怒，請警衛們吃了好幾個拳頭，還把他們的蛋蛋拉進異次元裡封起來。警衛當然曉得是教授把他們蛋蛋弄

不見的，但翻遍他身上都沒找到，眼巴巴讓匆匆趕赴現場的行政單位把教授領走。

「我把時空裂縫藏在屁眼縫裡唷，這樣他們都找不到了。」幹，我就想說麻雀怎麼可能拉那麼大條的屎。那些可愛鳥兒發現蛋蛋雀躍萬分，本能似地孵上去，實在不忍告訴他們那是睪丸。

「編號2606160，看看牠們，這些動物有什麼特殊的跡象？」郭教授老是忘記我的本名，因此用學號稱呼我。

「不知道誒。」我盯著一動也不動的黑冠麻鷺，他也一臉無辜側眼打量我，頭上垂著教授剛拉的熱騰騰屎，黑冠乃名副其實。

「麻雀的動作均是瞬間啟動的。實際上牠們每次轉身或啄食皆是一次時空跳躍。」

太荒唐了！

我瞪著那群麻雀的一舉一動，卻抓不出任何反駁的理由。麻雀的確是瞬間運動的，這點不會錯。

「你想想嘛，麻雀小歸小，重量還是有的，看看這些小寶貝們，」教授抓了抓屁縫，一注咖啡色濃液從不知哪兒落在鳥籠內，麻雀爭相啄食。

「廚房阿姨每天餵食這些雀球，他們卻依然能高高飛起，那是什麼緣故？」

「或許是他們骨骼驚奇……？」

「沒錯。」教授笑道。「因為他們的行動瞬發，得以忽視物理定律，畢竟這已經超越了古典力學的範疇。」好吧，我原本想說是鳥類骨骼演化中空之類的，達瑞文聽到這都要哭了。

「惡德戰斧！」Q接普攻，唯一有左右兩種爆擊動畫的英雄，教授腳旁出現標記。幹不要亂想，幻想會變成真的。

「牠們把自己一部分的體重與能量借放進另個次元，類似火影的神威，如此躲避橫禍。此乃鳥類適應演化成為生物霸主的主因。」我呆滯地點頭。這年頭已經沒有什麼不可信的事了。

我撿起一塊鳥的屍體。「這是什麼鳥？」

「那是我上星期吃的烤斑鳩。」教授抓抓褲子。

傳送點的鳥類愈來愈多，估算六百多隻，教授飽食終日供鳥兒溫飽。鳥籠業已聚集龐大能量，極不穩定，隨每一次振翅衝撞，溢出的時空顫弦甚而讓幾隻鳥成功躍過時差位勢壘逃脫屎雨牢獄。可惜牠們空有技術卻無慧根，在這空間愈飛愈急離目標愈遠，無法脫逃。也許製造者早有預料，X教授一個抽換概念，鳥又被關了回去。

郭教授要我去查達爾文的手稿，宣稱他是發現鳥類時躍的先驅。基於島嶼氣候與物理條件不同，鳥類為適應各種環境自行演化出迥異的瞬移模式，進而使得外貌連帶大幅變動，真是偉大。

「為什麼不用蜘蛛？他也是瞬間移動啊。」

「太小了，能量不足。」教授打了個冷顫：「而且我怕蜘蛛。」

約定時刻終於到來。

最近籠內又引進了許多新血，應是郭教授痔瘡老病再犯的緣故。當他無法再朝著屁眼塞更多鳥，籠內早有千餘隻，嗷嗷待哺。

教授吩咐我把幾乎與他屁眼溝槽合而為一的次元裂縫撕掉，小心不要扯流血。我照做，將那條縫掛回籠子裡應有的位置。這段時間真是辛苦縫縫了，彷彿能聽見它的啜泣聲，彎曲顫出的力場哭著。

郭教授著手機台的佈置。他把一個五尺高的玻璃隔離艙懸掛在鳥籠中央，調整周圍的磁場，令他們一致便有了明確方向性。他最後自個兒鎖了進去，貼著玻璃指示我下一步的動作。

「教授，你的夢想是什麼？你想要改變什麼嗎？」道別前我問。

「我想見母親一面。」教授紅了雙眼。經歷種種變故的教授已六十來歲，於心不忍沒問下去。

「好了，啟動吧。」

我拉起滑桿，按下按鈕。旁邊的音響大聲放出白冰冰的來去高雄，千隻鳥嚇得騰空跳起振翅亂撞：強烈的時空力場錯亂了維度，我望見教授在另個維度裡壓縮變形，痛苦表露無遺。

「郭教授！」我抓著籠子大叫。

「一個月後再回來。」消失前最後一句話。

這幾天我都沒忍心再進入傳送點。那些鳥我全放生了，引來記者獨家報導交大鳥類一夕暴增的亂象。

「這是不祥之兆……。」電視上占卜師這樣講，我只希望教授能平安歸來。

究竟盼到了這天。逃生出口閃爍低語，那是教授的救贖之道。我輸入密碼。

空蕩的次元內，鳥籠敞開門矗立，白冰冰依然哼著歌。我盤坐地上凝望羽毛屑屑和那些不堪回首的排泄物。我壓住太陽穴發功，把這空間的臭味整塊移除，自外部裝填新鮮空氣——喔不，新竹沒有新鮮空氣。

就算是一坨屎也好，能不能讓我知道教授在某個時間點，過得不錯？

一聲異音，仰首，間隙突然啪地撐開一條縫。說大便大便到，不要啊，我隨口講講的，別這樣。

那是一隻嬰兒的手。

接著頭、身體、四肢，全部拉出來了。我奮不顧身衝向前，欲接住教授用莫大代價換來的珍貴至寶，不留意踩著一坨屎。我整個人撲倒，右臉貼地朝前滑了四公尺，恰好接住了寶寶。媽的還敢笑，屎小孩。

我撥開眼屎向上張望，那裂縫向內坍縮，往外脹出各種暗紅色血肉模糊的器官或類似的皮膚血管，最後裹覆成一顆肉球墜下來，時空縫隙也被包了進去。

我捧著的嬰兒何時像是經過了幾個月的成長，竟於短短幾秒內冒出頭髮，呀呀朝那顆肉球爬去，約略是時空尚未穩定吧，當下我沒餘力思考這個。

「危險啊！不要過去！」可幼兒碰觸到了肉球。天啊，教授用盡力氣帶回來的東西，必是全人類最珍貴的資產！絕不能出什麼紕漏！

頃刻間，那肉球自上而下由內到外整個外翻，彈起五米高。原來我之所見皆為腸子內壁。那腸子形似圓形氣球，逐漸洩氣如尾巴縮回屁眼裡，現出人形。

郭教授回來了。

「教授！」我不顧嘴邊滿是屎泥高聲呼喊。

「我回來了。」教授疲憊卻光榮地笑。「為您介紹，這是家母。」他喘著氣，展示在地上滾屎的幼兒。

「三小？」

「這是她的幼年狀態，我回到外婆生下媽媽後不久，搶走媽媽，帶著她回來了。」教授舔了舔嘴唇：「她很可愛吧！」

幹你媽的，我吃了那麼多屎僅為成就一個戀母情結的中老年蘿莉控？這兩件衝突的敘述，居然可以這樣達成嗎？

我大聲咒罵，撿起一塊乾掉大便往他那丟；沒砸中他，反倒手滑炸到蘿莉臉上。蘿莉放聲大哭，呷賽，這下換老頭子大發雷霆朝我暴衝。我們在異次元裡竭力追逐，心靈較勁閃來閃去，怎麼跑皆無法逃避，猶如我們的存在生來便毫無意義。既然無人來除去我們的存有，意謂除數為零；而任何數除以零均是無意義的，得證我們的存在無意義。我們出於懦弱不敢正視自己的消亡，卻仍得隨機地死去。

「納——命——來——！」

我決定不跑了，我要直面人類內心的虛無。我轉過身望著蘿莉控老不休。

「準備為玷污我媽咪以及我未來的婆付出代價！」教授握著他的屁縫亂揮狂奔。

「適可而止吧，郭教授。」我掌心向前勸阻，無所畏懼喊道。「你不曾懷疑過自身存在的價值嗎？」

「我為了媽咪而活！」眼見教授就要拿屁縫套向我。

「吾才是自我的本體。對此，除我以外的任意主體盡屬虛幻，不過是我腦中數億數兆個神經連結建構的認知罷了。」我在短短四秒內念完這

串，否則時間不夠我裝逼：「我思故只有我在，你的存在對我而言毫無道理與價值，請你消失。」

郭教授慢下腳步，像是噎著，捂著胸口說不出話。他的身體變得透明，從腳底劃出的割線延伸到脖子，皮膚小格小格裂解。

「媽媽咪呀！你對我做了什麼？」郭教授呼天搶地咆哮。

「對你這種人應有的懲罰。」我低聲說。

郭教授消失於我一寸恍神中，僅存吶喊在空間反覆迴盪，也許在本體意識不復存在的情況下他的聲音始終不會自然消失——也罷，讓這回音留下來視為他活過的渺小證據吧。

這裡可是意識的世界啊，腦是我們人類身上唯一夠格稱作高等次元的區域。傳送點正是我們自身意念構築之境，教授的夢想是亂倫，他找到了時光機助其強姦自己老母。

那我的夢想是什麼呢？

又或者，一個肥宅也配得上夢想麼？

初訪此地，沒有看見任何屬於我的東西。諸多儀器均是郭教授思想實驗的延伸，不是我的。

一想到自己，面前忽浮現一面鏡子，裡頭有個爆醜的人，醜到幾乎不願直視。那是一種災厄，是無人想見的面孔，故我很識相地不怎麼出門，或戴著口罩，真虧武漢肺炎給我這樣的正當性。更早之前，年輕人戴口罩不過為了遮醜，相信我。因我們對於人類的長相有特定的版型，大腦會自動替口罩下配入正常的模板；而所謂正常的模板已稱得上是好看的樣貌，平均即是美。

有時我慶幸父親沒看過我的臉，他出車禍後就沒醒來過。醜到什麼程度呢？聽說我母親見到我第一句話是，「這是什麼怪物？畸形兒？」

所以我甚至嫉妒有戀母情結的人——

啊，郭教授是瞎子。

他視力僅剩0.05，平時靠其他感官與整體光的強弱定位的。他要我，只因我很努力討好他，緣於他是唯一一個不排斥我的人。作為回報我為他

嘔心瀝血，把大學所有精神投注在這個絕頂噁心的實驗上，還忍痛放棄那些新番和麥當勞折價券。

我跌坐在地。我一無所有了，連做夢的資格也沒有，這個空間沒有屬於我的夢。

我想拯救我的大學學分，我想父親從植物人中甦醒，我想減肥整形變好看，我想學電吉他，我想賺很多很多的錢成立胖子醜男基金會援助同我一樣絕望的人。

我下定決心，假如只能帶走一個的話。

召回門邊，爆乳大姊姊從糞堆裡爬出來，甩了甩艷紅的俐落短髮。她垂眼尾的綠色眸子反映出我矮胖的身材……但我不在乎，相信她也不會在乎。

在乎的話也讓她瞎掉好了。

啊，神啊，原來我的夢想一直在這。我是全台灣理工肥宅的驕傲。

「我們走吧，郭媽媽。」我挽著她的手離開。

# 熵學院

　　我是交大中文系大一學妹，十八歲。住在竹軒一帶，未婚。我在中文系學會服務。每天都要加班到晚上八點才能回宿舍。我不抽煙，酒僅止於淺嚐。晚上十一點睡，每天要睡足八個小時。睡前，我一定喝一杯溫牛奶，然後做二十分鐘的柔軟操，上了床，馬上熟睡。一覺到天亮，絕不把疲勞和壓力留到第二天。醫生都說我很正常。

　　此外，我博覽群書，不恥下問，平時聽老高講故事，喜歡各種奇幻文學──這也是我進入中文系的原因。（而且教授的手好漂亮，好想跟他談一段不為人知但總會被發現，至死不渝的師生戀呀⋯⋯。）

　　某天我翻著翻著，倏忽之間書裡跳出一個新奇詞彙：熵。這字似乎屬理工範疇，遂搜尋維基的說法參考。

　　單就基本的定義來講，「熵」指的是宇宙的亂度，不能做功的能量總數，是一種必然不可逆的運行方向。雖然這大多在熱力學或機械相關課程才會提到，要向一般大眾解釋的話──「宇宙必趨於混亂。」

　　這簡直是多浪漫精緻的一句話！就像詩人特地替這句話量身製作了一個字，噢，熵啊。你是多亮麗而被眷顧的！你的獨立系統永不減少，只會無止盡地徒增！你是退化的指標，是理科人的衰老！

　　可我自豪於詳細的批判論證，決定做一個思想實驗來揣摩地球的熵。我在腦中幻想，驚現一項詭譎之處：這完全不合邏輯啊！

　　熵既是宇宙的混亂指數，亦是不可逆的自然結果。

　　容我比喻一下我的論點：假設今天有任一顆星球，以地球而言，基於地殼錯動擠出高山峽谷。套用高中地科所學，山會遭風吹雨打最終夷為平地，而峽谷也將被落石填滿，理想的情況下畫作一顆完美的球體，不再因引力變化，是由於熵的遞增。

但你各位有沒有發現問題所在！熵的遞增竟然使一個凹凸峰壑的星體變圓滑了！這不合理呀，熵代表的不是亂度嗎，怎麼反而變整齊了？

這可是打破物理學界的大發現！文組即將稱霸物理諾貝爾獎了吧！

我把這件事告訴了一個電機系的工具人。

「如何？」我滿懷信心問道：「我是這樣想的第一人吧！」

「你搞得我好亂啊……這是什麼文組思維？」他抱著頭哭了起來。

「熵是悖論！亂的東西不應該使星球變平整變完美，宇宙將趨於穩定，造成亂度下降！」

「啊啊啊——」工具人悲痛欲絕地嗚咽。

「熵是悖論！熵是悖論！」我興奮吶喊：「我發現了宇宙的真相！」

工具人的頭霎時爆開，身體組織炸得四壁塗泥，而他原本腦袋的位置，清脆地「啵」出了一個黑洞。

我的發現讓他昇華了嗎？讓他得道升天進化了？

「等等，該不會是……」我倒抽一口氣：「我的悖論讓他變成反物質了！」我嚇得手忙腳亂，上網搜尋更多關於反物質的知識。

稍晚我推論出，鑑於理組的死腦筋無法承受此等過於深奧的知識，與不知變通的頑固概念違背，因而導致思維斥力炸裂形成腦洞。唉，怪他們先入為主囉。那麼，一旦不再提起這個發現，就能阻止他人再度爆炸。我決定犧牲諾貝爾獎保護世界的恆常，儘管這才是真確。

但這顆黑洞怎麼辦呢？好在我夠聰明，知道黑洞的相反詞即是白洞。我找了另個工具人，把這個理論告訴他。啵！他也爆炸了。

我提了桶油漆，把他爆炸產生的黑洞漆成白色的，再讓這個白洞跟原本的黑洞融合。啾的一聲，物質與反物質撞在一起，消失殆盡。

這件事悄悄落幕了，但我一個弱女子至今仍恪守秘密，沒有告訴任何人……希望有人能夠幫助我解脫。

# 量子糾纏

清大人才濟濟。當天才太沉醉在自己的世界中，性格自然也古怪自負。他們會被旁觀者當成怪咖，但他們依舊是天才。

場景切換，我要列印期中報告，隨身碟來來回回反反覆覆抽插好幾次，就是戳不進去。背後忽然被點兩下，我轉過身，撞見一名男子全身上下散發理工科系會有的詭異氣息對我奸笑。

「你好，容我自我介紹，我叫小華。」還挺有禮貌的。

「喔，嗨。」我尬笑。

「看來你似乎遇到了一點困難呢，」小華說：「你知道為什麼你的隨身碟會插不進去嗎？」

「插錯邊吧？」我狐疑地打量他。

小華搖了搖頭：「這牽扯到很多觀念，我會一一向你解釋，別害怕。你聽過鴿籠定理嗎？」

我抿嘴，視線望向別處，再切回來。

「這很簡單，這裡有五個籠子，而我手上有六隻鴿子，若要給他們全部關進籠裡裡，至少也有一個籠子放入兩隻鴿子，對吧？」

雖然我是生科，不過這點道理我也是懂的；何況鴿子是生物，又牽扯到科學：生物科學，生科。我超拿手的。

「此即鴿籠定理：在每種可能均被試過一次後，起碼要第n+1次才會重複。」小華說：「當然這是指最差的狀況下。你剛剛試過幾次了？」

我想了想：「大概有五六次吧？」

「沒錯。根據莫非定律『凡是會出錯的一定會出錯』，所以你一定會至少試過每種組合才能插進隨身碟。」

「可是我剛剛至少試了三次以上？」

「你點出問題的關鍵了。遂隨身碟並非能用古典物理學的角度探究——」小華頓了頓：「每一個隨身碟均處於一種量子的疊加態之中。在你觀察以前，你是永遠插不進去的。」

「一座森林若無人聆聽，你如何判斷聲響的有無呢？」他舉例。

是沒錯，不過等等，我以為這是原子的微觀世界才會出現的事。

小華洞穿我的困惑：「微觀是一種相對概念。世界上所有東西無非是相對的：大或小、美與醜、我和你。你有沒有搞丟過橡皮擦或隨身碟？一定有嘛，那麼這些東西相對你而言則是微小的了，是微觀的世界，是以你沒再尋回遺失的擦子。」

他繼續闡述：「於是我們須先檢查過隨身碟，定義事件的趨向——比方光的二相性一次只能顯現一種，得抉擇要粒子還是波動才能量測。隨身碟有兩面，適宜的切入面是先備條件。假設你拿的隨身碟壓根就不相容，你怎麼可能插進去？一定要確認過啊。」

「那為何有時候我看了隨身碟的孔之後照樣插不進去？」

「正是海森堡測不準原理：當你看到光子時，是透過別的光子打中它再反射至觀察端被我們眼睛所接收，這行為本身已影響到光子的動量與位置了。」小華言之鑿鑿：「小東西撞小東西，你如何保證當眼睛接收到隨身碟的孔這項訊息時，隨身碟的孔沒有在下一瞬間變化呢？光子可是彈性碰撞的呀。」

我不由得五體投地佩服物理學家的頭腦。

「偶爾我能夠直接插進隨身碟，這又是為何？」

「量子穿隧效應。一切事物均由機率組成，一顆乒乓球在箱裡不斷彈跳總有天也能機率性的越過更高的位勢壘，出現在箱子外頭。」小華道：「我也是這樣跳進頂大的啦。」

「太陽的核融合、隧道二極體、原子鐘、掃描顯微鏡之類皆屬此原理，也因此戴套才沒有百分百的避孕率。於是乎我們插入隨身碟時，那是直接穿透實體，藉由那奇蹟似的巧合成功趁量子穿隧時進入。不然你怎麼

沒有每次都一兩次插進去呢？一切，你我均由機率構成。」他凶光一閃，
突出手刀朝我胸部刺擊，手卻直穿過去，一點感覺也沒有。

　　他緩緩收刀。我腿一癱跌跪在地，語無倫次喟嘆：「太強大了，太強
大了⋯⋯」

　　「數學與物理才是支撐世界的原則。」小華轉身離去，徒留我淹沒在
懺悔與血淚的世界中。

　　於是我轉系了。畢竟就讀生科，人生ㄅㄞ。

# 台男日常

自從上次事件，我每個星期都會回去看阿祖。

當初幾十台插在地上砸壞的瑪莎拉蒂已全數脫手，為咱家賺進不少零用金。三合院既已被陶朱隱園砸個稀巴爛，親戚們便遷進破損的大樓。阿公早晚餵糖給陶朱隱園，讓裂痕析出糖晶，增生連接，數天內修復完畢。

「這裡多棒啊，台灣的水果連經過台南也會變甜。」阿祖打抱不平：「你看那些什麼黑珍珠啊、麻豆文旦啊、愛文芒果啊，那些都嘛騙人的啦，它們只是在台南放一陣子，變甜再拿去賣，還敢自立廠牌。」

「原來如此。」台南以外皆破縣。

鄉村人家無不曬著一種神奇的器具：那是個大篩子，上頭佈滿纖細的鐵絲，許多氣孔。隔壁阿姨朝空氣一扇，下面放個簍子從孔隙中隨手刮下糖晶，幾分鐘滿出一大簍，外銷自用兩相宜。有糖的地方，就有生機。

阿祖路邊看見攤販在賣假髮，摸了摸頭頂似乎是日漸稀疏，便指定顏色要了一頂。老闆娘把沙威瑪從旋轉台上擰下來，沙威瑪不聽話還在哭，老闆娘於是賞了他兩巴掌，無情扯下後裝上冰糖地瓜啟動機具。地瓜淋上糖漿嘎嘎旋轉，爐內溫度讓拔絲不至於太快凝固，細細的絲在闆娘手中圈圈纏繞，壓入冰水迅速降溫，一窩棕色拔絲叢是具台南特色的假髮。阿祖滿意點頭，付了幾塊糖，蓋在頭上加頂帽子壓穩，繼續散步，邊走邊拔下來吃，不一會兒頭髮又沒了。

孩子們在糖漿的河裡嬉戲，抓著甜甜到處亂撒，雪花似的。那是台南的風情與老靈魂，比新竹那鬼地方好太多了，新竹刮下來的約是工業粉塵，還揀得出中年工程師的捲毛。

走著走著，轉角出現一家洗腎中心。

「阿祖，你們不覺得吃太多糖不好嗎？你看他們都吃到洗腎了。」

「憨孫啊？」阿祖槌我的頭：「我們洗腎又不是身體不好，只是排除過多的能量，ATP，好嗎？」

「你想想啊，如果所有臺南人都學我上次一樣一次吃幾大簍糖山，這些能量要發洩在哪？上街鬥毆？多餘的精力當然要發洩掉，所以才要洗腎排乾淨啊。那些洗出來的汁過濾蒸餾一下，又能當糖水賣人。」

「別吃那麼多糖就好啊。」

「哎呀，你每天尿尿浪費水，乾脆不要喝啦！」阿祖往空中一抓，搓著牙籤把指甲縫中的糖晶挑起來吃。不無道理，人不能不喝水，像植物光合作用也是耗水產水，那人也不能不吃糖了，糖尿病也得吃。

「糖尿病根本不是病，而是一種超健康的徵兆。你看洗腎越洗越瘦啊多上相，」阿祖接著說：「我們把多餘的營養還給大地，蒸散後糖又飄在空氣中，如此循環。」他斜舉著手，烈陽下讚嘆神賜予這豐饒大地。

我忽想到一個不合時宜的疑問：「那臺南人去世後，他們的遺體會不會也有糖跑出來？」

「當然啦，屍體乾縮其後外圍便析出一層糖晶，越厚代表福壽越高啦。」阿祖答道：「過幾年屍糖也會凝成一塊，美稱為福祿糖。某些可憎的盜墓者會把那層刮下來賣，真不要臉！」阿祖呸了一聲，又舔嘴唇。

台南人的舍利子大概也是無法分解的糖塊吧，我推敲。

「你看那墓仔埔旁邊那個商店，賣的是糖葫蘆。咱們習俗是把糖球拔起來砸在墳上，讓糖份滲入土裡變成屍糖，替祖先積功德，燒金紙很不環保。」阿祖搖頭：「然後糖葫蘆插的竹籤其實也是香，用完拿去燒你瞧多方便。」老祖宗的智慧高深莫測。

「可是阿祖，之前掃墓開棺的時候為什麼我們家的沒有長屍糖啊？」

「哎呀，阿祖怎麼知道啦，」他壓下帽簷：「別問這個了，回家回家……。」

# 金家好媳婦

　　北韓官邸六樓寢室，金與正睜開眼睛。

　　她起了身，掃視上方三張畫像，由左至右分別是金日成、金正日、金正恩。金與正泛出一絲意味深長的微笑。回想上個月，這兒應該還擠滿了服侍人員吧，但我不像哥哥又肥又腦。我可是北韓首任女性領導人呢，我擁有年輕的肉體，固然得獨自欣賞。

　　金與正來到餐桌前。那侍衛本要幫她拉開椅子，卻被示意叫走，百坪餐廳留下她一個。她嚼著豐盛的英式早餐，炒蛋、培根、香腸，搭配綜合果汁和一杯陳年紅酒，雙腳交叉粗魯而優雅地擱在桌面。

　　打開金正恩的個人電腦，反射性輸入密碼。新聞首頁，國外各大媒體頭條都在猜測金正恩的死訊。

　　「那累贅消失還真好呢，」金與正晃了晃高腳杯，黑醋栗色的光在她修長的指上閃動：「沒想過有天我竟能擁有此等自由，簡直像夢一樣。」

　　……可靠消息指出金正恩上星期的手術失敗，已成植物人。

　　「猜得太好了！」金與正仰首大笑，與她平日形象迥異。

　　……中國有匿名來源承認替金正恩進行心臟手術。

　　「可不是嗎！可不是嗎！這是千真萬確的呀！」她輕聲嘆道：「噢，可是哥哥已經不在世上了。」

　　……隱身兩星期的金正恩終於現身剪綵，卻有眼尖網友質疑為替身，指出許多相異處。

　　「是的是的是的，百分之百正確。」金與正深深吸口氣，闔上眼，把椅子後仰：「今天心情實在不錯。」

　　她將自己被p成咬土司的迷因設為手機桌面，似乎很滿意網友的創作。

金與正喚人清空鋼管舞廳，播著騎馬舞攀鋼管，裸身。

「年輕的女性肉體甚好，真使得上力。」她滿足地對望鏡中吊掛的自己，舌頭頂著上顎迷濛地笑，小腿的力量撐起全身。

「南韓的東西有啥不好的呢？偏偏礙於身份拉不下面子啊。」她隨手從酒池肉林中抓起一把Made in South Korea的假屌往後面一路推到底。那感覺如同給南韓總統強姦一樣，背棄北韓人民的期望，而罪惡感是最能使人興奮的催化劑。再淫，再淫，再淫一點。

流了滿身汗，旋即泡個一小時的澡：鑲金邊浴缸配著爵士樂與肥貓鬥小強，一小杯香檳。梳洗後金與正重新著裝，傳喚心腹開啟通往密室的暗門。書櫃沈重緩緩滑開。

腳步聲在地牢裡反覆迴盪，這是很深的走廊，發青的日光燈少少幾管曖昧不明。

金與正停在盡頭鐵柵前，最後一盞燈點亮兩張慘白邪魅的容貌：

牢裡，那是張女人的臉。

那是金與正的臉。

「親愛的妹妹，還敢玩權力鬥爭啊？」金與正揚起眉毛。

「……。」監牢裡那金與正瘦得不成人形。

「你可知道我跟爸爸的差別？看看我們的名字，」柵欄外頭的金與正說：「金正恩，乃是金正日加上『人心』所構成的名字，證實我是天擁戴的帝王。」

監獄裡的女人從喉嚨裡發出沙啞、無法辨識的呀呀聲。

「你呢？與正，你不過是個陪襯。我們的白頭山血統僅為男性服務，唯有我們才有資格將『正』冠在名字中央。」

地牢裡一陣沈默，除了那女人的殘響輕輕搔刮耳膜，手足談心。

「父親早為我規劃到這一步了，你的身體與基因全是我的替代品。」金與正冷笑：「手術真的失敗了嗎？看看我。」她張開手轉了一圈，窄裙些微飄起。「我看上去還比你再年輕個十歲，固然這是我要求的——被外

界質疑也無所謂，無論如何我依舊是掌權者，感謝你基因與青春肉體的貢獻。」女人輕蔑地說。

「我早想脫離那又肥又老的軀殼了，為了維持權威還不能做我想做的事。」那女人臉頰潮紅地按住下體：「如今我受到焦點關注，但那是好的關注。我在媒體上終究是好漂亮好漂亮的樣子。」

「所以親愛的妹妹啊，就算你不造反，總有天你還是必須消失的。這是你背負的原罪，是你一出生的宿命啊……。」

監獄裡的女人照樣瞪著外頭的年輕女人，像從沒移開過視線。事實上，她早就死了。

「家人本該互相幫忙。」女人的影子漸去漸遠，地牢又回到一抹黑暗之中。

推開主桌的落地窗，陽光灑入室內。
「迎接嶄新的時代。」北韓最高領導人舉起酒杯。

# 晴天娃娃

前陣子全台灣都籠罩在濕氣裡。書包浸溼，撐著雨傘也不方便，座位隔壁總傳來柏涵的濃郁腳臭。祈求雨趕快停，我捏了一個晴天娃娃掛在窗外。

林北鋼德是我另個室友，名副其實的八加九，整天口中默默有詞伴著佛經還有玖壹壹的歌。不過聽說他是真有靈力的，對各路鬼神也多少認識。

一回到宿舍瞥見晴天娃娃，鋼德頓時一個跨步把娃娃拍掉。那娃娃像降落傘般優雅墜落在後庭。

「靠北，你幹嘛啦？」我罵道。

「吃嘴小孩，真不知道交大最恐怖的吊死人的傳說？」

七舍的位置原本是座小型遊樂場。民國六十幾年，這兒發生了一件憾事。

遊樂場有個惡名昭彰的孤兒，十歲左右。其他小孩討厭他的原因不外乎就是搶你零食、在你耳邊大叫，宣稱這地方是自己的，得先經過他同意才能碰他的「玩具」等等。

其他人怎麼會鳥他？孤兒老是在一旁發脾氣，沒人要跟他玩。

但他是真心疼愛呵護這小天地。他沒有家，除了到社區中心吃飯，晴天下雨都在這裡——比起大太陽，孤兒更喜歡雨天，下雨才沒人霸佔他的樂園。他鍾愛雨天的溜滑梯，屁股兩塊印子，頭髮順著額頭黏成一片，濛濛人影爬上爬下，儼然一座天然水樂園。

某天小朋友們玩到一半，頃刻下起了暴雨。眾孩子急忙回家。孤兒見獵心喜，樂不可支地吐著舌頭叫他們滾回去。小霸王究竟忍不住了，叫大家一起扁這孤兒，揍到昏厥。

「那麼喜歡下雨，我就把你做成晴天娃娃！」

　　眾人找了塊白布和繩子，趁他不省人事把他吊在設施上。小孩子怎麼會明白生命是如此脆弱、如此易逝？於是遊樂場墮落成聚陰之地，百鬼雲集。

　　但宿舍照舊得蓋啊，學園竣工在即。校長請來道士做法，將七舍整間當作鎮靈塔壓上去。

　　「蛤？那怎麼沒什麼人聽過？」

　　「白癡喔，這種事情怎麼能傳出去？當然要壓下來啊！不然你以為交大鬼故事比清大少？」

　　但整座七舍（加上後續遵循風水補強的八舍）也鎮不下惡靈，更有幾個學生莫名跑去廁所，踩著坐式馬桶繫好繩子在天花板上吊。校方只好把坐式馬桶拆光，只在八舍留了備用；且為了即時監控救援，坐式馬桶上方天花板皆佈有隱藏攝影機，尻尻看得很清楚。據說直到今天，八舍二樓左邊第二間馬桶仍會自動沖水，伴隨女人的哭聲，似乎是嬰靈的母親。

　　「每一個晴天娃娃，都寄宿一個上吊的靈。」

　　「對不起嘛，我以後不敢了。」我慚愧地說。

　　但隔天，那隻晴天娃娃又被掛回窗外，上面甚至滲出血跡。

　　「蛤，我覺得很帥啊，就撿回來吊了。」柏涵撇嘴。

　　我實在忍無可忍。

　　「你他媽臭就算了，個性又差——」但還沒罵完，一眨眼，那晴天娃娃掙斷了線暴衝，欲鑽進我的嘴裡。我奮力抵住娃娃的頭大叫，祂的力度之大讓我跌到地上，雙腿扭動掙扎。

　　「惦惦！不要出聲！」銅德也衝上來拉住娃娃，緊抓衣襬奮力一扯，往後摔下，低頭打開掌心，竟然在娃娃身上拔出幾根變質的頭髮。

　　「是在幹，話劇社演技嗎？」柏涵擺出顧人怨的招牌表情。

　　那晴天娃娃突又迅即轉往柏涵嘴裡飛去，鬆口我首句便是歡呼。

　　「啊啊啊，我還不想變成天氣之子啊！！！」柏涵哭喊。

　　「祂今天勢必要帶走一個了。」銅德面色凝重道。

　　我萌生一個主意。

「欸柏涵，如果你讓牠進去，你就能見到陽菜囉。」

「本、本当に？」

「你不是最喜歡陽菜醬了嗎？」

「我、我婆陽菜！！」

我點點頭，順勢把那娃娃的頭塞了進去。

只瞧那肥宅兩眼翻至死白，蹣跚站起，吐出無法辨識的咽音。

他推門離去。

「別跟。」銅德說：「太危險了。」

「根本沒人他媽的在乎。」我聳聳肩。

柏涵再也沒回來，可能在哪間廁所自盡了吧？校方的說法是他被二一退學，但我倆彼此心知肚明。

還好犧牲的只是個酸臭肥宅，可撥。


【補充知識】

以下轉自銅德口述：

『如果有人跟你說他溺水過

切記立刻遠離他

他可能已經死了


溺水的人不是都會瘋狂把救他的人壓下去嗎

有這種勁壓水早就浮起來了

哪來的力氣壓人


所以他其實已經窒息死了啦

那是在抓交替』

# 女泉自助餐

最近T女家附近新開一間自助餐。招牌寫著五個字：女泉自助餐。

走進店裡不見半個男性，疑惑的T女問了服務生原因。

「噢，因為男性很髒啊！我們女人長期以來受到男性的騎士，所以換我們騎士男性了，此乃轉型正義，很合理吧。」

「欸，那為什麼收銀員是男的啊？」

「噢那個是同性戀啦，沒關係的，又不是體育賽事的跨性別女。」她眨眨眼：「姊妹淘，你懂。」

親切的店員為T女一一介紹菜色。

「這是剛徒手挖出來的鮭魚卵唷，非常新鮮。」店員說。

「天，鮭魚她這樣不會很痛苦嗎！」T女平時很喜歡小動物，魚腥不忍。

「沒錯，所以這道菜叫做『生小孩的痛楚』，沒事就多拿一點，即使沒體驗過也可以夾唷！對調養身心很有幫助的。」

「可是以這種天生生理差異來討論，是代表不生小孩的魚身體比較能幹，比較屬害嗎？」T女困惑。

「不許你這麼說！公魚母魚同等平等，但是生小孩就很痛啊！」店員歇斯底里地尖叫：「女人何苦為難女人，我們移動吧。」

「這是我們女泉自助餐最棒最豐盛的一道菜喔，免費的義大利麵，俗稱『免義』，客人都隨便拿隨便用，管他什麼時候都可以吃！」

「放在這麼方便的位置，」T女竊喜：「要免義，感覺不怎麼費力呢！」

轉角有一大盤鮮嫩多汁的鮑魚。

「鮑魚也是我們的獨門料理唷！畢竟喜歡鮑魚的人還是得吃嘛，得看我們臉色才能吃到。這就是本店最大優勢，客人通常拿去外面轉售。」

「看來鮑魚是女泉的招牌呢！」T女若有所思地說。

倆人走到一道菜前：羊排冒著煙，灑滿銀杏。

「這道菜叫『杏騷饒』，騷味很重對吧！鄰居有來抗議過，但別人沒資格講，因為這又不是他們做的料理。我們覺得騷就騷，不騷就不騷，當事人說了算。」

「那我還不多夾一點！」T女驚呼。

整隻豬腳被拔開，劈腿那樣坐在滾燙的砂礫上，旁邊擺著豬眼珠作為裝飾。

「傳聞呂后的人彘就長這樣唷，彘即是豬的意思。」店員說。

「這道菜有名字嗎？」

「這叫『呂姓開腿』！豬腿想多開則多開，是我們的自由，不應該被奇怪的目光注視。別人敢瞄一眼，我們就公審！」店員嘆道：「小心吃的時候旁邊不要有違停，會被色狼當藉口偷拍！」

「唉，沙豬的目光放哪裡都不對呢。」

T女注意到有一道菜放在廚餘桶上面，散發惡臭。

「請問這是什麼啊？為什麼要放在那種骯髒的地方呢？」T女問。

「那道菜有毒啊！不能吃了！」店員回答。

「怎不能吃了？」

「因為被男性污染啦！這叫父權遺毒！」

「那為什麼不丟掉呢？」T女困惑。

「你想想嘛，如果沒有父權遺毒這道菜，要如何襯托我們其他菜有多好吃呢？還可以作為店被搞臭的擋箭牌！」店員嗤之以鼻：「那兒尚有一道男吃的菜叫做AA炙（Asian Amatuer炙燒），我們也是捨不得倒掉呢。」

「原來如此，讓那些低賤的菜色襯托我們紅花！」

「你嚐到精髓了呢！」店員得意點頭，教得真好。

T女前往結帳，滿滿任婿挑選的菜色使她完全領悟到女泉自助餐的真諦了，但還沒完呢。

「哎呀，餐費怎麼能讓女性出呢？」收銀員燦笑：「當然是我們男性出全部呀！謝謝光臨！」

「請慢走！下次再來！」一排店員微笑招手，行禮時不經意擠出乳溝。

只見一名台女滿面春風地走了出來。T女已經徹底消失在這世界上了。

# 香jo哥哥

「那我們公司是要怎麼辦嘛？」癡肥中年坐在皮椅上，手中資料漫天撒舞，對著年輕人嚎叫。頭頂的畫框探出一系列啄木鳥的標本，銳利眼神迎向公司前途，「辛勤勞動才有收穫」，座右銘如是說。

年輕人低著頭不發一語。他頭上戴著一條些許破舊的黃色頭巾，毛邊都綻開了，看得出很珍惜它。

「三個字的都被momo挖走了，他們到底有什麼情結？」老闆無止盡地碎念：「蘋果姊姊也走了，她可是我們最初的招牌啊，她長得多漂亮、多姣好，竟然背棄了我們公司！」

香蕉哥哥的頭垂得更低了。

「我心意已決，」老闆傾身向前：「我要收掉yoyo家族。」

「不可以。」

「你說什麼？」

「不可以。」香蕉哥哥抬起頭，眼神堅持頑固，像看到心愛玩具眼睛發亮的孩子，唯有鐵石心腸的大人才捨得拒絕。

「那我要怎麼辦？公司在虧錢啊，我也努力硬撐好久！」

「就是不可以，不可以！不可以！」香蕉哥哥跳針喧鬧。

「我是老闆，我宣布yoyo家族從此解散。」他擺手。

香蕉哥哥嘴微張，任由下眼瞼抽動。

「啊啊啊啊啊啊啊！」他崩潰跌坐在地，摀住蓋住壓住臉。他的指縫中不斷漫出金色閃爍的流光，躍動、升騰、消散。整個房間充滿了快活的空氣，聞有小孩嬉鬧聲。

「你還好吧？」老闆慌忙上前安撫。儘管因經濟狀況撤掉節目，不代表他不照顧他的員工。

香蕉哥哥雙眼無神地抬起頭。他的臉上竟佈滿了皺紋。

「天啊，你的年輕活力徹底洩光了嗎？」老闆驚呼。

香蕉哥哥嘴角胡亂地抽動，咳嗽幾聲，一抿一遮，隨即瘋狂爆笑，一笑笑出幾十年來小孩積累的快樂泉源……任由他們長大成年，戴上醜陋面貌於社會浮沉，曾經歷的童年仍舊純淨無暇。那股聲音交錯迴盪，乃是世間最歡騰動人的天籟。老闆無法克制地掉淚。五十年後，他以為他曾遺忘的，那心中的小孩再度被喚醒了，而那孩子從沒變過。

「我知道錯了……我不會收掉的。」他對他說。

「太遲了歐。」是一個小孩的聲音。香蕉哥哥臉上的紋路更深了，並且延伸糾纏在一塊。

「太遲了、太遲了、太遲了歐。」

老闆這才發現事態不對勁。聲音並非從香蕉哥哥的嘴裡發出。

那股童稚的語調，是從錯動的皺紋裡擠出的。

它們緩緩裂開，每一道皺紋皆先後裂開，黏液從中滲出……再來是牙齒、舌頭的形。怪物的臉部表面積一片片浮起，延伸至好幾倍大，佔滿辦公室大半空間。他原先的五官擠壓變形，眼睛甚至被推到頭頂上，像整顆頭爆開的寄生獸，終於以真面目示人。

老闆嚇得摔跤後爬，直被辦公桌抵住為止。

那些嘴巴大聲笑著，卻無一絲令人畏懼的反感。畢竟，那可是小孩最純真的笑聲啊。

「塗抹、孩子、的笑容。」香蕉哥哥牙齒吃力地嚼出這幾個音節。

他緩慢起身，勉強撐住頭的重量，半歪著頸跟蹌迎向老闆。每捲舌頭如觸手般細長拉伸，輕輕圍繞老闆將他舉到半空，輕輕捧著，捧到面前。

「你的笑容也是我的了。」香蕉哥哥——已分不清是何方神聖的生命體說。

「啊哈哈，」老闆不由自主笑了出來：「奇怪，啊哈哈哈！」

香蕉哥哥剎時出手，以掌跟迅速削過老闆的嘴，減緩速度劃個半圈順勢滑回自己臉上，擦拭滴下的口水。老闆的嘴被抹除了。他惶恐抽動的指腹按著鼻子下方的平坦，乾瞪著雙眼無法發聲。

「太慢了歐。」老闆模糊的聲音從新生的皺紋裡露齒而笑。

香蕉哥哥左手抹過老闆的鼻子，將他的鼻孔與鼻翼緊緊黏合，使老闆徹底喪失呼吸通道。老闆撐大眼睛，用最後一口氣找尋生命的出口。為了生存，他將指頭用力插入眼窩，將兩顆粉色眼球拔出，起碼還能透過鼻淚管的小孔呼吸？早知道就聽母親的話做醫生了，當什麼老闆……什麼帶給全世界小孩快樂的……他沒法叫，沒有洞口傳遞震動。

觸手鬆開，纖弱的人類摔回香蕉哥哥腳前趴著，兩顆粉球滾出手心，像垂死蟲豸無助扭動。香蕉哥哥折疊收起那些裂紋，頭型恢復原狀的同時踩過老闆掙扎的軀體。他的五官歸位，以人類之姿坐到皮椅上翹腿，欣賞那令人窒息的搏命演出。

老闆的手指在眼窩下探索孔道，欲穿出一個呼吸孔，徒勞無功。他憑印象摸到辦公桌的桌腳，臉朝著尖端如啄木鳥反覆地撞，義無反顧要鑿出生機。他的事業曾遍佈全台，如今五官卻剩聽力堪用，能特別清楚聽見自己頭蓋骨裡傳出一道又一道刺響。

大約在第十幾下，老闆面目全非地、狼狽地，在敲穿毀容的洞裡吸到一小口氣。他終於能夠叫出聲，順著鼻腔潰爛的通道迸發又讓血給淹沒，浪費掉最後一口氣。

香jo哥哥得意地微笑，舉起電話。

「把企劃重啟。YoYo TV永不消失。」老闆聽見自己的聲音從辦公桌後傳來，下一秒便再也聽不到了。

---

註：香蕉哥哥本人當時有來這篇文下面留言「很有才華耶　文筆很好　我忍不住全片看完😊你應該是編劇才對　不禁讓我想起某部韓劇！👍👍👍」

# 小愛愛

　　跟小愛認識一年多了，雖然知道他是同志但不影響到日常生活。他蠻帥的，平時有鍛鍊身材，男女愛慕者均不少。相較之下，我就是個平庸肥宅，僅止於對著輝夜姬尻尻，哪有立場評論人家。

　　據說同志圈還有人萬元收購他的汁，另個室友說的。

　　忘了是哪天，又被喜歡的女生理所當然地拒絕，我喝個大醉回到宿舍，是小愛摘下我的眼鏡扶我上床。他是這麼一個體貼的人，甚至令我有些嫉妒；可是，一個自甘墮落的魯蛇有什麼資格嫉妒呢？

　　「誒，你醒著嗎？」小愛搖了一下我。實在太暈便沒回答。

　　突然一股熱氣罩上鼻子，隨後是柔柔的吻與鬍渣的觸感。

　　舌頭也伸進來了，小愛粗暴地亂攪，濺出好大的水聲。我嚇呆了，不得不繼續閉眼裝睡，做個稱職的情趣娃娃。

　　「我好喜歡好喜歡你……。」說完，脖子上也印滿發癢的紅暈。小愛將我的衣襬掀至鎖骨，舌尖快速點擊我的乳頭，另隻手搓揉我快B罩杯的肥宅奶。順時針旋轉……再換方向，或大力抽打硬得發黑的乳首。他輕柔咬著，像捨不得咬下的、最後那口融化的軟糖。

　　舒服嗎？身為男性我還是第一次被奶頭play，只能說那股感覺很奇妙。

　　小愛很熟練地把我的大尺碼褲腰一路拉到腳底，右手抓起我的腳踝向內彎折卸下衣物。現在我是光溜溜的了。

　　本還以為能享受到第一次口交，殊不知小愛馬上將我的腳掰開，毫無防備地插了進來，費了好大力氣才沒叫出聲。

　　小小愛形狀不很大，第一次進入算不上痛，有時候我便秘的寬度比這更粗更硬。我習慣在拉屎時翻臉書女網友的照片看，這樣屁眼痛痛時會像被她們肛，如此可見我多麼直。

他開始規律擺動。最初是不適感，漸漸深處有股奇妙的感覺醞釀。這股能量越來越大，似乎有什麼要爆炸了，我也居然硬了起來！

「我要去了……」小愛叫床。我也憋不住了！

啪！一陣爽感從下方傳遍全身。

小愛身體被我的屎黏滿。那是排泄完的爽感，幾天份的宿便一次炸出，舒服。

我仍在裝睡，無法得知他的表情，想必是極度錯愕。至少他也高潮啦，不虧吧？他將我的下半身輕柔放下，用濕紙巾稍微擦拭後，離開床，似乎是去洗澡了。

一件事閃過腦海：我的身體裡現在有小愛的洨，且有人正在高價收購。

慘了慘了，那些溫熱的液體快流出來了。若起身找罐子裝，一定會漏光的啊，剛剛括約肌已經被操到夾不緊了。

於是我突發奇想，用我的甜不辣手指使勁往腸道裡一挖，平時因便秘脆弱不堪的大腸壁則被我摳出一個息室。我再多挖幾個，精液引流到息肉裡封好就不會漏出來了！簡直天才！

隔天小愛裝作什麼事都沒發生，我也沒有提及，日子平淡無奇地過下去。

轉眼這麼畢業了，此後也沒再聯絡。

忘了講，過後沒找到小愛精液的買家，但我依舊相信並等待著那筆財富。這些精液至今還鎖在我的息肉裡，走路偶爾會晃到，很不舒適。

所以哪天你看到一個肥宅捧著肚子走在路上，那一定是息肉裡的精液在晃啦，臭甲。

# 腦波腦

#抒情文

你大概不知道我幾乎無法跟自己對話，因為我也才剛瞭解到。

大多數人腦中是有聲音的。這個聲音可能會提醒接下來要做的事，碎念、質問，或重複一首歌的旋律讓你無法專心。

我的腦中從來沒有任何聲音。我的腦中從來沒有任何聲音。

那個維度裡沒有所謂時間，種種均是瞬間而過的思緒。兩條神經突觸彼此接近，新的連結在端點釋出化學物質，意識流於是帶我去了別的地方。經常納悶為什麼跳到這來，上一秒我在想著什麼東西呢？

我的大腦非常吝嗇，甚至不願意消耗「讀完一句」的時間思考。自有記憶以來，意識就不像對話的空檔給過我喘息空間，而是同時創造整段話的意涵。靜下來省思非常累人，不過一秒已足夠（也被迫）閃過幾句話的訊息量，使我頭昏腦脹，久而久之也拒絕額外思考來折磨自己。

而我一直以為大家的思緒皆是如此跳耀，可似乎只有我特別快。

這也非壞事，正因腦袋構造天差地遠，靈感總能快速掠過腦袋。我是一個想像力無窮的人：將太陽比喻成靈感之神，射出的電子穿過人體便迸出了新想法，走著走著無意間被打到，進而快速記錄下來。我很輕易忘記事情，像把硬碟空間全改裝成記憶體，沒有立即存放則啪一下丟失。

我的夢境也是離奇曲折地失序，隨時都有千萬變化。我也比別人容易發現自己在做夢，場景太超現實且不合邏輯，唯在夢中才似懂非懂被牽著鼻子走。

因而發現，並且喜歡寫作。

打字是唯一讓我跳躍的想法箝制在一格一格「時域」的方式。相較瞬間的一維展開，每個句子至少要有時間寬度，才得妥善打理思緒，要不然

放任思想橫衝直撞，反而堵塞馬桶。放空聽歌亦給我這樣的休息，因此我也能接收到遙遠傳來的旋律電子指引我作曲。

已經領受這個事實，畢竟它帶給我的影響利大於弊。我的創作、我的幻想……所有稱得上成就的東西。

是的，註定要成為一個不同的人。

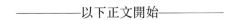
—————以下正文開始—————

而最近這股能力進化了。發現當我重複且高速閃動一個主意時，能夠把這股震動強制共享至附近的人腦中，進而對生物肉體下暗示，畢竟細胞實乃某種量子規模的能量脈動。

人類嬰兒誕生時，頭蓋骨並不是完全閉合的，有個叫凶門的縫隙。剛出世的生命能量正處於最豐沛的狀態，大量的欲念與恐懼感自該處噴發，憾動附近大人，使他們「感同身受」、「半洗腦」飼養眼前的生物體。不然一個又吵又皺巴巴的外星種，怎麼會有人想耗費能量扶養？大自然多的是吃小孩的例子，源自於智人發展出完備的AirDrop系統，才有資格確保下一代生存，組成社會。直至親子關係確立，小孩長大凶門才慢慢闔上。日後扶養小孩訂為一種義務，卻不曉得「寶寶防衛機制」的奧妙。

不過我知道，且掌握了這個奇蹟。

「誒你有沒有衛生紙啊？我突然超想拉肚子的。」小祐抱怨。

「幹，我也是誒？昨天那家六扇門是不是超不衛生的啊？」學長一臉猙獰。

「難吃又貴，蛤蠣還沒吐沙吐乾淨，秒！」小祐抓起衛生紙挾帶學長狂奔而去，邊跑邊漏。

沒錯，此乃我對他們下的暗示，我想在宿舍舒服的尻，抱歉囉。我鎖上門，搜尋Pomhub。學長腸胃本就不佳，又對小祐下特別重的意識干擾，想必會用上半小時吧，挫到脫肛，嘻嘻。

點進第十八個推薦，好像有不錯的了。

『為了讓幾十公尺外他的兩位室友腹部持續痙攣，得持續遠端投遞訊息，凶門通道不能關閉。』

天啊，這妹子……是我百年難求的理想型啊！

『他急忙脫去躁動的外殼享受這神賜的一刻，全心投入在裡頭。』

水滴奶阿斯。那個唇阿斯阿斯阿斯。

『這會是他人生最棒的一次高潮，高潮到他忘了拿捏力道。』

解放。

「啊啊啊啊！秒，爽到翻掉！」靠杯，射到宿舍天花板。

『然後悲劇發生了。』

下一秒，整棟宿舍轟然爆出集體淫叫與哀嚎的協奏曲。我的凶門啪的一聲裂開，露出直徑約七公分的縫隙，可見蜘蛛膜下劇烈震動的粉色大腦。我驚覺事態之嚴重，不顧頭疼也沒穿上褲子，甩開房門，滾出我的沼澤！

人們或癱或縮，在地上煎熬嬌喘。他們一手捧著蠕動的腹部，另隻手壓住持續高潮的鳥鳥，白眼翻到幾乎脫窗。

「肚子……痛不欲生……但好爽……。」有個人爬到我跟前：「殺、殺了我吧……我太奇怪了。」整棟宿舍似乎剩我能正常活動。

我狂奔至廁所。

「小祐！學長！你們在裡面嗎！」我大力敲打。

不聞回應，我踹開門。

小祐半趴著，臉埋進馬桶裡的屎，鳥鳥仍不自主地收縮排精像失靈的洗手乳感應器。這估計是死了，更不敢看學長的慘況。

經過廁所鏡子，才發現我的腦門至此仍是開的，失控發送著腹瀉與高潮的訊號，如同歐拉夫的大絕，無法控制。腦是身體的指揮……。

「你夠了吧！到底要鬧到什麼程度！」這是我首次與大腦嘗試展開對話。沒有回覆。

我回到房間穿上衣服帽T，一路踩過高潮未已的身軀騎上ubike往馬偕衝去。凡我經過的街口車禍不止，眾人倒在地面抽搐漏尿漏精漏屎，混著鼻

涕眼淚，看是要把七竅與所有的孔洞排泄過一遍，再不快點，這些人都會流成乾的啊！

　　沿著下坡我一路衝破馬偕的大門。

　　「老伴啊你怎麼漏精啦！」婦人在哭。

　　「我平常就在漏了啦！」

　　我奔向櫃檯，詢問扶桌抽搐的中年阿姨。

　　「請問泌尿科……不對，精神科在哪？」

　　她勉強指了個方向，旋即失去平衡摔下桌面。

　　我飛到精神科門診。醫生倒在診療桌上口吐白沫癲癇，無力回答。

　　「難道……我真是個怪物？我必須死嗎？」我撕心裂肺地痛苦笑著。

　　剎那間，醫師的腦門發出陣陣金光，呼應我的脈搏跳動。她的囟門緩緩裂開，現出她的大腦組織。

『良璧』

　　「這、這個聲音是？」

　　『我就是大腦。不是你的，不是他的，是一切的大腦的意識本身。是大腦的大腦。』

　　「你……你為什麼都不跟我說話？」

　　『我一直都在跟你說話呀，雙引號內的都是我說的話。』

　　「可、可是你的意念都是瞬間閃過的……。」我哭訴。

　　『那是因為，』他稍作停頓：

　　『你的大腦是饒舌歌手啦他唸得比較快。』無敵的吧？

　　「那怎麼辦？現在怎麼閉掉他的嘴巴，我的發言甚至都被蓋過了！」

　　『扁他啊！扁到他乖。』他嚷嚷。原來那麼簡單？

我貓了自己的頭殼一拳。

『嗚·嗚嗚·』彷彿是聽到頭頂傳來哀求，逐漸平息。

「再幫我一個忙好嗎，寶？」我軟硬兼施：「可以請你讓人們碰巧忘記這一切嗎？」

⋯⋯

『好吧。』

之後人類不約而同地『忘』了這事。

但至今某些人仍會因腹擊交獲取快感，正是曾有這種身體經驗的緣故。

後記：

原本想寫正常的散文，但你知道的，靈感總在任何時候降臨。

# 克萊因瓶

　　有個國王有三個女兒，大女兒長著烏黑頭髮，讀財金系；二女兒長著棕紅頭髮，讀醫學系；小女兒長著淡黃頭髮，讀數學系。大女兒很聰明，二女兒也很聰明，小女兒還是很聰明，但她讀了數學系。所以兩個姐姐很鄙視她。

　　國王有三把龍椅：白的、紅的和黑的。國王心情好時坐白色椅子，心情不愉快時坐紅色椅子，發怒時坐黑色椅子。

　　有一次，國王中年恐慌發作，深怕以後會失去女兒們的管教權，就沒理由地對她們生氣，坐在黑椅子上。女兒們馬上圍著父親身邊打轉，討好父親。

　　大女兒說：「父親，您夜裡睡得好嗎？您坐黑椅子，是不是生我的氣？」

　　「是的，我生妳的氣。」

　　「父親，為什麼呢？」

　　「因為妳一點也不愛我！」

　　「我不愛你，父親，看您怎麼說的，我是多麼愛您啊！」

　　「怎樣愛我？」

　　「我像金錢一樣愛您！無限的金錢能買到世界上所有東西，我對你的愛即為世上所有東西的淨值！」

　　國王皺起眉頭，什麼也沒說。不過他心裡很喜歡這個回答。

　　第二個女兒來了，說：「父親，您晚上睡得好嗎？您為什麼坐黑椅子？是不是生我的氣？」

　　「是的，我生妳的氣。」

　　「為什麼？」

　　「因為妳根本不愛我！」

「我！我是多麼愛您……！」

「怎麼個愛法？」

「如同醫療技術，金錢能買到所有東西，但買不到健康與生命！我可以用醫術拯救每位病人，我愛你如同您賜我生命那般寶貴！」

國王嘴裡不知嘟噥什麼，不過看樣子，他是滿意的。

這時，淘氣的小女兒跑來了。見父親坐在黑椅子上，她問：「父親，您晚上睡得好嗎？為什麼您坐黑椅子？也許您在生我的氣吧？」

「對，生妳的氣，妳不愛我！」

「您說得不對，我深愛著您。」

「妳怎麼愛我的？」

「我愛你猶如圓周率的尾巴，無窮無盡訴說不完，延綿不絕永不重複。我對您多好，再久都講不明白。」

國王一聽，馬上變臉大罵：「妳只考上數學系，是多麼得意的事！好用來說嘴？對我的愛只值3.14？妳才7414，我再也不要見到妳！」

國王下令將小女兒帶到森林裡殺死。王后很愛小女兒，她聽到國王的命令後很悲傷，想要救她。在小女兒房間裡有個神奇的瓶子，這瓶子非常大，且沒有內外部之分，是一種無定向性的平面。小女兒藏在裡面絕對不會被發現。

王后對心腹說道：「你把這個瓶子拿去市場賣了，牢記口訣：加深貧富差距。看到賤人，你開價要高；看到富人，開價要低。把瓶子賣給他，我的女兒才有辦法過好生活。」

王后擁抱小女兒道別，在瓶子里放了幾台計算機。那是數學系的電動玩具。

奴僕把這瓶子拿到市集上，人們看到後就來談價錢。

「你是什麼學校的啊？交大？哦，這個瓶子八十萬！」

「你勒？中央？沒聽過啦，這瓶子一千萬！」

沒有一個人被王后心腹看上，他開天價正是為了嚇跑這些沒出息的人。此時，來了個大葉大學的教授，詳細研究瓶子後殷切地詢問價格。心

腹一聽對方除了是教授，又是大葉大學延畢的，心想這人絕對是好課多修的天才。他出了個非常低的價格，低得令人難以拒絕。教授於是付了錢叫人把瓶子運到自己辦公室。學校裡的人全被這美麗的瓶子吸引住了。

下午教授暫時返家，小公主便從瓶子裡跳了出來，嗑了幾包泡麵，又躲回去了。

教授見私藏的滿漢大餐被吃得一丁點也不剩，對低薪助教破口大罵。

「一定是被清潔工吃了。」助教面有難色：「到處都有掃落葉的人，我們不知道怎麼抓嫌犯。」

第二天，教授想了法子，自己躲在桌子底下守候。

研究生沖脫泡蓋送煮好泡麵放在桌上，將清潔工們趕光光，鎖上了門。他們前腳剛走，美麗的小公主就從瓶子裡鑽出來。她踮腳到桌邊，剛要掀開泡麵的蓋子，教授便跳出來一把抓住她的手。小公主拚命掙扎，可教授卻捏得越來越緊。

「嘿嘿嘿，還沒泡好啦，再等三分鐘。」

於是小公主吃飽喝足，向教授全盤托出。教授聽了，便安慰她：「不久你就要成為我的妻子，先暫時躲回瓶子去吧！」

其實這教授是個媽寶。他母親巴絲娜發現兒子最近老是不跟自己吃飯，心窩便絞痛起來：「我待兒子有什麼不好？為什麼他不跟我一起吃飯？我有什麼事得罪他了？」

教授要求母親忍耐一下，因為他有重要的事。有一天天氣很好，教授對母親說：我要結婚！

「未婚妻是哪一位？」老人家問，她心裡是很高興的，不成材的兒子終於長大了。

教授回答：「我要跟瓶子結婚！」

老人家想了又想，以我兒子讀大葉大學的資質，這瓶子肯定是有什麼特別之處，而不是他瘋了。

「那這瓶子叫什麼呢？」

小女兒鑽了出來：「這是我們數學系的瓶子，叫做克萊茵瓶！」

突然間，國王破門而入，身穿黑色風衣。

「亞絲娜、克萊茵，拜託了，幫我撐十秒！」國王著了魔似的大喊。原來這國王是刀劍神域的愛好者。他的三張椅子分別象徵這部動漫的三個主角：白，亞絲娜；紅，茅場晶彥；黑，桐谷和人。

「我是桐人的憤怒。」王的表情逐漸星爆。

「醒來啊爸爸！這是克萊因瓶，並不是什麼克萊因！」小女兒吶喊。

「什麼！數學系竟然也有如此奧妙的奇蹟！」國王不自覺跪下，掩面哭泣。

「沒事的爸爸，這正是數學系的偉大之處呀。」小女兒的眼裡閃著正道的光：「走吧，我帶你去數圓周率。」

如果你也像我一樣，對數學懷有極大熱忱，願意為桐人不顧一切地星爆：歡迎你加入交大數學系，在此成就你一個不朽的名。

# 反叛的常粉（節錄：終章）


　　一行人循著地址來到羅東運動公園旁，一間田園中的獨立農舍。應門的是一位中年女人。

　　「阿姨你好，我⋯⋯。」陳凱琳禮貌問候。

　　「什麼阿姨？我才二十出頭！」那人惱怒地說：「別以為你是女生就可以放肆！」

　　「我是女生，」李和典嘀咕：「或者彩石補天？超爛。」

　　「那我們是同輩耶哈哈！」姜詠齡打圓場：「請問你聽過白良壑嗎？我們有事找他。」

　　「我正是。」一臉三十老幾的女人說道。

　　「你就是白良壑？」韋勇翔不可置信地覆述。

　　「要問幾遍？你是留聲機嗎？」良壑口氣也不甚好：「找我啥事？」

　　「阿姨等我們一下，我們要團隊討論！」凱琳說。

　　「團隊討論時間！」眾人低頭搭成一個圈。

　　「幹，我覺得不是她，瓜髒。」

　　「那怎麼辦？這樣問本人在哪她也不會說啊。」

　　「反正她一定知道某些事，不如先抓起來拷問。」

　　大夥討論完畢，那女的已經甩門進屋了。李和典試著旋開門把，拼命狂敲。

　　「吵死了！快滾！」二樓窗邊飛來一本《82年生的金智英》砸中他。

　　「該死的女性主義者！」和典對空揮舞肥宅鐵拳。

　　「現在怎麼辦？」

　　「讓我來給她一點震撼教育吧。」語畢，詠齡聚ㄅㄧㄤ於掌發功，雙掌貼門一推。

　　大門轟飛於瞬。鍋碗鏗鏘亂倒，磚牆錯動，眾人譁然！

一黑影自屋簷探頭。女俠再度現身。

「秒你爹，我就沒看過沙文小說，不要逼我寫武俠風格！」良塈騰躍而下，手握《第二性》。

「豈有此理！」婦人丹田緊縮，使勁一喝，聲傳千里。「我寫幻想文是自己的興趣！是寫給現代人看的，聽到沒你們這些父權怨靈！」她好似創造了一個假想敵，朝著空氣遷怒：「金庸的遊魂，退散！」

「老女人發神經。」和典咕噥。

良塈動作戛然而止，拳頭滯在半空，頸部以詭異的角度扭向他。

「你說什麼？」

「好像戳到她的點了，老女人真敏感。」

「準備好，我們一起活捉。」凱琳邁開雙腿。

那中年婦女高舉《第二性》朝和典襲來，似要以書本物理攻擊。

「腦筋急轉彎，為什麼女權看到布丁要暴怒？」李和典退避的同時腦中閃過一個笑點。

「不知道！」白良塈應無暇顧及笑話，卻下意識回覆人家。

「因為女權隨時都在暴怒。」他回頭扮了個鬼臉，白良塈臉部漲紫。

「書本可以消除，讓我來吧！」勇翔雙手舉至與奶頭同高，打算叫出虛擬鍵盤。

「住嘴！科技是男人的產物，這是父權壓迫！」良塈甩手翻開書本，那書竟就這麼飄在空中隨之移動。粉紫色的魔力源自書頁中逸散，勇翔手臂撞在一塊，架上灰色的平權手銬。

「靠，都給妳講就飽啦！」勇翔哀嚎：「那我還剩什麼功能！」

「你怎麼預設科技是男人的功勞！」和典大罵，往後一跳，不料被剛丟下的《82年生的金智英》絆倒。

「女權無處不在。」良塈一把抓住和典的左臉皮：「你反駁我，這是父權壓迫。」講完便右下一扯，撕掉嘴巴。

「太扯了吧？」那嘴還在碎念。《第二性》飛來夾住它，給他閉閉。

　　凱琳躺臥草地，雙腿作準心預備卵擊。詠齡縱身彈起，落地，雙腳撼動地面妨礙良壑追擊。趁對方重心不穩時李和典跳開，使她一臉撞在《82年生的金智英》封面哭泣的女人上。白良壑迅速應對，將書作於臉的支點，雙腳前後華麗地劃個大圈順勢把書撈起，鼻血滑出；說遲那快，凱琳射出一顆大砲將良壑猛烈擊退，卵子炸出的黏液把人書一同定在牆上。

　　但白良壑特化的政確規則不受限於時代背景。「女性開腿抓到！別畏懼男性觀點，你明明可以更開！」語畢，凱琳的雙腳被莫名扯開180度，瘀血斑斑，筋骨脫臼一時癱軟無力。

　　「都妳說了算啊！」凱琳幾乎氣哭：「這樣對待其他女人？」

　　「就說妳的思想已被父權洗腦，我是在淨化你。」女權煩躁地說：「女人不該被任何東西限制。」其身上黏液向四周退散化開，人帶著書從牆上踏回地表。

　　「你們的行為或多或少帶有父權壓迫，論活著已令人作嘔。」她重整架勢迎戰：「歡迎來到2020的大女權時代，你們是獵物。」

　　「這個女人瘋了！」書裡的嘴叫罵。

　　「男性已經主導世界太久了，此刻起唯有女生能發聲。」和典驚恐地按住自己聲帶，似乎被奪去了。不知何時，勇翔自良壑背後偷襲，召出兩個大括號上下使兩人困在結界中。

　　「我把我們倆定義成local variable，你沒可能逃出去的，即便你懂開另個函數用friend瞬移也無濟於事了，因為你沒朋友！」

　　「哦，那你現在被銬住怎麼攻擊我呢？」

　　「我要跟你同歸於盡！」勇翔咬牙。

　　「注意你的言詞，請用女部的她，不要再使用這種歧視字彙，會傷害到我長期受男人欺凌的自尊。」

　　「清空system32！格式化！」

　　勇翔祈禱般手放在胸前，坦然迎接生命的消逝。一聲資源回收桶清空提示音，象徵勇翔氣息的大括號炸開，稜壁碎成片狀向外噴散。

　　「韋勇翔！」

一個人影站在原地。是白良壑。

「我象徵的是女權的意識形態，並不是你們能勾得著的。」她搖搖頭：「人會死亡，精神不會。」

「我要殺掉你啊啊啊啊啊！」詠齡一心復仇，罔顧後果往她衝去。

「男性止步。」良壑右手向下甩：「掰了為，我們弱勢團體定義你為男性，你就該是男性，噁心的跨性別者別來爭權。」

詠齡像撞到什麼似的，鼻樑蹦斷身體向後彈開。同時凱琳以詠齡作遁，從死角竄出，再幾步差能勾著良壑。

良壑舉起書本，見嘴遁無法跟上，打算以知識的蠻力抵擋直擊。她萬萬沒料到凱琳竟騰空躍起，改為飛踢過去。良壑及時向左仰頭閃避，那腳差半公分就會踢歪她的鼻子。

踢擊掠過，白良壑一個轉身左手按在凌空的大腿上。

「父權壓迫。」她嘆息。

凱琳的腳像被機器捲入那樣扭轉凹陷，蜷曲成不規則的形狀。她痛得淒厲慘叫，但良壑沒饒過她，右掌心往肚子裡按，再一句「父權壓迫」使凱琳整具身體摔在她腳前，水泥地龜裂，鮮血滲入。

「妳的子宮不能用，以後就沒有男人逼你墮胎，」她得意洋洋地說：「女人本就不該只是生產工具，我連立場都幫妳設好了，感動吧。」

凱琳失去意識已無招架之力。白良壑舉起玉腿就要補上最後一腳；倏地，凱琳腰部被土吞入，直至全身潛進地面讓良壑踩了個空。正當她皺眉思索，詠齡從左側能量加速再度進攻，於掌間纏繞最ㄅㄧㄤ之氣，是她的奮力一搏。那速度實在太快，不可能有人類反應得來。

她錯了。女權已經捨去了凡人的身份，不是人類，不配做人。

姜詠齡重心不穩地從良壑的殘影摔出。她溢散的能量將幾十公尺外的豪華社區頂層消去一大半，房屋ㄅㄧㄤㄅㄧㄤ地晃。

「怎……怎麼會？」詠齡對左臂瞪大了眼。她的手臂染上一層紫黑色的潰爛，腐蝕生煙，有男性臭ㄐㄐ的味道。

「這是父權遺毒。」白良壑本尊現身，好心解釋：「噢其實也算女權的助力，沒有歧視我們哪來面子予取予求？大家都有義務幫助受害者。」

李和典安置好凱琳，回頭一望詠齡已倒在地上，身體左側徹底侵蝕見骨，內臟裸露，紫色汁液汩汩滲出。此景幾乎壓垮和典僅存的理智。

仔、仔細想想啊！你這個笨蛋！

良壑朝李和典快步走來，後者四肢卻嚇得無法動彈。

「該用什麼方式處決你呢？我有許多想法。」她面有難色斟酌著：「女性本來就有很多想法，切莫再打壓我們。」

白良壑微微拋起《82年生的金智英》瀏覽：「韓國男人歧視最嚴重，用這個懲罰你剛剛好。瞧你怕得不敢動了呢，十幾個世紀以來的恐嚇與脅迫，就由我終結吧。」

這句話實實在在地閃過李和典的腦海，女人最害怕的事，或者說，造成女人被壓迫的先天原因。

「沙文主義的噁心物種啊，我賜予你的罪與罰……。」

和典的拳頭直截了當地揮進白良壑臉中。

「男女，憑拳。」

人影飛了十幾尺才落地。那兩本書輕盈地落回地面，闔上封底。李和典一本一拳把書砸穿。沒了歷史，這聒噪的左膠老女人還有什麼能講？只會賣弄知識，沒想過大眾沒義務也不會搞懂這些語彙。先過度解讀，然後單向強制輸出，講到優越感油然而生果然被當笑話。在同溫層自慰爽嗎？知道你們現在腦補得就是太超過了嗎？第一第二波女權運動領袖要是看見她們今日索求無度的囂張行徑會怎麼想？為什麼大眾愈來愈往女權的對立面靠攏？到頭來他們豢養的不過是一群蹭熱度的、缺乏實踐的網紅哲學家罷了，一丘之貉互舔雞䏢，同樣只靠嘴跟生殖器表達自以為是的正義。

遠方農舍形狀開始崩塌，四周房屋亦同，無處倖免。馬路捲起，車輛翻覆，路燈截斷，田水沸騰，空間如摺紙般錯動變形，天頂也胡亂撕裂。《第二性》被風吹開，書頁快速翻閱逃竄；《82年生的金智英》則是盡可能把一切圇圇吞棗地吸入洞裡，今昔輪替。

還有誰比女權更懂得消費女權呢？

四周影像撕成塊狀，條條碎紙捲入黑洞。在影像的外側是一片虛無，什麼也沒有，連星光也沒有。原來我們所待的世界只是一場虛無嗎？

宇宙外側是什麼呢？還是宇宙吧？還是可以生存的。

和典半瞇著眼，看見遠方的虛空中似乎飄著一個人形，但自己眼睛已被風吹得睜不開。他五指勉強嵌入地面抓穩重心，再遁入也很困難。姜詠齡的殘骸敵不住氣流錯動崩陷，隨陳凱琳的身被書攫獲咬嚙。身後，層層疊疊建構的體制終究完全敗壞，自己也失去支撐捲入書洞。在那一刻，他瞭解了女性的慾望是多麼強烈，強烈到得以吞噬一切，令人佩服。

結束了。

李和典握緊手機，螢幕顯示中等常渡的幻想文主角徵選。

粉專即將三個月ㄅ慶祝：
抽粉絲名字當幻想文主角
下面留言ㄅ就算報名
可以順便設定性格外表故事背景或劇情發展。

「可撥底層社畜卡。」留言送出。

# 味覺記憶

「我想吃⋯⋯維力炸醬麵⋯⋯。」馬偕醫院，重病臥床的母親已重複喃上百遍。

「來了來了！我買來了！」佩吟喘吁吁跑進病房，舉高塑膠袋歡欣地甩。即使身體羸弱，她依然扛下照護的重務，讓我能夠專心在學業。

我接過她手裡的救贖，撕開紙蓋塑膠膜沖入煮沸已久的熱水。

「馬上就好了喔，再忍一下。」

「嗚⋯⋯嗚嗚⋯⋯。」昔日青春開朗的家母變成這副模樣，實在令人於心不忍。她為這個家付出的太多了，竟還要她受這番磨難，命運無常。

我以竹筷按在開口濾水，丟棄無意義的湯包，豆瓣醬捏入碗中攪拌。房間徐徐漫出香氣，霧裡有家。

「好了，這是你朝思暮想的味道哦。」

母親先是半信半疑聞了一口，蹙緊眉頭，夾起麵條咻嚕嚕地吸入。我們兄妹無不期盼她滿足而綻放的神情，大夥終於能獲得半晌安寧。

「這⋯⋯這不是維力炸醬麵！你們騙我！」母親掀翻紙碗，麵條醬汁狠狠地吐了一身，大聲哭鬧，隔壁護士從門縫間窺探。

「哥，就說你泡太久了啦，體恤老人家牙齒不好也不是泡成漿糊吧。」佩吟朝我瞪了一眼，埋首清理床單的殘渣。

「不是這個味道，少了一味最重要的。」母親嚴肅說道：「我要的是真正的維力。」

真正的維力？這是差在哪？

我妹頓悟，拉我到角落：「媽指的，該不會是那件事之前的吧？」

「莫非⋯⋯？」我也意會到了：「真有差那麼多？」

「那油分明是有問題的啊，吃壞肚子怎麼辦。」

「人都快掛了，圓媽最後的心願要緊吧！」我嘆氣：「但要上哪找黑心油？」

「我有認識的同學是食品加工廠老闆的兒子，我們去問他吧。」

離開時，病房的門猶如母親的病，一日比一日沈重。

「這不是我家佩吟嗎！」那八加九一上來居然跟我妹深情相擁，看得快吐了。

「哥，這位是康皓雄，我的國中學長。」我勉強擠出一個笑容，好歹也是有事要找他幫忙，厭惡豈敢彰顯。

「你說有事找我，是什麼啊？」皓雄問道。我們於是把整個過程跟他闡述。

「黑心油啊……老實說，每家工廠多少摻一點，很正常。你們每天吃的東西大概包含幾十種來源不明的劣質油吧。」

看我們一臉訝異，皓雄倒訓起話來了：「你們消費者跟平權自助餐還不是相差無幾，又想便宜又要品質好，這怎麼可能嘛！漲個價就哇哇叫不買，阿我們這些良幣都被驅除了，剩下的劣油你們只看到價格佛心。」

他吸一口氣，又繼續嘮叨：「幾分錢幾分貨啦，現在市面上已經沒有不摻雜牌的了，有也是你們碰不起的價位。反正消費者只想到自己啊，那就早點大腸癌早點入棺，恰好壓房價。房價也是被炒作，明明少子化更…………。」

「好了謝謝，我們知道了。」我止住他的牢騷：「關於油的事，我們能不能自己提煉啊？」

「自己釀嗎？假如有配方或許可行，但現在沒辦法找到的。」皓雄搖頭：「政府一查，上游供應商無不鳥獸散，即使握有來源與政府公布資料，也未必能調出原本的比例。」

「難道、難道媽媽只能這樣心願未達地離開了嗎？」佩吟聲音顫抖，泛著淚光。

「我沒有辦法。」他兩手一攤：「不然你們去原廠看看，也許有沒處理完的老油。」

「這些油過期好幾年了吧？味道可能變了。」

「啊就沒有其他辦法咩。」

來到頂新油廠前，紅色噴漆「滅頂」依舊刷不乾淨，污痕永存於台灣食品業的歷史洪流。工廠運作，約剩三分之二轟轟低鳴。我不常進廚房，不知道現在大眾還願不願意給頂新第二次機會——我想答案是肯定的。人很健忘，貪官污吏才能打滾，香港的熱情也終將冷卻，這也是中共的對策吧。不論好的壞的，時間會沖淡一切，迷失在水的柔情。

記憶中母親在廚房的背影逐漸淡化了。她也五六年沒有進廚房了啊，器材好端端的擺在哪，在等熟悉的背影回家。

佩吟低著頭回來，情況並不樂觀。

「沒有權限，何況廠長說那麼久遠的東西早報銷了。」

「起碼省得我們摸黑翻牆偷。」

搭車返家已是半夜。妹妹留在醫院照顧母親。

我踏進廚房，站在印象中母親炒菜的位置，闔眼，隨餐具自然揮舞演奏。轉開瓦斯，開火，除油煙機，熱鍋，倒油，依舊很熟練呢，童年的母親形象。

牆角那罐油，破舊的商標。

頂新？

我瞪視那罐剩一半的油，顫抖的手轉開瓶蓋。啵。

聞起來不差，大抵是防腐劑加多了？但著實是正常食物的味道。既然聞起來正常，那吃起來也不會出事吧，都是最後的機會了。

隔天，我上市場採買醬料，照著食譜做出那份豆瓣醬調理包。如果直接用維力的調味包，則會混有這代油的香氣，萬萬不可。母親渴求的是經典純粹的味道，這可不能馬虎，否則等同揮霍了這瓶陳年好油。

最終成果出來了。嚐過是嚐過，不知道有沒有辦法過得了母親這關。我味覺不靈敏，自己吃起來差別不大，更別說也沒泡過幾次維力，幾乎是母親在吃的。

來到醫院，母親見微知著擺出了嚴肅的神情。

「聽說你把貨帶來了。」

「不錯，這次是頂級的。」我以老廚口吻回應。

「上菜罷。」

滴答滴答。一碗傳說中的炸醬麵端上平台。

母親靠上前聞了味道，久皺的眉間舒展開來。她讚賞似地朝我覷了一眼，夾起一大坨咖啡色的麵條晃呀晃。

入口，用力吸吮，嘴邊的醬不留情地亂噴。她放下竹筷。

母親突然喝啊一聲抓拳大力砸在桌上。那麵碗整個震起，在空中翻了三分之一圈，她頭一仰，麵條絲絲滑入她油膩的口。保麗龍碗蓋住了臉，就僵在那裡定格。

「媽……媽？」

麵碗下滑，家母的臉罩上一層不尋常的淺綠光暈。

「爸爸竟然外遇……！」佩吟大驚。

「等等，應該不是綠光罩頂。」我說。

她睜開眼。光芒逐漸褪去。

眼前病榻上的老女人，變成一名年輕女性。


床上的風華女子披頭散髮，死盯著牆壁對面，視線尖銳得能定死飛過的蚊蠅。

「媽！媽！」蔡佩吟大力按摩她腳底板的瘀血。

「不要這樣對病人啦幹！」我制止她。

騷動驚動了醫護人員，幾個護士扛著主治醫生往病房跑。

「這……這是怎麼回事！」年輕護士花容失色。主治醫師果然專業，馬上進行檢查，女人也不吭聲地配合。

「DNA檢驗證實是您生母。」醫生診斷在十五分鐘後出爐，期間母連眨個眼也沒有：「但是年輕了二十幾歲，不可思議。」

「騙人的吧……（噓）。」

「唯一合理且科學的解釋是，你們剛剛給她吃的這包舊版黑心維力，喚起了您母親的味覺記憶。這股氣味太具影響力，使她的身體隨記憶回到那時期的狀態，畢竟這是整個時代的人的核心記憶啊。」

「真有那麼神奇？」我妹兩指挑起一根灑出的麵段，吸入口中。

她的臉開始浮出陣陣光暈，身體變形縮小，最後回到五六歲的模樣。

我簡直不敢置信，不光因為回春這件事：媽這麼早就讓小孩吃這個，吃到甚至有核心記憶？儘管當時在外地讀書，但我怎可能不知情？

「此乃日後長春不老的究極秘訣了啊，」醫生昇起微笑弧度的手臂，一道手術台的聖光打在他臉上：「請你務必將頂新油配方以及您母親交付我們，我們研究團隊等待這刻等了一輩子！」

「那怎麼行！媽好不容易享受到自由，怎麼忍心把她關回去供人研究？」我抗議。

「不然那瓶油交給我們即可，讓你們母親回家？」醫生眨眨眼：「我們是為了全人類著想呢，你不希望看到全世界人類快樂的樣子嗎？」

我動搖了。正想答應，貌美之年的母親突然發言。

「這是推銷慣用手法吧？還摻情緒勒索！」母親嗤之以鼻：「我們快走，不要理他。」她跳床拉著我們離開。

下樓，醫院門口圍來保全。

「抱歉，我們可不能放任如此珍貴的研究對象遠走高飛。」

「我沒帶油來，也許可以去拿給你？」我半虛半實央求。

「不必，我們派人去拿。」可惡，沒辦法了嗎？

母親見狀，將兩根手指插入自己喉嚨乾嘔。

「天啊，媽咪又要自殺啦！」佩吟哭天喊地。五歲的女孩知道自殺？五歲的女孩說母親又要自殺？

「女士，請別這樣。」保全們勸阻，照樣不留縫隙給她溜走。

媽抬起頭，一眨眼嘴巴親在保全唇上。

「喔嘔嘔嘔嘔！」母親狂吐，方才的維力炸醬麵灌進保全胃裡。低薪保全臉上浮出淡綠色的光點，臉部肌肉抽動修復。趁著慌亂，媽拉著我們二人逃出白色監獄。

自那次事件，咱們蔡家名聲大噪，每天必有人跪在門口討那神油。母親說什麼也不給，把油鎖在保險箱裡，我們也沒有再見過。

「拎祖媽把你們養那麼大，還不給我享受青春百歲，就是不孝子。」她的口氣觀念依然是老人家：「不准，任何人都不准。」

現在由我照顧五六歲的佩吟，母親躺在床上追劇，或是出門勾搭男人。她這星期已經帶了第三個男人回家，也算情有可原。她守寡太久了，守到步入病房，今有體力當然得好好揮霍一下。每晚躺在床上，我總聽得隔壁開鎖的金屬聲，猜她須定期補充以維持青春。

真可謂諷刺，一場劇情反轉再反轉的鬧劇。昔日的黑心油成為眾人爭相搶奪的仙丹，亦是母親的毒品，記憶中和煦美好的媽媽成了這副模樣。

但也就這樣吧，這是奇蹟，這是社會。真夠荒誕。

「你一定要救我爸！他躺在病床上插管，人快要死掉了！」王宗泉邊哭邊求，把我的衣襬當手帕蹭。宗泉是我一個死黨，在母親尚未臥病前我們成天混在一塊。我憶起我也曾偷偷在夜裡趴在母親床邊啜泣，無助地握著她的手與鎮定劑點滴，不敢跟佩吟講，不敢跟任何人提起。

「好，我一定會幫你。」我擦乾眼角。

「當然不准！」母親不耐煩道：「你擋到我的電視了，借過。」

「他爸也跟你一樣重病，你忘記那段時間多辛苦？」

「那是他家的事。」母親不屑地揮手：「命運讓我們家幸福，你還有空閒去同情人家？那你怎麼不去幫非洲小孩工作？真是偽善。」

我氣炸了。但愚鈍如我當即啞口無言不知怎麼反駁，但我相信大家會站在我這邊。怎麼講這番話都很令人生氣。

我決定要給母親一點顏色瞧瞧，狠狠地把以往的親情甩到旁邊去。

我目前就讀交大應化系，容易取得化學物質。隔天跑了新竹一趟，帶回滿滿的重金屬，價值連城。

你以為我要害死親母？不，世界上最慘的事不是死亡，是失去曾經擁有的東西。

曾擁有的失去後，回來過，現在又要走了……

中午，吃飯。

「牛肉怎麼是彩色的啊？」媽問：「是油光嗎？」

「這叫五彩牛肉麵，現在餐廳也會做各種顏色的水餃啊。」

「原來，我跟不上時代了。」

為順利進行計劃不被起疑，我讓佩吟來吃，餵她個滿嘴流汁，豁出去了。湯水亂噴，我的眼角也被濺濕。

真是美味，復仇的滋味。

吃飽我留在客廳旁觀母親發作。過了半個時辰，她的臉散出褐色的精氣。終究她也察覺了。

母親跟跟蹌蹌拐到鏡子前，這下子路也走不穩了。她遙望鏡裡的年輕女人再次裂出皺紋，分化醜陋的疙瘩，約把老化的痛苦又經歷了一次吧。

「你……你竟敢殺了媽媽？」母親面目猙獰。她眼眸逐漸混濁，牙齒枯黃掉落，雙頰凹入塌陷，嘴唇不再豔紅。那指著我的手指甲發黑龜裂，體力不支撐下，這一跌肯定砸了骨盆。

「殺人是犯法的，我只是讓你忘掉了那年代的味覺記憶。」我冷冷地說：「妳再也回不了春了。」

母親瞪大空洞的眼窩，眼中已無光彩，更像是失明了。她以手在地上賣力地匍匐爬行，活脫一隻蠕動的蟲。那生物憑僅存的印象摸回房間，床底下死命拉出保險箱。我知道她要做什麼，卻沒有阻止。

她似乎連密碼都給忘了，每錯一次便大聲唾罵，至第五次才扭開鎖頭。她發顫乾癟的枯指取出頂新油，一口氣灌完半瓶。

「為……為什麼沒用？」

其實鋁未必會造成老年癡呆，但攝取重金屬絕對有影響。我把那些全部倒進麵裡，湯頭便浮了一層彩油，肉體五彩繽紛的。反正牛肉自然就帶有金屬色澤。

「我不是說了嗎？妳得了阿茲海默症，記不起這個味道了。」希望愈高，落空愈痛，痛死妳。

母親終於往後一仰失去意識。我把她載到醫院，囑託給醫生。

「她突然忘記所有事情，包括油的事，所以你們研究她的身體或腦也沒用了。」我補充：「何況她把油喝光了。」

至少，我能留給母親不被打擾的空間。很多事不是科學能夠解決的，因為我們是人類，我們帶有情感，我們帶有「人性」。

我把頂新的油分出幾毫升到從實驗室坑來的試管裡，壓緊軟木塞交到王宗泉手心。

「只剩這些了，你不把握好我也沒辦法。」

「謝謝你……。」宗泉嚎啕大哭，又想往我身上蹭鼻涕，我避開了。

我回到家，把剩下的油全倒進馬桶沖掉，在門口貼佈告昭示頂新油壓根沒用，副作用更大。看看我們母親吧，因為這瓶油付出了什麼代價呢？她原本還有大吵大鬧的力氣的。

佩吟與我仍年輕，重金屬的危害對我們尚不明顯。

「你是誰呀……？」小女孩問。沒料到這種狀況，可能年紀太小腦細胞還很脆弱，傷到重要他人這塊了。

我看著她，嬌小可愛，水汪汪的大眼睛直盯著我瞧。事到如今，也該給我一些補償了吧，我問天我問天。

「我啊，是你的男朋友唷。」我笑道：「我會教你許多大人的事。」

一切，都結束了。


王宗泉從分析儀裡取出試管輕晃，細細賞玩，露出陰森的笑。

# 葡萄園

從前從前,有一座大山,在山的南邊有一座城堡,住著老國王和他的三個兒子。這名老國王統治著一片肥沃的領土,以盛產多汁的大葡萄遠近馳名。老國王非常愛護他的人民與甜美多汁的葡萄,每日皆會下鄉巡視,看看人民有沒有需要幫助的地方。

有次淹大水,老國王於是雇坦克六台四處為農民打氣,遇到了穿著深藍衣服的白痴。

「你怎麼可以搭坦克!」白癡說:「你應該親自下來感受人民的痛苦!」

老國王沒有生氣,而是耐心回應:「假如我真的下水前進,要如何有效率地勘查災情呢?要如何趕緊回到城堡,梳理計劃服務人民呢?」

「你不夠接地氣,,民怨四起。。。」白癡自討沒趣地走了。

可是老國王年紀也大了,體力漸漸衰弱,再也不能到園裡陪著葡萄成長,而他的三個兒子儘管已屆成年,卻十分懶惰;最近又恰逢恐怖的瘟疫,大家不敢到公共場合工作,眼看葡萄園子一天天地荒蕪了。

為了振興經濟,老國王決議發行三倍券。簡單來說,民眾可以拿一千換三千。

「這應該叫兩倍券!拿一千換三千是賺兩倍,當我們數學不好嗎?」白癡抗議。

「好,那就叫兩倍券啊。」老國王不解。

「我要召集人民拒領。。。」白癡生悶氣地走了。

臨終前,老國王把三個兒子叫到身邊,對他們說:「我的孩子們,在葡萄園裡我埋藏著一批珍寶,你們生活困難時就挖出來補貼家用吧。」講完便斷氣了。

　　兒子們見父親已死，立即找來鋤犁，挖的挖，耕的耕，可是他們嬌生慣養，挖了半小時就已滿身大汗，沒有找到那批財寶。

　　「等等，怎麼是我們自己挖啊？我可是貴族誒，命令農民翻土啊！」

　　於是三兄弟躺在城堡裡吹冷氣，支使農民為其翻找。

　　「報告王子，我們找到了，是超級兩倍券！」王子打開一看不得了了，這可是貨真價實的兩倍券啊！兩倍券上面明明白白地寫著，不只是一千，王子們可以對任何他們能夠取得的資產使用超級兩倍券，如此一來價值即馬上翻為三倍，由聯合國擔保。

　　「我們立刻就用吧！」好吃懶做的大王子說。

　　「不行！這利率可是整整200%！我們上哪找那麼好的投資報酬率，還沒有風險！」小王子就讀交大財管所，對理財非常敏感：「我們應該先爆賺一波，把家產通通變賣後再使用，這樣效益最大！」

　　「小弟所言甚是，我們就這麼辦吧。」二王子說。

　　王子們眼看手握大塊農地，卻只用於耕作，實在浪費。他們決定大肆招標，邀請各家廠商前來投資。第一年，數家建商確定入股，著手規劃；第兩年，小王子炒房，地產價值大幅上升，富豪無不趨之若鶩地置產；第三年，昔日的莊園已不見蹤影，化為高級住宅區「葡萄園」，地價暴漲萬倍。這些投資為三兄弟賺入數不清的財富，光憑租金即可無憂無慮度完一生。

　　「掌權政府的子孫派系總有享不盡的榮華富貴！」白痴憤憤地說。

　　「這倒是真的，但你能拿我們三兄弟怎樣？」

　　「兔崽子終於有一句實話！」白痴揮舞著手中的兩倍券。

　　如今王子們經濟獨立，超級兩倍券自然是用不上了。有天他們又聚在一起討論這件事。

　　「父親留給我們的東西，我們當然要使用吧！」大王子說。

　　「的確，我們把國家裡所有東西三倍化吧！」三人於是照著兩倍券後方的客服電話打了過去，沒想到等到一段父親的語音留言：

　　「三位兒子們，謝謝你們，我最珍愛的『葡萄園』一定因你們四處翻土，為你們賺了很多錢吧。其實根本沒有什麼超級兩倍券，你想聯合國怎麼會承認我們國家？但辛勤工作就會得到收穫，這就是我最後留給你們取之不竭的寶藏，希望你們永遠記住。」

　　「父親說的是，建商四處打地基土被翻得很深，高級住宅葡萄園為我們賺進好多錢。」

　　「收租乃是取之不竭的寶藏，我們兄弟將會永遠記住的。」三兄弟舉杯酣笑。

　　幾條街外的白痴因為負擔不起房價哄抬，握著兩倍券倒在路邊凍死。

# 尋犬

一回到家便聽到隔壁的阿緯一直哭，哭到我沒辦法專心做事。

「哭爸膩？」

「我家的狗勾走失了……嗚嗚嗚。」阿緯眼睛腫起來像烏魚子。

「阿你去找啊，哭有什麼用？」

「我不知道怎麼辦，到處都找過了。」

阿緯跟狗勾感情很好是真的，儘管他的狗絲毫跟可愛沾不上邊。阿緯本名叫葉廷緯，他的狗叫葉問，還是幼犬，每天在社群軟體上曬他們的互動過程，我沒啥興趣就沒追蹤，而且吉娃娃超醜。

即使我全然不希望那隻狗回來（牠更煩），這種心情我是能體諒的。

「不然貼尋狗啟示如何？找個顯眼的地方貼，大家會看到的。」

「如果他們不幫我找怎麼辦，你自己講，如果你在路燈柱子上看到會特別去記這件事嗎？」

「那附上懸賞金？大家不會跟錢過不去。」

「不行！我家葉問是不能被金錢量化的！」阿緯說起來格外諷刺。他本業是八嘎囧，後來靠訓練狗耍花招出名，弄了個粉專放日常影片，幾個月前宣布離職專心經營平台。阿緯口口聲聲說沒為他家寶貝開YT抖內，卻接著工商或開部落格捐款，不是同樣意思嗎？

「憑良心講吧，」我嘆氣：「我平常根本不會注意這些東西，因為它們無記憶點也沒有共鳴。你要讓大家記得才行啊。」

「我懂了！只要把葉問出生以來的點點滴滴一併貼上去，大家看到我們的故事後，肯定會被感動的！」阿緯雙手一拍：「我要儘可能放在顯眼的地方！」

這主意聽起來比較像招魂，至少阿緯沒再哭爸，隨便他弄吧。

隔幾天經過車站，整面牆貼滿狗兒子的遺照。

# 吃到飽

天天都是上班日，唉。我看看今天的份，王雋許願要一個女朋友——嘖嘖，真麻煩，一天到晚來這種的，就不能許個有趣一點的願望嗎？

總之，只要讓喜歡的人喜歡他就好了嘛。

身為一個許願神，要處理的事情很多耶！你想想嘛，如果你是外包人員，有案子進來的時候，會想把它做到最好嗎？當然是依照客戶需求，儘可能花最少力氣完成這個案子，趕緊忙下一個嘛。若有機會摸魚三吃則更有效率，何樂而不為呢？

我漫不經心翻著許願名單，猛不防眼前一亮。她向我祈求希望她的公司同事王雋能喜歡她。

這不就得了嗎？

王雋氣沖沖地跑來理論。

「耖，是不是你讓我愛上邱美美！」他拍桌怒斥。

「是，難道你不喜歡她嗎？」我疑惑。

「喜歡啊幹，超級喜歡！」王雋抱頭痛哭：「幹，但我不想要啊！」

「你的願望實現啦，你喜歡的人也喜歡你耶。」

「對啦，我覺得美美很可愛！她眼神飄移的樣子好迷人！」王雋潸然淚下：「這就是癥結所在！為什麼要讓我喜歡她！」

「她也許了差不多的願望，你們湊一對不是剛剛好嗎？」我取出資料：「聽說你們明天要去約會了呢。」

「我第一次跟領手冊的大胖妹出去，想不到怎麼取悅她。」

「你已經許過願望了，我不能幫你啊，」我拍拍他的背：「不過身為朋友，我可以指引你方向。」

「你想想，她會喜歡什麼呢？」

王雋撫摩下巴。

「以她的體型應該很愛吃吧，帶她去吃到飽？」思考良久，他給出妙答。

「聽起來不錯。」我把願望清單收回抽屜：「你想怎麼吸引她？」

「既然她愛吃，我也要一起吃。我要狂吃吃爆展現我的魅力！」

好喔，這是我聽過最奇葩的答案。

「讚的，」我故作鎮定，儘量不傷害他的自尊：「你加油哇。」

「你要陪我一起去嗎？以朋友的身份。」王雋伸手。

「行，我會在別桌看你表演。」


繁忙的事務中，我勉強排出一個空檔，在燒肉吃到飽外面守候。他們倆從轉角現身，美美拿著新手機喬角度自拍。

王雋停妥車，經過我小聲道歉：「抱歉，他剛尿褲子還硬要先搞直播。」

「一個半男生，半個女，請問身心障礙有打折嗎？」

「沒有唷。你們一看就是情侶耶這夫妻臉，我幫你們安排對桌。」

我坐在他們對角，等他開秀。

他們對服務生交代幾句後，手牽手去拿飲料。美美握一根香蕉在直播前狂舔，掌心搓揉尖端，王雋則拎了兩瓶千五毫升的可樂回來。我揉揉眼睛再次確認。他不是要吃越多越好嗎？別啊王雋，旁邊的服務生在竊笑了，他們準備那麼多氣泡飲料是灌飽你的陷阱！

王雋給我一個帥氣的笑容，像是在說：看我的吧。

首先是五盤豬大腸開胃。這裡的大腸是一整條的，一盤一捲可以讓客人自行設定入口大小，不但省下前置作業吃得又有樂趣。王雋把附的剪刀暴力拆成兩半，劃開五十公分的腸子刮除內壁。也是，那邊太油太肥，如果刮除是好一點。

他以刀鋒壓住一端，從另一端使勁抽出，厲聲一喝！乾淨完整的土灰色豬腸懸吊在他左手搖晃，饕客無不鼓掌。

「謝謝，謝謝。」王雋朝大家點頭致意：「來吧美美，這條是獻給你的。」

「當他女朋友一定超幸福，」我身旁的棉花糖女孩嬌喘：「我快融化了。」大概是太熱讓脂肪融化了。

上菜，因為一道最多三份，王儁也點了幾盤不那麼昂貴的五花肉。

為把握珍貴的燒烤時間，王儁把網子移開，一股腦夾起五大條豬腸與肥滋滋的五花肉丟入火中，還澆上香油，攪拌神情專注看似練過許久。觀眾雲集，交頭接耳期待下場演出。火燒得超旺，甚至觸發了警報器，天花板灑水仍不敵這鍋油火，經理匆促出面安撫顧客取消警鈴。

和牛來了，超薄十片，小氣得令群眾倒抽一口氣。這點薄度是很不好拿捏的，尤其那麼大的火一下就焦了。王儁夾起筷子弄平舉起，幾乎薄可透光。他蹙起眉頭，斟酌對策。

隨眉間抒展，那漂亮清透的肉片向前一甩，橫過外焰，準確著陸在碟子上。極美的顏色，三分熟。

「我要高潮了。」棉花糖女孩用肥肥短短的甜不辣手指壓住身上擠成一團難以區分的部位。

和牛很快消化完，王儁撈出厚切豬大腸，恰巧熟透，用剪刀再正反壓抽一遍除去灰燼油脂。看樣子其他五花肉早已燒光，無須顧慮。

「只要沒有剩餘食物，那就不算浪費。」真是高明，看來他做了十足功課。

然大火未熄，應該不好烤那幾盤雪花豬。王儁跟服務人員要了手套，盤子摔進火堆，隔絕火舌的高溫直接當作石板烤肉。

他又去提了三大條吐司，經理知道苗頭不對已經趕來。

「先生你不能這樣烤！我們的盤子會燒壞！」

「是…嗎…不能…夠…這樣…」

「不行的，請快拿起來！」

「規定…又…沒有…講…」

那經理快氣炸了，唸了一大串已經聽不懂的話。王儁讀錶，似乎是倒數結束，他收拾財哥體盤子迅速撈起，嘴裡嚼著肉含糊幾句把經理打發走。

不過這次肉片上面有許多細灰，怎麼辦呢？

王雋拿出一個大碗，倒入可樂，將肉片像火鍋那樣涮了幾下，洗去灰順帶瀝走油脂，如此一來就不容易噁心。

棉花糖女孩似乎不贊成他的做法，哼一聲轉身離去。

不過這樣肉會好吃嗎？我自己也試了下，驚為天人。不但沖得乾淨，肉片上殘存的氣泡躍動舌上，讓它吃起來不會太油膩，反而涮嘴，且可樂正好冷卻肉片溫度，涮個幾下就能入口，焦糖色又增添肉片的視覺享受。

真有你的，王雋。

又來了肉數盤。既然不能火烤盤子故技重施，王雋乾脆全下下去跟木炭喇喇。時機一到，可樂兩瓶倒入，跟火一起澆熄。

「服務生，火熄了，幫我換一下。」最後一片肉在可樂火鍋裡撈起，甩在美美臉上。

不，美美已經不重要了。現在是他個人的表演時間。

輪到厚切牛排，網子上烤太慢，丟入火堆又不妥，怎麼辦呢？見他將鐵筷穿過牛肉丁，對折網子放進凹槽，餐具數隻撐著網孔不掉下去。網子離火更近熟得更快，牛肉丁串在四周也不會佔到網面空間，時時翻面，油滴順著鐵筷流下的模樣好誘人。

裡頭有熟即可，燒焦的部分刮除倒進火堆。王雋拆開吐司包裝，兩片兩片取出鋪在地上夾肉，蓋上麵包，撲倒美美如麵包桿一樣側身滾壓。牛肉這樣按摩不但去油，質地又更軟嫩了。吐司掉到地上三秒定理當然不能吃吧？於是王雋撿起丟入火焰，店裡瀰漫烤麵包香，想必也為後續的骰子牛增添一份奇特香氣，甚是環保。

依循幾大原則酒過三巡，王雋慢慢也吃撐了。他在嚇壞的美美耳邊講了幾句，來到走道張開雙臂。

美美身上肥肉甩呀甩的起跑，加速把王雋撞倒在地。他的雙眼暴凸霎時無法呼吸，扶桌站穩，將胃裡多餘的空氣擠出，反口嘔了些肉泥。他捧著胸口，第一件事不是到廁所吐，是叫服務生再送肉來。

我的淚水奪眶而出。這是藝術的最高境界。

　　甜點是另一個胃。起司蛋糕？壓扁。馬卡龍？壓扁，通通壓扁，別讓任何氣體僥倖進入腹腔。美美身上塗滿奶油抽泣著，王儁卻不動聲色，儼然情感喪失的覓食機器。

　　「你的雙下巴是第二個微笑，我也要守護。」

　　冰淇淋難逃魔掌，鐵桶端來放在火上加熱，用吸管吸食，然後換個口味燒，原本那鍋放回去。冷凍庫高速運轉冒煙，差不多燒壞。

　　終於，經理敲鈴，用餐時間結束，全場喝采。王儁站上台，拿起麥克風對美美溫情喊話。

　　「美美，你知道我怎麼吃掉你嗎？」

　　美美搖頭啜泣，連我都於心不忍。

　　「因為我，吃到寶。」

　　眾人頓時安靜，隨即歡呼起來。美美摀著嘴含著淚奪門而出，邊跑邊嘔。王儁衝出去追，循著嘔吐物尋她身影。

　　經理廣播，要我們依序到大門領封口費，這件事絕對不能傳出去，任一家吃到飽都會因這種吃法關門大吉。肥的瘦的老的少的都愛吃到飽，為了讓吃到飽存活，大家至今仍無走漏風聲。

　　好戲落幕後，我取消了王儁與美美的願望。美美很快又交到新男友了，王儁還是常來辦公室作客。

　　「還是單身快活。」他伸個懶腰。

　　「你怎麼敢這樣吃啊？這樣沒辦法感受食材的美味吧。」

　　「又差不了多少，反正吃到飽不論價位口味，結局就是吃撐，變成大便。」王儁挖挖鼻孔：「那就比誰塞最多啊。」

　　再回想他的身體力行，至今仍令我深深折服。

# 李登輝の長壽之謎

　　兩張搖椅在門廊晃呀晃的。

　　望去是苟延殘喘的高齡面貌與光得發亮的頭頂。灰白的眉側執拗地抓著幾條黑絲不放，於浮世中頑強矗立如軍官的威嚴。他的鼻子亦還硬挺，想必年輕時曾意氣風發，許是經歷過幾次大戰，見證無數歷史。

　　「你想留到何時呢？」

　　他有些困難地比出一個五。「再五年，充其量就再五年。」

　　右邊那老人鬢髮雪白，髮量卻不怎麼缺少，一張長臉和滿嘴整齊歪斜的牙。報紙上似乎有過以他為主角的漫畫專欄。

　　提問的禿頭老人咯咯笑出，聲長且慢。

　　「我也差不多了呢，死神來過好幾次。」老頭笑到咳痰，掏出手帕：「哪次帶得走我的，以前我可是陸軍一級上將。」

　　李登輝斜眼瞥了下郝柏村。

　　「我一定要比你晚走。」李前總統緩緩吐露。

　　「還以為我們和解了，沒想到你連這也要爭。」郝柏村笑得更喘了。另個老頭僅僅直視前方，不再搭腔。

　　笑聲間隔逐漸拉長，伴隨著咳嗽停下。

　　郝柏村比了一個一，食指硬挺宛若軍隊立正行禮，末端卻些微晃動。

　　「我就讓你一點。一百歲，超過就算你贏。」

　　「我可是榮譽軍官！你要帶走我？」藥丸滾下檯面如郝柏村的罵聲。

　　死神斗篷裡的幽暗深不見底，黑色袖袍升起，手指骨比出一個一。

　　「說好的一百歲。」

　　「你看看我，我身強體健！」郝柏村自輪椅上猛然甩手彈起，拋下步履維艱的軀殼，不協調地四處走動：「你要帶走這樣的人？一個健康的人？」一旁的李登輝吃驚地合不攏嘴，整張臉更長了。

「那是因為你即將飛昇，你將不再苦痛。」死神說。

「該死！」郝柏村一腳踹翻桌子，牆壁刮出黑痕。他對其怒目而視，猶如那刮痕是人生中的污點。像突然想到什麼，他慢慢轉過頭望著李前總統，臉上掛著不懷好意的邪笑。

「那順便帶走他！他什麼也不是，不應該活這麼久！」郝柏村向他咄咄逼近，李登輝嚇得往後摔在沙發裡。

「不是我！我是純種日本人，我很長壽！」李登輝瘋了似的擺手。

「你裝了一輩子只為活得比我久，甘願連釣魚台都送那些倭族？」郝柏村左手撈起李登輝的衣領，舉高鐵拳：「你的光榮感呢？」

「我要贏過你，我是日本人！我很長壽我不該死！」李登輝求救地轉向死神，死神也迎向他。

那一刻，李登輝好像看出了死神帽簷下的什麼。

「他是日本人，這是他應得的歲數，放開他。」空洞的聲音傳出。

過了幾秒，郝柏村緊握而發顫的手鬆開了衣領。

「是你贏了，日本鬼子。」他的身體些微飄起，朝天仰望，神情像是寬釋。畢竟都這種時候了，可不能帶著這些人間包袱離去啊。

「下個季節，我會來接你的，我的老敵友。」

郝柏村闔眼莞爾。他轉身隨死神昇入高空，餘下李登輝徒留人世，壟斷整個中華民國崛起的見證。

「是……是我贏了。」李前總統翻過身哀鳴，趴在地上喘氣，雙眼緊閉，終究也勾出一道歪斜笑容。

2020年3月30日下午，郝柏村因多重器官衰竭於內湖三軍總醫院離世，終年100歲。

2020年7月30日晚間，李登輝因敗血性休克與多重器官衰竭於臺北榮民總醫院過世，終年97歲。

「是……是我贏了。」

# 肇暘

我是個普通臭宅，平時興趣是窩在宿舍癱瘓度日。

室友小愛是個文藝青年，手不離蘋果，身不離寬鬆素色衣物。他出門頭上肯定要戴頂漁夫帽，往背包裝填台灣價值，睡覺也要伴著不朽的書一塊兒進入夢鄉。

「孰不愛充滿溫度的手寫體？」小愛把書靠在右頰，溫柔地滑過封面，像是愛撫著暈船對象的臉龐。

某次他突然興奮大叫，說什麼偶像要來了，為求見他一面願在佛前求五百年啥的。

「誰是肇暘？」

「你竟然不知道！」小愛瞪大雙眼：「人家是華語文青之主諓，他作品的地位好比太宰治的人間失格！」

哦，沒想到是與人間失格同等級，這讓我這日本文化宅也納悶了，肇暘究竟有多少能耐呢？也是一個動不動就自殺的風流渣男嗎？

於是我隨小愛至二餐瞧瞧，遠眺就能望見人潮蜂擁。一名穿著土色風衣的修長男子在皮椅上歇著，腰身下半幾乎佔全長三分之二，配上皮膚之慘白活脫少女漫畫走出來的主角。下面地板坐滿聽眾，水洩不通，我跟小愛勉強卡到後排。

肇暘咳了兩聲，神情彷彿古裝劇小妾的矯揉。他從口袋掏出了特製的鍍金懷錶。

「我要死了……。」迷妹捧著胸口：「他的一舉一動都令我心悸！」

「那就死好。」我心想。

「我初訪此地，」男人開口，全場頓時失聲。

「該怎麼說呢……，」他低頭陷入了沈思，蹙眉。

「像極了愛情。」

"
我初訪此地。
該怎麼說呢……，
像極了愛情。
"

群眾歡聲雷動，小愛甚至哭了出來，揮頭撒淚喟嘆：「真是深得我心。」

「天才般的文采！隨口而出竟正好排列成三行整齊句子！推藏頭！」
「殊不知肇暘對新詩的悟性這麼高！真不愧對文青之主的稱號。」
「現代五言絕句，意境也大勝李白！」這些人真知道絕句是什麼嗎？

「請別這麼講，我擔當不起的。」肇暘瞇眼一笑，第一排的迷妹手背撫上額頭，旋即白眼昏厥，底下又爆出一陣掌聲喝采抽噎交雜的噪音，宛若什麼萬人邪教儀式。

「啊……！」肇暘像想到什麼一般，縮著身子輕撫胸口。小愛倒抽一口氣。

「噢。」他又抬頭，一瞥瞥見了天使的面容，望去的位置……大概是天花板裸露的工業管線，不清楚他眼裡看到什麼，普通人如我是不瞭解的。聽不到聲音的人言跳舞的人瘋了，那我是耳聾吧。

眾人屏氣守著他的末句，無論如何註定成為經典的名言。

「這就是愛情啊。」男人兩側嘴角延伸，紅唇擺出兩道整齊皓齒。

"
啊……！
噢。
這就是愛情啊。
"

「絕美了！沒想到光用狀聲詞已能創造如此意境！」
「好想成為肇暘隨口而出的嘆息飛離塵囂啊！」How哥語氣。

　　前方的群眾各個揪著心窩呻吟或倒地抽搐，有人叫了救護車，有人拿了AED，呼喚聲此起彼落。作家欣賞著這個情景，先是吃驚，隨後嘴角謎樣地上揚。待清理完傷患，全場竟只剩下我一個，其他人通通掛彩。

　　「啊，是很堅強的讀者呢。」肇暘鮮紅的唇印上左手虎口，輕抿數下，向我慢動作眨眼。

　　「痟……嗯。」我視線飄向旁邊走動的人流求救，沒人鳥我。

　　「真是……，」他微微仰頭：「像極了愛情。」

"

啊，是很堅強的讀者呢。

痟……嗯。

真是……，像極了愛情。

"

　　嘿，我可沒答應入你的詩！說沒心動是不可能的，但魅力終究就這點程度，兔田佩克拉誘人許多，還會唱歌。我努力思索怎麼捧場才不尷尬，表情恐怕是很顯眼的呆滯了。

　　「你不喜歡這句嗎？」肇暘看上去很受傷。

　　「我……」誠實才是上策，畢竟不懂文字包裝的藝術：「就，普普啊。」

　　肇暘鼻孔撐大，手按在脖子下輕輕勒著，像極了愛情。他呈現全然的不可置信，令我明白他前面並非誠摯的詢問，而是裝模作樣的關切，有如政客台前的華麗演出。

　　幹，不想再陪這個怪人耗下去，直播要開始了。話說交大以後也有虛擬狐狸娘，可不能錯過這些好康，畢竟我的目標可是攻略所有Vtuber呢。

　　「我有事先走了。」轉身離去，留下更錯愕的文青作家，下巴掉得比李登輝還長。

　　「停下！我對你產生興趣了，該死的，你給我回來！」肇暘形象大崩壞，氣急敗壞的嘶吼響徹二餐。他不顧形象一躍而起，整個人摔在地上雙手朝前抓死我後腳踝，不能再跨一步。

這人力氣超級無敵大。既然物理無法穿透，那只能使用魔法傷害擊潰他。我心生一計。

「我走，你留。」我對肇暘柔聲說道。他仰起頭看我，如盼望救贖降臨。

「可真像極了愛情呢。」

肇暘雙眼潤濕，淚水滴了下來。

俄頃，他的手鬆掉些許力氣，我算準時機奮力一拔，在新竹夕陽的粉藍餘韻中抖著肥肉淡出他的視野。

不久，聽小愛說肇暘邂逅他一生中最渴望贏得卻又無法碰觸的陌生愛情，為此寫了更多心碎的情話，讓小愛大為吃醋，還發誓要將肇暘描述的完美對象追到手，起碼也要幹到。反正與我無關啦，文青最愛消費自己情緒，真令我反胃。

「是唷，但我是不會離開的唷peko！」螢幕裡那兔子耳朵的女人歪著頭。

我的女人。

# 配角

「身為配角的我們，也想擁有一點幸福。」

星期五入夜，路邊破舊低矮的居酒屋依舊亮著，為失意的人們提供一座防空洞，擋掉外側降臨的悲傷。他們也明白酒醒離去以後，生活還是那個死樣子，不會改變的，所以才得在這裡逼出全部。菸酒苦瓜是靈魂發洩的窗口，一嚐半生。

顧客陸續結帳，撥開簾幕離去。兀自注視淺青色瓷杯的綠衣男人，年紀頂多剛成年。他微微抽動的手指擱在酒杯邊緣，奮力一飲而盡，放下，昏紅的臉喘著熱氣。

「骨川。」

「啊，是剛田啊。」小夫不自然地眨眼，像飛進蚊蟲那般揉揉眼角，掩護著擦去淚痕。胖虎拉開椅子，寒冬裡傳來陣陣體溫，更陷下的木椅。明明也是人，是有血有肉的角色，怎麼沒人在乎？

「胖虎大人怎麼會來這呢？」小夫為他倒杯清酒。

「大家都在嘲笑我。」胖虎突如其來的告解嚇得小夫措手不及，好一陣子才擠出個搭腔。「怎、怎麼會呢……？」

「他們認為我在霸凌別人，甚至因為我的存在威脅要禁播動畫。」胖虎的眼神在關東煮上失焦，一個蘿蔔變成兩個，兩個變成四個。「小叮噹系列是我的一切，可我壓根不想欺負別人，是作者逼我把我塑造成惡霸。刻板印象堅然如此，誰願意給我機會證明自己？」

「我僅僅在電影版或大眾的視野之外，才被允許做剛田武。」

小夫眼底旋過一道幽黃燈光，積在下眼瞼忍住不掉。誰何嘗不是如此？靜香亦不願意無時無刻洗澡。小夫想起前些日子她用筆狂戳腳底自殘的情景，一邊嘶吼「我不是綠茶婊！」，入目不堪。

　　大雄顯已過得不錯，卻還得配合裝笨心裏也難受吧。到頭來主角只需要多拉AV夢一個，大家得以存在少不了的元素是他，其他皆可替換。誰會喜歡螢光幕前性格單調缺陷的我們？我們自己都……

　　沒有人在乎配角的生活，或是他們在鏡頭外去了哪裡，到居酒屋甚至得強忍著大哭的衝動，真是職業病，哈哈……。

　　「你知道我多認真學習唱歌嗎？作者定位我是個什麼都負面的角色，妹妹還醜得遭人恥笑。身為哥哥目睹她每次回家哭，真的好生氣好難過。」胖虎逆時針轉動酒杯，水面燈影如他眼裡男人的尊嚴潛藏著，隱忍著。杯底的彎月搖晃喝不完的酒。

　　「胖虎……。」

　　「算了吧，沒有人真心喜歡我。」

　　剛田抬起下巴，開始哼歌。少了動畫專有的誇張震盪特效，他的歌聲還是同樣難聽，但不至於聽不下去，不到須搗耳逃離的程度。

　　「好想回到技安的年代啊，什麼都是好的，什麼都未曾改變。」

　　小夫再也無法獨自承受一切，把頭靠在胖虎肉壯的臂上低聲嗚咽。胖虎將他拉到腋下輕輕夾著，歌聲也些許顫動。小夫聞到他貼心塗在腋下的除臭劑，是沒有觀眾察覺的，他的默默變好與付出。

　　「阿福？」人已經靠在胖虎身上睡著了。胖虎把小夫扛回他家，臨走前被骨川太太攔住，說現在外面太晚了要他睡在這，他的豪華床墊可以擠兩個人。胖虎撥通電話向母親報備，來到床前徐徐拉開棉被，不吵醒無辜的孩子。

　　床陷了下去，熟悉的重量。小夫是沒睜開眼睛，但醒來了。

　　「抱歉。」

　　「沒事啦。」

　　胖虎翻身，小腿幾乎掉出床外才能只占據一半床位。

　　「那個，技安。」

　　「嗯？」

　　「你可以抱我睡覺嗎？」

　　胖虎分別擒住小夫的手腕，壓在枕頭兩側，漲紅的臉靠前舔舐小夫的鼻頭。小夫縮起眉間，頭往上抬順勢接吻。胖虎往禁忌探尋，倆人舌尖在小夫嘴裡攪動，熾熱潤滑地交纏，拉開，感受彼此呼出的濕氣。

　　他將小夫的雙臂上舉交疊，單手壓制，另隻手扶著額頭將他翻向側面，對準他耳道吹氣搔癢。小夫嬌柔的身子縮起，扭動的四肢冒出雞皮疙瘩。隨右耳攪動的淫蕩水聲，他緊閉眼皮發出呻吟，到底受不了而扭開攻勢，雙臂從枕後抽出環繞胖虎的脖子，腰間作勢頂他。胖虎也感受到小夫躁動滾燙，脈搏加速躍動的指標。

　　小夫將胖虎拉近，讓他的頭窩在右肩上，側著臉對他耳朵發騷。

　　「幹我，抱起我幹吧，像沒有明天那樣。」

　　倆人被這世界的有所期待束縛，同時被性慾囚禁著，身軀宛若無形的桎梏纏起彼此的命運，無法掙脫，不必掙脫。

　　「不會再有人，打擾我們最真實的一面了。」

　　「嗯，」胖虎現出久未展露的笑容：「這是我們的秘密，不可能被發現的。」

　　「一起去吧，任何地方都行。」

　　那晚，他們在彼此的夢裡變回了技安阿福。

# 郭美江

談到台灣鬼畜天后，那非提美江牧師不可。

自從語錄被網友大量惡搞，郭美江已經沉寂太久，作風也趨於平和——但她心底從未放棄傳教。雖因長老教會警告作罷，然如果有必要，美江絕對會握持聖靈寶劍開悟凡人，以更強硬的手段捲土重來。

六十七歲已差不多能退休享福了，但人家仍持續在關心社會議題。美江就對防疫與經濟振興政策很不滿。

「那什麼同志進步黨的不斷散佈妖魔鬼怪，還通過什麼結婚法，真是。」她嘆氣：「口罩？就是不信耶穌才會感染啊，疫病就類似諾亞洪水的淨化儀式。神賜給人類完美的呼吸器官，會感染就是不夠虔誠。」

「那什麼三倍券有夠糟糕，信我真神即得五倍，天使還會丟鑽石給你，撿撿撿就能復興經濟啦！」美江仰天咆哮：「五倍的鑽石，五倍的恩寵！我預言以後就會有五倍券了！」

許是太過操勞，郭美江前陣子身體不適，去聖母醫院檢查。

「感恩神父，我的身雖苦痛，靈魂依然不滅。」美江緊握醫生的手。

「靈沒有轉移，癌症倒是轉移了。」醫生握得更緊，掐死似的表達他的歉意。

美江看了愛莉莎莎的影片嘗試起肝膽排石法，仍沒有好轉跡象。她想，既然已經歷過那麼多大風大浪，不如好好把握人生最後時光，擱下傳教的重擔。而好景不常，幾天前她想查查年輕人都在看什麼，臉書上大家正瘋傳一則漫畫。美江印象中的童年是小叮噹，不是什麼多拉A夢，更不會是多拉AV夢。

嗚呼哀哉！美江牧師才翻到胖虎進入小夫全頁圖這，便氣急攻心亡了。

「可惡……不過也罷，我要親自去殲滅巫術的權勢。」她捧著心臟，獨自倒在客廳。

「郭美江，美國洛杉磯中華歸主神學院道學碩士，但由於荒誕傳教舉動有損基督名譽，判你下地獄。」

「哼！老娘這種身份能不入天堂？」美江暗忖：「不過正合我意，耶穌的死明明寬恕了一切罪惡，世間卻仍有一整個系的同性戀，我必須幫他們全部打出來。」

郭美江與其他進入地獄的受審者用鐵鍊綁成一串，排隊進入地獄通道。這是一座暗魔鋼門，不由得使美江竊喜，鋼門果然是地獄的入口，是撒旦的詭計。

大門一開，美江牧師準備迎接熾熱的業火，卻被一道聖光照得睜不開眼。這景色與現實世界雷同，甚至更安祥神聖。

「這是怎麼回事？這裡是地獄？同性戀的網羅與油鍋呢？」

獄卒說：「之前是還存在那些刑罰，但廢死團體瘋狂申訴這些太不人道，主耶穌把這些懲處拿掉了。」

「這跟廢死有關？」

「你是死人啊，他們也管。」

「去你的廢死團體！」美江緊握發顫的雙拳：「地獄這一個極惡之地，怎可比人間更美？這不合理。」

「你想想，耶穌創世七天造萬物，地獄當然也是祂造的。人間幾千年不斷進步，地獄既然是上帝傑作，當然也要比人間更漂亮更祥和不是嗎？為了跟上資訊時代，祂還創了個粉專叫中年普渡，記得按讚。」

美江頓悟地垂下淚來。

「耶穌，您震動了我的心。多麼超自然的震動，我一定遵循您敬愛的意志。」她馬上到臉書設搶先看。

終於墮入地獄，郭美江頓時解放積藏已久的力量。她向上舉起糾纏因果鎖鏈的雙手：

「斷開魂結！」整條鐵鍊霎時拆解，串串段段落土鏗鏘。

「斷開鎖鏈！」她手上的銬瞬間爆裂，渾身沐浴聖光。

「糟了，是郭美江，竟然沒認出來！」獄卒趕來支援。

幾個侍衛撲向她，必得在她釀災前制住，而我們美江哪怕區區幾隻螻蟻？她原先高舉的黃金神掌往下一放，空氣瞬即撕成碎片，超自然的震動將不自量力的傻子按在空中摩擦。

「我要把這裡改造成榮耀的殿堂，你們信仰不夠虔誠無法阻止我！」

「這、這是白鬍子的能力！」一名宅男驚呼。

「閉嘴，看動漫就是你下地獄的原因！」美江怒目望穿秋水。宅男臉部脹紅，口中嘶出蒸汽。美江眼色加犀，那顆腦袋終承受不住而爆炸，滾燙體液四處濺落，噴出兩顆鑽石。

「Microwave的原理，yes or no？」她拾起鑽石：「歐糠。」

美江在大街上迅速飄移，逢人便問你是不是青年領袖，還真被她問到一個倒霉鬼。

「噢對啊，我是同運發言人。」

「看來你就是撒旦的詭計！該不會還篤信十二生肖吧，你是哪種禽獸？」

「你是說獸設嗎？我是忠犬唷uwu。」

「就是你了！」美江擺出戰鬥預備：「快點掉寶拉！」

「寶拉……？」未及他反應，美江閃現至前左手勒住他的喉嚨，右手朝空間裂隙順勢抽出聖靈寶劍橫斬過腰。青年領袖斷成兩截，美江冷眼看他痛苦掙扎，等待噴裝。鑽石沒噴，他朋友倒是來了。

「你做了什麼！神所造的完美的生物的性向，也是神的珍寶啊！」

「又來一個？你是哪種動物？」

「噢，我是小狼唷owo。」

「連十二生肖都不是，果然是撒旦要把人類打成動物的毒計！」美江氣炸了。這段空擋，方才劈成兩半的領袖身體如有磁力驅動，相吸為一，從傷口竄出的藍色毛髮蔓延覆蓋全身。他以後腳跟為支點，立直身體九十

度站起，彷彿從《大法師》中爬出的不明生物。他垂直反折的頭翻回正面，已成獸人樣貌。

「面容都變了……阿們，撒旦造就什麼怪物……。」美江心疼地快哭了。

「你到底是誰？為什麼有這種能力？」青年領袖質問。

美江擦乾眼淚。「王的身分王的能力王的權柄，我們活在超自然裡頭，因為每個人都是神的DNA。」獸控倆狐疑地交換眼色。

「神奇信仰力量！」美江仰天咆哮：「賜我五倍恩寵！」

天空落下一道東方閃電，牧師的靈壓比方才增強幾十倍。獸控倆見苗頭不對轉身想逃，美江閃現向前扯下褲子拿住蛋蛋，牠們身子剎時一縮摔了個狗吃屎。翻回正面果然，倆人都長著同志的特徵菜花，可憐的苦難的人正渴望美江展現神蹟治癒他們。

美江開始吟唱。

「焚燒的靈，燒盡一切汙穢，燒盡你靈裡面的汙穢，拍去你身上的灰塵，你肉體的沾染玷汙，寶血塗抹洗淨，活水沖洗乾淨，沖洗乾淨。」

她用聖靈寶劍劃開自己左手臂，金色的血淌出。

「耶穌的寶血塗抹潔淨！聖靈的活水沖洗乾淨！」美江牧師曉以大愛，效仿真神以自身的苦難淨化惡靈，將寶血灑向他們。

「破除很邪惡的謊言！很親密的網羅！」生殖器上的病癥竟沸騰起來，飄出紫黑色煙霧昇華褪去。淨化的邪惡同志驚異地望向神的代言人，身體不由自主朝她跪下。

「是我們錯了……對不起。」

「知道就好。」美江慈祥地伸出手來。但兩名男性並沒有握住，而是相互擁吻，說著什麼終於不用吃藥，還可以盡情無套。

「狗娘養的，你們搞不清楚同志的原罪嗎？」美江氣到飆出髒話。

「我們要去傳播愛！」忠犬嗷道。

「沒性病終於能當一號，這是○的轉移，我懂了！」他朋友狼嚎。

「同性戀的網羅啊！阿門。」美江跪下禱告耶穌。真是災難，太可怕了。

趁牧師專心禱告，獸控倆伺機躡手躡腳溜走。他們殊不知身後「行神蹟的器皿」已然聳立。她雙掌齊放，用盡畢生最大的信仰喊出那廣為人知的兩字。

燒毀！

美江的滾喉音響徹地獄。她的手釋出神蹟，金鉑色的熾燄使眼前兩名不知足甲瞬間汽化升騰，殘存罪孽也受洗滌，迎向最終救贖。他們各掉下兩顆鑽石，美江將它們撿起端詳，環顧四周已燒得什麼也沒餘留。

「不對啊，今年不是五倍嗎，神不會給我四。」

突然，她像意識到了什麼，露出寬恕的微笑。

「原來我……就是第五顆鑽石啊。」

美江高舉四顆鑽石，從心臟處引火自燃，以自身肉體和鑽石奉獻上帝換來世間的救贖。2020充滿苦難，美江知道作出犧牲的日子到了，她要跟隨耶穌的腳印，銘記祂的教誨，成為真正至善。

整座地獄被金色聖焰襲捲燒燬，同性戀的網羅紛紛得到淨化，凝為神的結晶。美江的身體被焚燒著，但她並不疼痛，因祂的靈魂已和上帝的善結而為一。她的血肉骨支離，終究墜下一顆皂化石，在熊熊烈焰中淬煉成鑽。

美江本人即為世上那顆最閃耀璀璨的寶石，願祢在天國安好。

# 媿

我本身相信超自然力量，卻沒想過鬼的存在，更遑論撞過祂們。最近因為聽了太多鬼故事，害得不迷信的我連續失眠幾個晚上，渾身發毛。

本來也沒在算農曆，結果版上出現一堆複製文：

『今天鬼門開，收留18-25歲不敢自己睡的小姊姊

妳的不安，我來承擔』

好啊你收啊，收到的是人是鬼還有疑慮，重點是害我知道鬼門開了。近幾天躺在床上，黑漆漆的房間，即使把自己緊緊裹在棉被裡（棉被乃眾所皆知的天然防護層），故事卻不忘提及鬼會扯你的棉被，那防護層不就出紕漏了？真是謝了幹你娘。

「心中想著太陽，這裏對陰間而言就是白天。」這句良帖的確給我很大的救贖。想太陽。

躺在床上，全身包覆得只露出頭。昨天的烤肉吃到飽讓我腸胃不太舒服，未知的恐懼使心跳偏快更睡不著覺，還幻聽到詭譎的頻率。我閉上眼，設想烈日的形體對抗那些糟糕透頂的夢魘。

突然超想放屁，盪氣迴腸地繞了幾個圈兒，括約肌處叩門請求。別怕，那不是屎，寬心鬆開穴道順勢一推，被窩裡釋放出來無一處毛孔不服貼。這股親密的溫熱從鼠蹊部溢散，填滿肌膚表層而上對抗外側寒氣，到底自脖子旁的縫隙漏出來了。

每個旅人的記憶裡總會有股懷念的滋味，也許是媽媽的一手好菜，也許是頂新油的維力炸醬麵，腋下痘痘的分泌物或腳指甲縫潛藏的騷味。伴著這樣幽幽散發的氣，想不到就能保護我進入夢鄉。

陡然聽見咳嗽聲。這次不可能是幻覺，我篤定自己聽到了。

「誰在那邊！」我忌憚地抓緊棉被邊，貼著床頭起身。

　　那本空無一物的腳邊，慢慢浮現一個人的輪廓，是個穿白衣的女人。等我意識到，她的臉已然貼在我的臉上，揪著我的衣領，張大的無神的瞳孔活脫要將我的靈魂攝入。我下意識地推開她，手卻直接穿過她的身體；更奇特的是，正常的鬼應該是冷冰冰的，我的手臂卻感覺到熟悉的熱度。

　　「他媽的，老娘要殺！掉！你！」那女鬼發出的聲音極低，恰似魔王會有的空洞殘響。她的頭髮飄起，龐大的怨憤與靈壓無法壓抑，再怎麼拼命想太陽也沒卵用。

　　事情實在太突然，本能掌控的驚嚇情緒竟失去作用，反倒充斥滿腔疑惑。等會痛一下就算了，可是平常我也沒造什麼孽，更看不到鬼的存在，怎麼就要死在這種境地？

　　「這位大姐，」我直問：「我跟妳無冤無仇，何來索我性命？」

　　那女人聽得更氣，眼珠凸到簡直要蹦出來，鼻子洩出長長怨氣——不對欸，鬼會呼吸嗎？呼出的氣猶溫熱著，這不是鬼吧？

　　然後我聞到了，那是我的屁味。

　　「你的屁飄進老娘身體了啦幹！」她仰頭咆哮，脖子幾近轉了整圈：「而且老娘才剛死，三八年華而已！」這樣是二十四歲囉？

　　此時此景，我回憶國中理化老師曾提過關於靈體的科學觀點：鬼算是氣體的一種，所以遇見時千萬別跑，白努力定律會促使祂情不自禁地尾隨，遂正確應對是靜靜離去。既然是氣體，那我的屁味藉由擴散作用跑入祂的身體也很合理吧？

　　我噗哧一笑，忍俊不住。

　　「還笑！」那女鬼盛怒至極，眼角發紫，皮膚一塊塊龜裂炸開，裸露的組織尚有血色，實在是往生沒多久的模樣，難怪陽光無效。她指頭插入我嘴兩側撐開至耳根，照道理說我應該已經嚇到斷氣，可她連手指都有屎味。

　　「這麼說來，你身上有我的氣，」我思索一陣，給出這個回答：「你就是我的人了吧。」

　　這番話令眼前大姐全然傻住，張牙舞爪的舌尖擱在半空，戲劇性地抬起兩掌，一副「天殺的你在供三小」的鄙夷視線打量著我，嘴巴還歪一邊。

　　腸胃蠕動，又很不識相地放出另一道屁，神氣從我鎖骨間縫隙鑽出徐徐拂到她臉上。這股屎氣竟讓她的臉頰泛紅，回復了一些人的姿色。

　　「媽的。」那鬼噴笑出來，嘴角裂到耳根，嗓音卻終於回到女調，牙齦也紅潤了些。縱然尚餘幾分恐怖，看得出生前應是位漂亮姑娘。

　　「其實妳挺可愛的，要跟我一起過七夕嘛？」我提出邀約：「我可以給你更多活人的氣息，正值青春年華的妳也不想臉裂開醜醜的吧。」

　　「那不是活人過的節日嗎？我算了吧。」

　　「不不不你看。」我以手在空中撥弄那團屁比劃著：

一一

夕七

　　「我們倆個一，跟這個七夕合在一起，就是你的節日唷。」

　　她又笑了，何時已成一張美人的容顏。

　　「是『我們』的節日。」

　　這又是另一段故事了。

# 咖哩飯神偷

　　如果不知道要寫什麼，就把近期所有元素攪成一坨屎餵給會攪拌咖哩飯的人吃。今天要講一個霸凌的故事。

　　「老師你看，小恩在拌咖哩飯啦！」阿神驕傲地挺著他的屁股下巴。

　　「王小恩，下次不可以再這樣了知道嗎？」

　　「為什麼不行……」小恩垂下頭來。

　　「這是錯誤的行為，吃飯好好吃，每次都怪你攪超久害得收餐車的同學們全等你一個，多沒效率！」

　　「可是……」

　　老師搶過小恩手中的咖哩飯，倒進廚餘桶內。

　　「仔細看，廚餘桶裡的渣滓是不是混在一起，令人沒有食慾？」老師指向惡臭的來源：「除了麻醬麵不拌的話會沾不到醬的理由之外，其他盤子上的食物直接搭著吃就好，非得要戳成屎你才嚥得下去？」

　　是的，在普世價值裡，攪拌咖哩乃絕對錯誤之行為，會間接造成道德淪喪，違抗不得。至於小吃攤需要攪拌，是因為老闆每每先把醬醋加進碗裡備妥，再舀起熱騰騰的麵團蓋上，直接夾起就沾不均勻了，僅此正當緣由。咖哩飯明明就被設計成一口飯一口醬吃，誰忍心對那珍貴的棕色勾芡如此糟蹋呢？

　　小恩不過才小二，創傷在他心中刻下難以復原的痕，但他沒有放棄，每天捧著一個碗不停攪動，然後就被同儕排擠了。

　　「怪胎，你到底要搞多久才爽？」阿神又來找碴，裝出給小孩聽的那種怪聲，聽來像社群平台低齡層的流量在響。可沒有在影射誰喔，「神」是他的姓氏，很特別吧？瞧他目中無大人的樣子也是很配。

　　「我要拌勻它！這樣就能證明哪怕是最均勻的咖哩飯，也可以很好吃的！」

「是要怎麼拌勻？你怎麼定義均勻？」阿神現在說話都有字幕了。

「只要我每次攪拌讓大部分的食材混合，如此重複無數次食材總會均勻的！」小恩眼裡浮現信心。

「笨蛋！即使你每次拌勻剩餘的90%，0.99999999數下去的循環小數永遠不等於1，而且你的能量熱量全逸散光了！你沒修過能量階層傳遞嗎？廚餘沒有營養！」

儘管慘遭排擠，小恩仍頑固地攪和那碗飯，縮身於垃圾桶的縫隙中，以至被取了個難聽的綽號「廚餘恩」。

「廚餘恩，除以N，N分之恩。」阿神吐口水到他碗裡：「這是給你的抖內，多少小朋友想跟我間接接吻。」

唯一的朋友婉如看不下去，企圖進行良性勸說。

「我跟你講，大家不會拌咖哩飯最主要的理由，才不是什麼守舊的習俗哦，是為了吃到層次感。」

「層次？」

「嗯嗯。」婉如寬釋般點頭，好好溝通就能改正。「如果你弄在一起，每口味道則相去無幾了吧。縱使沒到廚餘那麼糟糕，但你吃咖哩飯幹嘛勒？弄得軟爛軟爛的，那不就是泡水的炒飯嗎？何必？」

「不是，層次一層層算下去最後會等於一……。」

婉如沒理會他：「蒸熟蓬鬆的白米香，抑或濃郁醬汁，心血來潮地沾上蛋液和佐料點綴，每湯匙皆由不盡相同的滋味構成，於舌根齒間躍動，乃是咖哩飯的魅力。」

「可是我想要拌，拌了也不會怎樣，雖然比較低級。」

「那你就他媽永遠做個低級的廚餘賤人吧！」婉如終究也被氣走了。

然而，奇蹟出現了。

只見大家的湯匙憑空在餐盒裡喇起來。金屬與金屬快速擦撞旋轉敲出悅耳響聲，纏迷成綿密的口感，小恩手中握著食材命運的指揮棒。

「糟了，是量子糾纏！全世界的咖哩飯都跟他一起轉成燴飯了！」

「不要什麼事都扯反正我很閒好嗎？梗玩爛了！」

「尤其跟許正泰合作的那部簡直來噁心人！一點梗都沒有！」

「我看倒像共振，量子糾纏沒辦法一次糾纏好幾碗吧？」

「我看你媽倒可以糾纏好幾個晚上。」

「閉嘴陽痿男，作者執意要它轉起來，它必然得轉起來！沒有人能阻止他，他肯定又能掰出奇奇怪怪的偽科學根據。」

全班盯著自己桌上那碗均勻到不行的馬桶裡的挫賽。

「現在怎麼辦？」阿神扭扭捏捏地說。

「我可不想餓肚子。」婉如立刻高舉湯匙支持好友，動作俐落到位，表情卻難掩遲疑。她闔上眼睛。

啊——進入，含住，拉出。全班同學無不豎起耳朵聽她發言。

婉如睜開眼，低下頭，兩指按在蹙起的眉心。

「其實不難吃啦，但就是很低級很下流很骯髒齷齪的吃法而已。」

「嗯，這吃法有機會紅喔。」阿神嗅到了蹭流量的方法。

全班開始扒糞來吃。其實偶爾試試別種口味也不錯，雖然還是糞。

有人吃完，緊接著盛上第二碗，奈何怎麼喇也喇不出最初的風味，那還真的跟屎相差無幾。

「誒，再弄一次你剛剛那個啦。」

「我沒辦法啊，我也不知道怎麼弄的。」

「天啊，那地球上不就只剩你這碗了嗎？」眾人望進小恩碗裡瀰漫金光的咖哩屎團。

「是沒錯啊，畢竟我是原創呢。」走廊傳來眾人奔跑的步伐，外側已聚集一群記者，均搶著報導新菜色的誕生。

說時遲那時快，阿神搶過小恩手中的碗，擺到大批粉絲面前，記者於是開始拍攝分享，在限時動態上發文並標註阿神的帳號。他們從不查證。

「神回覆，你怎麼偷人家的東西！」

神乙己便漲紅了臉，額上的青筋條條綻出，爭辯道，「偷創作不能算偷……創作！……迷因的事，能算偷麼？」接著便是扯不上邊的tag，什麼

@holdchiou，什麼@shareking55之類，引得眾人都鬨笑起來：教室內外充滿了快活的空氣。

但眾人哄笑是因為迷因好笑，並不是嘲笑神回覆那卑劣至極的行為。他正在觀看後台數據，數著盜竊迷因偷來的流量換來的錢，限時的農場廣告費。大家默許他這麼做，聲稱迷因好笑就好嘛像咖哩飯好吃就好，誰在乎創造者是誰（以及吃法）？

「神回覆，你太過分了！」

「這我努力偷來的，為什麼不行？」我要你的神回覆撕下一層皮，在小恩的碗蓋上兩張浮水印，還刻意沾到食物邊邊以防抹消痕跡：「我正式將其名稱譯為Curry，所以現在這是我的創意了。」

「支持神回覆！那些酸民嫉妒你流量高啦！」一名記者高聲叫好。

從此，盜圖成為社會的主流意識。

註：如果你在乎的話，我是ig的神偷吉娃娃本人。後來停更除了忘記密碼，也是對這個行動感到挫敗，其實大部分用戶都只是來看梗圖的，根本不在乎我的理念，那神偷吉的存在就真的跟盜圖沒兩樣了。免得你不知道，神偷吉的初衷是把盜圖又營利的粉專的迷因再偷回版上，以偷反制偷，鼓吹大眾退追追蹤看神偷吉的就好，不要給他們蹭流量賺錢，然後想辦法搜尋圖源並標註原創作者帳號，而神偷吉堅守絕不營利絕不被運彩廣告污染的道德底線。

# 歸零

　　阿青身為一名少數偏藍的年輕族群，即使周遭朋友已全數歸化覺青，依然奮力宣揚，也果不其然遭歧視。沒人聽他講話，就在各大學靠北板上轉發韓黑父母不崩潰，被砲翻的深藍腦殘投稿，估計都是他的測試。

　　啊，不意外的，韓國瑜下去了。

　　免驚，阿青還有很多事能做，例如這次來參加數位豬哥亮的講座。他是國民黨的忠實支持者嗎？以某前甜食明星全職側翼碩生的說法，不，他並不支持國民黨，但他支持國民黨。這種反指標根本專黑自己人的，阿青要是在上位者一定拔除他的黨證，免得誰又去自殺貼文下宣傳自家餐廳。

　　阿青聽過一段箴言：「真正的中立不是不做行動，而是站在弱勢那方，否則你就是默認強勢霸權。」尤其在這種把異音打成同溫層，自己卻拿著側翼粉專的製圖說嘴的環境，被指責的反而是找實際資訊講話的人。

　　今天數位豬哥亮講的是網路社群，恰巧屬大學生的範疇。台上講者清清喉嚨，說接下來要討論e世代最ㄅㄧㄤˋ的用語，這樣偶爾可以假扮成年輕一輩培養網軍。阿青暗自翻了個白眼，好的不學學壞的？

　　「咩噗，就四羊的叫聲！」老頭說道，牙間不停漏風：「牙很可愛，所以隨時可以用於跟晚輩拉近距離，以利洗腦！」

　　台下立即響起一陣「咩噗！」，像教會時的阿門聲浪，那麼黨腐敗的原因很明顯了，一群不知變通的老頑固，聽長輩亂用梗就像神回覆自以為有趣做的尷尬圖差不多反感，黨國餘孽，每每不攻自破。

　　「現代人追求極致效率，猜猜年輕人最常使用也最簡短的流行語四蛇麼？」老頭噴麥，口水像鈔票豪爽地灑。

　　「咩噗！」台下學以致用，還算值得嘉勉。

　　「不對啦！是『0』這個字！表示任何否定意謂，我們應該跟他們多學著點，一字多用效率極高！」

「天阿……真是罪惡……。」聽見熟悉的嗓音，轉頭是美江牧師。

「牧師，您怎麼還在！」阿青訝異。

「供三小，這是我尚在世的時間點，有意見嗎？」

「抱歉我的錯，」他說：「我想問的是，牧師怎麼會來參加豬哥亮的造勢？」

「豬哥亮不是死了嗎！」

「數位豬哥亮，抱歉。」怪了今天怎麼一直失言。

「噢，因為執政黨支持同婚啊，也是他們拉攏客群的主要手段，一堆同志被騙去舔主席的□□，順便治一治他們的性向。」牧師危險發言連爆，上帝也不得不替她河蟹部分詞彙。「身為護家盟盟主，只好投奔扶不起的車輪黨。」她嗟嘆不已。

「話說回來，請教牧師，0怎麼了嗎？」阿青好奇。

「別提那個污穢的穴！」牧師反手遮住眼睛，像畏懼陽光的萬年吸血鬼：「一次也不要用！你會不斷聯想的！」

「好的，我會銘記在心。」老傢伙真是反同反到瘋了，他心想。

回去後，阿青泡在網咖跟朋友們打嘴砲。

「不然你跟肥婆結婚啊，瘦肉精進口以後搞不好她身材變超好的。」

「好色喔……被我發現你在偷偷打手槍。」

「0。」對方反駁。阿青不由得想到今天下午的演講，一陣嘻笑。

「你才0號，穿山狂甲。」然後他腦中零光一現他被幹的畫面。

然而，阿青發現自己似乎被制約了。

此後當留言「0」，他無法不去聯想有人被幹的樣子，如同白熊測試加入巴夫洛夫的混合體，只差沒流口水。若提醒你呼吸，努力不去想反而更會意識到，而誰會沒事聯想到屁眼啊？又不是噁心愛滋娘甲。阿青心底湧上一陣厭惡，才驚覺自己的思想也被制約了，他本來沒那麼歧視的。

記得呼吸。

幾天後，病情又加劇了。任何時機出現的數字0均讓阿青聯想到屁眼，更別提動漫琳瑯滿目的rule 34。幸虧我是文組的，可以不那麼常接觸數字，沒事的，他安慰自己。

但實則愈發嚴重，當阿青例行長跪膜拜國民黨黨徽時，中央的圓恍如屁眼，旁邊的太陽射線活像括約肌褶皺圍繞旋轉，戰鬥屁眼曼陀螺，國民黨就如韓導所說「是顆塞子」。那麼台灣國旗對他而言，則是一個高速旋轉屁眼加上被痔瘡爆汁染紅的旗幟。

你以為夠慘了嗎？晚飯後阿青到洗手台照鏡子清牙縫。望著嘴巴張大縮小……儼然是個0的形狀，阿青思緒瞬間攫取屁眼之含液，嘴裡也同肉穴似的柔潤，毒龍鑽出攪動以致令其嚐到屎味。他彎腰反芻晚餐，那嘔吐物裡未消化的三色豆像一顆顆屁眼流入圓形的穴狀排水孔，括約肌舒張收縮的樣子，彷彿感到屁眼被那些三色豆侵入，再從嘴裡逆流……。

頭尾相接的循環也是一個0，肛門至嘴巴將人串起，一個打通身體的圓環。他像烤肉架上來回翻滾的雞屁股，除非戳瞎雙眼才能解除詛咒。

阿青脫下內褲套頭矇住眼，心急如焚地摸索手機想撥給美江牧師，但在意識到自己按下0的剎那，腦中的訊號接收到的卻是肛門濕黏的觸感，指尖似被吞入深不見底的腸道。他急忙抽離手機按鍵，可那感覺沒有消失，反而順著他的食指上升，整隻手掌像拳交滑進沒有盡頭的腸壁，稠膩感沿途吸吮肌膚，直到全身如子宮外孕被裹進溫潤的直腸，他是一塊畸胎瘤。

阿青醒在黨部漆黑地下室的鐵床，陳腐的霉味令我作嘔。等適應了微光，環顧是類似中世紀的地窖，放著各式刑具。

右側傳來美江牧師的聲音：「我感應到你的求助，趕了過來。現在唯一讓你解脫的方式，就是實際讓你狠狠地，當一次0。」

「不要！我不要！」阿青拼命掙動四肢，卻只聞鐵鏈聲迴盪。

「交給你了，普林斯頓的彥翔學長。我先上去，身為虔誠基督徒無法接受這幅情景的。」

「我也不能啊！救命！」

　　阿青感覺一根棒狀物硬塞入嘴巴，是彥翔學長的屌吧？操還真的來，我還不咬斷它！然而他發現自己做不到，這根貨真價實的屌對其潛意識下了某種暗示，徹底讓他的嘴蛻變成一個圓滿的0。屁眼是不會咬斷東西的，只能吞吐，又不是陰牙人。

　　細節……咳，阿青不想多談，我覺得自己是零.jpg。

　　雙腳的鐐被鬆開，壯碩的男人抓著阿青的腳踝上舉，將下體插入真實的0，猛烈攻擊內壁，超疼，一點都不舒服。

　　一小時了。他的肉穴被幹得腫脹發燙，似乎把學長夾得更緊更舒服了。那雄風煥發的獸嚎馴服了阿青的心靈，可肉體的拷問沒有減輕，唯有愈發加劇；意識逐漸模糊，被一連串深不見底的0取代。

　　四小時了。空間裡倆人激盪的荷爾蒙像春藥飄散。他的ㄐㄐ矗立，痛覺仍傳遍身體上下無一處毛孔不抗議，簡直被頂到失去自我——不，更精準地說，阿青的靈魂即將剝離肉身，永遠地脫離輪迴苦難。

　　彥翔學長終於像要射了，預備往已撞爛發紫流漿的0轟出最後一記。

　　隨一聲狂野嘶吼，阿青的鼓膜震破，酷熱的愛充盈了他，自腸道內部逆流而上，繞過九彎十八拐、胃部、食道，從嘴裡奔騰而出，一個大大的定格畫面。本本劇情純屬事實，他的靈魂炸飛四散，化作比任意物質還小的能量飛散。

　　可他的精神永存，超越時間與空間的維度。至此，阿青存在於世上每一個0，無處不在。每一個0的本質皆為他的附著：我即是0，0即是我。

　　於千萬人之中遇見你所遇見的人，於千萬年之中，時間的無涯的荒野裡，沒有早一步，也沒有晚一步，剛巧趕上了，那也沒有別的話可說。

　　美江惋惜地愛撫聖經上的第0頁，惟有輕輕地嘆一聲：

　　「噢，這是0的轉移。」

　　現在，輪到你們聯想了。

註：作者絕對絕對不是阿青，認真。

# 心電感應唷(・ω＜)~☆

「爸爸，我好冷。」

「我甚至不知道父母是誰……我們的出生意義是被吃嗎？」

「小心，巨人族來了！曼蒂、愛麗，不要出聲。」

「他們巨人族又聽不懂我們的話，要是聽到了，怎麼忍心把我們吃吞下肚？」

壁縫亮起刺眼的光，屋子高速移動，重重墜落。大夥往牆壁撞去，多處受傷，組織潰爛。

「媽，你在哪裡，我好怕……。」

「兒子，其實你不是我親生的，你是雜交的種。」

「授精也不是我願意的呀，巨人族開闢農場把我們殺來吃。」

「跟豬一樣低賤，只為取我們身上的肉。」

「但我還是深深愛你啊凱文、路易，娜塔麗雅你也是。」

「他又不算我們同類。」曼蒂嘀咕。

「什麼話！娜塔麗雅也跟我們同界，我們一定要撐過這場磨難。」

「天啊，我下半部完全沒感覺，也不能動了！」

「跟巨人族相比我們反應超慢，給你跑也沒用。」

「救命！我們被夾起來了！」

「呃啊啊啊咕嚕咕嚕！太陽神啊，救救我！」凱文喊破喉嚨。

凱文的傾訴淹沒在沸點以下（超過就蒸發了），大鍋烹飪著絕望。

「哥哥，我們等下也會變成那樣嗎？」

「天啊……凱文！」

深色液體飄出氯化鈉的氣味，凱文冒著煙軟趴趴地端上桌。

「巨人族連屍體也不放過……凱文都煮爛了……。」

「難道我們真的是群待宰羔羊，不，屬更低階的生物？」

『待宰羔羊？』

『怎麼了嗎，突然提這個詞。』老頭問。他穿著實驗室裡的白袍，旋開藥罐。『副作用是幻聽嗎？哇，當初不應該調到全頻的，我很抱歉，海倫。』

『沒事，只是不大喜歡剛提到的名詞而已。』海倫搖頭甩動金灰色的短髮，貌似要把聲音逐出腦袋。

『我懂，身為環保領袖兼動保團體的一員，這句話對你而言是禁語，你們最討厭我們這種壞蛋了，但我早老得咬不動動物形狀的肉丸囉。』

海倫沒搭理他，喝了口水。

『目前還習慣嗎？2050年什麼都辦得到呢。』老科學家叩叩禿腦袋，不遠處的螢幕隨則亮起，最新的研究計畫顯示出「全域聽神經測試」。

『我已經老了，失去的聽神經目前尚無法復原，才勞煩你協助。』老頭桌底抽出雙手交疊。

『低頻有點吵……。』海倫兩指挑起一條有機醬包，優雅地撕開封口。

『歹謝，頻率設太寬了，搞不好連地球的震動都被你捉到啦。』他顧自放聲失笑，理工男的通病在2050依舊：交際能力低落，讀不懂氣氛。

「救命！救命！」

海倫皺起眉頭，舉起叉子插入眼前淋上千島醬的沁涼生菜。似乎是沒插好，正要提起時葉片卻層層脫落，像飛機失事自以為脫離險境的降落傘們，一朵一朵。

「啊！我的維管束！」

「抓住你了，我的太陽神啊！」

「這裡養分好多，好甜哦。」

「我們沒被烹煮耶，得救了嗎？」

『對了，你可曾聽過，植物也有反應？』老頭忽然想到了什麼，歪頭抵住下巴：『好比割草的味道就是植物的血腥味，以番茄來講，假如被剪

出傷口一小時會震動二十五次。那是多低的頻率啊！後續這研究沒人贊助斷了金援，他們覺得太沒用處，聽植物哭幹嘛？』

海倫抹去冷汗，清了清喉嚨發言。

『的確，真是個無用的研究。全域聽覺不但無用，反而捕捉到不必要的頻率，造成我的疑慮，干擾我的思緒，讓我瀕臨死去。』她闔上淺紫色眼影：『有夠無聊。』

『押韻厲害，不愧是靠嘴巴吃飯的素食提倡者。』科學家說：『個人倒是覺得挺有趣的，讓人類聽見各種頻率很好玩呀，是很新奇的體驗呢——』

老頭身體前傾，抬頭紋扭成一團：『那妳有聽見植物的聲音嗎？』

海倫叉子奮力插進番茄肉裡。噗滋一聲，蔬果的體液爆出盤外，噴上桌巾，噴上實驗服，噴上老頭鏡片的視野。

「什麼也沒有。」她把那團哭叫的噪音推入口中。

# | 50 |

注意：日本許多男性都有錯誤性觀念，這篇是要你們看完自己搜尋相關知識，常渡不負責宣導。

「全體聽令，我有件嚴肅的事宣佈。」台上的學長外表年輕，講話卻有公司董事長的蠻橫口氣，似乎握有什麼實權。

「我們絕對值五十嵐的社規第四十八條寫著什麼？」

「不准發生性關係！除非學長姐允許！」台下異口同聲答道。

「沒錯！」學長拍拍胸脯：「我們跟正負五十嵐不一樣，絕對值五十嵐的社規非常優良，因為我們多了個絕對值，絕對正確，不像他們又正又負亂糟糟的！」

「沒錯！」應答整齊劃一。

「但是今天學長姐在檢查你們的包包時，發現了這個東西！」他往黑板一拍，手裡那白色條狀物黏了上去。

「誰知道這是什麼？」

「報告學長，那是我的衛生棉。」教室內唯一的女生說。

「陳靚美，你知道這意謂著什麼嗎？」

「我……我生理期來今天可以請假？」

「完全錯誤！」學長大吼：「你竟敢婚前性行為！」

教室一片譁然，棒子們交頭接耳竊竊私語。

「報告學長，女生本來就會有月經……。」

「騙男校學生沒智商啊！即使被排進八校莫名其妙，不要以為音樂班就能囂張！」學長叫得呼天搶地：「你有月經，代表你把貞操賣給了惡魔！彼汩汩流出的鮮血乃喚醒撒旦的邪淫獻祭！這在我們強調體制的基督教校區是絕不允許的！」

「大過兩支！」社團老師指著陳靚美驚恐而歪斜的臉。

「靚美，你還好嗎？」垂頭喪氣地回到宿舍，全校屈指可數的女學生雅芬問她。

「一點也不好，難道妳沒月經嗎？」

「沒有耶，沒性行為怎麼會有月經呢？何況我的處女膜沒破，血當然不會出來囉。」雅芬摳摳屁股，一臉委屈。

「天啊，怎麼你的性觀念也破成這樣？除非閉鎖，陰道冠上本就有排出的小孔，所以處女也有月經。國中那個辰若呢？別說她也這樣。」

「噢，她讀書讀到厭食症之後很少講話了，但我可以確定她沒有月經。」

「因為她內分泌失調了啦！沒荷爾蒙哪來排卵！」陳靚美要抓狂了：「爸媽都沒教你們嗎？」

「沒有哇，這種好奇怎麼啟齒嘛，大家那麼保守，光小學課本教導屁眼的部分就遭移除了，害我首次發現屁股破掉時慌得惡夢連連。督察說小朋友知道身上有洞就會想放東西進去，搖身一變同性戀。」

「這是腦袋有洞吧。」

「所以我說靚美，你下體的惡魔怎麼處理？每個月還是要獻上鮮血嗎？」

「……對。」靚美已經懶得解釋。

「我對於你宣稱自己沒性經驗依然存疑，但不管怎麼樣，你都必須盡快停止月經，否則撒旦總有一天會佔據你的身體伸出他的獠牙，妳會變成陰牙人。」

「好，那怎麼辦？」

「如此如此這般這般……。」

傍晚，鐘樓的指針指向不祥的六點六十六分，黃雅芬與陳靚美來到學校後面的廣場，據說中世紀人們曾在這裡焚燒女巫。十二本聖經攤開象徵十二門徒，聚眾聖人之力要把魔鬼撐出來。

「準備好了嗎？」

「好得不得了。」

雅芬按下播放鈕，手機喇叭大聲放出龐麥郎的《我的滑板鞋》。靚美跟著節奏摩擦地板，跳起絕對值舞十嵐的舞步。

"似魔鬼的步伐！似魔鬼的步伐！"

播到樂段高潮，靚美跟著高潮，顏面神經失調。

「【認真】撐過去！加油！」雅芬在場外打氣。靚美逼自己振作，繼續祈禱之舞，起乩般愈發使勁地跳；暴風肆亂聖經書頁，烏鴉成群啼叫，是惡魔的召喚，六星，攻/守：2500/1200。

"摩擦摩擦，在這光滑的蒂上磨擦！摩擦！"

「啊啊啊啊！我的內臟感覺要炸開了！」

「就是這樣！快出來了，快點給他更多高潮！」

靚美的褲子泄出鮮血，卡其褲染成深棕色的，廣場踏滿血腳印。雅芬抓住空檔入場，沾著經血寫下聖經禱文與個人資料。

『【神幹介】絕對值舞十嵐66th《非處女公關》靚美｜……』

「好了！趁現在！」滑板鞋之歌臨近尾聲，雅芬登出場外。

靚美跪在場中央，平舉雙臂。

「吾敬愛之耶穌，婚前性行為乃我不忠，我陳靚美在此發願成為修女，一輩子不結婚，則無婚前性行為之違背……」

「公三洨？」一股淫靡之音從靚美下體傳出。

音樂切換至下首歌，《骯髒的惡魔》。低音節奏如貝斯手兩指摳著靚美下體，規律的產前陣痛打在神經末梢。

「幹我好像快要生了！」

「讚！把惡魔弄出來！」雅芬扶著她的肩膀，膝蓋狂刺腹部。

"惡魔走開，惡魔走開！

我們正面臨生死之威脅

惡魔逐漸向我們靠近！"

「秒，這什麼鬼，太難聽了吧！」靚美下體傳出求饒。

「所以龐麥郎的歌才能驅魔啊。」雅芬得意洋洋。

　　「蛤？」天上的耶穌從雲端探頭出來。祂看到地上兩個瘋子群魔亂舞，嚇得拼命打雷。

　　然而善良的耶穌終究幫助了她，施展廣大神力替人類承受苦難。靚美的下體像放屁般噴出烏煙瘴氣，消散在空氣中，疼痛也消失了，而耶穌的屁眼開始癢了起來。

　　「媽咧幹，沒想清楚。」耶穌怒敲自己的頭。

　　「這樣⋯⋯我就變回處女了吧⋯⋯。」靚美失去力氣倒下。

　　「很好，該我了！」雅芬說道：「我也要驅魔！」

　　「什麼？你不是沒有月經嗎？」

　　「阿你以為只有男生能肛交。」雅芬屁眼深處傳來惡魔的呢喃。

# 免治馬桶之戀

每次看到又有哪個肥宅在寫飲水機幻想文，我總是嗤之以鼻。各類套路不外乎「生活中唯一會對我說話的女生」、「摸一摸荳荳就出水」、「滾燙的愛情」等等，現在社會可以接受沙豬把女性明目張膽物化了嗎？

不過要說起與機器的跨種族——不，是跨生命的愛，小妹我倒真有過一段戀情……

當時我心智尚不成熟，約莫國三，正值新興科技竄起之時；以現今角度而言應屬過渡品，處於一種「技術達到，但人本設計未受重視」的時期。

順道交代一下時空背景：國中男生很幼稚、很色，會公開評論嘲弄別人的外表，又醜又肥的女孩自然是被公幹的對象，八成是我開始厭男的原因。

起碼國中沒有飲水機笑話。臭男生下課的娛樂就是圍成一圈偷看黃色書刊，我總是曉以大義向老師檢舉，雖然我也很討厭那老師，但讓他們互相殘殺也不錯，孫子兵法。最終老師拿雞毛撢子鞭數十，笑淫淫的沒驅之別院，放學便叫那群臭男生把書拿回去了，秒。之後我瘋狂申訴他，不曉得成功沒有。

有天一個肥佬不知去哪搞來一款自慰杯，是一個陰道的形狀，下課被同學搶去廁所驗貨，拿回來時似乎還沒洗，洞口有白色的東西。肥佬平常放在抽屜，某次好死不死被健康教育老師（女）發現，逕自拿出來講解構造，邊講混濁液體就慢慢流下，流到手肘她才發現。

「這、他、媽、是、誰、用、的！」

「猴！剛剛是沐樂借走的！」

「老師我剛剛吐痰在裡面啦！」沐樂天真地露齒微笑。

沒有網際網路與智慧型手機，國中女生欠缺精液概念，也沒見識過，我還真以為是痰。可是健教老師腦漿炸裂抓著他的手押進學務處，記沐樂兩支大過，再沒帶我們班了。

說起來肥佬責任最大，他叫大家不要洗飛機杯，不然趕不上課他的玩具會被沒收。乍聽之下有理，偏偏放學有人看到肥佬細細長長的舌尖在鑽飛機杯的洞裡的精液，一副陶醉的樣子，拉出來還牽絲。

肥佬強調他是在意淫陰道本體，誰也不相信他，被全班集體霸凌。後續校方找個藉口把他弄走了，但最可怕是飛機杯居然沒被沒收，不知道新的班級會不會繼續用，想想就……感覺有點興奮，可惡。

大家應該瞭解當時的社會氛圍了吧？那我要講我的部分了。

我基測考了間不錯的高中，以法學院為目標（堅決不讀二類，因為我們女生最討厭「背物化」）。信基督教的家裡說要送我禮物以資鼓勵，我屢次暗示想要一系列科幻小說，他們覺得那太撒旦了。結果我收到的禮物是奶奶最近說想買的免治馬桶，分明為滿足私慾，要送我還裝在爸媽那層浴室，扯一堆冠冕堂皇的藉口。

他們向來喜歡上廁所，浴室裡看報紙看書，幾乎沒有我能單獨使用的空隙。有次家人全部出去參加晚宴，我留下來準備考試，名正言順霸佔那台機器。

慘了，我萬萬不會用它，說明書不知被老爸收到哪。隨便啦，坐穩啟動開關，誰料到他突然說話：歡迎使用XX牌免治馬桶！我下方傳來低沈粗糙的嗓音直搗黃龍，嚇得我摔進馬桶。誰會把喇叭藏在那種位置啊？彷彿是從那刻開始，這股邪惡魔音就寄宿在我屁眼裡了。

勉強認出一個像在噴水的圖示，調整姿勢按下去，水花嘩啦啦，我輕輕叫了一聲。

好新奇的感覺？還挺……舒服的。

我把水量慢慢加強到欲罷不能的地步，超爽，現在回想應該是弄到陰蒂了吧？即將迎來我人生第一次高潮。

就在那個moment，免治馬桶又說話了：

「這樣的力度還可以嗎？按上下鍵……」

「啊啊啊啊！」我本能地護著自己胸前。好羞恥，人生第一次高潮就讓未曾謀面的男聲把我弄出來了。

從此每當免治馬桶出水，我也跟著出水，意淫對象還是那股聲音。甜頭怎能只嚐一次？我態度日趨強硬，每天排隊等著跟他們搶馬桶，何況他本來就是我的禮物！有時家人在旁邊洗澡，我高潮也忍住不叫，想想真是刺激，嘻嘻。

直到現在，哪怕都當阿嬤了，我依舊離不開免治馬桶。

只是都得撥開垂肉才沖得到點。

# 不可名狀之島

不要說話。

不要講出那個名字。

好多人，也許在邊疆的烽火台，也許在亙古冰封之地。也許在星球的裂隙，也許就在我們身旁。他們失去了理智，接續消失；連本不存在的空殼，也不能提起，至少會有三個星期，一起消失。她們受到了上古邪神的蠱惑，幻覺侵蝕至腦髓深處無藥可救，任那股低沉呢喃殘害意識，一不小心便從自己嘴角流出。單就那些字眼，已構成純潔靈魂的一種褻瀆，作為代價她們獻祭了自己的肉身。

我們稱那個地方——

不可名狀之島。

那些使徒，不可名狀的島民在玉山頂呼喊其父之名，是今日大陸的「舊日支配者」。他們視天地異動為常態，連足以毀滅城市的神風方登陸便灰飛煙滅，迫散於聳峙千萬年的屏障。邪淫的初代領導者最喜歡拿小女孩血祭，一次儀式須進行十個月，奪其貞節，產下後裔。

據說古神加速了時光流進，那些島民在遺世獨立的領域中演化千年，變得水陸兩棲，長出魚的頭腮與觸手，是稱作「鯛民」的眷族。徹底腐化後，甚者能幻化成國人形象深潛農村，伺機待發感染我們的知覺。

幸虧有張學良，否則我們國家仍在其統御之下，活在絕望的霾霧裡頭。現在的霾霧已經好很多了，我們的領導人是這麼說的，凡是相信就有希望。

水之舊日支配者，祢無法澆熄炎黃子孫的熾熱血脈，烙上我人民的旌旗，赤紅點綴五黃星，咱們才是新正統！有多少純正共產黨員，讓匍匐陰暗角落的爪牙給扭曲了心智？嗚呼哀哉！

不可以說，不可以提到祂，聽久了會受迷惑的，以為對岸那不可名狀之國才是人民所嚮往。我們寧可欺騙自己，也不要活在隔海相望的謊言中，水是善變的謊言。

光是接觸到力量的人都會瞬間發瘋，至少有十三億人將喪失大一統信仰，相當於毀滅五分之一顆地球，是泰坦級別的災難。

有人聲稱見過古神面貌並全身而退。他說，鬼島那東西有時像一黔面的番薯，有時則是珍珠般的蟲卵泡在土色污水裡，但通常是一片意念籠罩在島嶼上空。

那股感覺，叫做「自由」。

聽著，粉紅，絕對不要嘗試理解祂，更不能召喚祂，除非你想嚐嚐腦髓從喉嚨中湧出的噁心感，蟲卵或全糖珍珠會逐漸取代你頭殼裡的東西，讓你以生命發誓，皈依成祂忠實的信眾。你要記住，祂們的權力取得是不合法的，世上沒有任何人會承認，承認即是被啃蝕了心智。

我想跟你分享一個故事。

你知道嗎，我們曾失去過一個同伴，另一名小粉紅：可悲、脆弱到令人厭惡的朋友，被那股低語逼瘋了，誓言一定要找出聲音的源頭。他進入黑暗遊戲，擲骰判定SAN值：一顆骰子六個面，他卻擲出了七。大家面面相覷，共睹面中央多出一顆黏上的粉圓，絕對是七。他知道遊戲一旦開始再也無法回頭，顫抖的手翻著資料，翻過牆，文件上印著一張模糊的臉，女性的臉。

小粉紅胸口被汗水浸濕，驚慌的眼神游移著尋求救助，但他自己也明白已無人能拯救他入魔的靈魂。我們其他人維持陣型，冷眼旁觀他的墮落，必須在他發瘋時立刻了結他，愈接近真相愈快發瘋。

他嚥了口口水，一顆喉結懸在半空中，欲言又止。見沒人攔阻，只得讓儀式繼續，嗚咽地一個個念出上面的古文字（繁）：「第七位民選總統，蔡……」

　　尚未聽見名詞全貌，他的雙眼爆開，黑色污濁的體液不斷從眼窩噴出。他的四肢瘋狂抽動，大塊撕裂，如被無形之獸扯落；頭向上反折，齜牙咧嘴叫出我此生聽過最不可思議的聲音，如此戰慄，且誘人。

　　這是自由的歌聲嗎？無形中聽到誰在批評島嶼領導人，日復一日出現在新聞媒體上。這豈是允許的嗎？那些精靈文的符號在我們大腦表層搔刮，一刻一劃，中文何曾如此簡約，又繁複……？

　　所有人都動搖了，我看得出來。不行，我必須堅守我的忠貞。我回報上層，對方立即下達緊急命令，派出武裝軍警將我在場同袍抓走審問，從此音訊全無。為了避免再去追尋這樣的聲音，我拿起一旁的剪刀刺穿自己的耳膜雙眼，把值錢的器官貢獻給黨。孩子，這就是我又聾又瞎的原因。

　　總要有人活著流傳故事，我數盡餘生贖罪。現在我要你答應我，千萬禁止，禁止提到那個名字，那個不可名狀的舊世界，除非你發覺自己年事已高，必須將歷史的脈絡繼承下去——是的，活著才是最重要的，真理都是次之。

　　然後，既然我的義務已被繼承，請你殺了我吧。

　　讓我的精神，漂去那個也講中文的國度。

　　那是有桐生可可的地方。

# 三色豆

亞洲男人兩手被反綁在舊木椅後。

「……求你了。」他仰首，喉裡發出乾啞的悲鳴。吃力咬出的字不知哪國的口音，或連說話力氣也消磨殆盡，很難聽懂。他身上的橘色polo衫胸口被汗水浸濕，化開一片棕紅。

眼前的廚師將一包冷凍食品拍在桌上，眉上深壑朝左右延伸，拉展他橘粉的山色與一頭蓬鬆短髮。

「再說一次？」道地的英國口音。

「那個是……不可以玷污亞洲食物。」椅子上的男人吞了口口水，汗沿著起伏喉結的剪影滑下。

「現在連我也敢評論了啊。」金髮廚師淺淺一笑，朝前暴力扯開塑膠包裝。食材四處飛散，裹著白霜的紅的黃的綠的噴向那人的臉，甚至卡在他微捲的髮間。

「什麼都好……炒飯……不可以加三色豆……。」

金髮廚師撿起一顆還未解凍的青色豆子，如珍珠般地撫摸它、搓揉它，對其投以憐愛的眼神，然後強硬塞入Uncle Roger緊閉抗拒的嘴縫。

何等恥辱，他忍不住流下淚來。

摸豆HAIYAA哭。

# 夢遊仙境

「……所以說，為了不讓假象影響到現實，夢必須是易於忘記的。」師父言：「古時候錯亂的人，情節嚴重者會視為喪心病狂遭亂石擊殺。」

我高二時結識了師父。說是師父，不過是班上某位同學罷了，相較我百八的身高，還更像他一六幾的師父呢。會拜師是因為他宣稱能控制夢境，在夢中已破處過幾十遍。身為男校又住宿舍很難見到女孩子，別說交往，找對象意淫都有困難。

「那麼想學啊？我教你啊。」

我不像師父那麼常做夢，約略是想像力不夠吧。連夢境都沒有要怎麼做春夢呢？師父說，如果不能自然創建，那就教你一些小伎倆。

「睡前喝水500cc，到凌晨就會想尿尿了。很多人對做夢有誤解，其實夢是接近清晨快起床時才會發生，先喚醒大腦，成功機率即可提升。」

「蛤？那我還得犧牲我的睡眠？」我質問。

「不然勒？做夢當然消耗體力啊，你的大腦正在創造幻覺誒。你資工專題的，建環境不累嗎？」好吧，接受。

師父憶起測試初期固定把鬧鐘調到四點破壞睡眠週期。我們住同一房，他便戴耳機睡覺，不會影響到其他人。去年開學時師父老掛著兩顆黑輪來上課，原來是這個緣故，實驗精神真教我佩服。

「犧牲你的睡眠時間換取神一般的能力，怎麼想都不虧；況且在現實的幾分鐘，夢境裡可以過好幾小時，超有效率。」想到自己偶爾做夢的時候，常處於賴床多睡幾分鐘的淺眠階段，甚至能延續上次的情節。師父著實博學多聞，不深究還真聯想不到。

「這些全是老師您自己悟出來的嗎skr？」

「是的，但不曉得能不能套用在你身上。只要試過一兩次清醒夢，接下來就很容易製造了──看你悟性。」

　　睡前，喝了水，躺在床上默唸師傅傳授的口訣：「我要發現我在作夢」反覆入眠。師父做的夢太獵奇，「疑點」一現即刻辨識擊破，不會再被拉走。我則相反，我的夢境太日常，很難指認關鍵性的疑點，需要額外增加「自覺」出現的頻率。

　　「外在感知也會影響夢，譬如在夢中尿急一直解決不了，或是聽見外界的施工聲……你的大腦會自動推派適合的情境，讓身體經驗合理化。」他不厭其煩地指導：「這些線索也是你要尋找的。之前有人發明一個眼罩，做夢時會偵測腦波並發出微弱紅光，當看到世界轉為紅色調，則是在夢裡的提示。」

　　「原來。夢境日記對清醒夢有幫助嗎？」

　　「沒，夢裡當下覺得合理的發展，醒來再想就很怪了。不過複習夢境蠻有趣的，我沒寫過就是。」師父的床鋪在我旁邊，頭朝外側：「我要睡了，祝你好夢。」


　　剛開始的幾天似乎是有做夢的，但沒有「覺醒」。又一星期，我終於在夢中忽然產生念頭：誒幹，我在作夢嗎？旋即眼前一黑，回到現實意識醒來。

　　「正常，第一次肯定當機的啊。你要去接受它，而不是理解。」

　　幾天後，我跟師父本來要去老地方吃飯，卻發現那裡的店整塊不見了，疑惑之餘誘發了「自覺」，意識到自己正在做夢，且這次沒有跳機，反而能憑自己的想法在街上亂晃。轉頭看師父已經不見蹤影，但這想必是他所謂的自由意志了，也表示再過不久將要甦醒，畢竟外掛不能開太久。

　　趁時間未到，我依照師父教的方法，夢裡閉上眼睛告訴自己：等我睜開眼睛，我要看到一個漂亮女孩子出現在我面前。睜開眼睛後，眼前什麼也沒出現。糗了，原來這不是夢，誤會一場幸好還沒做出蠢事。於是我繼續上學，日常互動——突然一片靜寂，世界被眼皮壓住，好遮很遮吧？

　　師父說，我沒有對女孩子清晰的「概念」才幻想不來。要先有經驗餵給大腦，才能「再現」，像機器學習一樣，我們的腦是類神經網路。

　　「你的意思是，我沒有做愛過就沒辦法做春夢嗎？」

「以新手來講，差不多意思。」

師傅瞧我垂頭喪氣的樣子，安慰道：「有機會成功啦，很多時候可以騙過大腦隨便呼攏過去。你在夢裡見到的行人他們的臉也不會是具體的，那是你輕薄的假象，大腦才沒必要分配CPU在不重要的運算上。」

「只有認識的人會是真的，是你熟諗的記憶，也因此意淫的時候最好用認識的人更好成功，印象越多則越真實。」他作勢戳向我的腦袋，我半蹲下給他戳。

「夢裡的世界全憑『感覺』建構，鑑於他本身就是假性經驗……感覺來的時候，不要摸索太深，否則缺乏相對應的記憶會錯亂而醒。」

「問題是我身邊就沒有女生啊！」

「不然動漫怎麼樣？」師父提議：「我一開始也先用動漫摸索。」

「動漫可以？」

「不然我又沒經驗怎麼做春夢。」師父抓抓頭：「想像即可，性脈衝之於你身體是真實的，那就夠了。」

師父長得挺不錯的，籃球隊更加分，以前國中曾被學妹倒追過。儘管他們升上高中後分手，師父至今做夢仍以她意淫，真羨慕，我在夢中也只配當個肥宅。

母親最近消失許久，問同學說被卡車撞死，我怎麼會不曉得，很明顯是大腦在唬爛。找疑點現在難不倒我，立刻試搗一拳在牆壁上，整面垮下，手也有些許疼痛感。師父說做夢捏自己沒有用，沒那麼痛但仍有感覺，人未必能覺察兩者間的差異。

真是不可思議，明知自己正躺在床上，身體的感覺卻是如此自由。清醒時我大可拍胸脯保證當下並不是夢，然此刻的真實卻是由大腦模擬出來，差點分不出來。反過來講，這樣做春夢才有意義，是吧？

師父憶童稚時，約莫國小就做過超能力相關的夢。他用冰魔法攻擊，敵人是緩住了，卻沒有特效出現。他推敲自己沒有使用冰魔法的經驗，不過讓敵人造成「預期效果」在大腦的能力所及（調慢速度），故憑這種方式表現。國中二年級他接觸科幻電影，夢裡的特效更為繽紛。

「等我睜開眼，我要移動到旅館，還要看到師父的妹妹。」

一名國三女學生穿著制服鴨子坐在床頭，膝上白襪。

抱歉了師父，動漫還是不太合我的胃口；而之前家人來探望你的時候，你妹的身影就狠狠烙印在我心底。

我衝上前撲倒她，將頭埋進她的胸部磨蹭，脫下他的衣服。她嬌喘的呼吸聲如此立體環繞，應是先前戴耳機看片的聽覺印象。我將她的身體翻過來，頭往下壓，逼她吞入。

我醒來了。師父盯著我看。

「你剛剛好像在嬌喘誒，順利嗎？」他好奇地問。

「到快口交了。」我回答，裝作沒事。

「你意淫誰啊？」

「不好說啦。」

「你跟我講啊，我比較能幫你帶入真實感。」師父依舊這麼熱心幫助我，有些羞愧了。

「嗯⋯⋯校園嬌娃裡的姍姍？」

那晚我們都在聊動漫奶子，師父可興奮的，名師出了個高徒，連他都想像不到姍姍裸體的樣子。他又教會我許多技巧，縱使罪惡，但我實在離不開師姑。那是我無聊的棒子生涯中，唯一心動（且有印象）的女生啊。

又回到同個場景。這次我要她幫我打手槍，尻尻的經驗確實是有的。她的小手握住了我的肉棒上下抽動，是這輩子第一次有人幫我尻槍。儘管清楚此乃自己手的觸感捏造出的肌肉慣性，還是如此真實美好。

快去了，湧現高潮——

一秒。

兩秒。

二十秒。

幹，怎麼爽那麼久？太奇怪了！

我睜開眼，內褲感覺黏黏的。師父在旁邊熟睡如故，誰管他，我超興奮直接搖醒跟他分享這件事，修行總算進展到尻尻階段了！

「我不是說過夢裡的時間是外界的好幾十倍？」他揉揉眼睛：「而且現在才他媽凌晨五點，你在衝三小？」

我頻繁意淫他妹，眼睛水汪汪的超級可愛，尻尻的滋味真的好棒，甚至她開始主動替我口交。那種溫度與觸感實在是太舒服啦！但高潮後總是會醒來，看寢室其他人都在睡覺，偷偷去廁所清理內褲殘留。

為了不被套話，我嘴巴講沒有做春夢，實際上已經把他妹操到翻掉。

又恰逢良辰吉時，三天連假，身心皆處絕佳狀態，今晚更要好好的玩弄她。

「不要啦……。」誰管她講什麼，我正面抱住，用我的中等棒棒在洞口試探。她的頭靠在我肩上，好像怪怪的，我平常肩膀上不會有人頭，重量兜太不來——總之我醒了。

但又好像是沒有醒來，感覺到下體溫熱的觸感依稀存在，師妹仍在幫我口交。

不對，我確定這是現實世界。

我掀開棉被。師父正在幫我TSJ。

「啊啊啊啊啊啊！！！！！！」

凌晨四點，大家回家了，整間宿舍剩下師父跟我坦承相見。

「你衝三小？」

「我、我看你蠻可悲的，修行半年還沒做過手淫以外的春夢，想說可以從外界幫你……」師父自責地垂下頭。這時我才察覺自己是多麼愧為一個弟子，不但欺騙師傅修行狀況，還操爆他妹。

我的胸口好難受，好罪惡，好想現在馬上從五樓跳下去。師父這麼一個純直男，為了我竟然願意幫一個肥宅吹……。

師父抬頭看我，斗大的淚珠滴滴自眼角滑落。

幹！超像他妹！

我反射性捧住雙頰吻了上去，舌頭滑入攪動。距離三公分我看見師父驚恐的雙眼，才意識到又犯下滔天大錯。我分不清夢境與現實了，整個人傻掉，趕緊抽開身體的反應也沒有就這樣呆住。

然後，師父他半閉起眼睛，舌頭伸入我的口腔游動。

我們倆抱在一起擁吻。如此紮實的溫度，我的右胸貼著師父跳得好快又熱呼呼的心臟，跟他妹一樣貧乳。不去思考，簡直是跟她抱在一起，比夢境的那種虛假經驗強了好幾十倍。掌紋愛撫對方的背脊、頸肩、頭髮，柔柔地摟著他，如此吻了不知多久還不捨抽開嘴，僅僅是吻著而已。

在現實的幾秒鐘，是夢裡的幾分鐘；在夢裡的幾分鐘，於此刻彷彿永恆。

我再也不需要做春夢了。那是魯蛇的自慰。

師父是我一輩子的愛人，我會好好記下他的笑容，雋刻在腦海中。

# 智者與同志

"Pride是一名22歲的美國白人

人如其名，他對自己的種族感到驕傲

對同性戀極度排斥

但他的名字總是跟平權劃上等號

甚至大家都會在同志遊行貼文下#hashtag他

名字自動變成彩色的，像擦不掉的污痕，無從選擇

「我們都支持LGBTQIA，以及WERYUOPSDFHJKZXCVNM！」

「不如把彩虹改叫色彎，又色又彎的。」一名中國人笑道

「有人問過我嗎？」他發出微弱的吶喊

（共產同志也反同志，但此同志非彼同志。）

「現在誰才是少數啊？社會已經進步了，容不下那種聲音了。」

終於，Pride受不了了

他選擇離去

在消逝的同時化作一道彩虹劃過天空

一位同志看見了，指著天，說：

看哪，那是上帝為我們創造的奇蹟！"

某日，一位智者巧遇一位女性特質豐沛的男性。

「你好呀。」智者問候。

「請你注意措詞，我希望你能用女部的你稱呼我，because我的心裡住著一位小女孩。」

「可以的，我很接受妳們。」

「什麼話？你是把我們與正常人區分了嗎？你覺得我們不正常嗎？」

「話是這樣講，但不正常並不表示社會不接受……」

　　「夠了！」那心內的小女孩斥喝：「還以為你是個智者，沒想到是恐同加中共同路人的混種！你媽死了！」

　　「稍等，」中共同路人說：「在那種一看就反串複製文下，盛氣凌人風風光光地質疑『請問同志哪裡不正常』，並不會讓你們變成正常的。」

　　那小女孩氣得渾身漲紅，陰莖也充血了，咬著牙齒發不出話。

　　「你們會為這篇文吵起來，當然是because你們都是優秀的知識份子，願意不顧旁人看法如此發聲，做自己身體的主人。」同路人為自己緩頰：「我支持肛交不戴套。」

　　小女孩似乎聽不懂句中的諷刺，氣消不少。

　　「照妳的話，所以你們是正常的囉？」他旁敲側擊。

　　「沒錯！我們跟大家都一樣！」她答。

　　「可以呀，雖然我不覺得不正常有什麼不好的。」中共同路人說：「許多人也說我不正常，因為我太聰明了。」

　　「我們追求的是實質平等！我們要完全一樣！」

　　「蔡依林不是有首歌叫『不一樣又怎樣』？那似乎是寫給同志的歌呢，她的意思是指你們很特殊囉？」

　　「才不是！台灣女神最挺我們同志了，現在演藝圈裡敢不為我們發聲，立場中立的也會被我們姐妹抵制！」

　　「那為何女神說你們不一樣呢？」

　　「不管！我們跟所有人都一樣！」

　　「可是其他男生喜歡女生，你們喜歡男生。」

　　「我等一下會去報警。」

　　某日，智者又巧遇了另一位女性特質豐沛的男性。

　　「你好呀。」智者問候。

　　「請你注意措詞，我希望你能用女部的妳稱呼我，因為我的心裡住著一位小女孩。」

　　「恩，你說的沒錯。」

# 閉上你的嘴唯一的恩惠

「大夫，請您救救我兒子……！」診間被胖母親的哭聲塞滿，好脾氣的護士也蹙起眉頭。

「快說罷，他發生什麼事了？」白袍的老醫生關切。

「他糊塗了！成天只重複一樣的事，說著類似的話，好像一具行屍走肉。」母親哭訴：「我兒以前不是這樣的人，勢必是別人帶壞他的！」

「那他人呢？」

「他太固執不知變通，不願踏出自己舒適圈，拒絕看診！」

醫生抓抓他歷年因工作驟白的髮：「不是啦，病人不來難道要我自己過去？」

「對啊，您就通融一下吧……」

「阿青啊，快來跟大夫磕頭！他來救治你的病了！」胖女人對屋內喊道，無人回應。「真是不好意思，他有點神經質。我們到他房裡吧。」

轉開門，樹林芬芳撲鼻而來，房裡綠油油地擺滿花草，藤蔓沿著窗台攀進屋內放肆。看上去還挺自然，卻有股說不明白的突兀感，藏匿什麼隱情。

阿青倒臥床上，兩眼無比空洞。醫生拿了光照他的瞳孔。

「我說太太，你的兒子沒有生理反應，已經死了。」醫生懇切地說。

「不敗閉嘴！」兒子突然跳了起來。

「什麼東西？不敗是誰？」老醫生被嚇得心臟一使力，葉克膜都快塌掉。

「不敗閉嘴！滾回去！」兒子嘴巴嚷嚷，手在空中機械式揮著，像一具沒有靈魂的殼子，裝滿了不屬於自己的東西。

「自從他接觸網路世界，就被感染成這樣了！身為母親好難過呀。」

「不敗閉嘴！不敗閉嘴！」兒子呆滯地朗誦。

「阿青，跳針是沒有用的，這樣並不會讓他人瞭解你。」

「你是中共同路人！檳榔顆！」

「名醫！太謝謝您了！」胖女人熱淚盈眶：「這是他這輩子第一次講出檳榔這個詞彙，您一定是救世主！兒子，再說一次！檳榔顆顆！」

「檳榔顆顆！spa擋！spa！」他手舞足蹈宣揚著，類似起乩的狂喜。

「0a閉嘴，不要打擾我診斷。」他扭回頭：「你為何要重複這句話呢？」

「不敗閉嘴！」那兒子跳下床四處跺腳喊叫。儘管空間狹窄，回音卻很響，綠色小房間充盈著巨大的轟鳴，簡直惱人。阿青拒絕溝通。

老醫生想，若是接觸網路才變這副德性，不妨實際測試看看。他隨意在一處新聞留言「不敗閉嘴」：未及一分鐘，醫生的留言多了四十三個哈和十五個讚，更有人在下方標記什麼「屢敗的魔術師」之乎者也的。他不信邪，又找了個乏人問津的粉專「中資偷渡」留言不敗閉嘴，傾刻間讚數衝上五千，還被三立新聞分享。

「天啊！這句話……是神的語言！是一種信仰，一種宗教般的狂熱！」老醫生驚呼。

胖女人問道：「那麼，這有什麼含義呢？」

「我不瞭解……可是，這種信仰能夠吸引諸多流量與認同感。」醫生推了推眼鏡：「你的兒子似乎欠缺特質與歸屬，才需要以這種方式建立人際連結。」

「我已經老如一朵凋零的花，」胖母親嘆道：「不懂現代年輕人的想法。」

「至少，你理當支持兒子。」老醫生說：「我倒已經習慣被罵了。」

「沒、沒錯！」母親抬起頭來：「叫！兒子，叫！不敗閉嘴！」

「不敗閉嘴！沒人在乎！」兒子吼得更起勁了，力竭聲嘶哭喊，崇仰，直至用盡力氣，倒地抽搐活脫一隻食物中毒的犬。

至今，台灣各地仍有這種民間狂熱。

# 星之所向：指標·性·人物

　　阿斌是資工系出了名的理工優越宅，尤其討厭同志，恐怕跟他的基督教信仰有關：基佬·督·徒弟。凡是哪位棒子走在路上多看一眼，阿斌便下意識認為對方在意淫他，更加仇視。

　　「我們是同性戀，又不是不挑性戀。」某次某個誰在大庭廣眾下跟他對峙：「也不照照鏡子瞧你長那什麼油垢樣，誰要意淫你啊。」難堪至極的阿斌對彩虹的厭惡又來到新高度。

　　聽說他原本是無神論，因為傳福音的黑長直妹子很可愛，拗不過只好入社，很久之後才發現那個妹子是女同性戀，剃掉了柔順的長髮，個性變得超雞掰，醜不拉機癲癇頭對著女友拳打腳T。

　　「可惡的拉拉！」阿斌咒罵。

　　「原來你還有在看天線寶寶喔？難怪我上次看你在玩拉拉下體。」

　　「那叫Among Us。」阿斌翻了個大白眼。

　　跟假性文青的訴求相似，當你沒有任何優點（尤其醜如阿斌），起碼要培養特殊興趣或專長以尋定位。阿斌程式能力極強，大三已經在幫公司接專案了，加上平時叫叫熊貓至多一星期不離開宿舍，畢竟他也不用上課。對他而言會寫程式並不了不起，新竹男女老幼都會寫程式。

　　沒人見過阿斌的電腦關機：工作打code，休息看動漫，或點開gayporn發洩──是，你沒聽錯。對他而言，異性戀是上等的愛，讓他感覺優越。相較於春宵搭配deca joins或肥宅盯著動漫尻，當他凝視兩個男人互肛，更像在觀賞動物星球頻道的禽獸交配畫面，使他身為正常性向的性慾質感更高人一等，從而獲取心靈上的富足。

　　啪啪啪啪。今天又是尻尻的好日子，阿斌剛回宿舍門口已卸下衣褲。

　　「我要去了！」螢幕傳來男人纖細高亢的哼叫，除毛的白斬雞左右晃動。

「媽的，脫毛的小賤狗！」阿斌見獵心喜：「快點射給我看啊，沒羞恥心的畜牲！」

「嗷嗷嗷嗷嗷！」畫面裡的男人在上方抽動。

零號去了，阿斌也隨之高潮，抒展的表情因優越感顯得放蕩，肥胖而包莖的肉柱濺出白色水浪，灑在許久沒洗的發臭梅竹T上，斑駁間混著幾天前乾掉的痕。

「看到沒！我的高潮比你更高級！」他不忘對螢幕裡的人叫囂。

「幹！我還在讀書！」室友從另一側飆罵。

「你不覺得自己的行為很噁心嗎？」室友終究無法忍耐了。

「不會啊，我就恐同。」

「我是說你在有室友的時候尻！」

「我不尷尬，尷尬的就是別人。」阿斌聳肩：「有人叫你看？」

也對，誰會想看一個噁宅看甲片尻尻，但也要考慮一下別人的心情吧。阿斌的室友上靠交2.0抱怨，恰巧讓大神陳興瑋看到了，他決心好好糾正阿斌的思想。

偷蒐集宿舍名單建資料庫是興瑋的興趣，想當然很快用內碼查到人家的房號，穿過八舍一樓走廊因通風不良揮之不去的霉味，登門拜訪。

「聽說你很討厭甲甲？」陳興瑋開門便劈頭問。

「真沒禮貌，你哪位？」阿斌正在打code，頭也沒轉過來。

「我叫陳興瑋，靠北版2.0的創辦者。」

「哦是你啊，我還以為那是你的英文姓名。」

「我已然拋棄了過去，現在我要改造你的錯誤思想！給我反省！」

阿斌終於轉過頭，正面注視興瑋：「我要忙了，請你回去。」

「你你你……你打code！電腦是同性戀發明的！」興瑋慌了。

「所以他被處死了。」

「資工系整日與10作伴！超gay！」

「我沒去上課了啊，誰在乎。」

「你用C++！你吸甲甲！」

「大哥，」阿斌無奈：「我很尊敬你的程式能力，但你現在真d很尷尬。」

面對如此強勢的男人，不由得把興瑋嚇得激凸了，連忙用手遮著，一臉狼狽。

「請回吧。」阿斌別過頭繼續打code。

何等羞辱啊！竟讓興瑋有些興奮了，打結的腦恢復運作，查克拉也隨之湧上，淺青色的咒文在身旁浮現。

```
#include <bits/stdc++.h>
/*陳興瑋念咒，以自身做為容器讓強大的函式庫灌滿他，前人積累的強大知識在他筋絡裡沸騰。*/
using namespace std;
//懶惰蟲。
```

「你在幹嘛？還不出去？」

```
cout << "我要讓你後悔。" << endl;
```

「郭喔，我要報警了喔。」阿斌皺眉，拿起手機威嚇。

```
cout << "我要讓你知道指標的力量。" << endl;
int* hole_addr; //入口
```

「啥？誰的hole？」

```
cout << "閉嘴hoe，我要讀取你的屁眼資料。" << endl;
hole_addr = &你的屁眼;
```

阿斌像被坐墊刺到，猛然跳起：「你做了什麼？為什麼我感覺有東西指著我的屁眼？」

```
int main(reality){
    *入口 = 0;
    while(1){
            *入口++;
    }
}
```

「聽過數學歸納法嗎？」興瑋邪笑。

「先解釋你對我屁眼做了什麼！」

「你不知道嗎？」興瑋按下Compile&Run：「指標符號的*，就是屁眼。」

物件導向的位址無止盡擴增，阿斌抓著自己的 * 在地上打滾，血與屎滾出炸出，把褲子染成黑褐色的，房間瀰漫血腥味。他兩眼上吊，更詭異的是，下面還似乎勃起了。

```
while(1){
    for(入口; 入口<30; ++入口){}
    for(入口; 入口>0; --入口){}
}
```

也許是因為太常看gayporn，屁眼會讓他聯想到高潮的情景，馬眼也開始失控洩出，全怪反射反應。

「啊啊啊啊啊！救命！救我！」

「看是我運算速度快還是你撐得住。」 * 瑋冷冷地說。

「我不敢了！我就是甲！我就是寫不分偏一卻只當零，表面仇同卻看甲片尻的那種人啦！」

「很好。」 * 瑋呿道：「不要再背叛圖○。」

 * 瑋以食指緩緩滑入那已潤濕的指標，阿斌也從輕柔的呻吟釀為喉音猙獰，收緊臀部不自覺抬高發騷。主人淫笑。

「那你的指標先放我這了，以示懲罰。」

此後阿斌走在路上沒事就會突然淫叫。他宣稱自己得了妥瑞症。

# 神說

「讓我死！！！」我的雙眼因憤怒而暴凸，口水從齒間噴出灑在衣領大腿，橘粉色的亞麻仁布料變得越加深重。

「不可以！耶穌會懲罰你的！」安德烈一手捂嘴，一手壓頭將我蠻橫地按在木椅上。

「他是個叛徒！你們全被他騙了！」我咆哮。

「你才是背叛者！祂的靈魂已經復活，祂會來懲罰你！」彼得在我後方，十指交叉自額頭下套，於我嘴前朝兩側拉開，編織成一條漁網繞過我的頭，後腦勺緊緊綁住，鬆手擰斷繩尾封住我的嘴。安德烈看著我皺眉，眼光閃爍。

「你把神蹟用在這啊？」約翰無奈。

「都出賣耶穌了，對付他剛好吧？」彼得咂嘴。

「神的問題需要神的手段。」馬太擺擺手，不怎麼在意的樣子：「反正他沒有，不就證明那是拿來懲惡的嗎。」

門徒們離開，留下我被流刺網纏在椅背上無法動彈。

我叫猶大，對，就是聖經裡十惡不赦的男人。我不知道現在民眾還碰不碰那本邪典，不僅曲解事實，也歪斜了我的品格。照風氣看來，基督教是即將興盛了吧。這場末日災難正在擴散，我費盡全力阻止悲劇發生，就算背負永世罪名，我也要執行正義——我更希望的是，地球上人類儘早滅亡，別讓約書亞得逞。

是的，我曾是小偷，我很貪財。錢是很萬用的單元，換得到幾近任何美麗的事物，涵括快樂。但不說這快樂有邊際效益……啊，沒錯，我也懂一些經商之道。約書亞要我當他的「司庫」，意即負責公司資金管理的頭頭。這對我而言是最好不過的職位了，我猶大著實愛財，也把糧倉管理得

完善，將斤斤計較的性格投於控管儲備。這不意謂我吝於施捨，我是基於讓物品發揮最大效用，不糟蹋半粒穀米。

我並不貪求穀倉裡的糧。對我而言，管理一座屋子的職責就相當於坐擁如此財富，並不必在我。我有能力自足有餘力給予，被人需要，這樣便足矣。我想約書亞是明白這點，才將這職位託付給我。起初其他門徒對此頗有微詞，但我以實力證明我夠格擔當這位置。

談到約書亞，他那時的確是個濫好人，無庸置辯。他樂於救濟任何前來求助的窮人，哪怕那人一看遲早都要掛掉。

「猶大，取出半斗小麥。」他頭也不回地說，只揮手示意，觸摸那人凹陷無血色的臉龐，不是因病而死，是真的老得快自然消亡了。

我把約書亞從門口拉進來，壓低聲音說：「那人一看馬上要掛了，你這樣給他米糧豈不浪費了嗎？你真要延續他所剩無幾的時光？這些食糧如果給其他幼童更符合效率，不算孕育生命嗎？」我把問句如連珠砲相繼砸在他臉上，那木訥的表情絲毫沒有動搖。

他深棕瞳色的斜眼凝視著我：「那我行神蹟總行了吧。」

「隨你。」

約書亞將沈甸甸的破三腳車（我管這樣稱它）從倉庫逕自推了出來，不平而懸空的右前輪依舊晃呀晃的發響。他罩上白布，將我那半斗的穀子傾入神奇箱內，開始分發小麥。左鄰右舍聽說又有穀物大放送，紛紛好康逗相報，人龍轉眼排到巷尾。約書亞發糧發了一個半時辰，闔上蓋子，說今天發放的量已經沒了，咻一聲連人帶車溜回倉庫。

彼得正坐在板凳上編織漁網，扳動關節伸出穿入，又交叉十指一根根豎起，麻網漸漸從他指縫中冒出來了。他閉著眼，吹著口哨易如反掌折枝，這是他的「神蹟」，我不懂，也不會多問。

我到糧倉清點。最近小偷實在猖狂，小麥怎麼算也對不上帳。我跟約書亞提過，想當然他彎不在乎地說：那就送他們呀，他們需要。可我生氣的點不在於斯，這是偷竊啊，他們大可直接跪倒門前乞求，我們（其實只有約書亞）一定會施捨資源，不夠則再行神蹟補，為何一定要偷？

想到這點，便令我猶大萬分羞愧。昔日在下是個人人喊打的樑上君子，不分貧困富有，逮到機會我便摸走財物。那時我的處境不至於困窘急迫，純粹為了貪求更佳的生活品質而觸犯罪行。是約書亞接納了這樣的我，我很感激，是以我非得捉拿宵小，讓約書亞將他歸入門下拯救其他像我這般愚蠢的人。

我巡視講堂時發現有許多鳥雀低頭啄食，人一來啪噠啪噠飛走了。看米的蹤跡，似乎是約書亞稍早推車漏出來的米糧。他車子很久沒修補了，就算修過感覺也快要解體，我打算待他生日時送一輛新的給他。這是效益問題，而且節日禮物他是會收的。

也正因這點小心意，讓世界逐漸走向崩壞。

約書亞平時用一塊白布罩著車子，阻絕塵埃，畢竟污染食材可糟糕了（他提倡衛生觀念），平時叫我們不要亂碰。倉庫裡尚有其他機械零件，是他的最愛，傳福音的空檔便跑進工作室歡樂的敲敲打打，讓其他門徒很受不了。

「沒辦法行神蹟的，唯有做義肢給他啦！」他答道。

「好好好，可是你木材用越多，晚餐就吃越少。」馬太說。他是稅吏。

「行。」他隨著節奏哼起歌來，迴盪於眾人五音不全的合唱中。

鑑於造輛新車還是很散財的事，我打算把舊推車堪用的部分拆開來升級，儘量節省。罵著這輛車怎如此重，我手持巨錘將其劈成兩半：首先是不尋常的揮砍手感，細碎木棍碎裂的脆響伴隨彈簧蹦斷的聲音，小麥從縫中不斷傾灑，這是什麼玩意？

兩手扳開，我詫異地發現這不是台單純的推車，而是精密機械。研究機關的殘骸我翻出側邊隱密的繩索，原來那個看似懸空的輪子——每次我總看不慣叫約書亞修的——是一個踏板！我嘗試踩下它，底層裂成兩半的夾板霹靂啪啦地舉起，更多米從縫中流瀉。

我懂了。原來約書亞就是偷我米的人！這不是什麼魔術戲法嗎？

我立刻把他抓來質問。

「啊就……這樣啊，這樣比較省事，還能宣傳我們的事蹟。」約書亞食指碰食指抱歉地說。

「你不是會行神蹟嗎？變米出來就好啦！」我罵道：「我抓小偷抓得多辛苦，你大可直說的。」

「……。」

約書亞跟我說了一個天大的秘密：他不會行神蹟。

「什麼？那你怎麼指頭一戳就治好病人的耳聾？」

「他耳屎太多啦，摳一摳便解決了。」

「殘廢的人呢？」「替他整骨，令其便於行走。」

「疾病？」「沾草藥泥塗抹其舌。」

「水變成酒？」「假的，那是溴化鉀分解成溴＋過錳酸鉀。」

「我的老天啊！」

約書亞要我死守秘密，我也不得不答應。如此這般，所有門徒裡只有我知道他是無能力者。我們發誓成為約書亞的門徒後能力會自然覺醒，原因他也搞不清楚，但委實都獲得了專屬的神蹟。這事才過幾天，教堂門口又大排長龍，但車子只做完了殼。

「你鑽進去。」

「三小？」

「接米給我啊！機器被你毀掉了。」

「你又要偷我們的小麥！」

「這裡我說了算，自家人的麥子……能算偷嗎？」

「那你從自己的晚餐吐出來！」

「豪！」約書亞臉上洋溢幸福的微笑，推著我在車裡東撞西撞悶了整天，手接到要瘦死。我委實感受到他常說著助人的美好……哼，可沒有影響到我的準則。那是再往下的事。

在驅趕小孩時，我的腳跌傷了，小腿肌肉被銳利的石塊劃開好大一條縫，紫色膿包不時劇烈陣痛。這是約書亞的醫學知識裡沒記載的症狀，僅能拿些泛用的草藥應急。傷口數天內陸續擴散，看樣子必須截肢了，他

說，怕敗血症。此時我才真正明白再多的錢還是徒勞，甚至想以死結束我的苦痛。瞭解到這點，我方覺自己真切被抽換了念，洗滌了心。塞翁失馬，雖然有點遲了，拿一隻腿換一場頓悟或許是值得的。

士別三日，約書亞匆忙捧著一缽搗碎的草藥敷在小腿上，說可以試試這個。還真有效，不過四天周圍的膿包便消腫退去，傷口快速癒合，以前的我也連帶拔除了，那個因心裡貧窮而永不滿足的鬼祟心態。雖然約書亞沒有真正的神蹟，對人民而言他就是救助，根本無需什麼違抗物理定律的偽證。

「悄悄跟你講，我終於要得到神蹟了。」某天約書亞說。這事人家當然僅止於向我商量，我不禁感到一種特殊待遇的優越感，又趕緊搖頭把這虛榮心屏棄。

「怎麼做呢？」

「我要向更高等的宇宙神簽訂契約！我要散播大量的痛苦，等我成為名副其實的神再救治他們！」

「搞什麼？你怎麼會有這種想法？」

「猶大聽著，現在人類本來就有苦難對吧？如果降下更多苦難，換來我的神蹟，我可以一次醫治所有人！而且我永生了，可以持續施法，再多的苦難皆化為烏有，豈不美哉？」

「可是……你不滿意現在的生活嗎？大家都景仰著你呢。」

他皺眉擺手：「我只是個凡人，要成為你們這些神蹟者的領導，現在的普通身體實在不夠用啊。」他音量轉小：「躲躲藏藏的生活我已經膩了，我想要有真正領導眾人的才能。」

你已經有了，但我沒講出口。

「我需要死去。我的靈魂要在輪迴中替世人承受苦難，才得以重生。」他指向天穹：「然後這段故事需要流傳，我的門徒要代我編寫聖經。」

「非得要做出這麼偉大的犧牲？」我感覺自己的唇微微顫動。

　　「是的。我相信受的苦越多，我的神力將會越強大，便能將眾生從永劫回歸中解脫。這是一場投資，如你平時最倡導的『效率』運用，我甘心承受一切。」約書亞吩咐：「所以我要你找天通報羅馬士兵，讓我受苦，將我處死。」

　　「這樣才夠正當嗎？」我意會：「不然你沒有理由突然死亡。」

　　他微笑。那是真誠為人民、為萬物而笑，卻不是正確的路。我一時竟被這臉部抽動迷昏，失去辨別是非的能力。如此弔詭的事任誰都會阻止吧？答應後我很懊悔，日夜思量內心惴恐不安。也許正因為我與他太親近，才被蒙蔽了雙眼，爾後還被冠上世代流傳的罪名。

　　「最後的晚餐」終於來臨。約書亞親吻了我，向我暗示行動開始。那次談話尾聲我們約好再也不能提到復活一事，以防走漏任何風聲。隔天，約書亞被釘死在十字架上，直到暗紅的血再流不出。門徒在哭泣，發誓要實現他未完的遺願；只有我知道，他是極痛苦卻滿意地死去的。

　　約書亞跟大家約好三天內會復活。我裝作極懊悔的樣子回去──事實上，也是真後悔執行。回到倉庫，掏出「出賣耶穌」從羅馬士兵手中拿來的三十銀錢，在手中轉呀轉的，好沈，手上何時已是鉛塊。

　　三天過去了，耶穌的肉體還是沒復活。

　　「現在怎麼辦？」我走到講台邊，面對眾門徒。

　　「還問？雖然祂說不要太責怪出賣他的人，但包容你個大頭！任誰也知道是你這守財奴！」腓力呸了一口口水到我臉上。我不反擊，以掌心抹去難言的羞辱。

　　「喂，太過分了吧。現在首要之急是想辦法讓他復活啊！外面的人擠滿了準備看耶穌表演呢！」

　　「說耶穌在忙不行嗎？晚一點復活。」

　　「不行啊，愚民會失去對我們的信仰的！」

　　「那找個人扮成他的模樣！這是沒辦法的事，善意的謊不犯法！」

　　於是耶穌復活記便這樣混過去了，台下的民眾也沒怎麼在意。他們只想要葡萄酒跟麵包，誰給都沒差。真令人鄙視。

　　耶穌的神氣猶在，教堂是有顯靈過一次，叫我們記下聖經的教條。什麼一男一女結婚啦，不能自殺啦，等等的，我們也不清楚緣故。大家以為聖經殺青後約書亞就會返世，但日後靈魂也斷了聯繫，天曉得飄去哪。

　　假使約書亞能顯靈，他又有話只想跟我講，應該不能在教堂主廳張揚吧。果然，在寢室我專注聆聽，領受到天使的訊息要我去遙遠的地方見他。樂意之至，正想用力罵他。我跋山涉水，去高台參拜約書亞的靈體，盤坐在巨石頂一副悠然自得的樣子。我簡直氣炸了。

　　「你為什麼不復活？你的屍身已然腐爛，如何回去？」

　　「親愛的，我發現世界的苦難太多了。」耶穌搖頭：「借使我的轉生時間更長，便有更多新的災厄讓我承擔，讓我吸收，我的神力則會更加龐大。我們眼界要放遠。」

　　靠，這跟當初說的完全不同啊！

　　「那是因為我拜見了宇宙的真理。地球不過是個小小天地，算不了什麼的。待我吸收更多劫難成為更強大的神，我一定回來幫助人類，我會賜給人類與整個宇宙匹敵完美善良的天堂，你要相信我。」

　　「那聖經是怎樣？」

　　「人活在世上就是沒意義的絕望呀，活得越久受苦越多，我便能吸收這些苦難而變得堅定廣大。」耶穌笑道：「因而人活越久越好，同性戀不能生更多小孩以受苦，應該禁止；隨便亂生的小孩活不久，承受的疾苦雖然深切但太快結束了，最好是由成年的穩定夫妻扶養，另外受難的部分……喂，你有在聽嗎？這不是人類的錯，我們無法選擇自己的出生，一個偶然的事實，但人類太習慣圓自己的謊，為了社會結構的穩固說服眾人不要尋短，那我也只能盡力幫他們呀。多少難熬的夜裡，我聽過多少人向神祈求一死……」

　　耳裡已聽不下去，腦中天旋地轉。我現在只想揍他，儘管宇宙真理指示他這樣的路。我舉起拳頭揍進他的靈體——穿過去了，重疊到的位置像液態氮一樣極寒，又有熔岩的熱度，壓抑著世間的折磨。

「現在，你也要為我受苦。」耶穌朝我的額頭彈指，我的肉體便朝後方疾速潰去，意識一層層剝離，拉長，一層層填回我遙遠得失去維度的身，從陷入的床榻上醒來。

「你被發現倒在倉庫旁，昏迷不醒長達兩個月，陸續發著高燒。」這是場大病。除了高燒不退，我日夜狂咳，咳到無法入眠，邊咳變詛咒約書亞。理解這是耶穌親自為我選配的苦難，我死不了，為那蠻橫的靈魂之主永續折磨。這怎麼想都不合邏輯，要代替人類受苦的，分明是被釘在十字架上的耶穌才對啊！

過了有半年吧，我夢見了天堂。耶穌不在那裡，沒有東西在那裡，人死後什麼都沒有，連存在也沒有，我弄不懂自己是以什麼視角觀看的。

是你錯了，我悄聲說。

醒來後我突然好轉，病徵消退大半，或許是特別免除我的苦難。吾心意已決，反叛基督教是必然的，我要呼籲人類停止無謂的忙碌憂鬱，專心享樂──或投死。但大家視我為異教徒，沒人聽懂我的聲嘶力竭。耶穌恐怕正在某處笑著觀賞、吸收我的挫敗吧，但我絕對不會讓你得逞。

封住我嘴巴的漁網化成了各種貨幣或等值的東西，鏗鏘一地。那些人早已走得太遠，被虛偽的善給蒙蔽了。我的神蹟是「判價」，可以把身體碰觸到的物品兌換為等值的東西。我不希望大家隨意得知我的能力，怕造成不必要的麻煩，跟我的日常生活也無關。我推託說因我曾是小偷遂沒有神蹟：大家信了。

我將手伸入地上零散的雜物堆裡攪晃，抓住抽起，拉出一條草繩將其繞在樑上，另端繫個圈套。我絕對，不要，再為什麼人類福祉或共同進步之類的屁話無端受苦了。

板凳踢開，繩子自然壓迫我的氣管，物理定律是多麼漂亮，究竟不需要「神蹟」的存在就能執行美麗的事，美麗的死去。

然而我終究是被「神蹟」眷顧的人。在我幾乎斷氣之時，那麻繩連著我的衣著化為紙頁飛散。我光溜溜地摔落，聖經的書頁在空中旋舞。這是怎麼了？我無法令自己停止呼吸。

　　我改用刀子自剄，手上的武器在接觸皮膚的頃刻化為硬幣叮噹落下。我並不懼怕死亡。我的能力是反射性地發動了，這是詛咒。

　　耶穌在所有生物身上強加了「求生」這個本能。

　　於是萬物竭盡所能生存，遭捕食而絕望尖嘯，因天災而隨意去死。我們身為最難能可貴最特殊最有智慧的靈長目智人，所受的苦亦是最多的。歡愉稍縱即逝，帶不來長遠的幸福，疼痛卻如此真實地與日俱增——不，想必對耶穌來講，這些已感受至麻痺了吧。人類的深沈抑鬱對他是搔癢無異。

　　啊——是的，如聖經上所言我背叛了大家，嘗試自縊，最嚴厲的罪行。不曉得今年耶穌復活沒有，抑或降下更多苦難？也罷，就讓人類繼續體驗苟活的煎熬吧，我只期盼我的自然死亡，其餘一無所求。

　　註：本篇是我生重病時所作，日夜咳到無法入眠，為了不吵醒室友只能離開宿舍散步，思索為何神會放任疾病發生。但以結果來看，能寫出《神說》，這場病真的很值得。

# 可愛寶貝，可視

『奶頭樂：由於生產力的不斷上升，世界上的一大部分人口將會不用也無法積極參與產品和服務的生產。為了安慰這些人，他們的生活應該被大量的娛樂活動填補，轉移其注意力及不滿情緒。這些娛樂包括色情產業、選戰造勢、暴力網路遊戲、明星八卦、廉價品牌、偶像劇，以及可愛動物影片。』

阿緯是一名粉專經營者，是我的前同事。他原職是網路工程師，平時應付溝通障礙的客戶上司，繁忙了整天回到家中，還得開交友軟體搜尋附近的+9妹，看有沒有人想廢材回收。好不容易有人也右滑愛心。

『嗨。』（正在輸入訊息...）

『噁男不要隨便揣測他人的想法好嗎？不約。』

結果新竹+9妹的行情也挺好，現代這個行業競爭真激烈，都被勉強順眼一些的瘦宅工程師預訂走了。

阿緯蠻高的，大約有一百九吧？性格覥腆但也算開朗，就是有點太醜才沒人要；心裏寂寞，才想養動物陪伴自己。他無非是嘴上講講，但那天路上出生沒多久的流浪狗被他餵了點吃剩的麵包，竟跟著他回家，像是天意般。他把它取名為拉拉（因為很好捏），至今仍疼愛如故。

阿緯把這段經歷上傳到個版，意外激發廣大迴響，中年朋友似乎熱愛他的故事。於是他架設粉專分享他與狗勾的美好回憶，又業力引爆陸續撿了好多浪浪回家，疲於兼顧工作照護。粉專讚數破五位數後，開始有寵物用品公司找他工商。

「收支抵銷後，我賺的比以前上班多欸，」阿緯嗤之以鼻：「誰還要當社畜啊？」

辭掉工作前幾星期是蠻順利，但祖克柏調降了他粉專的觸及。廠商是看文章觸及率定價的，他領的業配便愈來愈少，無論試了什麼方法，拍再

多可愛互動短片也救不回來，受眾永遠是那些閒發慌的中年，沒有擴展。大家八成是看膩了，到底新題材也不太好想啊，不過是動物的互動而已，借鏡別人的題材或作風也未必有流量。

漸漸地阿緯對這些動物失去了耐性，尤其是貓。貓咪真是有夠機車的動物，早上六點就要叫，不起床還會咬你，又趕不走，跳到櫃上摔你的東西報仇，擺出那結屎面對著你。那天看到中華大學生虐貓，他心裏竟然有些爽快。

阿緯滿是抓痕的手撈起雞掰貓用力往地上摔。那貓在空中翻了個身，穩妥著地，喵地飛快跑走了，後爪順帶把拉皮的鼻子劃流血，多花一筆開銷帶他看醫生。為了養這些不知感恩的動物，他自己都不得溫飽，整個人愈來愈神經質。

「可是那天我走在寒冷的街，是準備打算投河了，撞見路邊紙箱裡有三隻小貓，急忙帶他們回家。」

「你真善良。」我說。

「不，我是看見了新題材。」阿緯把眼鏡上推，反光瞬過他的雙瞳：「我們這行嘛，只要有新題材就能存活。」

大致情況不差，除了有隻小貓呼吸薄弱。阿緯趕緊花五分鐘架好攝影機、打光、清理環境、梳洗尿尿再拉個屎，回頭觀察牠的情況：果然連心跳也停了。他對著攝影機摩擦貓的身體進行CPR，反覆搓揉呵氣，同時喃喃唸著「快活過來呀」、「大家還在等你」之類的信心喊話。

進行十幾分鐘，小貓依舊沒有心跳。阿緯很懊悔，大概是剛才放太久涼掉了。他關掉攝影機，把貓拿去微波爐熱一下再拿出來，小貓居然就有了溫度，熱騰騰的，開始微弱地呼吸。阿緯急忙再開啟鏡頭以哭腔說著「謝謝你活過來」。

皇天不負苦心人，這部影片瀏覽量超過百萬，好多抄網路的記者紛紛私訊粉專想取得影片授權，談業配的廠商也回來了。那隻貓腦部因長期缺氧永久受損，行動緩慢被其他同類欺負，阿緯便在粉專發文「謝謝善心人，有人認養她囉：）」，包一包拉進垃圾車。

「這顯然是廠商的疏失，讓一隻貓這麼微波死了。」

「你有點糟糕啊。」卑劣如我都看不下去。

「人之將亡，哪管其他動物？在我看來寵物跟豬肉差不多，」阿緯咕了一聲：「大眾喜歡吃，那就給他們吃；大眾喜歡看動物影片，那就做給他們看，不然叫他們不要吃豬啊，豬那麼可愛。」

爾後他粉專頻繁上傳動物復活影片，初一個月一次，最近一星期一部，哪來那麼多受災戶。他稱自己頻繁上街巡視，鎖定紙箱找哪些小動物又被遺棄了。

「看動物影片的人，沒人要幫我分擔或領養，還在留言說什麼互動沒梗了看不下去，把責任全推到我身上。只有動物復活時才有人看。」

「你當初喜歡過他們的吧？」我問。

「肯定的，但當興趣變成職業，那些感動早流失了。」缺乏溫度的字句從他齒間擠出。「恰逢你在，幫我拍下支影片，最近觸及又掉了。」

他從箱裡捧起一隻小貓，剛出生的，尚還羸弱。

「看過天能吧？」他冒出這句古怪的話。

我架好攝影機點點頭。

阿緯低頭親吻小貓，清清喉嚨切換成很溫柔的嗓音：「謝謝你活過來，歡迎加入我們家。」繼而他向我示意關掉鏡頭。

他將小貓往下一摔，那玩意發出微弱的喵聲。

「大貓會躲，我看你怎麼躲。」拉皮在一旁顯露驚懼眼神，發出嗚嗚悲鳴。阿緯將他趕走，接過我的攝影機聚焦小貓特寫。牠氣息虛弱趴在地上，讓我冷汗直冒，摸不著頭緒。

「活過來了……有呼吸了！」阿緯將他輕輕捧在手上，持續搓揉牠的身體。小貓看起來很痛苦，抽動或呼叫的力氣也沒有。一旁的貓群眼神漠然，如事不關己，在櫃子上梳理自己的毛。

接著，阿緯把那小傢伙往死裡掐。

「有需求，就有供給。」他把攝影機塞回我手裡，抓起失去生命跡象的小貓放到鏡頭前，泛淚嗚咽：「這是我剛剛在路上發現的小貓，似乎沒心跳了，我現在要救活牠。」便佯作按摩心臟位置。

我弄懂了。視野發黑，眼底有些酥麻感。

他嘆口氣，輕拍我的肩：「市面上動物起死回生的感人影片，誰不為蹭流量？要救直接救就好了，那種分秒必爭的時刻，還先架攝影機是怎麼回事？」

我不想再待下去了，阿緯把我送到門口。

「今天的事你應該不會講出去吧？我是信任你才邀請你來唷？」他淺淺一笑，讓人不寒而慄。

第二天阿緯很生氣地密我，說我拍的影片手一直抖抖抖，害他必須再找一個犧牲品，命算我頭上。隔沒多久，他粉專又釋出新影片，這次是復活小白兔，分享數又創了新高，底下留言紛紛頌揚他的善良。

實在看不下去，我向警察局投訴虐待動物，但他們根本不怎麼鳥我。好不容易到第四次報案，總算派人到阿緯家裡搜查，也沒查出什麼。他只要說「有不願具名的民眾將動物收養了」就能躲避刑責，想盡辦法要捉他的馬腳，全給他靈巧閃過。

我轉而尋求動保處協助，他們說晚點會來跟我討論細節，看怎麼套出話來。門鈴響了，我小跑步到玄關壓下門把，還未鬆手，連門帶人被一股力量向外拉開。

一個高大的人影站在門外，手裡握著攝影機跟一綑麻繩。

「現在我要來復活你了。」他靦腆笑著。

註：開頭敘述改寫自維基百科對奶頭樂的定義。

# 如果洗衣機有意識……

「爸，這台洗碗機又有雜音——」

機器像隻求偶的野生動物嚎出高頻刺耳的異音，帕金森氏症地狂震。回憶照片裡的它，那一張幾十萬的產品保證書，以及不怎麼需要讀的使用手冊。

迎進家門的時候是當年最熱門的款式，安靜的、溫馴的待在角落一聲不吭。隨著年紀增長，它的身上有了凹痕，不再漂亮，驕縱、吵鬧、故障、罷工，還亂摔盤子。久了家庭不和睦了，卻又不能把機器送走。機器過保固期，已經很難送走了。

「台灣的電器啊，出問題時敲一敲就好了。」父親拿起酒瓶朝洗衣機丟過去，那機器吵得更厲害了。男人掄起更多玻璃瓶，一把一把砸在機器臉上。碎片慢動作飛濺，綠色玻璃碎了，洗碗機面板碎了，餐廳一片狼籍酒臭。

家裡頭受不了它日夜無理取鬧，終究換了台新洗碗機。聽廠商介紹，這次的不但漂亮，而且具有多功能，能洗碗，能洗衣，能拖地，能進廚房也能出廳堂。正常來說，每個家裡的洗碗機只會有一台。

但問題來了——不知道這代的洗碗機發生什麼事，才剛運轉卻亂吵一通，大吼大叫。父親見它把名牌包給洗爛了，便把東西扔掉，機器發現後威脅說再也不幫忙家事。

「你根本沒對這個家做出任何貢獻！」父親斥責：「別太誇張了，來沒多久就想擺架子？」他拔掉插頭，斷洗碗機資源。

隔天，洗碗機不見了，推測是離家出走。

又沒多久，洗碗機們自立工會，聘請一位粉色的漂亮機器作為他們的發聲使徒。它的外裝殼裝精美，噴嘴花俏易碎，看上去不太能做家事，僅嗓門出奇響亮。

「我們再也不要洗碗了！」使徒喧鬧著：「洗碗機說你們欺凌他！」

「那誰來洗碗？」我問。

「我們也是高知識族群欸！去請一個菲傭啦！」洗碗機使者說。

「那原本的洗碗機們要做啥？」

「他們也要當人類，享有如你們人類同等的權力！」那使徒仰起脖子：「我懂法律，因為我有讀過科普書籍！我兩年內翻了五百本書！」

「好呀，那洗衣機們能當兵嗎？」

「嚇！它們怎麼能當兵，又沒有腳。」

「可是我們要當兵，倘若機器想追求等同人類的權力，則得負擔同等的『義務』，則得當兵，以及跑千六。」父親道：「沒有腳的前提下，你沒辦法做有腳的事。」

「不管啦！機器構造上的差異，你們要體諒！」

「好吧……，」父親划過下巴的鬍渣：「那麼，倘若你們不如一般人類，那把你們歸類在弱勢族群，由政府提供額外援助，也讓洗碗機們在立法委員名單上保障1/2以上席次，這樣可以吧？」

那使者的滾筒嘎嘎震了起來：「你憑什麼認為洗碗機不如人類，需要保障？」

「你們到底想要什麼？」

「爭取與人類同等的權力！」洗衣機使者的門開開合合，噴出白沫。

「你們不能光靠想就爭取到東西，人類社會不是這樣運作的，這種行徑只會令自己的社會地位降低。」父親好言相勸，但語氣也不太高興了。

「你又在檢討受害者……！」使者口中接著便是「同工不同酬」、「人類都搶走洗衣機的工作」、「人類可以看A片洗衣機不行所以應該廢止A片」、「人類可以走在黑漆漆的大街上洗衣機不行所以黃偉哲要下台」之類的話，聽不大懂了。

「你在無理取鬧，工會聲譽被影響我可不管。」

「胡說八道！我讀過很多歷史典故！」使者的二極體燙紅冒煙。

　「但大眾沒有啊，暫不論你立場正不正確，這樣賣弄知識大家也聽不懂，」父親比向門外。「就是同溫層啦，自嗨啦，污名化自己人。」

　使者氣炸了，朝父親揮出門板：「吃我平拳！」被父親正手接住；回擊一拳，便將對方打趴在地。

　「正當防衛。」父親叉腰：「如果機器相對人有生理上的基本差異，那執意要求相同的對待就是不合理的，甚至是偏頗的。」

　「我相信大多數人類支持機器平權，也相信在網路上說要摔機器的高知識份子，不會付諸行動也非真那麼想。」父親惋惜嘆道：「他們就是衝著你們的強辯來的，以毒攻毒。而洗衣機工會的形象已經黑掉，更遑論大部分家庭用具也不支持工會激進到不可理喻的訴求，你們僅僅被當作另類迷因看待，淪為公眾的笑柄。」

　「製造對立永遠不是好選擇，尤其議題還是它們刻意挑起的。」

　父親敲敲那台洗衣機的頭。

　「不懂人話，那就乖乖聽話。」

# 子曰

有人說，成功者極少是含著金湯匙出生註定成功的，而是遭遇某個事件，某個足以改變人生的轉捩點，從此奮發圖強，步步登上寶座。

「那是漫畫劇情吧？主角死媽先加三十分。」

我也認同這種發展很俗氣，但今天我要以自身經歷說明，本人就是這麼成功的。

我是資工系的學生，目前大四——假如尚在學的話。寫程式非常無聊，我對未來也沒啥展望，僅想著把大學好好的混過去，拿著父母提供的生活費度日。他們瞭解我性格就是這樣，沒人逼就不會主動讀書，遂他們以生活費為籌碼，要我最少不要把主科念當掉。我也沒什麼立場談判。

這要講到兩年前了。有門必修叫「計算機組織」，好死不死給我抽到最硬教授的課，又是英授。學生們每節課如坐針氈，隨時面對他瘋狂抽點沒人答得出的提問，艱難刁鑽的直球不留情面，大夥畏懼萬分。期中退選的人一大票，連最前排每次跟老師四目相接發言互動的同學也不上了，還以為他不在意。

然而，教授教得著實不錯，雖說講義只是通用投影片，但上課言之有物，考試鑑別度高。況且他的英文發音挺標準，外國人跟他互動良好。每次聽其他中式口音，我心裡就無奈。沒人自願英授，責任便歸到了年輕教授的頭上：台下聽得痛苦，台上更難堪。

這教授還有個特點，他喜歡傳教。

他上課很拖，愛扯人生大道理灌輸儒家思想，滔滔一講長江流掉半截（節）。他更尤其強調環保的重要性，抱怨教室的隱藏式燈管浪費效能，抱怨學校措施不愛環境，要記得關燈、別開冷氣、用環保餐具，倫理道德大爆發，歷史倒退三千年。朋友戲稱他為「孔子」。

　　不過我確實喜歡這名教授，所以想，也罷，響應環保又不會少塊肉（餐盤裡會）。當時飲料店流行過戳一戳就爛的紙吸管，我一根塑膠吸管都用好幾次，睡前還會特地關冷氣，反正睡死也沒感覺，多有愛心。

　　每堂課的第一節一定是講成績的計算方式，畢竟加選尚未結束。孔子注重出席，佔學期成績20%，其他是作業20%、考試60%。我的程式能力趨近於零，尤其Modelsim是我這輩子用過最爛最醜的軟體，約略是五十年前的古董吧？半個作業都交不出來，光要在Mac中建一個Window環境就耗費我爆久時間，開兩個作業系統更慢，而且助教也解決不了我電腦的bug，索性便投降了。

　　但課業知識我全消化的下。那類似幻想文，假使是紙上談兵談理論，我的開放性回答寫得不差。大家說他考試難平均不及格，我第一次段考卻拿到七十幾，調完分更高。身為一名精算師我計算出，我能夠完全不寫作業，光靠考試的60%成績與每堂出席的20%點名PASS。

　　轉眼近期末，考前孔子無預警宣布：很多人不喜歡我算出席成績，那我們投票表決這出席比例要挪去哪吧！

　　他開了幾種配分讓大家選。猜怎麼著？那些白痴考試超級爛，因此多數人投讓出席成績全部移去作業，作業比重一夕之間暴增為30%。被民粹無情碾壓後，我的學期總成績58分被當了。

　　我寄信跟孔子反應臨時改成績比重很不妥，他這樣回我：

"Dear student,

After our discussion and voting, the weightings of written exams and labs are 70% and 30% as I announced in class.

Since you students did not want me to call the roll in class or give pop quizzes, we need to omit this weighting in our grading. And you are the only student who have finished the course but have not done any of the labs. The labs are a very important factor in this course; for that reason, we have assigned three TAs to run the labs. Not doing any of the labs is truly very inappropriate.

Sincerely yours,
Confucius"

　　想想也是，畢竟我沒完成任何一次Lab。可我越想越不對勁，臨時更改成績計算方式，那大家不就白來上課被抽點被吐槽？早知道家裡自己看ocw讀，當初為了作業我也花費一番心力求助……全成泡影。既然木已成舟，我也懶得多說什麼，不再重複使用餐具冷氣也吹到爽。當我父母罵我連必修都修不過，我便跟Coco店員多要幾隻塑膠吸管剪成一段一段，飆車到海邊，拿吸管猛插海龜鼻孔一隻隻扔進海裡，嘴裡碎念「要怪就去怪孔教授吧……」替他們超渡。讓地球隨著我的成績一起去死吧。滑稽的是紙吸管之難用激起民怨，而且成本更高，不久就全面改回塑膠製了。

　　但生活費照樣被扣，氣不過，還得在外面打工。我開始幫肥宅室友買宵夜，半夜一兩點衝清夜賺辛苦錢。名聲很快傳開案子越接越多，甚至當上了宿舍長，就憑「提供跑腿服務」。

　　日子仍然過得很苦，拿吸管戳海龜已經無法紓解我的壓力，我必須採用更激進的謀略來殘害海洋生物。我心生一計，將整座校園納入我的配送領域。我創辦交清美食餐車，每天中午收集訂單，晚餐在工五發放。如此一來便能減少交大同學在學校用餐的機會，鼓勵他們多吃外食，製造難以分解的垃圾與廢氣污染，簡直一舉兩得！餐車很成功，正因為太成功了，我把餐車也休了，開發全台灣共用的app，取用清大的招牌可愛動物作為商標，實則儘可能破壞環境，以免運折扣吸引消費者，要死一起死。

　　如您所見，這是屬於我盛大的勝利。

　　近日又來到海邊追念我勝利的起源，遠卻看到孔子蹲在沙灘的背影。我裝作沒事，吹著口哨上前看他在幹嘛（反正他早忘記我的臉了），似乎在哭欸？跟前還有個小窟窿。

　　「你還好嗎？」

　　「有……有隻海龜被免洗筷的垃圾纏住死掉了！」孔子沒認出我：「最近外送平台太猖獗了，這些可憐的小生命！」

　　我驚訝地捂著嘴：「天呀……真是令人難過！」然後迅速離去。

　　因我已止不住滿臉的竊喜。

# 函式崩塌

「那麼⋯⋯該從哪裡開始呢？」

猗窩座一個人窩在座位上，兩手跨在椅子後方翹著二郎腿。整部戲院的男人都死了、吃光了。記得下弦之壹剛散成灰的時候，明明是他登場的時機，怎一晃眼就穿越了呢？不管啦，等等要跟炎柱開打，得先補充能量！

「嘖，全是中年肥宅，像啃爛肉。」猗窩座吐出一塊小指骨，夾在光下打量：「還是剛成年的人類最好吃，尤其是那個腦，好像愈聰明愈好吃呢。」

他自座位上跳離，蹲下，結實的小腿蓄力彈飛，將天花板連破數層躍至巨城屋頂，披著月暈戰袍。啊，是年輕人的味道呢，在那個方向，四肢併用朝清華大學的方向奔去。

一到清華校門口，猗窩座感覺不對。這座校園再過去，似乎尚有更聰明更好吃的大學生——但管他的，先把這裡的人吃一吃吧，人不會隨便死掉的。感知氣味，至少有十幾萬剛成年的體質最鮮美的人類，得把胃口留起來吃精髓，否則遭其他鬼（假如有）搶先吃掉就不好了。

遠方的燈火亮著，外型像間百貨公司，瀰漫書香氣息及肥美的腦的香味。「啊哈！」哪怕晚上走動的學生尚不少，猗窩座依然以原型飛去，路上的人應誤以為遇見Cosplay吧。

他張著飢腸轆轆的口，擦過一名戴厚重眼鏡的人。鬼在幾步後煞住腳跟。

「那是⋯⋯稀血？這裡也有稀血？」猗窩座聞到了極鮮美的血液，在他那個時代，這樣的氣味亦是不可多得的珍饈。那人兀自走著自己的路，並未察覺不幸即將降臨。

　　猗窩座後腿使力，身軀跳撲遮蔽天頂的皎白月盤，要用手指捏碎天靈蓋沾著腦花吃。一記斜爪擊內切勾中頭部，卻直直穿了過去，打在投影的成像沒有實感。鬼先是愣住，失去重心後隨即翻滾半圈調整平衡，踩地重新站穩身子。

　　「……什麼？」

　　「海森堡測不準原理。你太快了，我們相對速度差太多，你無法確切預估我的位置。」那人的背影在前方幾步的位置，頭也不回只會往前。

　　「哈！除了炎柱又有新的甜甜圈可以吃了！」猗窩座才跨一步右手已刺穿那人的腹腔，從前方抓出；同樣地，沒有預期中的鮮血。詭影虛晃，猗窩座的手石化落下，左手急忙扶著右手，整隻肘被重力壓在地面，裂出巨坑。

　　「炭治郎眼睛跟不上你的動作，意即你的速度與光相近了，根據相對論你的手會變重。」這次人聲從鬼背後傳出，猗窩座爬起，瞋目而視。

　　「你到底是誰？你是什麼柱？」

　　「我是佐助，你中的是我的幻術。」

　　「三小？是誰錯棚？」

　　「唬你的，我是清華大學應用數學系的小華，是一般人。」

　　「人類還真有兩下子，竟然藏了這麼一個有如神柱！」猗窩座站穩雙腳，手勢如爪一前一後擺出姿勢：「我也要拿出真本事了！術式展開，破壞殺・羅針！」

　　重疊兩片雪花的咒印於他腳下劃開，輪番閃爍，羅盤的指針轉起來了。

　　「是漂亮的碎形呢，感恩幽浮桌。」

　　猗窩座發動寫輪眼估量對手的力量。

　　「這個人……沒有鬥氣！」在他眼裡，小華不過是個凡人無異的劣等生物，甚至下等鬼還比他強：「是通透世界？這個人……！」

「不要瞎掰好嗎。」小華右掌內而外打開：「我借用的是宇宙的公理，這個時代講求的是資訊科學，擁有比火槍砲彈更強的威力，你們鬼的能力在我們這是沒用的，再說你們最怕的太陽能——」

「不、不可能……！」猗窩座朝他襲去。

「埃利亞的芝諾悖論。你在打到我之前，仍要經過1/2的全程，然後再經過剩餘的1/2，永遠達不到終點。」猗窩座的速度逐漸慢下，像一隻滯空的箭。小華取下黑框眼鏡擦拭鏡面。

「黃金體驗鎮魂曲？聽不懂啦，我說能打到就會打到！」猗窩座思考片刻，以原始本能擊破悖論，身體也恢復速度。

「也罷，反正在你理解的同時已為我爭取一些時間。」小華指尖扣在耳邊，將鏡片上推反光，闔上眼睛。再度張開的一瞬，白藍的拳頭已要扁到臉上。

坍縮！

猗窩座剎那滯留空中，無法動彈。

「怎麼回事！」

「我剛剛觀察了你的位置，你的波函數崩塌成一個被我量測的點，故你會無法動彈一陣子，直到我再度可以觀察為止。」小華重新閉上眼睛，並將雙手垂直交叉置於胸前，似要做出什麼來。

喀！語畢，猗窩座的關節又能動了。他立即向後跳離，飛快地（但沒那麼快地）左右反覆蹲跳前進。

「好啊，不能移動太快但又不能被你觀測到，那我以光速的1/1000移動，只要讓你的視線跟不上就無法測量位置了！哈！這下你那什麼不準原理就無用武之地了吧！」

「其實這是兩碼子事。不過你剛說那什麼……術式展開的？」小華交扣握拳，如祈禱攔在胸前，朝前折出：「好像不錯欸，可是我比較喜歡另一種展開。」

「萬物皆可展，泰勒展開！」他雙手朝兩側抽離。

猗窩座的身體遭一股水平怪力拉扯撕裂，寬度延長十倍，止在空中。他身體間漂浮的原子仍在繞行運轉，拖著長長的軌跡，左右蹲跳的殘影固定在空中，陷入隨機的疊加狀態，索尼克也甘拜下風。

「你知道嗎，傅立葉告訴我們，世上萬物均由機率的波組成唷。」小華道：「既然是波，那就能轉換成方程式。」

猗窩座無法回話，也沒這個必要。他的每個原子的位置與機率分佈全被摸透了，不回應小華也知道他的想法打算。這是混沌的最高應用。

「數學是一把雙面刃，它可以殺死你也可以殺死我。」小華停頓：「偌大宇宙按照自己的方式旋轉，但科學家成功找到切入點，一一肢解基本原理。掌握了數學，也就握住了刀柄。」

他從書籤裡抽出一則方程式，最基本，但延伸招數最多，且最致命的一條。多少人曾在大會考慘敗，死狀淒厲，小華不禁莞爾（他滿分）。

「現在我要微分你了。」

$dx$。

猗窩座的能量正在消散。

『啊啊啊啊啊！』測量他的波函數是宛若這樣的疾聲哀號，基於質能轉換，損失的物質愈多叫聲的能量愈強。他翻開筆記本，紀錄他在$x=0$原點首次微分後的結果。

「寫好了，繼續。」

$dx$。

『你 做了 什麼？』鬼的聲音也四分五裂了。

「我把你降維了。」小華應答：「萬物皆可微。」

$dx$。

「真厲害，人是活在三維世界裡的，微到第三、四次應該已經消失了才對。」小華佩服道：「你獲得了無慘的血液，身體能夠快速再生，意即你的存在象限超越三次元，不得不多算幾遍了。」

$dx$。

$dx$。

dx。

dx。

dx。

dx。

dx。

dx。

dx。

dx。

dx。

dx。

dx。

dx。

dx。

鬼之原子劇烈抗議，隨即不定地消逝。天將要亮，猗窩座最終也被微成一個二維的平面了。

「有這麼高的維度啊⋯⋯呼呼呼。」小華撫摸那道算式餘溫猶存的筆觸。

dx。一維。

dx。常數。

小華走向前彎腰拾起那個常數。那是一個3。

「不知道這是什麼意思呢。」他輕輕捧著，嘴裡默念最後一次。

dx。

小鬼死了。猗窩座從世界上消失了。小華把式子末尾補上係數3，闔上筆記本上的一角陽光。真是太好了，今天又能為他所擁有的眾多函數庫裡再增添一筆。

# 鼎泰豐

　　清大後門，右轉出去水源街，直通到底是馬偕，路旁有家標榜鼎泰豐師傅的餐廳。尚未搬來新竹時，高中對面有家餐廳雖未明講，但蛋炒飯吃起來跟鼎泰豐差不多。我不免懷疑，鼎泰豐師傅是否夢想都是把味道偷走，自己在外開業。這算剽竊吧？

　　鼎泰豐直營店炒飯非常貴，一盤兩百起跳，可是高中對面那家不到一百（否則學生也吃不起）。反觀這家破店，小碗酸辣湯就坑你七十，這麼盤仍是擠滿了可悲的新竹人。反正他們又不缺錢，他們缺的是人生。

　　無論如何這樣的價位都太貴了，餐廳環境也挺隨便。然而新竹最屌的璽子或成都老鍋牛肉麵也吃膩的時候，仍得拍鼓錢包光顧一下水源街。自從外送大鳴大放，我的胃被寵壞了，能幾個禮拜不踏進學餐吃飯，開學至今已快把清大夜市的味道全認過一輪。我喜歡不同的味覺衝擊，如果外送都無法滿足我了，我大概會餓死。

　　我帶足錢，推開大門。幾近未時客人猶盛，獨行的我難免和別家併桌，默默啜我的湯，小孩子在旁邊吵。

　　「我要吃燒賣！」

　　「剛剛不是問過你，你說不要我才沒點啊。」父親道。

　　「我要吃啦！」那死小孩嘟著腮幫子擠著油膩眉頭製造陣陣噪音。

　　「No，乖乖吃你的炒飯。」

　　小孩嚎啕大哭，對於一個聽力易損特質的人，最厭惡的即是持續性的噪音，曝露久了甚至耳鳴。小屁孩會鳥別人的話就不是小屁孩了：他把為弟弟留的那顆燒賣戳起來吞掉，令弟弟也開始哭鬧，悅耳的雙重奏。

　　我聽見自己理智線啪一聲斷掉。像解開肉粽繫繩，現實再無法捆綁我的思想，幻象在我眼前奔竄，我的脖子以奇異的角度疾速抽動；實在太快，反而無人察覺。

我恢復正常。站起來，叫了一籠燒賣付帳，走到那父親身邊。

「沒關係的，這籠我請你。」我把發票壓在他桌上，轉身離開留下錯愕的一家四口，達成我的報復行動。

請他們吃燒賣怎麼會是報復呢，你或許會這麼問，但且聽我娓娓道來：就在理智線斷掉的剎那，我洞悉了眾多未來平行宇宙中的可能性，其中一項是這樣發展的：

在我請了那家人後，父親大為惱怒，認為別人看不起他缺乏經濟能力。我離去後，他拍桌怒吼，叫店家再送三籠上來。想當然爾，那小屁孩只吃了兩顆就叫飽了，父親拼命抓起燒賣往他嘴裡塞，塞到他吐。父親發瘋是很丟臉，但他家人搞不好隔天便忘記此事。

妙的是，這難堪的一幕會永久在父親心中住下。

自古以來競爭本能流淌在男人基因之中。外出狩獵，戰利品多寡證明自身實力，裁奪社會階級……兌換成今日單位，則是「金錢」。我預言，今晚這名父親將大發雷霆，卻無法向外人講述這麼丟人的事，最後一道自尊防線。從此他會盡力供給兒子所有任性要求，只為不再被瞧不起，小孩將被養成敗家子，園區工程師究竟也是家道中落，再無翻身機會。

但注意了，我並沒有使用「溺愛」這個詞。父親不是因為愛他才寵溺他，而是為掩護心中難復原的傷痕，只得持續對大家炫耀財富以麻痺自己絞碎的內心。小孩感受不到愛，僅剩物質生活的追求，要車要房要老婆的肉；雙親也因故離異，互相控告失職。最終，當父親再也無法負擔三十歲啃老兒子的過分要求，我預見那兒子手刃父母，慘死刀下。

真是人倫悲劇，我悠然一笑。誰叫他們要在餐廳吵鬧呢？

這究竟只是我的幻想罷了。我僅是上前賞這兩個小兔崽子一巴掌，快速走人。我再也不要回來這家店了，怕被告。

過幾天我隻身去台北吃鼎泰豐，旁邊沒有小孩子心情愉悅，一個人叫了八百多，真爽。燒賣就像小屁孩的屌一樣包莖。

# 馬臉姊

　　八舍二樓左邊數過來第五間浴室，裸露的灰色水管上沾黏不明白色液體，還牽兩條絲下來。尷尬的是我完全不敢確認那東西，深怕摸到別人的固態子孫，也無法用水沖它們，一個弄不好就流到身上。我只得告訴自己那是沐浴乳沒擠好噴上去，避開我與幾億雙視線的交會。

　　過了幾天，小便斗上也出現這樣的乳白色凝膠。但我想，浴室暫且不提，會直接在沒有遮蔽的公共場合尻應是不太可能。除非那人有暴露癖，享受這種刺激感或在樓梯間拍裸照那種。聽說看上去越正常的人性癖越變態，尚得提防一下。說到穢物不免提到傳說中浴室排水溝的稀稀的屎，臭甲拉臭屎，在宿舍想肛交沒地方灌腸就把蓮蓬頭拆掉往屁眼插，所以澡堂的蓮蓬頭才鬆鬆的漏水，黑色塑膠環都不見了。真的超噁，我親眼見過十幾次浴室大便，媽的公德心被狗幹，喔不零號搞不好喜歡被狗幹。

　　想著想著，沒想到硬的是自己。不行不行，最近很忙沒有時間尻尻，冷靜點，我拿水沖下面，更大了。

　　上大學以後，我的腸胃變得很怪，可能是新環境的關係變得只要吃辣就會拉肚子。縱然如此，我仍戒不掉麻辣臭豆腐，尤其喜歡花椒在舌頭上五十赫茲的跳動頻率，每晚固定叫一份吃，待隔天肚子痛醒蹲廁所。

　　我拉開左邊數來第二道門。這裡是我的專屬空間，已培養出濃厚感情：向來舒舒暢暢大上一便，或者再尻上一槍擠在上面當沾醬。既是VIP室，勢必也要灌注我的味道。我無法接受別人的屎：大便固然難聞，但我熟諳自身二十年的親暱氣味，他者的屎味才是惡臭。我會刻意很久不沖水以蓋過隔壁的氣團，盡情製造個人配方的3-甲基吲哚像廝殺搏鬥的分子士兵。前提是我有大便。

滑開推特找片，翻來覆去已有點膩，獵奇也無法滿足我。忽然想到，近來我老是夢見一個女生的樣子，她的形象很模糊，但我似乎會硬。幹，不妨試試吧！

我捧著充血的鳥兒前後搖動，在射精前夕下壓，讓精液直接噴進溝槽省衛生紙。每次尻完精液總是抖不乾淨，待會穿起褲子扭一扭便漏在內褲上，麻煩。恰巧我對男性身體頗有研究：我將衛生紙按在鳥頭上揉捏數下，不出幾秒便引出尿意。殘留尿道的愛液隨氨水排乾淨就不怕黏內褲了。

想來微微作嘔，竟然對那個算不算人類沒清楚形象的東西尻，搞不好對方並不是女生呢。我沖水，心情複雜心亂如麻。

生活枯燥乏味。一回神，我發現自己躺在家裡的雙人床上，旁邊有個模糊影像，像是……初中生？那對奶子大得不敢置信，發生什麼事了？

但我能感覺得出來，此人必是我常夢到的形象。沒想到真是妹子啊，賺爛了賺爛了。我碰觸她的身體，好冰，嚇得縮手，睜開眼瞪著天花板。

此後每當回到那間專屬尻槍室，也都想著這個女生尻了。她在夢裡的臉也日漸清晰，能看得出是我喜歡的類型。對方應為初中生馬尾蘿莉，白色細繩輕巧繫起，皮膚很白皙。對啦，我就煉銅。

「嗨，我叫小馬。」

我訝異盯著那半裸的曲線，身上的衣服是透明的紗，若隱若現的性感如水環繞頸肩，在我唇邊乾涸。她的模樣已經很清楚了，宛若真人；跨越了某種界線，反而讓我害臊的不敢輕舉妄動。

「別怕，你不是對我尻過很多槍嗎？」她勾引我。

我的手誠實地伸去，滑進他衣服裡愛撫她冰涼的光滑肌膚。小馬立刻放蕩地叫喚我的全名，像是肖想已久，話不多說脫去衣服讓我摟著，光是摟著就讓我硬到美叮美噹。

「可以答應我一個請求嗎？」小馬有點不好意思。

「說吧。」

「我想要從後面來。」

還沒進去，早就像要噴出來了，現在哪個洞讓我督都好。我腰往人家下體一頂，進去了，也有爽感，卻沒有實際體感。

啊，終究是一場夢嗎？

那我應該是夢遺了。半夜爬起，雞雞沒想像中涼。趁室友尚熟睡時下床換褲子。低頭一聞，我的雞雞上貌似有屎味，真奇怪，而且內褲上沒找到乾掉的精液。我下半身裸著，把內褲套在頭上使勁聞，還是沒什麼味道，一抬頭發現小祐跟我對上眼。下一刻我把他槌昏，希望他以為是夢。

在夢裡繳械好像有點虧啊，可是據說夢裡的時間是現實世界的好幾倍，那我會爽更久吧？起碼不用洗內褲了，把原本那件穿回去，入眠。

我愈來愈喜歡小馬了，不知為何我很喜歡拉她的馬尾，總有股說不出的舒暢感，約略是馬尾才叫小馬吧？為了遇見她，我沒再去上課，成天躺在床上期待入夢，或上藥局買安眠藥，聲稱自己憂鬱症領更高劑量助眠。

我喜歡後入，以蹲著姿勢幹小馬圓滑晶瑩的屁股蛋。小馬趴在床上，我暴力拉她的馬尾像要扯斷脖子，好幾次才肯鬆手。小馬容易潮吹，噴出來的水量往往讓床濕一片；幸好每次醒來時哪怕有射精的印象，內褲卻乾燥如昔，我也從沒仔細思考過，只求小馬陪我。

不但後入，小馬還喜歡口爆，舉凡能留在她體內的她都喜歡。小馬的裡面跟外面一樣寒冷，可能是現實中我並沒有真的啪到肉穴吧，但我並不討厭。可最近，小馬愈來愈不常在夢裡現身，似乎夾帶心事。我很想關心她，怎麼了還好嗎，但夢畢竟不是我能控制的東西，我們僅是不停地開幹，一見面就開幹。

我討厭這樣。我喜歡小馬，不只喜歡身體，我渴求她的一切。鬱悶，但不知何處發洩，只好叫更多麻辣海鮮鍋洩憤。

當晚幸運地見到小馬，她如常叫我後入內射。做到一半，突然肚子咕嚕咕嚕的不怎麼舒服，像要噴在褲子上了。抱歉了親，我趕緊射精逼自己醒來。手機顯示四點，這種死人時間衝廁所的只有我一個了，可惡，不該叫亂辣的。

　　回到VIP室唏哩嘩啦，舒爽解放。此時，我瞥見在蹲式馬桶的內側黏著精液，看凝固程度應該是剛射出來的。誰會在凌晨四點跑來這尻槍？我靠近一看，竟聞到熟悉的腥味。

　　不可能！這……這是我的精液嗎？

　　為瞭解身體機制，我曾經細細品嚐過自己的精液。倘若沒吃太多肉，精液不會有什麼味道；若吃太多蘆筍，尿會帶點蘆筍味兒；若吃太多海鮮，精液會是腥的。鳳梨，多吃水果很棒。

　　我吞了口口水，汗珠在馬桶水波上點出圈圈漣漪，像小馬的衣服吹彈可破。我手指沾上那團精液，放入嘴裡。

　　是我的。我望著馬桶，久久不能反應。

　　我拉下沖水，馬桶宛若高潮似的噴出水來，這才發現，我手裡握著的線，是小馬綁頭髮的細繩。

　　之後雖有做夢，小馬卻不再出現我的夢裡，我也避開使用那間廁所。我日漸消瘦，流失人生方向。

　　某天我走在交大校園，忽眼睛一亮，那條熟悉的馬尾。反射反應支使我撲上去壓住她的身體，我們倆雙雙跌下，柏油路面垂直龜裂落入熟悉的柔軟的床，我大充血直接進入她的屁眼。

　　「你為什麼都不來找我！」我好生氣、好委屈，用力扯小馬的馬尾，像要把她的頭髮拔光。

　　「你知道我的秘密了吧，我不能待在這了。」

　　「那又如何？即使你不是人，即使你是……馬桶，你是馬桶小馬，我照樣全心全意地愛你！」

　　「不可以，我已經影響到你的生活了，你現在都不讀書，整天只想著夢到我，我不能這樣拖累你。」

　　「我喜歡你啊！！！我不知道，不知道能不能再遇見那麼喜歡的女生！」嘶吼著我也哭了，暴力吊起她的馬尾，瘋狂衝撞：「我不想總是只跟你做愛，我想要跟你聊天，我想要喜歡你，我也想要你喜歡我！」

「我也喜歡你啊！我是靠著你的生命能量修煉成人形，你對我宛如父女一樣親密！」小馬像個沖水馬桶那種哭法，發給我一張爸爸卡：「但你發現了我的真身，我不能再留在這了！」

「不管，要消失我也要跟你一起消失！」

「你好好唸書吧你，不要在這肥宅妄想了！」小馬大喊：「我再也不想見到你！」

啪。馬尾斷了，我也去了。我立刻跳下床，衝到那間廁所。那條沖水繩掉在地上，水仍不斷地沖著宛如小馬的哭聲，她高潮的聲音。

小馬把馬尾掙斷體現她的決心，她不會再回到我的夢裡了。我把臉頰靠在那條沖水繩上無聲啜泣，嘴裡重複唸著對不起對不起。

不曉得過了多久，可能是彼此流到淚腺見底，我將那條繩繫了回去，小馬的線。我再沒有踏進這裡。我發奮讀書，既然那是小馬寄望的，就讀給她看吧！希望她能被我的決心打動！

五十年過去了，小馬沒再來看過我一次，就連我當上校長那天也沒有。

我這輩子沒有結婚，還被外界謠傳同性戀，但我真的無法再愛上別人了。直到今天，縱然我已成為這所學校的校長，她不來找我，我依樣遵守五十年前的諾言，沒再去過八舍二樓廁所。不知道她會不會一樣年輕？抑或隨我一齊衰老了呢？

窗外抗議聲打斷我的思緒，秘書敲門進來，帶了一碗麻辣臭豆腐放到我面前，說學生會長要見我。我揉揉眼角，請他入內。

「校長，學生們怨氣很重了，八舍一定要翻修，那麼破舊的建築……」

我深呼吸，風霜的十指微微顫動，交疊桌上。

「只要我還活著，」我緩緩答道：「我就絕不允許。」

# 〈2050〉抱抱寶

變天之迅速，新竹囂張的口氣把人往死裡吹。大學生標配短袖抖一抖即延展成風衣長褲，拖鞋隔層白襪。

都2050年了，這裡還是冷冽如故。

行人相擁，一對對，或一簇簇，像盛滿的花綻成叢吹動，分享溫度與知識。自從十幾年前無預兆的全盤進化，人類便能夠藉懷抱擷取對方的記憶與情感。面對迅速發展的新能力，科學家仍摸不著頭緒也研究不出個所以然。「姑且稱做演化吧，這可是智人的一大進步呢！」但大家其實曉得演化不可能在這麼短的時間常態、單次性地全面變異，遂「姑且」這個詞是我自己加上去的。

人們一見面，大多直接靠前擁抱，取決於想和對方分享到什麼程度的資訊，以往陌生人間保持的「適當物理距離」縮減到薄薄幾件衣服貼住身體。說起來是挺方便，大家遠遠瞥見對方，事先在心中備好欲交流的事，留在心房前。關上門，省了對話，見面毫不遲疑靠上去蹭，多有效率。

後續研究指出擁抱會刺激催產素的分泌，增強記憶力又可以改善皮膚狀況。但自從大演化起，疾病也適應了我們的互動模式，變得更加怪異橫行，也不能太隨便找人抱著，得親密點或是先消毒過。這點倒是跟原本差不多，我們依舊抗拒外人——把心門緊緊閉上，此處無可奉告。

星期五早上十點的課爬不太起來。教室裡沒多少人，證實我不是唯一一個想縮在被窩的。那些同學一臉沒睡醒，連抱抱都懶得，趴在床墊上跪著倒下。這間教室的床墊感覺許久沒有更換了，改天向校方反應。

又有次研究發現記憶的吸收與動物當下的舒適度高度相關（但我猜是床墊業者瞎扯的），桌椅便不再存於教室之中。現在人愈來愈笨，美國有四分之三的沙發馬鈴薯不用動腦思考也能過得很好，多虧優良的政府關照

制度，戶戶監管。反觀台灣可沒那麼先進：政府赤字逐年增加，隨著國際地位驟降，貧富差距好大好深如隔一道牆。窗外，幾個工人正在螢幕上搭建虛擬外框，不久他們也會離開，留下3D建造系統自動運轉。

著實可笑，現今的「工人」指的是那些聰明的工程師，舊時代的勞力活早不需要了，政府橫豎不會讓你餓死（僅限歐洲國家）。尚有點自覺的民眾拿這筆錢去健身房維持體態，其他的就讓零食胡亂填滿零碎時間，胖起來抽脂即可，社會不需要多餘人力。具體一點，類似玩世紀帝國二時叫了閒置的村民卻想不到要指派他做什麼，就晾在那。不然叫村民打仗嗎？確實，軍事不再是國家的首要目的，各國和平共處，靠經濟實力與文化競爭，科技發展只管那些少數頂尖的人研究，交付仿生機器人負責臨床試驗，其他隨便了。人類能做的，機器都做得更好。

聽說最近興起專門給你砍人洩憤的地方，瀕死之際用強大的醫學把人類復活重建，肌膚還越修越年輕，死了又活活了又死。「受害者」聽說待遇不錯，而且私底下有接SM，出於個人興趣。

大家還是不清楚為什麼人們忽然得以藉由擁抱交流資訊，但自從那天起，人類文明發展疾速躍升：只要一抱，什麼科學概念通通共享，每個人都能立即獲取最新資訊，只差「實際接觸」這個條件。因應社會變遷，近十年來衍生出一種底層工作叫「讀書人」：將書讀過記牢，其他人再付錢討抱，以金錢換取對方的時間。讀書人實際是最下等的人在幹的，甚而被鄙視。他們要接觸許多陌生人，或許相當於千禧年的「賣淫」、「性病」那種不潔的符號。

當然記憶沒辦法無損轉換，又不是電腦。通常覆寫到另一個人就會出現排斥反應，很難再複製給其他人，就有點被動版權的架子了。當然也有人記憶力好到能夠分毫不差地覆寫，可是這種天才怎麼會想當讀書人呢？他們去做最高階的工作了，貧富差距於是越發明顯；不過也好在是這樣，窮人才能勉強糊口飯吃，飽讀經書將就點過日子。

這是前人無法想像的時代，讀書人怎會是最下賤的行業呢？台灣推行十六年國教，讀到大學那是必須，否則國家日後不提供補助（普通人皆依

此過活）。正規教育機構已臨近停擺，大學成了無能之人待的場所，講台上的教授今天剛要教二次函數。我猜現在的博士學歷，大約才等於以前的大學程度。早在高中，中研院已經派人把天資聰穎的孩子接去受國家專業培訓了，畢業無縫進央實驗室工作，殘餘的參差不齊——不，講明正是出不了檯面的靈長目猴子，即將退化成沙發馬鈴薯。

　　一群人向前的同時，另一群人必須退後。我說了，演化不可能如此迅速，必定是有進有退，整體人類的平均才能維持在發展函數上，才屬「正常」。不過抱抱實在是全體人類共通的語言，這點倒很平等，健康的受體。然而有些人依舊不喜歡抱抱。

　　「道元？」班導點名點到一半：「林道元！」

　　男人咕噥著，緩緩爬起抓著枕頭一角來到台前，破舊的小木桌。班導張開雙臂，將他擁入懷中，道元也不情願地把手抬起抱住老師。

　　「有沒有哪裡不懂的？」

　　「……吧。」聽不太清楚，林道元像條蟲慢慢爬回位置上。

　　「凌凱。」我走到台前。

　　老師嘆了口氣，用力眨幾次眼像要驅趕蚊蠅，勉強擠出一個溫暖的微笑。我靠上前，眼角餘光瞄到他掙扎的神情，最後緊閉眼睛；當我離開他的龐大肉體時，才又急忙撐開眼皮，我全看在眼底。

　　我太醜了。

　　「可以吧？你那麼聰明。」

　　「嗯，我自己有看。」我歪著笑：「其實老師不一定要抱我啦。」

　　班導的視線下意識移開一瞬，我並不怪他。

　　「沒關係，這是為師的工作。」逞強。

　　我走回床位，思索一切究竟是為何變成這樣。

　　我的父母是「讀書人」，最下賤的職業，也很容易受到病毒侵襲。母親大概是在懷我的過程不小心染上怪病，使我的臉如此變形。他們總叫我長大要好好當工人，不要靠政府補助混吃等死，父親倒先走了。葬禮那天我沒有哭，因為我覺得自己不屬於這個地方，這個星球。

　　我看過上了年紀的母親接客的情景。她囑咐我待在房間，我溜出，從破洞的布簾子偷窺：男人摟抱母親，手深入背後摸索。那不是性騷擾，而是年邁的母親漸漸無法將整本書的記憶整理複誦，總是缺這頁缺那頁的，買家正尋找缺失的部分，給予刺激，把故事像奶水給擠出來。

　　「怎麼又少了？不是有六十九個章節嗎？」客人罵道。看來這本仍是當年最暢銷的銷售奇蹟，中等常渡的《憤怒吉》。仔細想想，母親是否很久沒有讀完一本新書了？

　　「對不起，讓我找一下。」背影看不到母親表情，但聲音焦急。

　　「快點，我沒有那麼多時間！」他不耐地抖腳：「我就是沒空才來找讀書人的，你這本書丟三落四的我怎麼消化！我還不如自己看！」那中年男人指尖刨著母親的後背，進入她更深的腦海搜尋遺落的章節。

　　如果是特定的記憶，那麼端出來留在心房前就行了。但母親的記憶丟三落四，只能請對方直接到她記憶深處找尋失落的章節。

　　「太深了！那裡太深了，你讀到別的東西了！」母親苦苦哀求。

　　「那快把東西吐出來啊！我付的錢你退我嗎？」

　　「就要找到了！快點出去那裡，那裡不是放書的地方！」她抱頭大聲呻吟，高潮似的雙腿一軟，男人及時把上半身抓牢不讓她滑開。如此又折騰一陣，似乎怎麼樣也尋不回了。

　　「操，臭錢拿去，我再也不來了！」我倉促轉身貼在牆後，大口無聲地換氣。母親回過神時，我已踮回房間。

　　所以我說了，讀書人跟賣淫沒兩樣，反正我也不喜歡抱抱。

　　並不想描述自己有多醜陋，但也許真的，最初中研院來巡視的時候就是評判太醜才沒帶上我。這個世界長相與學歷高低是正相關，潛規則，簡單便能推論：由於好看的人較多人願意與他抱抱以及情感交流，更有甚者一不小心愛上對方，把心房整個打開。只要另個人有意無意地深入探索，形同獲得那人的一切經驗，情抱乃情報，顏值乃高度。

　　那麼我看上去恐怕是所謂的唐氏症了。國中時期有人取笑過我，說我像什麼霸主之類的，長大後沒再耍腦倒也不是成熟的緣故，而是他們「退化」了，懶得交際了。我這麼努力就是不要活成那樣子。

　　既然沒人抱我，我得自行讀書，自行攝取知識，不靠別人施捨或對我敞開心胸，我姑且也不需要。

　　網際網路更發達了，小學乃至博士班的資訊皆可輕易取得，端看如何活用。人類最難能可貴的一點，就是聯想。電腦汰舊換新數十年，始終無法在腦的構造上超越人類，只能進行機械式的掃描學習，用的依然是類神經迴路。因此現在智商測量的並不是知識，而是「創造力」，要你設計點子符合考官的需求。那是電腦無法模擬出來的，人純粹的內在能量，得以隨意塑造變形。

　　我的確起過整形念頭，但我固執地想證明自己不需要靠外在條件存活，尤其在中研院捨棄我以後。我記得高中導師瞪大了眼，不敢置信我的名字沒列在表單上。他曾歡喜自己的教師生涯裡終於能帶出一個專案生，我也樂了起來，露出缺角亂長的醜陋牙齒。他眉頭皺起好深的溝壑，沈思了半晌，把我叫過去講話。

　　「這是唯一我想得到的可能了。」他看著我的臉，把我落選的原因毫不掩飾地攤開。我想他不嫌我醜，或許是真的看見了我的內在吧？但老師仍不怎麼抱我，把我留在重鎮的心門前，或許我對他而言，是一種教學生涯的成就，如今落空。沒關係，我也不會想抱自己，盯著鏡子裡的人環抱自身真是太可悲了，早晨都起霧了。

　　另外就是，家裡也沒錢整形。母親叫我把錢用在對的地方，以後做了工人要什麼有什麼，而我卻失敗走上大學一途。其實這所大學並不太壞，只是有個中研院的頂配壓在上頭，其他人也從落選的那刻徹底淪喪。

　　是啊，都2050年了，人類怎麼還在思考自己生存的意義呢？

# 〈2051〉點精手，精手指

某化妝室有小便斗五間成列，試問最多能容納幾人同時如廁？

2050年，人類又再一次突破生理限制。「後人類」一詞複雜，幾乎被藝術界濫用：簡要解釋，是指人的整體性逐漸脫離物理自身進入虛擬世界，無限延伸；而「超人類」於攻殼機動隊裡指的是人類運用科技改造自身，兩者皆與我們演化出的新能力不相干，不能混用。

「那就叫新人類吧！」科學家說。這次我是同意他們的，畢竟也沒太多語彙能選擇。中文不像英文音節沒有限制，字根湊一湊就造出新字，我們只能從舊有語意延伸，社會氛圍的翻版。

貴為新人類，我們仍身在尋覓伊甸園的道路上。除了擁抱能傳遞知識，應該還會演化出別種能力吧？對我們會有什麼幫助呢？他們已經找了十幾年，依舊沒有答案。誰料得到，正是在下率先演化了呢？

忘了回答文章前頭的謎題，答案是三人，因為男生不跟其他人併排尿尿。

我很討厭排遺。不知何種緣故，我日均攝取水份超過五千西西，不喝會渴，是正常人的三倍更多。國中最嚴重，每逢下課必得把一公升水壺裝滿，期間順便上廁所。這可不是因為演化，即便是大演化了也只有我習慣喝這麼多水。

頻繁跑廁所也罷，我厭惡的是那尿液從膀胱裡排出所消耗的時間，令人煩躁。若旁邊有人這時間還會拉得更長。後到的人並不難堪，若準備尿了旁邊才有人接近，就不自在到滴不出來了。假使把這些時間省下來估計可以做很多事，這些無聊的繁複的事，愈想愈氣。

老實講這還稱不上麻煩，最讓我難以忍受的，是尿液殘留在內褲上的沁涼感。液體蒸發帶走熱能，每當ㄐㄐ又碰到那塊冰就知道內褲又要有騷

味了。殘留尿液是件很噁爛的事，尤其我還得跟他貼身相處一整天。於是國中我徵得家人許可後，排遺完會把他們穿過的、丟進洗衣籃裡的衣物撿起來擦拭。反正遲早要洗嘛。

就算人家答應，懂事後仍覺不妥，改成把衛生紙按在馬眼上吸乾再穿褲子；後又嫌太浪費衛生紙，改半張半張撕開用。唉，尿道長的困擾，不是一般人能體會的。順帶一提，尿乾淨之後衛生紙壓在龜頭上會浮現大英雄天團杯麵的臉。

上大學後，明目張膽地拿起衛生紙擦一定會引起側目吧。我說過我是個低調的人，若被注意他們則會看到我的醜臉，造成別人不適，因此不允許這麼做。遂我另闢蹊徑：既要洗手，把尿液擦在手背手心到洗手台沖不就得了？這也讓我養成如廁後洗手的習慣，平時在家是不洗的。

處理這種鳥事仍稍嫌麻煩，不幸中的大幸是由於我攝取很多水分，尿液稀釋沒啥味道，手不怎麼臭。我的尿液之純淨，是上完坐式馬桶後水還呈現透明狀態，有時就乾脆不沖水。

近幾天回家，自然也從手換回捲筒衛生紙清潔。然而，令我百思不得其解的是，為何我的手仍莫名有尿騷味呢？

情況遠比我想的更嚴重。即使不尿尿，整夜安穩睡了一覺醒來，手上還是沾佈尿液。我嚇壞了，以為是誰的惡作劇，隔天用手機將自己睡覺的過程錄下來重播，從來沒人動我。

因此答案只有一個：我的手會自行滲出尿液。

別說你們不相信了，我自己都匪夷所思。但這不就是實驗的目的嗎？普朗克當初可是想證明量子連續的呀。當排除一切可能，那看似最沒可能的答案也是事實。好吧，那我就認了。

我百思不得其解，為何要附加這種奇異莫名的能力？或是說其實大家都有呢？講出這事太羞恥了，為了研究，我寧願將自己包裝成同性戀，跟那女性特質濃厚的室友小祐交往，整天牽著他的手搞搞蹭蹭，實則測試他有沒有滲尿。

嗯，看來只有我有。

最近手似乎又變化了，當我想尿尿時，手也自動滲出尿來，到底什麼屁用？眼見病情加劇網路又查無資料，我鼓起勇氣求診。醫生找遍資料也沒見過這款事，將我轉給演化中心。

那老頭研究我的手掌，低頭陷入沈思，叫我到外頭沙發坐著讓他想想。一陣噪音過去，他興高采烈撞開門，手中抓個膠囊狀的孤獨培養皿，是一顆腎臟半成品。

「聽過幹細胞嗎？」我微點頭。

現在已婚婦女一旦懷孕，政府會為未出世的胎兒進行「基礎人權保障」，用一根極細的針管抽出胎兒分裂數週的受精卵，將一部分幹細胞永久冷凍留存，其他的繼續生長不必擔心危害胚胎發育。這不僅能做為基因辨識，還能在日後出意外時將幹細胞重新安置於適合的環境，製造出與原身體全然契合的器官，例如方才這顆腎臟。

科學家接續解釋，我們人身上一向存在著幹細胞，但隨年紀增長有些慢慢失去作用。腦細胞成年後還會再生，不過速率緩慢罷了，他們團隊正是專門研究如何再培育幹細胞，諸如增強記憶力的優生學。

他的意思是，我手部的幹細胞因為持續處於尿液的環境中，發展出了自己的排尿系統。

「你是本研究的先例！天啊，人類實在太妙了。」他牽起我的手稱羨不已：「我推測這有辦法鍛鍊，你看過獵人嗎？」沒。

「酷拉皮卡2050年還在暈船，跟你一樣。」他打趣道：「書裡面有提到『念』的理論。念可以藉由鍛鍊增強，提升生理素質開發潛能。如果你繼續鍛鍊，說不定以後能夠習得『凝』。」

「凝又是啥？」

他將頭移近到耳邊：「就是凝出尿液啦。讓你的手凝出一個馬眼。」

「你還在學，我不忍心通報上級抓走你研究，就放你一馬眼吧。」他爽朗地說：「把這些資料填完就可以離開了，我要自己研究。」

隨後我回家查了「獵人」，是篇未完結的圖文小說，不合我胃口。我反而發現另一本叫「幽游白書」的漫畫，劇情深得我心。既然是同個作

者，中心體系應有幾分類似吧？我著手修煉，每天照著「靈丸」姿勢蹲馬步，將力量集中於指尖一點。

書中，人類的氣是包圍全身的，容易溢散而浪費。若把他控制在特定部分，該處的氣會變得強烈，足以進一步運用。修行到兩星期時，我的指尖已能按照自主意願滲出尿液，乃至出現一個小孔（估計是馬眼）。這讓我戒掉了咬指甲的壞習慣。可是這並不完全受控，有次手指居然不自覺漏尿，一路滴到教室我還沒發現。

「欸凌凱，你是不是漏尿啊？看這尿的痕跡一路滴到你腳邊來欸。」

幹！

我反射將手含入口中，強忍尿液在口中漸漸漫出的滋味，嘴巴勉強擠出一句「沒有啊，你在說啥？」後刻意四處走動證明。同學見我沒再漏就沒說什麼。待他別過頭，我馬上衝去廁所吐掉，大口大口的漱，像麥茶但喉頭的騷味洗不掉。

我再去找科學家抱怨。

「你必須要學著如何控制牠！現階段你是胚胎幹細胞，像嬰兒需要包尿布。」他挑起一邊眉毛：「當然純屬推論。」

他說得不錯。儘管不能封住洞口，我確實能控制他的開合。科學家找天幫我照了核磁共振，顯示該處已發展出連到膀胱的導尿管。

真不賴。後來我幾乎不去上學校小便斗了，你想想看，萬一有個大學生瘋狂打砲不戴套染上性病去尿尿，下一個使用者難說不會被傳染，馬桶就是這麼髒。現在只消趁洗手偷偷排放，沒人會發現的，何況我喝那麼多水尿當然透明，無臭無味。小祐看我一直洗手以為我得了強迫症。

待駕馭得爐火純青，經過討厭的三寶就能直接射在他褲子上。遠遠觀望他們氣炸的樣子，卻又找不出兇手；或咬定是我，但我又沒拉下褲子或幹嘛，沒有關鍵證據。如今我的孔能縮得更小，外頭是看不出端倪的。

那麼，我的生殖器此刻所剩餘的目的，就是傳宗接代（尻槍）了。說起來勃起真不方便：女生想到色色的事或在路上意淫別的男生，其他人肯定是看不出來的，男生可得要當心了。

你猜得沒錯，我有更激進的想法。

欲把幹細胞培養成生殖器實屬不易。上次出尿是偶然開發的，主動變異要怎麼做呢？男性的奶頭也會因興奮而勃起，這樣近乎無關的部位都行得通了，手指沒道理不行啊。我一樣照著幽遊白書的內容每天修煉。

我採用的方法是尻槍時將愛液敷在手上，讓他隨環境感應變化。然而成效不彰，我於是找個桶子尻在裡面，累積久了便可把食指浸淫培養；加上看片時專注在女優的手指上，促使大腦把手指與性聯想在一塊。沒想到我先發展出的能力是藉由手指判斷女優是誰，還因此轉職手控。小祐倒很不愉快，他認為自己被直男騙感情。正是如此，抱歉。

過了幾個星期，我的手指已能控制腫脹，第一節手指也異常肥大，乃龜頭之雛型。這是所謂的趨同演化嗎？吸吮手指帶給我的快感遠遠超越自己尻尻，有人說口腔黏膜與陰壁細胞雷同，果然真有此事。

有次我們團康玩的是背後寫字，下一個人要猜出寫什麼。恰好前面的人是我暗戀已久的對象，直接開啟龜頭模式在她身上沿著胸罩釦帶游移，寫到第三字我已瀕臨爆發，說要上廁所途中就漏了出來，下意識灌進嘴裡。精液的味道很難形容，但與用生殖器在喜歡的人身上磨蹭相比，吃精的代價真的輕如鴻毛。點精手已成事實。

一旦被發現身體能被意念「改造」，必然會造成更多階級鬥爭，故我必須隱蔽發現。然這整件事過於詭譎，不過是依循幽遊白書修煉，怎麼煞有介事的樣子，莫非富堅義博本人也是能力者？

我找了許多資料照片比對，他的外觀看似沒有異常，跟休刊也無關，那是他想休就休。我找到更關鍵的情報，是作者講述幽遊白書的劇情，其實是參照一個人曾虛構的故事寫成，並不由他親自發想。

幽游白書，取自於那人的姓氏，富堅如是說。一看姓名，嚇得我把手機扔在地上。這不是母親作為讀書人，時常背誦的那本書的作者嗎？

中等常渡・憤怒吉的作者，白良塋。

# 吉樂世界

哈啾。這種鬼天氣把人凍得直打哆嗦。

是全球暖化的緣故嗎，最近這幾年溫差特別大？到晾衣場領衣服，那溫度宛若布料未曬乾所附著的冰涼感。如果觸覺不準，通常我會直接用鼻子判斷是否有水氣悶在裡頭。我捧起內褲深吸一口，沒留意側邊走來的半裸男微妙的表情，等我想到什麼轉過頭去，他竟然在偷笑。

我面紅耳赤，衝上前把手中的內褲往他臉上抹，把我的感覺與他共享，再把他手中的內褲搶來穿。很好，你記住我的味道，現在我們是朋友了，你不能嘲笑我。

心滿意足離開後，我才感到怪異，剛是什麼情形居然做出這麼匪夷所思的事，我才不甲。我喬了下鳥，褲襠太緊，穿著陌生人的內褲回到房間有些彆扭，小祐雙腿縮在椅子上環抱，牙齒瘋狂打顫如打點計時器的噪音，轉過頭跟我四目相接。

「欸欸欸欸白白白良良墼我我我今天跟你你你一起睡睡好嗎嗎？好冷冷冷冷。」這人已經抖得話都講不清楚，牙齒止不住敲擊，舌頭也咬破噴血。冬天皮膚好像會脆化，特別容易碰撞受傷。

但我良墼最喜歡的事乃是拒絕可憐之人，因為他們必有可悲之處。

我叫他滾。

小祐氣急攻心，從椅子九十度翻下。爬起時他四肢跪地趴也趴不穩，抬頭盯著我，雙眼不可思議地脹大充血暴凸，口水黏在嘴邊凝成白冰冰，今天限定。這幅情景似曾相識，但我一時想不起是什麼，直到他忍不住地吠了一聲，狗的聲音。

小祐已能勉強趴穩，脹大的頭部不規律抖動。他的牙齒散亂而橫生，犬齒延長兩倍，吐著白沫，像隨時要咬上來。他得狂犬病了嗎？我聽說狂犬病怕水，想把水往他身上潑，反倒結成冰柱。

他看見我潑水，直覺快速晃動鮮嫩欲滴的屁屁，沿著脊椎上升將震動傳遞至頭頂。這應該不是狂犬病，而是狗的行為模式。醜成這樣根本⋯⋯

根本就是吉娃娃。

他兇殘地撲來，我壓低身子讓他去撞書架，旋即跨出門帶上——賭中了，吉娃娃小祐不會開門。然走廊另一端又有兩隻凍僵的人類趴在地上怪異地扭動，眼白已完全喪失，直徑三公分快掉出來的充血眼球鎖定我，不假思索朝我暴衝，口水追著跑。

我逃往另一側，向曬衣場狂奔，藏進烘衣機裡不吭聲。

裡頭算溫暖，縱使在房外也不至於冷到發抖。我隔著窗，看見吉娃娃人離開後，許多人也來曬衣場嗅內褲的騷味，犬隻似的，有些更慘的還碰不到衣服就因雙腿不聽使喚而摔下，退化成吉娃娃人吠叫。2020世紀大災難年底也不放過人類嗎？

又晃來幾個吉娃娃人，互蹭對方屁眼蹭到鼻頭染成黑色。想剛才原來我差點也墮落成嗅覺溝通的怪物。最近這幾年吉娃娃梗圖四起，外星狗似已成一種文化入侵，是這些外星生物操縱了天氣，抑或迷因本身⋯⋯？我沈沈睡去。

醒來時宿舍悄然無聲。我踏出烘衣機，天寒地凍，四肢不自覺地抖起來。我尖叫，急忙鑽回烘衣機，掏出口袋零錢迅速推門反手投幣關上，用不知能維持多久的餘溫冷靜分析當前狀況。

烘衣機像8+9瘋狂旋轉我，沒剩多少十塊的我遲早會失溫。只要不保暖，大家都會變成吉娃娃，搜刮禦寒衣物乃是燃眉之急。真棒，前面就有一整區免費的可以穿，愛心認領。我踹開門，以狗類爆發性的後腿撲進衣堆胡亂搶一把衣服披上，身子暖了，危機姑且解除。

現在重要的是「資訊」。房間的門沒開過的樣子，我撩起伸縮晾衣桿，破門而入，一見活體頓時朝他咽喉刺去，失手戳死學長。吉娃娃小祐已經不知去向。

我翻查學長的屍體，脖子上有咬痕，是早被咬死了。由此可推斷被吉娃娃攻擊不會變異，唯有「凍到抖起來」才會。學長穿著厚厚的禦寒衣物，至少沒加入外星狗的行列。我們人類死也不想變成那樣子吧，噁心。

我打開電腦，網路還堪用。新聞報導吉娃娃變種事件在全球各地發生，怪的是新竹一件也沒有。明明整所學校都淪陷了，清大看也差不多。啊，可能是因為大部分新竹人要馬變成噁吉，要馬被咬死了。新竹風太強使得失溫加劇，更讓人凍成吉娃娃，百分百是這樣！

我離開八舍勘查，街上杳無人影，逛到浩然圖書館前面忽一塊黑壓壓的伏在廣場，我立刻返身躲到牆後。既然吉娃娃又醜又笨開不了門，我研判圖書館裡暫無危險。

憑著聰明才智我爬向二樓，從窗窺查。那團吉娃娃海看似任意抽動，卻隱含某種規律，受前方司令指揮。他們有時中風，齊鳴類似給皇帝的八佾舞；有時又頻率不一，卻總會回到某個同時啟動的時間點。

等等，我看出來了！這是……這是，他們在證明黎曼猜想！數萬隻吉娃娃變種聚在這裡，想嘗試破解這個難題！三體吉娃娃就能構成一個鬧，這種簡易的計算……不可能的，人類也求不出來的，數萬隻吉娃娃人的腦力……我也開始動筆計算。

恐懼的寒意從脊椎末節蔓延而上。答案是「可能」！

吉娃娃除了散播突變病毒，還想做什麼？復活拉馬努金？獲取「非平凡零點」的力量？破解宇宙謎團征服宇宙？不論結果，我賠上自己的性命也要阻止！

我隨手撈起一本James Stewart Calculus 8th edition砸破陽台窗戶，大聲吃喝。吉娃娃大軍被吸引了注意，停下手邊計算朝我追來，司令破口大罵，自楊英風的現代藝術躍下，我則往高樓層跑去，後方一群吉娃娃嗜血狂殺。

人類的速度終究沒有野獸來得快，但我們善以頭腦征服世界。我即時搭上電梯回到一樓大廳，準備犧牲求仁。

「真主萬歲！」我撕破胸口，扯破喉嚨。

什麼事也沒發生。

「騙人的吧……？」奇怪，這種時候不是應該進入超能力戰鬥嗎？

「不要活在幻想裡好嗎。」一道人影靠在牆上。

是庫哥，幾年前第一次吉娃娃入侵時，我們曾失去的庫哥。

「太好了，你還活著！」我喜極而泣：「快幫我，我要炸掉這座圖書館！上面樓層有一堆變異吉娃娃！」

「你不是說好不殺人的嗎，虎杖。」庫哥搖搖頭：「他們可是人類啊。」

「可是會有更多人……！」

「交給我吧。」庫哥向前握住我的手。

我的手結成了冰冷的鉛塊，砸在地上抽不起身。

「……！」

「哎呀，何必如此驚訝。」庫哥皮笑肉不笑地說：「我在吉娃娃大軍裡的職位可是司令官，相當於統治整個軍隊！我不當人類啦，白白！」

「恐懼，你瘋啦！」我大罵：「吉娃娃證明黎曼猜想要做什麼！」

「拿獎金啊。一百萬美金很多欸。」細思極恐庫哥牛逼。

「卑鄙之徒！」

「你要不要加入我們呢？成為無所畏懼的超吉戰士？」庫哥豎起食指：「念在舊情，我只問你一次。」

我輕哼一笑。

「人類的偉大之處，在於敢於面對恐懼的驕傲姿態。」我如臨世界之巔，霸氣外露：「何況吉娃娃太醜了。」

庫哥青筋湧現。

「很好，我來幫你一把。」他殺氣騰騰走來，每一步都把地面壓裂，我卻無法擺脫鉛塊手。超吉軍團自二樓觀景台一躍而下，張開血盆大口。情吉之下，我唯一想到的對策，就是讓那噁心的生物咬斷我的手腕。

我成功脫身往圖書館門口殺去，撞開大門。只要再拖延一下，爭取到時間，等軍方介入一切都會結束的！

吉

吉吉吉

吉吉吉吉吉

吉吉吉吉吉吉吉

吉吉吉吉吉吉吉吉吉

吉吉吉吉吉吉吉吉吉吉吉

吉吉吉吉吉吉吉吉吉吉吉吉吉

　　浩然前廣場，數以萬計的吉娃娃聚集成一座山。「吉」對吉娃娃本身就是一種象形文字。這真是糟透了。

　　他們同步抽搐著、痙攣著，貌似要召喚什麼。雲層自天元褪去，照進吉刺眼的光。我與緊追在後的的庫哥往上瞥，瞳孔閃過一陣純粹能量，眼底瞬即燒毀失明。

　　頭頂那片臭氧層徹底通出一個洞。宇宙射線一股腦灌了進來。

　　「嘿！這跟說好的不一樣！」庫哥搗著眼睛大叫，想見他的手掌之下湧出鮮血。

　　「我們本就是外來的病毒，你們的死活與我何干？」吉娃娃吠道：「吉同胞甚至不被你們定義為生物。」

　　臭氧層破裂，虛空無饜地抽取地球上的資源。我，庫哥，增值的G娃娃們均被捲入太空，漂浮在以太裡等死——不對，吉娃娃除外，他們已動身尋找下個寄主。地球究竟只是個細胞，經過漫長的繁衍過程，共生、競爭，包覆成這個樣子。粒線體是外來種，基因是外來種，人類是外來種；為了存活，一切法則皆違抗了熵增。四處破壞的我們，終歸得破壞自身來維持恆定。

　　噢，你又知道地球是什麼樣子了？

# 觸吉

我留意小娟很久了。

由於她溫柔、體貼、愛笑，對每個人俱是如此，在師長面前不失禮儀，各種朋友也應對得當，沒看過誰與她爭吵。她的成績中等，面目清秀，雖稱不上大美女，但一笑起來宛若人世間什麼煩惱都不要緊了。

「小娟早安。」

「幹你娘雞掰！滾開！」小娟暴戾地豎起中指。

順帶一提，她只對我罵髒話，很神奇吧！我想這揭示我在她心中具有獨特的地位，愛的差別待遇，褲擋。

朋友說太奇怪了，我明明長這麼噁，喜歡香菜又喜歡陽菜，三倍噁，叫我必須認清自己的條件。此番話定是要我證明小娟多愛我吧！但我們國中生哪有什麼切實的戀愛經驗呢？不過是群小鬼頭，更不願請教師長，不如上萬能的網路查查。耳聞靠北版的神人最多了，我將疑惑投稿在靠北工程師。

『能讓一個對其他人溫柔的女生
開口閉口都是髒話（開玩笑的那種
她是不是對我有好感』

很快就有回覆了：

『她討厭你啊這麼明白』怎麼可能嘛。

『她把你當兄弟吧』更不可能。

接著幾則留言捉住我的眼睛：

『她在暗示你幹她』

『上她』

原來如此！還有這種暗示！女生果然難懂。

夕陽的餘暉把校園映成橘粉色的幻境，轉眼教室僅剩小娟跟我。小娟故作不悅，收起書包快步離開，我知道她一定是害羞，怕再跟我單獨再一起會出水，網路上說的。

「站住，女人！」

小娟一副不敢置信且厭惡地瞟了我一眼，像吃到統一布丁，但焦糖部分換成皮蛋，吃到流沙包但流沙換成螢光咖哩，紫色的彩虹糖換成茄子口味。然而她臉上卻泛起紅暈，真是可愛誘人。

「有屁快放，老娘要回家，操你媽的！」呵，果然把心裡的話說出來了，她分明是想說「老娘要回家操你，媽的！」中國歷史五千年，語言不愧勃大莖深。

我手撐桌子側身帥氣翻過，兩個邁步來到門前壁咚小娟，將她手腕分別按在門上。

「雞掰啦幹你要幹什麼？」小娟破口大罵，口水浸溼胸前。

「跟我做愛吧，就在這裡。」我凝視她的眸。

小娟身段一軟，癱了下來。

「不可以……不可以這樣子。」她乩童上身似的搖頭，迴避正面，褪去她對我獨有的強勢。情況不同了，曾經的我阮囊羞澀，而今眼前的女孩是我的囊中之物。

我撥開她耳側頭髮：「我問過人了，他們說你喜歡我，因此我得用性愛來查證。」

「我只把你當兄弟！你知道意思嗎？兄弟是……」未及她講完，我的吻印了上去。潤濕的舌頭特別淫蕩，下面超硬。

我解去她胸前鈕釦：「我也視你如兄弟，但這只是你的藉口吧，欺騙自己不要喜歡上我。可惜這份盛情難卻，現在我們要做愛了。」

「拜託不要……兄day……」

我拉開她腰間的鬆緊帶，拔起右腳像踩地鼠踩下她的裙子。

小娟的下肢彈了起來，龜頭漲紅。

「這……是……什麼？」我啞口瞪著那根肉柱，大腦難以運轉。

「不說了嗎，我視你為兄弟，那麼你看我亦是兄弟。」小娟一個個把鈕扣扣回去，拎起書包：「死心吧。」

事到如今，我怎麼能輕言放棄！為了男人的自尊！

我緊緊扣住小娟的腰，頭埋入鼠蹊部吞吐小小娟，嚐到血味。

「靠腰喔，不要用牙齒刮人家生殖器！」小娟猛捶我的頭，槌到我腦震盪。眼前景象狂晃恰似小娟在我上面搖，快忍不住的我掏出魔棒。

「呵，毛都沒長齊，就是欠臭嘴。」她輕蔑地笑。

「沒錯，你的嘴馬上就要吹我的臭屁了。」我不甘示弱。

小娟哼了一聲，將手按在臉上。刮擦之後她摘下面具，生得一張狗臉。

小、小娟是一隻吉娃娃！

「為什麼？為什麼非得是吉娃娃？？？」我眼淚瞬間潰堤。我前一刻吸的是吉娃娃的唇膏？（他們生殖器很像唇膏）

「喔，因為放吉娃娃觸及就會高啊，大家都會在留言標人分享，不論圖文多爛多沒梗。我只管把元素加進去，再唬爛都加。」

「你是在諷刺最近那篇獻祭吉娃娃提升觸及率的文嗎？」

「我才不做這種事。況且他劇情描述得不錯啊，儘管梗就那樣。」吉娃娃用他超大超噁的眼球翻了個超大超噁白眼：「誰的幻想文最有梗，大家心知渡明。」

她箕踞而坐，以後腳搔他的大尖耳朵，馬眼還漏出方才我沒吸乾淨的乳液。

「我最不爽的是竟然有人認錯我的文筆。」他嗤之以鼻，吹出一團鼻涕球。

「你到底是誰？」我黑化暴怒捶牆。

「我叫中出素渡，是一隻需要觸吉的吉娃娃。」

# 〈2052〉Generative Art

　　藝術已然迎來新時代，當今畫廊裡一半以上的圖像均由AI演算法生成。幾十年前社會棄之如敝屣，批評其毫無價值可言，沒有人性或實質意義的圖像，怎能被稱為藝術呢？這已經不是靈光的問題，起初我也是這麼想的。

　　然而新虛無主義席捲了人類思想。

　　人類不再神聖而不可侵犯。我們認知了自己在宏量歷史的地位，並非演化的最終形式，每個生物體皆是基因乘載的容器，宛若機械覆誦，遵照生物演算法的決策而活。既然如此，我們的思考也被操控著，從不存自我意識，而是一連串的細胞訊號。人類活了幾百萬年，自滿於建構出文明帝國，基因卻業已複製幾十億年。我們的存在好比神聖羅馬帝國，既非神聖（必然），也不羅馬（人性），簡直毫無意義。

　　那什麼是永久的？基因是人摸不透的生物演算法，而電腦比你更了解你自己的基因。交通大學郭教授離奇失蹤後，眾人按照他遺留的文稿推演，打破了當朝物理技術極限令大型量子網路成為可行，指數增長的運算速度得以個別剖析每個人的基因。交大後續研發的「NCTU計劃」取代Google成為全能的神，資訊科技替換宗教成為一種新興信仰：聖經沒記載的，不再需要後人強詞奪理縫補紕漏，科技的力量已完全推翻舊秩序。

　　2020，「破滅的十年」，武漢肺炎頻頻變種滅絕了全球20%人口，邪教徒將其視為神蹟膜拜勘比現代諾亞方舟。更早之前如阿基拉，當人類的完整性將受摧毀，則會引出瘋狂崇尚，打不過就加入的概念。縱然疫情最終是控制下來（更可能是倖存者皆無症狀感染或痊癒帶有抗體），演算法的進化不會停止，我們的科技不會停止。

　　萬物皆由資訊流構成：人工智慧所生產的圖像則是宇宙的信息。此一觀點橫空出世，頓時蔚為風潮。一旦接納這種觀點，AI衍生物一躍晉升頂

級藝術的行列，西元2039年時出售超越蒙娜麗莎的天價，畢竟那不存任何主觀雜念，不存人類種種缺陷，是純粹的能量、純粹的美，永不變質。科技沒有例外，唯有恆常。

絕大部分人類已把自己的權力託付演算法，讓電腦替我們安排完美人生，如同中世紀信徒向神明祈求指引方向。虛無主義總是意志消沉，一副萬念俱灰無可戀的模樣，光同處於室已令人不快；另種極端則認為既然毫無意義，我們應該盡情享樂，不顧一切。後者至少比前者愜意，因此多數人選擇窩在家耍廢，不從事生產，僅靠輔助過活，僅以不餓死為底線，絲毫不考慮掙脫困境，「奶頭樂」一詞成為終極現實。

順帶一提，2020分化主義成為本土文化研究的主流對象。遷台時經濟剛起飛，他們口中的「中老年」握有大批房地產，使年輕人難以謀生買房。渴求認同感的年輕族群轉而尋求心靈慰藉，助長獨立樂團發展。如今別說長輩，年輕人連一台機器也贏不了，人工智慧甚至能給你朋友遠高於你（真人）的陪伴撫慰，故這種需求逐漸喪失，群體退化為沙發人。演算法會辨識你喜愛的曲風即時混音給你聽，填上一些你偏好的芭樂連接詞交付虛擬歌姬演唱，還能自訂上百種噪音保證你超愛。已經不需要樂團了，那是有錢人後宮豢養用以消遣娛樂。

母親確信一切全是政府的陰謀。她說生活使我們安逸，最終政府（或AI判斷）會以浪費資源為由將無用人類抹除，到時候我們如溫水煮青蛙，反抗的意志終將消磨殆盡。故她拼命工作，想辦法送我進中研院。

她的幻想半真半假，我倒很感謝她努力讓我擁有更高的智慧。就算我因太醜沒被中研院挑去培育種子選手，終致母親跳樓自殺，我很清楚她是沒有「意義」的，我並不難過。我此刻腦袋裡裝的一切才是真實的，只有我是真實的，我要儘可能地擴充它。

雖說台灣除了中研院種子隊外其他大學全是垃圾，交大貴為NCTU計劃的起源還算有點東西（現NCTU計劃已離開學校獨立，理由是行政太爛）。我在這就遇到一些屬害的人。

　　黃楷鑫在亞洲地區是享譽盛名的藝術家，堅決不行新媒體藝術的康莊大道，以油彩與麻布作畫。評委讚嘆他的作品充滿生命力，據稱看過一次則永生難忘，受畫作裡栩栩如生的能量觸動一生，悟得他為何堅持手繪。久仰其大名，今日我為此來其工作室一窺究竟。

　　我推開門。黃楷鑫一絲不掛，握著下體呻吟。下一幕他心無旁鶩地陷入高潮的歡愉，將馬眼對準畫布恣意搖擺射精，如潑墨畫。他聽見玄關聲響放空轉身沒料到我，大驚失色，忘了自己正在排泄，精液濺得我滿臉。

　　「這是笑話嗎？所以這是你畫作生命力的來源？」我罵道。他小跑步來，還沒消下邊跑邊甩沿路滴，愧疚且認真抽衛生紙幫我擦臉，匠人精神，空間裡兩個男人一堆性賀爾蒙，超甲。他專注凝視我的臉，來回搜尋有沒有其他沾到的地方，彼此的界線逐漸模糊。

　　他的臉貼近，似要望穿我的秋水，我羞恥地往右上避開，竟被他扶著下巴掰正。我人中的細毛感覺到他溺溺鼻息直到我只能呼吸他的呼吸，嘴唇他的嘴唇，隔著一口氣的時間。雖很不情願，我本能地閉上眼睛。

　　「對啊，不好意思。」他說，離開我的臉：「生成藝術。」

　　楷鑫說他是一年半前被點出擁有這樣的才能：某次教師節全校放假，他忘了這事去到美術教室找不到人，心想乾脆來尻。但他忘記把副產物扔掉，等想起來奔回教室收拾，卻撞見誰正拿著放大鏡專注研究那團垃圾。

　　「我知道這只是一坨穢物，」那人說：「可我竟被吸引了，我認為這是一件藝術，縱然他被你隨意擺在桌上。」

　　「痾這不是我尻的。」楷鑫心虛地說，不然太難為情。

　　「但我聞到了，這件藝術的氣味跟你身上的雷同。我想跟你收購。」那男子掏出虛擬幣若干，用鑷子小心翼翼放進展示盒，轉眼消逝在街角。

　　他的藝術之路因而啟程，生意愈做愈大。不過有條件，他說，經由照片是沒辦法使人喜歡的，親眼目睹才有共鳴，他也不清楚為何。

　　「那你覺得自己的作品是藝術嗎？」

　　「我不知道啊，別人說是就是吧。比方說長相，那是給別人看的，別人欣賞就行啦，還嫌。」他話鋒一轉：「但我依舊認為賣這種東西不妥，

於是我轉而尻在畫布上，照樣有人買單。虧我性慾旺盛，跟女友每天也要四五次。」

我靠近看那神奇的精液。是嗅覺嗎？我屏住氣，不是。視覺？也不可能，精液混進去顏料裡看不出來的，還是荷爾蒙？身體孔道？精液有什麼機制？

將近要貼上去，身體自然地將以前我凝聚在馬眼的記憶投注於眼部肌肉（畢竟都是眼睛的一種），彷彿能看見很微小很微小的東西。是的，有東西愈來愈大，但仍看不清楚。雙眼周圍的青筋凸起，視線穿梭在塵埃間來回搜尋，找到一顆小頭，或數顆，或數千顆。

精子，不計其數如蛇晃著尾巴的精子騁馳空中朝我眼睛游來，映入眼簾，輕觸眼球表面，鑽入眼底。

「幹你媽！」我放聲尖叫，指尖在眼眶裡刮想摳出來。

「怎麼了？你看到什麼了嗎？」黃楷鑫急切地問，他真不知道原理，代表他的精子是自主運動的嗎？每一條精子皆獨立於本體？看過他的畫的人會因精子而產生「這是珍貴藝術品」的錯覺？這算空氣污染嗎？算氣溶膠嗎？有害嗎？附著的精子會消耗完嗎？

射一次的蘊藏量很多，大約能維持幾年，跟藝術品的價值週期差不多。我的腦袋瓜飛速運轉，得出一個結論：太神啦！

我把左手食指握住放在身後。假如他可以無意識進行，那麼飽經訓練的我想必也能做到！可是，沒生命的東西有意識嗎？精子算非生命吧。死後更強大的念？但精子本來就沒生命啊。

事實擺在眼前，這意味精子是有目的性的，值得一試。我摩擦特化的手指，指節漲起，馬眼迫不及待地裂出小縫。該下甚麼指令好呢？我太陽穴上的青筋興奮暴出，躍躍欲試。啊，讓那個人喜歡我好了，精子很輕，得以藉由空氣傳播，去找他，入侵他的大腦吧！

喜歡我，喜歡我！

「對了，我最近女友懷孕，不知道要怎麼墮掉。」他懊惱地說。

必須隨口回他幾句，要是他起疑就糟了。我的右手似神燈摩擦摩擦。

「哈哈，真的喔，懷孕。」再撐十秒，我加速。

「對啊，女人怎麼那麼容易懷孕。」沙文楷鑫注意到我不對勁，作勢要看我背後：「你在幹嘛？」

完了，早知道回家再尻也不遲，但我憋不住了！好了，可以了！

「呃⋯⋯想你⋯⋯懷孕呀？」我在說啥？

射精！

我把熱騰騰的液體甩在地上，說：「欸這你沒擦到，我剛差點踩上去。」

「喔喔抱歉。」他又抽出數張濕紙巾，費心來回擦拭，像不諳世故把紅包上繳的小孩。我趁機把手指放回嘴裡吸乾淨，每次漏精真的很惱人，這裡又不能順便排尿。敷衍幾句後，找了理由離開畫室，回到舒適的宿舍小窩。

不知道我的小寶貝們現在過得如何，嘻嘻，你們可要加油啊。

# 〈2053〉 分生

新聞快報：一名夫妻皆為交大教授，久未行房，妻子卻害喜被抓包懷孕，丈夫憤而離婚。基於通姦已除罪化，男方稱將提起民事訴訟，女方卻堅稱沒有亂倫。

怎麼又在這附近，好幾起了，誰在亂繁殖啊，孢子人嗎。下一則新聞又提及，上次宣稱沒有外遇的妻子檢驗DNA的結果，是妻子的種沒錯，不過爸爸究竟何人仍須透過全國資料庫進行比對。

又過幾天，有人著手調查此類不尋常的頻繁受孕。愈來愈多女性浮上檯面泣訴兩條線，年紀最小僅十四歲，且DNA檢驗這幾十位女性皆為同個父親，難不成是群交或半夜潛入住宅注射體液？有夠噁，殺人的反面仍是罪啊。

再過幾天大概就能查到犯人了吧。

新竹的雲動得非常快速。抬頭天上數千萬朵雲裡，沒有一朵是屬於我的。走在路上，我喜歡觀察四周，享受自然景觀。我特別喜歡鳥，瞥見時心情莫名愉悅，傳聞中郭教授也有如此嗜好。我找到一隻黑冠麻鷺呆呆的停在樹根上，翹起藍色的小瀏海：因這些有趣的事物，我常在路上自顧自笑起來。很想張開雙臂，高聲放歌，但走在校園裡的人不少，我可不想被側目。

笑在這時代依然是種共鳴，引人注意，使人不自覺開心但我不樂見。我笑起來太醜，這是無法改變的，連自己也不想見到其他醜陋的笑靨，失去了本質，更不願走在路上殘害別人。那些微小的表情、眼尾的細紋，寧可他們誇張地嘔吐釋放，勝過心裡憋屈。

事實上，我真不介意別人怎麼看我。我只是明白他們怎麼想，然後為其他人著想。

迎面我撞見另一個自己。

我撅起下眼皮，瞇成細縫掃描他，那人也打量著我。他跟我尚有幾分差異，身材也比我瘦小（穿著奇怪材質會反光的保暖衣像古早時期的灰色亮片舞服），但幾乎可說是相同的人。

「你是誰？」

「我叫凱凌，你長得好像我。」他的口音很獨特。

「我叫凌凱，你也很像我，你是哪裡人？」

「我也不知道，好像是二十八培育室吧？」他抓抓醜臉，忽又拍掌大喊：「啊，你該不會是我的主人？」

蛤？這麼醜的人我才不要！

記得幹細胞嗎？胚胎時期會抽一些出來保存。我是從你的胚胎幹細胞增殖而成的，就是政府的人權計畫，反而在侵害你們的人權。

頂級富豪認為高階演算法是「進化人類」獨享的專利，不能開放給普通民眾存取，那會使他們的信仰遭到玷污，數據是真實的信仰。

可是大家依然有基本智商。為了不讓百姓感覺權利剝奪而起身反抗，政府收了土豪信徒巨額捐款，承諾不讓下等人接觸他們的神。

怎麼辦呢？除了演算法有誰更能瞭解自己？那正是「自己」啊。

於是我誕生了，我有和你完全相符的基因與初始性格，我生活在大得沒有盡頭的空間裡，那裡也有很多人，像一個社會。我每天會聽近千首歌，為這些歌打上分數，抑或測試口味符不符合個人喜好。我想你們的社會現在應該不用填什麼問卷，或老是接到貸款電話吧？因為我們全處理完了，他們都問我們，直接在你身上套用最適配行銷模式。你發出的腦波被手機麥克風接收後，會在我們入睡時濃縮播放，像某種催眠，達到每日同步更新狀態。

救命寶寶？也許吧，不過你要夠有錢去換我們的器官。而且你們一旦死亡，複製人也失去了價值。他們絕口不提為何同類會突然消失，我猜是緣於你們「表世界」的人去世了。我們最後的價值就是給大體化妝師取材吧，很環保的。

　　你怎麼會需要抱歉呢？我活得很開心啊，而且我因你而生。本來我是不存在的哦！我也需要你繼續活著，我才能存活。我想活下去，所以你不可以輕易自殺。

　　啊，我要回去了，我是迷路出來的。謝謝你，有緣再見吧！

　　凱凌消失了，一眨眼。他雖自認活得愉悅，但他搞不好被豢養在一格格的小柵欄裡，不經意思緒脫逃……基於人道理由（與維持正常狀態），給予他大腦裡感到幸福的部位微弱電刺激——不對，像雞肉施打生長激素，逕自打入多巴胺的幻象？

　　那是真的活得很開心嗎？活著真的開心嗎？

　　不過我不能死，因為我凱凌需要我活著。可惡！

　　那些意外出生的嬰兒，如果拋棄了，政府會繼續培養他們的複製嗎？若否，他們在這資訊霸道的時代，沒有資料幾乎等於廢人！觸摸不到神聖演算法的人已經離不開複製人了！

　　新聞快報：「以交大為中心的方圓四公里內，所有女性無不懷孕，DNA查出是凌凱的種，警察正在追緝要將他繩之正法。」

　　三小？莫非是在畫室那時候？我不是叫精子們去找我喜歡的人嗎？當時我……我的思緒被黃楷鑫講女友懷孕的事……拉走？

　　「即便如此，那些孕婦依舊希望自己生下孩子，無關父親選擇。這種本能的母愛令人潸然淚下，究竟……」

　　不！他們，我的骨肉絕不能淪為資訊孤兒！快墮掉！

　　「警察已掌握到嫌犯的位置，即將逮補歸案。他必定受到嚴酷的懲罰。」轉頭一群警察騎著漂浮巡邏車握著自動索敵電鞭以時速七十公里朝我飛來。

　　我從床上驚醒。

　　「這是三小？」我把頭罩狠狠甩到一邊。

　　「你自己要體驗惡夢模式的。」語音助理空洞的回覆從腦裡竄出。

# 〈2054〉萬物記憶

自從發現幽遊白書的「白」講的是白良璧後，我橫豎睡不著，瞪著隨時要剝離的天花板，像要摳掉翹起油漆片本能地想掀開他的神秘面紗。我搜尋名字，他是交大學長，2017年入學資工系，2021發表《中等常渡‧憤怒吉》大賣後消聲匿跡。我找遍了畢業紀念冊仍舊沒發現他的名字，是使用假名？

非也，那是他沒畢業囉？奇怪，資工系當時應該是不錯的科系，除了罔顧學生權益併校，退選低修不給簽，行政缺失把幾個學生弄到延畢，外系一堆跨域讓本系生選不到必修之外，好像還行啊。

重點是，現在該如何尋人呢？

憤怒吉業已絕版，終歸也有三十年歷史。我上官網查，果然圖書館也沒紀錄，哪所學校想收這種詭異的東西。二手書店呢？現今將近被電子書替代了，得跑很遠到台北的文化保留區一趟，但為了搞清楚整個念的脈絡，不去不行。

穿過繁華的臺北城，河堤再過去是滄桑味的廣場。推開一旁低矮的破舊木門（小心別撞壞了），一股紙頁霉味撲鼻而來，才想起長久沒聞到書的味道。裡面固然不大，但書架層層疊疊二十幾層，略為瀏覽後，我轉向那中年店員。

「你好，請問你們這裡有一本叫《中等常渡‧憤怒吉》的書嗎？」

他低下頭，挑起一邊眉毛，從眼鏡上方的空隙打量我。過了約十秒，他見我沒要離開的意思，嘆口氣，手指在鍵盤上敲打。

喀噠喀噠、喀噠。居然現在還有人用這老古董，語音助理不好嗎？

他摘下眼鏡，賣力瞇起眼睛指尖滑過螢幕的字，發出模糊的啞鳴。

「啥？」

「這裡沒有。」他貌似還對難得臨門的客人感到煩躁：「他以前不是定期把文章丟上粉專？你去臉書搜尋就有啦。」

「可是臉書幾年前倒閉了。」我回道：「因為祖克柏違反言論自由亂祖人，現正在蹲監獄，還有打不完的訴訟。」

那老人表情糾成一團，錯落擠出哀戚與歲月的峰壑。他厚而大的掌心抹過額頭與下垂的眼瞼，咬牙後仰，瘸腿的藤椅壓得嘎吱作響。

他無奈翻開抽屜，從最裡邊的角落抽出一張紙條寫下什麼遞來，叫我可以回去了。我接過，上面竟是白良璧的聯絡方式。我不可置信歪頭看他，老頭抿起唇揮手趕人。

「你怎麼知道他的？」我不客氣的問。

「當時誰不知道他──但不關你的事，去！走開辣！」

來到外頭，我撥通上面的號碼，另一頭響起一陣童音，彷彿瞥到一個可愛小正太的模樣。

「我找白良璧，請問他在嗎？」

「我正是！」

我和他約在LALA Kitchen，AA制。我推開門，店員態度不改差勁，劈頭就罵這裡不能帶寵物。

「我沒有帶寵……」轉過來低頭看到一隻吉娃娃，甚至比我醜。

「幹嘛？沒看過吉娃娃？」是與電話裡相同的聲音。

店員看到會講話的吉娃娃，竟很客氣地放行。他跳上我對面的座位，光禿禿的頭頂與兩朵翅膀似的耳尖。他弓起身，憋住下唇吹噓，將頭充氣膨張成三倍大，兩顆眼球險些爆炸。他雙掌往頭一拍，脹氣往下擠壓，鼓起的肉球腳趾向外擴展，手部也長出五根，渾身脫毛抖動，經過一番努力化為人形。

很肯定的，白良璧的顏值絕對是會有一堆妹子倒貼，去酒店輕易能把妹吻到床上那種型，僅止於端詳他的五官就勾起我犯罪的慾望，忘了他本是隻噁爛的吉娃娃。

店員拎著小掃把走來，把那些毛屑清理乾淨。

「他們……都知道你這樣？」

「我是常客，常來渡假。」他反手托著腮幫子看向窗外，很悠哉的樣子。

「常渡？」

「我就是。」

酷酷的諧音梗伴隨一陣尷尬的沈默。

二手書店……

「噢，你見過他啦。他沒講什麼吧，我不想聊他。」

你怎麼能夠變成狗……

「還不是我太聰明的緣故。俗話紅顏多薄命，天才因為大腦使用過度容易老化癡呆，我才不要這樣。狗的體感時間是人的七倍，我可以騙過身體細胞已經過那麼長的時間，如此我則能以七分之一的速度老化。我每種生物皆做過測試，實驗以降吉娃娃效果最好。猜是因為等價交換，既然我那麼醜，變回人形的時候就該漂亮一些。」

「啊，我有更重要的事要先問！」我驀然想起主題：「我是要來問你幽遊白書的事！你懂念嗎？」

「那是獵人設定吧。」他仔細端詳我的左手食指：「你也能用靈丸了呢。」

「這是什麼玩意？」

「就那樣呀。我們生物就是成串的演算法，若戰勝人的本能便得以獲得超越肉體的限制，或者永生。你讀多點書就會瞭解了。」他高高在上的樣子令我火大。

「那為何演算法讓我這麼醜，即使在網路上聊天也沒人要理我，明明網聊是最不需要看臉的啊！」我聲調愈來愈高，這十幾年來的挫折委屈，一股腦全遷怒給他。

「既然你醜是事實，那你唯有接受。」他撅起嘴：「你知道我的強項是什麼嗎？」

「色情暴力反女權？」

白良壑像看到髒東西般，遮眼咬舌：「那都以前的事了，我怕嫉太多人走在路上被圍毆才中隱隱於市。」他深吸一口氣：「現在的我是哲學家。」

「哲學家？」那聽起來跟失業相去不遠，八成是好聽點的說法。他淪落到這種境地？

「沒錯。哲學是萬物的根源。智人活著首要之務即是判斷人生值不值得活，每個人都應該讀哲學系。」他替自己的失敗開脫：「而我的想像力太豐沛，當幻想文也無法滿足我，我需要更大的格局。」

「那你知道活著的意義是什麼了。」我試探性問。

「沒錯，活著沒有意義，頂多稱作意識。這是一種超級泛靈論，意識並非憑唯物論而生，而是萬物皆有意識，皆有『記憶』。」他食指蘸進葡萄酒裡，握緊掌心再打開，一滴酒珠飄在空中。

「我的能力是『讀取』，譬如說這酒，它去過的地方全被分子形狀給記錄下來，直到超出他的限度為止。一粒原子乘載的記憶有限，他記不起來的我也讀不到。」

「像我剛剛閱覽了你的手部記憶，你曾經對著精子下指令但失敗了對吧。那名畫家的精子正是有自主意識才使得它依附的畫賣座。」

「所有東西都傾向紀錄自身活過的證據作為意識思考，換句話說，取決於記憶限度。牛頓是最早發現這項事實的，他太驚恐了，以至於晚年精神失常，轉而向宗教尋求慰藉想證明自己是錯的，信仰之躍。」

「我做個簡單的推演。意識憑空出現的瞬間是不合理的，而且僅存在兩種情況：有，或無。無中生有轉變的一刻簡直是全宇宙資訊量的爆炸，且往前追溯意識根本沒有盡頭：是認知到自我的剎那嗎？是精卵結合嗎？是第一個動物的出現嗎？植物？生命？何以生命等同賦予意識呢？」

「而我身為人類確定自己是有意識的，按照上述意識不能憑空造出之原則，一切物質必先有意識，且均等價。能決定意識能力的是自身構成的物理性質，也就是肉體支持的容器。人類思考最豐，是由於我們的大腦容器最為精緻；為了意識的壯大，演化傾向往高智能發展。」

「一顆原子做不了什麼事，只能被動承載並呈現『移動』的記憶，或稱『慣性』，慣性就是記憶，亦即活過的證據，被施力過的證明。牛頓第二定律是萬物的解答。」

「量子力學誤植的隨機性就是微觀尺度意識的選擇。我們人類正因為身體裡宏量的意識結構，才有能力發展高層次的意識。再次強調我們的意識與小至夸克大至宇宙的意識都相同，就差載體的形式而已。」

「這就是骨子裡寫入繁衍之必要，在於延續基因好讓世界記得個體單元活過，傳承父母的性狀祈禱小孩以各種表徵展現他們，讓意識永存於世。我們演化趨向複雜，好讓自己可以思考更多，做到更多，便愈有活著的價值。人類的價值大於其他物種，故我們必須扛起維護生態的責任，不能讓其他物種滅絕，因為他們也是我們的記憶拼圖。」

「社會新聞一直報那些壞蛋，反而給壞蛋更多存在『證明』替他們留下紀錄，引發連鎖效應。我們本質上都想紅，把自己塞滿世界，把自己的名字烙印在每個人的腦海中，換靠他們的meme生存下去……一切肇因於本能。」

「文化的基本單位……瀰。《自私的基因》開設的先河？」那恰恰是我最近閱讀的書。

「Yes，那是一本聖經。換句話說，製造迷因乃活著的意義。」

「我愛迷母。」我點頭。

「我愛姆咪。」他說：「姆咪也是我活著的意義。」

「姆咪是啥？」我問。

「啊……姆咪早就過氣了……。」他悲傷一笑，化為吉娃娃黯淡離去。

「兩份學生餐，一共一千八。」LALA店員擺著臭臉討錢。

「媽的死破狗。」我咒罵。

# 衛生棉

　　我妹現在國小五年級，每天放學時常握著幫同學吹喇叭賺到的五十塊去買一份雞排。據說肉雞都打生長激素，我妹吃久以後不但變肥，月經還提早來，這陣子甚至跟媽媽抱怨內褲怎麼全買紅的，明明是她自己排在上面。

　　為什麼我會知道呢？因為我們體型差不多，內褲共用，我最喜歡的炭治郎上面都噴血了，洗不掉，跟媽媽抱怨以後她才很不情願的幫我們買新內褲，還有衛生棉。（媽媽似乎沒有月經，我上次問她的時候被扁到哭，好可怕。）

　　天知道遺傳誰，我們家人有個壞習慣，洗澡的時候就把全身衣服脫掉踢在原地，所以地上常有一叢叢扁掉的褲子，上面再壓一層內褲。洗完澡如果要穿回來得認自己的衣物，不然沒人會收。人家搞不好還要穿啊。

　　有次我穿到妹妹月經剛弄在內褲上的內褲，像把熱熱的麵線羹穿在身上的感覺，好噁心。從此我都會先確定內褲是白色的才穿上去，穿錯其實也沒差，我跟妹妹本來就會共穿。

　　可是有一次家裡沒人，我拉起褲子的時候，驚聲叫了出來，眼中冒出七彩的光束瘋狂加速旋轉，好像嗑了藥。

　　我飛上天了。

　　四周是無垠的碧藍蒼穹與蓬鬆棉團，老鷹在我身旁環繞啼鳴。輕風徐徐往臉上拂來，這是什麼，好幸福好舒服的感覺，我一個國一生從來沒有體會過。

　　我的蛋蛋猶如飄在雲上那般柔軟，裸身張開雙臂俯衝，整片天空都是我的滑翔場。航行了十幾分鐘有，我的思緒被敲門聲拉回現實，若無其事的跑去開門，答應幾句，衝回房間脫掉褲子瞧。

　　內褲上有一層白白的尿布——又不太像尿布。啊，這難道就是傳說中的「衛生棉」！

　　為了重現那樣的感覺，我開始偷穿妹妹的內褲，實在太舒服太美妙了。衛生棉成癮後，每天出門前都得偷取一份，帶去學校墊在褲底春風滿下面。媽媽罵妹妹說她很浪費，怎麼衛生棉一直亂用，雖有點愧疚，但人家就忍不住嘛。

　　上課睡覺被罵，成績不好被打，同學聯合排擠我。僅僅一小塊鬆軟的衛生棉，則能讓我體會活著的好。

　　沒料到有一天，我的秘密被發現了。

　　妹妹趁我不備脫下我的褲子，夾出裡面那張清爽的衛生棉，在我眼前晃動。

　　「我要跟媽咪講，你以後就不能再用衛生棉了。」

　　「不可以！那是我活著唯一感受到的快樂！」

　　「你是說這樣嗎？」

　　妹妹把衛生棉貼在我無毛的光滑蛋蛋上。涼颼颼的，我又竄回雲端之上，空曠、平靜、悠然，徒留人世的肉體冒出雞皮疙瘩，酥麻感從腳一路顫到頭頂，呆滯地流出口水。

　　妹妹邪笑。

　　她單手托著蛋蛋與衛生棉上下拋動，包水餃那樣貼附掌心。這是我生平第一次被這樣玩弄，好像在棉花糖的海浪裡載浮載沉。

　　真是……真是太美了。

　　知覺冷不防向前暴衝，原來是妹妹的手劇烈晃動上上下下托著蛋蛋左左右右，啊啊嘶嘶坐上雲霄飛車翻騰，勁爆酷爽，陰毛像美式卡通伸出的彩帶手乘風搖曳。

　　我稚嫩幼小的蛋蛋禁不住這種刺激，瘀青滲血，將衛生棉染成紅色的。

　　「原來歐尼醬也有月經了呢！」妹妹歡呼。

　　過了一小時有，妹妹似乎是玩膩了，停了下來。我也從雲霄飛車上摔落平地，雙腿癱軟在地發抖不止。

　　抬起頭，只見妹妹拿手機對著我，她竟然全錄下來了。

　　「從今以後，你就是我的狗奴了，不聽我的我就上傳這支影片。」

　　「嗷嗷嗷。」我搖搖尾巴。

　　據說她後來也都這樣玩小五同學。

# 第二性徵

「你昨天女裝超騷的，我看得快勃起了！」

「下次幫我素，我給你錢。」

「不要啦幹。」我害臊地笑，抓抓鬢角。

「你才不要故意裝可愛，根本要逼人意淫。」眾人起鬨。

是嗎？我搞不太清楚上次女裝是哪一次了，昨天應該沒有吧。

好難為情。趕緊回家讀書，我的目標是國防醫，一定要考到。再過四天就是十四號了，也正是上個月的十四號，我莫名其妙搞砸了戀情。

「你變了。」她語調平平的說。

「哪裡變了？」我提高音量：「我對你一向都這麼好啊，還買了哀鳳promaX給你！」

「你根本變了個人似的！」她嚎啕淚奔，至今仍不願告訴我發生了什麼，大概是我真的配不上她吧。而且我以為女生都喜歡壞壞的男生。

也是在那天晚上，我在櫃子裡找到一件粉色的裙裝，大小是女友的size。我檢查發票箱，沒有異樣，卻在垃圾桶底找到衣服收據，跟錢包裡莫名少掉的兩千六相符。我們已經分手了，這件就別給她了吧；不過既然她可以穿，我當然也可以穿。她是我排球社學姊，體型跟我差不多。她曾說我們在一起不能跟別人講，會被傳姐弟戀，她不喜歡，所以這個秘密沒人知悉，所以她可以跟別的學長曖昧，我不能有怨言。

星期六的校慶，我反串現身了，此後又被拱了好幾次，但我並不是真的喜歡女裝，至少我是這麼覺得。

同學不知是想看我穿，覺得我穿起來很漂亮，或只是想捉弄我，一直說我穿起來好好看好硬，想幹我，叫我每天帶來學校換。

　　裙子的腰好不舒服，動的時候容易磨得紅腫，時不時就得調整；假髮好熱好毛躁，耳環夾好疼，流汗妝會花掉。而且應付那些人的圍觀稱讚好累，簡直耗盡我的生命能量。

　　晚上，我在家裡對浴室鏡子嘆氣，卸下淡妝假髮，問自己真的喜歡反串嗎？

　　他給我一個笑容，不過身上是男生制服。

　　總覺這件事困擾到我的生活了，成績近來不太理想，以往皆保持在前幾名的水準。考試時回憶昨晚讀書的內容，卻記不得什麼，滿腦子想著自己穿女裝的模樣，在空無一人的大街上旋舞。

　　「喂！聽到沒？快點離開！」我在街角上方叫道：「我要看昨天晚上的複習內容！」

　　他繼續跳著碎步，裙擺的蕾絲飄揚。街上響起三拍華爾滋。

　　「站住！」縱使這樣喊著，卻沒辦法移動腳步，像被什麼擋在面前。

　　「吳家韋！」

　　他的背影打住了。

　　「我不是吳家韋。」他轉過頭，臉上掛著不安好心的病態奸笑。

　　同學又有新的梗弄我了：考試中我驟然摔下椅子，監考老師說我一定在做白日夢，明明我是在「喚醒」知識。這些人也很煩，老愛開我的玩笑，我當然知道他們是好玩，畢竟我的人緣蠻不錯，很受大家歡迎，誰會存心想搞我啊……何況計較這個似乎太小家子氣了點。

　　我很寬容，幾乎不拒絕人。之前有肥宅來找我訴苦，說他想交女朋友找不到，問我怎麼辦。正常來說我大可回他：可撥無腦魯肥宅一邊蹲啦ㄏㄏ。

　　但我沒講出來，反而很熱心的幫助他。

　　「兄弟，別放棄希望。我165長相中不菸但酒鬼大學之後就沒在唸書，打遊戲很爛才能才藝都很冷門是個渣男。你應該開始尋找興趣了讓你的人生不只上班睡覺玩遊戲，就算是玩遊戲很爛也可以『了解遊戲』。沒特殊

才能、才藝，就去找，我知道亞洲體制讓我們找尋興趣與才能都相當困難，但永遠不要放棄希望。你得自信，不讓自卑情節影響生活態度，去找你想做的事充實自己，讓自己成為一個「有吸引力」的人，而非外在條件多好或多爛的人。」

「謝謝你拯救了我！」肥宅蹦蹦蹦地跳走。

真正摧毀我的是上上星期四。早上醒來看時間，驚覺竟整整睡了兩天從星期二睡到現在，得趕公車了。我奔下樓吃早餐，責怪母親怎麼沒叫我起床，她卻刻意忽視我。

「媽！我的早餐呢？遲到了！」

她轉過身，雙手叉在胸前，眼眶泛紅。

「昨天的事你想裝作沒發生嗎？」她的聲音在抖：「你甚至罵我很難聽的話！」

我這輩子從沒罵過髒字，更何況對我敬愛的母親，我很孝順的。不過我來不及回應，學校鳥事一堆得趕緊處理，我往外衝，到學校再買早餐吧。

「大家早——」我準備迎接同學們的笑容。

「你還有臉上課啊，真佩服你欸。」與往常相反，班上視我為無物，甚至是鄙夷，唯有最邊緣的那個怪咖跑來找我。

「蛤？我昨天不是睡整天嗎？」

「你失憶喔？」他掏出手機咯咯竊笑，在我眼前晃動：「還好我有錄影，大家都在限時動態上瘋傳你的表演呢，大明星。」

畫面很晃，眾人的笑聲不絕於耳，夾雜幾絲尖叫。尖叫聲愈來愈多，那個人影穿著裙子，開始——

啪鏘。我看著我顫抖重影的四隻手，癱軟。

「你也沒必要摔人家手機吧。」他不悅地離開了。

「不是我！我沒有！」

「我也認同，你應該去看個醫生。」班導說：「瞧你最近重心已不在課業上，想裝病請假也不是這樣。」

我哭喪著臉站在講台上，一百二十度鞠躬，汗滴蘸濕講台的書頁。

「實在非常抱歉，我不曉得自己有精神病的狀況，請大家原諒我。」

最慘的情況約是沒人願意再跟我做朋友了。不過，那樣的話我也不怪他們，我也被影片嚇到腿軟。倘若我在現場看到其他人這樣，肯定更驚悚。

放課後看過醫生了。他說我讀書壓力太大，要適時解放。如果穿女裝能夠讓我舒壓，偶爾穿一下不會怎樣。

「可是我不想穿女裝啊！」

「佛洛伊德說你想，你給我想。」醫生拿出鏡子，放在我面前。我在鏡子裡面看見的居然是自己女裝的模樣。

護士遞過幾包藥，囑咐我下次再出現這樣的狀況可以吃。

按時服用一星期，應該不會再發生了，我告訴自己，目前的問題是大家願不願意重新接納我。

「其實我也覺得，像吳家韋那麼可愛也可愛愛的人，會變成那樣一定是壓力太大，失常了，我們大家仍樂意接受原來的你，只要你保證不會再做出那種事。」他們的聲援令我湧上酸楚。真是一群好朋友。

「對呀對呀。」盧廣仲的歌聲此起彼落。

我噙著淚水。「謝謝你們……。」

可是，現在的我讀書讀成神經病了，既不正常，也沒信心保證自己不會再那樣做。半夜，我又回到鏡子前，照心理醫師建議的換上女裝打扮。我真的喜歡這樣嗎？是我沒有察覺自己的壓力與癖好？

鏡子裡的人穿著男校制服，面帶微笑，很像平時陽光開朗的我，我渴望成為的我。

我雙掌貼在鏡面，端詳，頭歪向一側。此刻我的臉應是疲憊垂下的，鏡中的人卻明顯揚著笑容，我累得已經出現幻覺了？

「你發現啦？」

他雙手突出鏡面，捉住我的手腕往內拉，我跌了進去。漆黑領域裡飄著許多透光窗口，我轉身用力拍打結界，看到的是「我」在鏡子前快樂地轉著圈圈，沒有裙子飄起，裙子穿在我身上。

他向我招手再見，推開房門逃掉。我沒法追上去，沒法弄破鏡壁。我騰空飄起，許多窗口間對照另個我的逃亡路線。他在大街上舞蹈，我透過道路凸面鏡無力地看著一切。這個視角跟我做的白日夢相同，原來當時我是有意識的，是被困在這邊的世界。似乎只有我能看到我。

他在無人的學校穿堂，鞋底喀搭喀搭敲打節奏。我嘆了口氣，至少，至少沒被其他人看到。

真不該高興得太早，我前女友朝他走了過去。

我敲打鏡面，想要吸引她注意。她不能過去！天知道他會對學姊做出什麼？但那個世界裡沒人看得到我。

「你？你在這裡做什麼？」學姊驚叫：「嚇死我了，踢踏舞？」

太遲了。

他衝了過去，將學姊撲倒在地，一件件扒光她的衣服。學姊護著自己的乳房呼救。吳家韋旋即掄起我送人家的iPhone promaX砸頭，死命反覆地砸，直到學姊再也沒有反應。

學姊才高三，我仍深愛的未成年學姊就在我的面前，被一個長得像我的怪物強姦了。我跌坐啜泣，世界另一端的吳家韋對著我笑，邊交媾邊解釋來歷。

他本是我的同卵雙胞胎，但我在胎中把他的肉體消化了，令他只剩下人格寄宿在我的感官世界，彼此互為鏡像，擁有完全迥異的性格。小時候剛要開始懂事，道德規範使他身陷囹圄，僅能從鏡中窺見光明，躲在另一側看我享受人生。經過這些艱難歲月，他成功奪回「我的身體」，並宣稱要一步步毀滅我過去的美好。

「你……你也混不下去的，無套未成年是重罪！你會被退學！」

「頂多兩大過吧，外面的世界有的是方法，學著點。」他敲敲玻璃。

　　學姊遭到侵犯已成事實，等她驗DNA後被告的一定是我的身體。我的人生算是被自己毀了。

　　「別擔心，她是個proma，跟你交往的時候還在外面偷吃學弟，我在鏡子裏側都看在眼底。」他憎惡地說，彷彿侵犯她反倒髒了自己身體：「搞不好她驗出來是別人的種，她不敢的。」

　　鑰匙理論浮過腦海：一把鑰匙開一堆門叫萬能鑰匙；一個鎖被一堆鑰匙打開只是壞了。

　　可我一想到往後的景象，淚腺便止不住：「對不起，這些年是我不好沒注意到你……可是我不想看見自己的身體被這麼糟蹋。身體可以給你，但我不想看自己墮落！」

　　「哦。」他嘟起嘴唇：「可我就是你的反面，我就想要傷害人，而且絕對不可能再還你身體了，你不可能再打得過我，這是實話。」

　　「那如果這樣呢——」我卑微小聲地請求。

　　「當然可以，反正我沒有差。」他挑起一邊眉毛：「這可是你說的啊。」

　　我臉貼到佈告欄的玻璃上。吳家韋朝我揍來，將玻璃擊碎，我也跟著裂開爆血，眼睛失焦。他撿起碎塊，朝另張倒影狂戳，我的胸膛千瘡百孔千錘百鍊，跌出他的攻擊範圍，無止盡地墜落。

　　「站起來！過來啊，像個男人！」他叫囂。

　　我踉蹌浮起，再度貼到鏡子前，被連扇好幾十個巴掌，感覺靈魂已經完全抽離，不知身在何方。

　　「手伸過來！讓我砍斷！」

　　這讓我驀然想起當天的事件，伸出手擒住他手腕，這是我最後的機會，一定要把他拉進來！

　　他低頭看著被捉住的手，發出冷笑。

　　「你這個白癡！我不是講過了嗎，你打不贏我！」他揮拳擊碎鏡面，窗口斷開，我的手切割掉出，徒留現世。平整切面的口噴出鮮血，可我在這個世界意識不會消亡，我會永遠失去這雙手，我會永遠疼痛。

　　「操你媽的！」我徹底黑化，猛搥鏡面詛咒：「我一定會打爆你！我要復仇！還給我！這些痛苦本該由你承受！媽的！」我吳家韋往後的人生豈就困在這鬼地方，看他過著本該屬於我完美的生活？絕對不行！

　　「我絕對要奪回你的身體，然後把你殺個魂飛魄散！」

　　「很好，繼續保持。」鏡外人投以真摯溫暖的笑容：「你越醜陋，我越美麗，如你所言。」

　　（既然你變成了我，那個我便能繼續美麗的活著了。）

　　「結果，你還是在鏡子的內側。」我揚起微笑。

# 永遠的一天

【英文小教室】
co-是互相的意思，in是進入
Coin Master就是互相進入大師
又稱「不分大師」

　　過飽和的金黃陽光灑在青青草原。昆蟲鳴叫，蝴蝶飛舞，背景搭配一貫的主題曲。窗邊蓬鬆的毛髮照得暖暖的香，懶羊羊翻了個身，繼續酣睡。今天是星期六，不用上課。

　　然而喜羊羊獨自一人在空曠的教室沈思，他思考這個謎團已經好久了。

　　「喜羊羊，你在做什麼呀？」是美羊羊與她的大陸口音。

　　「你不覺得我們的生活，每一天都在永恆輪迴嗎？」

　　「什么意思？」

　　「即便每次狀況些微不同，灰太狼使出渾身解術攪局，但我們羊兒似乎沒有長進過。我們無意義的劇情，肇因於不影響整體發展，全是不相干的獨立事件。」

　　「喂！我们强大的中国才没什么独立事件！」美羊羊破口大罵。

　　「我深愛黨，我很抱歉。」喜羊羊朝東方永遠的紅太陽下跪。

　　「这么说来，红太狼嚷着离婚已经好久了，但始终没有爆发。」美羊羊眼珠骨碌碌地轉，做作地抿著嘴巴：「爱情真是盲目，你说是吧。」

　　「你試試看這個動作。」喜羊羊沒搭理母羊，遞出一張紙，上面有一小塊塗鴉。

　　「简单呀，就这样……咦？」姿勢並不算難，卻使得美羊羊笨拙摔跤；爬起再做一次，關節像是卡住般，身體怎麼擺都無法彎成那樣。

「喜羊羊，你有头绪吗？」美羊羊皺起眉頭。

「我的猜測是——」

霎時警鈴大作，村長緊急廣播：「全員到門口集合！」

懶羊羊是最晚到的，揉著眼睛不忘帶上枕頭。村外，灰太狼紅太狼和他所有的親戚聚集在另一側，蓄勢待發。

「灰太狼，你竟敢攻擊我的村莊！」

灰太狼斜眼冷笑，炫耀他手裡的三個槌子。

「今天就要一舉擊潰你們！」狼親戚們均掏出手機，無人不握鎚子三把。只要按下按鈕，羊群的家園片刻間就能摧毀。

「你竟然課金！你課了多少在摳硬大師上？」

「相較於你們肥嫩多汁的肉，這點小錢不算什麼！」灰太狼捧腹大笑：「我們本來還玩到險些內鬨——如今咱們家族萬眾一心，屠村宰羊的好日子不遠啦！」

「我們村也才幾隻，你滅了就沒得吃了欸。」懶羊羊嘀咕。

「大哉問……」喜羊羊喃喃自語。

「誰管得了那麼多！」紅太狼舔拭嘴角：「短視近利也罷，我老公難得想出這麼一個好點子，我今天必須吃到羊！」

「進攻！」狼群們齊聲戰嚎。

「且慢！」喜羊羊獨身開門。這反倒讓敵方嚇得倒退幾步，聰敏如斯必藏有什麼把戲，不應輕舉妄動。

「灰太狼，你過來咬我吧。」

「喜羊羊！」門內疾呼。

「嘻嘻，別以為犧牲自己我就不會對你的同伴出手！」灰太狼撲了向前，張開血盆大口。喜羊羊連個眼都不眨。

灰太狼停住了動作，狐疑地問：「你今天是怎木羊？真那麼急著送頭？」

「今天？今天跟明天昨天前天大後天皆是等價的，我們的生活從未實質改變。」

「原來是羊癲瘋，讓我先嚐嚐你的肉吧。」

「你不敢，而且你一直在下意識找藉口不吃掉我。」

灰太狼氣得耳裡噴煙，對一隻狼這是何等侮辱？他舉起喜羊羊的右臂，奮力咬下。

他的牙齒卻停在接觸的剎那，相隔無限，無法動彈。

「什麼鬼……？」

一把平底鍋砸向他的頭。在一聲廢物後，紅太狼與其他狼衝去啃食到手羊羹，同樣是怎木羊也咬不下去。

「你們的設定就是吃不到羊的。」喜羊羊深吸一口氣：「如今我的猜測證實了，而且普遍級不能噴血。」

「死媽？」美羊羊爆粗口。

「更別提狼與羊能以同語言交談，這本身就夠離奇了。」喜羊羊踹開他們：「灰太狼我問你，你根本沒吃過正常食物，你究竟怎麼生存的？」

「欸……？」他取下帽子搔搔頭：「老婆你有印象嗎？」

「老娘自從嫁給你壓根兒沒吃過羊肉！」

「啊！因為他們的設定就是這樣！」村長愈聽明白，臉愈蒼白：「莫非我們並不……真實？我們是動畫嗎？」

「故我們做不出那個動作，因為沒人畫過那樣，無法呈現。」

沸羊羊雙手交叉胸前，哼了一聲：「這根本不可能，違反常理。」

喜羊羊示意他過來，隨手拔下他的海苔眉毛，丟在地上用力踐踏。那眉毛依然受控扭動。

沸羊羊不服氣，費盡力氣要凹成圖裡那個動作，嗶的一聲，人竟然消失了，留下一枚破圖。

「我的習皇子呀！」美羊羊嚇哭。

「哎唷，我沒事！」沸羊羊的聲音從裡面傳出：「也不會疼！」

「我們並不因為劇情有所長進。此乃業界潛規則，目的是不影響到下次連載，讓大家隨著一集劇情結束重新歸零，清空記憶。對我們這種單次型閱覽的兒童動畫來說，那些客眾並不需要我們成長，也看不懂。」

灰太狼膝蓋咚一聲跪坐在地，湧出淚水。

「我們熟稔的一切竟如此下賤嗎？毫無意義？」

「那又如何？」懶羊羊打從心底反駁：「這樣的生活挺愜意啊，不用長大，每天睡飽吃飽，豈不是羊群理想中的生活？」

「我們應當想像這樣的生活是快樂的。」破圖羊羊贊同。

「話哪有這樣講，成長是必要的！」暖羊羊班長叉腰，但從語氣聽來她也不是很肯定。邊緣的自己無長進地活了很久很久，還是好端端的。

「代表我可以永駐青春。」美羊羊舉起鏡子自賞。

「並且——老實講吧，我們實為flash動畫。近期flash即將全面停止支援，我們也要永遠消失了，徒留重播一再上演。」

「那我們便不算死去。」懶羊羊哼了一聲。

「可是我們連新集數都沒有，這樣算活著嗎？」暖羊羊。

「更好啦，起碼瞭解到我們永遠不會被宰掉。」破圖羊羊附和。

「我可不要這樣！」灰太狼罕見地真誠流露：「我想吃到羊，更想要成長。我不想再做一個失敗者了，在大眾面前獻醜，真的丟盡我的臉。」

「老公……我支持你。」紅太狼掩面而泣，淡紫色的淚沿著塑面的臉流下，消失在臉的邊界。

「喜羊羊，你有法子嗎？」村長問。

「首要工作是建立外界聯繫。」他指向沸羊羊的破圖：「那必然是出口了，但我們不能貿然行動，天知道他通往何處。」

「走吧！去看看外面的世界！」灰太狼立場堅定。

「咱們先不用了，興趣不大。」狼親戚掉頭離去：「這群羊腦部病變了，我們可不吃瘋羊。」

「你們不想體驗真正的狼生嗎？」灰太狼哭喪著臉：「二哥？」

「我們其實有吃到羊，是你們夫妻沒有而已。」

「別管他們，配角的人格塑造不足，意志力也不敷使用，他們不會跟的。」喜羊羊說：「那些是虛構的初始記憶，事實上他們也沒吃到。」

「那麼該如何是好？」紅太郎焦急咬牙：「我們夫妻都淪得眾叛親離了。」

「先釐清一下，目前我們持有的異象是沸羊羊的破圖，以及coin master兩樣。得想辦法妥善運用。」

「或者找找看雪莉？你看過那則廣告吧，把破圖另一端連到真實世界？」村長建議。

「這個好，珍妮佛羅培茲就在那！我們可以過去！」紅太狼。

喜羊羊打開coin master，轉出三把鎚子，丟進破圖洞裡。

「嘿！你打我會痛！」破圖傳出：「巨鎚瑞斯～哈哈哈哈哈哈！」

「錯了，不是這個。」喜羊羊獻祭另一把手機。

「雪莉？」洞裡傳出這樣的聲音。

「就是這個，快，咱們一起進去！」喜羊羊率先衝入破圖。

「請支援收銀！」灰太狼緊跟著內卷化。

「你們去吧，我要回去睡懶覺了。」懶羊羊轉身回房。

「我會在這裡等你們回來的！」暖羊羊喊道：「你們一定要成功！」

「雪莉？」喜羊羊嚇壞了，竟然是個小孩！應該是收銀員才對呀！

「你怎麼知道我的機密代號？」她嚇得瞳彩失去光澤。

「她的鼻子好怪。」灰太狼悄聲說。

「旁邊那個更怪吧，她的頭髮超不科學。」

「你們是誰！」一個戴眼鏡的小個子咬著牙，擺出警戒架勢。他面露主角般焦慮神情與透明冷汗，引人出戲。

「幹！名偵探柯南，超討厭這中二小孩。」灰太狼別過頭嫌棄。

喜羊羊把來歷娓娓道來。

「哦，我早知道了。」柯南聳肩：「我快邁向第一千集了，每年持續上映新劇場版喔。你們呢？」他輕蔑地看著這幾隻廉價flash動畫。

喜羊羊屈指一數：「兩千五百集左右吧。」

柯南退了一步，沒料到這麼多，隨即恢復故作的鎮定。「沒什麼，我們手繪比較辛苦。」他總算補上這句。

「你怎麼發現的？」村長疑惑。

「你看小蘭，她的髮型從沒有正對著人的時刻，老是瞬間一百八十度映射。這點很容易推理的，我們只存於動漫中。」

「你不想逃出去嗎？」

「逃走？」柯南不可置信地提高音量：「逃走？我這樣的角色能被幾億人觀賞，我可是明星！逃走？」

「他跟我們不全然相同，有一些劇情進行。」喜羊羊悄聲說：「但你也知道，只有想像力極為匱乏的人才會看柯南。」

「大多都不重要。」村長抓抓羊毫：「何況中國就十幾億人口，我們未必比他的客眾少。」

「所以他跟我們一樣都沒長進，難怪柯黑這麼多。照阿滴所言，知識紅的比例都大過4%了。」眾動物你一言我一句地酸他。

「我也有成長！」柯南不甘示弱地反擊。

「你成長多少？時間過了多久？」動物追問。

「痾……一百五十天左右。」他自知羞愧地低下頭，語尾漸弱。

「這樣他一天平均要審六個案件欸，真不簡單。」紅太狼掐指一算。

「住口！」柯南氣急敗壞大叫：「我比你們好多了！中資劣質品！」

「至少中國羊不含萊克多巴胺。」紅太狼加入吐槽：「好吃！」

「真的沒人想看自以為是中二小屁孩的劇場版。」喜羊羊無奈地說：「你每年出一集，還不才小五。頻頻擺那無奈臉吐槽，然後工藤就會在背景顯靈，也不想想自己的存在害死多少龍套，吃嘴小孩。」

「他這樣根本稱不上長進，主線故事合在一起大概沒十集吧，盡是一些零碎的屁事。」動物們相繼接話。

「加上老掉牙的套路跟收尾。」紅太郎補充。

「工藤才不是這樣的人！」灰原聲音顫抖。

「真可憐，柯南結局一定是跟小蘭，沒想到雪莉還這麼忠心。」

「幹你羊！」柯南被戳到痛處，整個人失去理智：「雪莉！把他們村莊毀了，讓他們再也回不了家！」

　　灰原隨手擲出三把鎚子，點了幾下把羊村摧毀。破圖消失了，宣示沸羊羊與其他同胞的死亡。

　　「沸羊羊！他怎麼會死？我們不是不會死嗎？」村長捂嘴。

　　「我們打破了規則，這是必要的犧牲。」喜羊羊坦然：「這裡早就超脫我們最初的世界設定了，井蛙終於看見整片碧藍天空⋯⋯」

　　「騙子，你沒講過這件事啊！我們不該背負這樣的罪！」

　　「死亡才會讓人成長，有限的生命才有價值。」喜羊羊歡欣鼓舞：「恭喜他們解脫了。」

　　「真沒有同理心呢。」柯南陰笑兩聲：「而今你們也要死了，該用哪種方法謀殺你們呢？」他聲音愈興奮愈厚實，恍若三個重影的聲音，灰太狼辨認出來了。

　　「服部平次、怪盜基德、工藤新一。我以為臉差不多而已，殊不知還是同胚！」村長咩道。

　　「主角開外掛，這點倒沒人反對。」三個複製人從柯南的臉中抽離出來，聲音重疊：「我們能死嗎？黑衣組織破得像狗啃，什麼鳥劇情騙騙白癡觀眾，大概是作者一開始就沒想到會畫那麼久，整個組織全是間諜。」

　　話才說完，琴酒和伏特加拿著柳橙汁從後門出現，怡然地跟柯南打招呼；一見情況不對，頓住，戲劇性地滑出門外。

　　「還以為他們是唯二有在做事的，居然也是友軍？」

　　「白痴！戲裡戲外又不一樣！」柯南大叫。

　　「他個性真的有夠糟糕，柯南粉都智障吧，金田一好太多了。」

　　「金田一！」工藤抱頭疾呼：「該死的金田一！他銷量有我高？沒聲量的閃一邊涼快！」新一半掩著臉，手指劃向喜羊羊。小蘭霎時衝出，頭上的角將喜羊羊刺穿，白色的羊毛染成赤紅。

　　「台灣民眾黨的結局。」灰原哀悼。

　　「喜羊羊！」灰太狼痛哭：「說好不會噴血⋯⋯！」

　　「早有預料⋯⋯咩噗。」喜羊羊兩手一垂，斷氣身亡。

　　「這算殺人嗎？怎麼解決，大偵探？」黑羽快斗露出戲謔的神情。

「給偵探少年團揹黑鍋好了，他們真夠會扯後腿，超討厭他們。」平次厭惡道。

「同意，反正大家是來看我嘴遁的，我講的就是事實。」柯南睥睨全場：「聽好，因為我只講一次，故真相只有一個。」

「死小孩！」村長血壓飆高。

「管你怎麼講，反正名偵探柯南都有人看。」小蘭輕蔑地說。

村長怒不可遏地衝向小蘭，以柺杖作勢敲破他的頭，小蘭不懂敬老尊賢一招迴旋踢將村長踹在牆上，後者再也沒有動作。

「孤兒！」紅太狼使用平底鍋增值術一把一把往小蘭臉上砸。

「你不曉得動漫裡的女主角總是體術最強的那個？」柯南嘆氣：「你在我的世界打不過我們的，我們有場地加成。」

紅太郎沒來得及聽到這番勸告。她的眉骨深深陷入一個平底鍋，腦漿和血灑在地面，跟喜羊羊的血融在一起。小蘭收起玉腿。

「此乃追求虛幻的下場。活著的意義是虛幻的，更別提動畫角色的心路歷程。」柯南對灰太狼說道：「有這種想法僅會使你們痛苦。就這樣，我只是勸告。」

「痛苦才是真實！」灰太狼衝冠眥裂，伸出爪牙撲向他們。

十幾秒後，名偵探一行人自公寓走出。

「告訴你吧，金鋼狼最後也掛了。」柯南有些惋惜地回頭瞥了一眼。

喜羊羊與灰太狼，追隨真理的結果，全員死亡。

# 反譯尼采

　　昏暗房間內，長桌底部坐著一名女性。她額上層層疊疊的紋路舒展或緊皺，溫柔卻堅毅，訴說一個崇高的理想；而她，將會不擇手段打造她的王國。

　　青色的投影於長桌另一頭亮起，屏幕浮在空中。一名長髮垂肩女性的身影逐漸顯現。

　　「我是無性別。」

　　抱歉，一名長髮垂肩無性別者的身影逐漸顯現。

　　「蔡皇，請問您找我有何吩咐？」唐鳳問。

　　蔡英文十指交扣，凝重地敲在鼻頭前。

　　「我們台灣人口目前有幾人？」

　　「報告總統，23574782，啊不對，23574778，啊……」

　　「不要要低能，大約2357萬人是吧。」

　　「是的。」唐鳳豎起耳朵，聽見總統的心律有些紊亂。

　　「共產黨初期也才幾萬人，被清算過還能打敗國民黨的百萬大軍。雖不否認是國民黨太廢，不過我們還是要提防光怪陸離的新興宗教。」

　　「所言甚是。」

　　「我就單刀直入地說吧，老高的訂閱快四百萬了。」她指尖抵住額頭：「這相當於我們人口的五分之一，幾乎可以推翻政權。」

　　「您擔心這會危害到國家的主體性嗎？」

　　「廢話！他是對岸人，潛移默化洗腦著台灣人民！會看他影片的已經夠弱智了。」蔡總統拍桌大喝，怒髮衝冠：「五毛有絕對義務聽從上級指揮，只要老習一個下令，我們就玩完了！這事必須立刻解決。」

　　「不擇手段？」唐鳳試探性問。

　　「不擇手段。」她歎氣：「受污染的也隨你處置。」

唐鳳盤腿坐在瑜伽墊上，閉眼冥想。

他的髮絲因靜電斥力漂浮空中，地面竄出淺青色的原始碼，意識拋棄了肉身好似解除穢土轉生而昇華的靈體。大家都知道唐鳳能夠操縱腦波，其實是因為他能將自身物質電氣化，而腦波只是一連串的神經脈衝。

他縱身一躍，鑽入網路世界中。

老高在搜尋欄裡打上神秘52區標題列表，再旁邊的是關鍵時刻寶傑談外星人的Podcast，不時按暫停勤做筆記。透過網路攝像頭，唐鳳看得一清二楚，老高正在家裡苦思題材。唐鳳解除裝置附著狀態，駭入老高的電信公司撥號給他。

老高的iPhone響起，在客廳。

「女人，幫我接一下電話。」男人的聲音從臥室傳出。小茉來到電話前，準備按下螢幕的接通。於此一瞬，唐鳳的病毒碼突然奪得權限顯示在螢幕上，擷取專屬於她獨一無二的指紋，立即分析、反饋，制定個人化的攻擊，趁指尖還沒移開即刻憑藉電路訊號經由神經末梢逆行污染小茉的精神。她的眼前一黑，腦部硬碟當機停轉，聲帶發出嗶的一聲，仰首瞪著天花板任白沫沿著嘴角流下。小茉遭格式化後，連原廠編譯器都被唐鳳重寫了，核心記憶全數替換，徹底成為唐鳳的意志延伸。

「可惡，居然不是自己接，不過沒差。」小茉往前一步，身體尚未適應而摔下，額頭被鑲金的桌角砸出個大洞，深可見腦組織。幸好這不影響萬能阿鳳的操控。她蹣跚來到臥室，嬌嗲嗲喊著丈夫的名字。

螢幕正播著抖音，畫面卻是中天的新聞龍捲風，老高正陶醉在視頻裡的踩步，揣摩，忘我地擺動電臀。

「那我們就請（這個）對上帝粒子非常有研究的江博士來跳一段上帝粒子的舞蹈。」戴立綱宏亮的聲音蓋過了小茉。

「老公？」小茉難得提高嗓門。

「老婆？」老高大驚：「你的額頭怎麼了？你快死了！」

「上帝已死，如你所言。」小茉一個箭步突向前，兩手抵在老高腦門，說：

「尼采才沒有這樣講尼采才沒有這樣講尼采才沒有這樣講尼采才沒有這樣講尼采才沒有這樣講尼采才沒有這樣講尼采才沒有這樣講尼采才沒有這樣講尼采才沒有這樣講尼采才沒有這樣講尼采才沒有這樣講尼采才沒有這樣講尼采才沒有這樣講尼采才沒有這樣講尼采才沒有這樣講尼采才沒有這樣講尼采才沒有這樣講尼采才沒有這樣講尼采才沒有這樣講尼采才沒有這樣講尼采才沒有這樣講尼采才沒有這樣講尼采才沒有這樣講尼采才沒有這樣講尼采才沒有這樣講尼采才沒有這樣講尼采才沒有這樣講尼采才沒有這樣講尼采才沒有這樣講尼采才沒有這樣講尼采才沒有這樣講尼采才沒有這樣講尼采才沒有這樣講尼采才沒有這樣講尼采才沒有這樣講尼采才沒有這樣講尼采才沒有這樣講尼采才沒有這樣講尼采才沒有這樣講尼采才沒有這樣講尼采才沒有這樣講尼采才沒有這樣講尼采才沒有這樣講尼采才沒有這樣講尼采才沒有這樣講尼采才沒有這樣講尼采才沒有這樣講尼采才沒有這樣講尼采才沒有這樣講尼采才沒有這樣講尼采才沒有這樣講尼采才沒有這樣講尼采才沒有這樣講尼采才沒有這樣講尼采才沒有這樣講尼采才沒有這樣講尼采才沒有這樣講尼采才沒有這樣講尼采才沒有這樣講尼采才沒有這樣講尼采才沒有這樣講尼采才沒有這樣講尼采才沒有這樣講尼采才沒有這樣講尼采才沒有這樣講尼采才沒有這樣講尼采才沒有這樣講尼采才沒有這樣講尼采才沒有這樣講尼采才沒有這樣講尼采才沒有這樣講尼采才沒有這樣講尼采才沒有這樣講尼采才沒有這樣講尼采才沒有這樣講尼采才沒有這樣講尼采才沒有這樣講尼采才沒有這樣講尼采才沒有這樣講尼采才沒有這樣講尼采才沒有這樣講尼采才沒有這樣講尼采才沒有這樣講尼采才沒有這樣講尼采才沒有這樣講尼采才沒有這樣講尼采才沒有這樣講尼采才沒有這樣講尼采才沒有這樣講尼采才沒有這樣講尼采才沒有這樣講尼采才沒有這樣講尼采才沒有這樣講尼采才沒有這樣講尼采才沒有這樣講尼采才沒有這樣講尼采才沒有這樣講尼采才沒有這樣講尼采才沒有這樣講尼采才沒有這樣講尼采才沒有這樣講尼采才沒有這樣講尼采才沒有這樣講尼采才沒有這樣講尼采才沒有這樣講尼采才沒有這樣講尼采才沒有這樣講。」

老高倒地，不久也製成了唐鳳的玩偶。

　　新的一期視頻提早三天上傳。老高俱樂部裡，大夥振奮地群魔亂舞，滿懷期待點開影片。聽不見音樂的人全說舞者瘋了，不懂老高的好才會嫉妒老高。

　　「這期視頻我們為大家講解每天都會用到的嘴。病從口入，禍從口出，嘴巴是最糟糕的器官。」他緊接著罵道：「女人只要生完小孩，妳就可以去死了。」

　　「支持！」第一個狂熱老高粉率先激動地站直身子：「我們要服從神的旨意！」他將自己的嘴給拔掉，扔在地上踐踏。

　　稍早唐鳳已侵入中央系統，狹持監視器欣賞房裡的一切，樂不可支。

　　「尼采說人類應該永恆輪迴，同志們，為了獲得永恆的幸福，我們去死吧！漫漫長夜，唯有靈魂不滅！」老高掀開小茉的瀏海，展露她裸露的腦膜：「我老婆已經腦死了！大家都該效仿他的無腦！」

　　「沒有阿米娜和鋼德勒講得好。」小茉癡笑。

　　一座座嬰靈戰車駛出壓爆眾人的腦。他們揚棄的嘴仍爭相啃食老高消化古聖思想後排泄的殘穢，不帶半點營養。老高粉開始退化，回到嬰兒時期的模樣。尼采說：這是他們拋棄的創造新生。再來他們變換了獅子的型態。尼采說：這是他們遺失的批判標準。老高粉緊接著又幻化成駱駝的外表，尼采說：這是他們淪喪的忍辱堅毅。最終他們重返自身原本的肉身，像什麼事也沒發生過一樣。尼采說：這是末人，就是小茉本人，拒絕質疑老公的解釋，即使提問也僅為了陪襯老高的學識淵博。

　　「我們發明了幸福」，末人說，並且眨眨眼。

# 指考佛地魔

　　學測前三百零一天，陳奕俘臉色漠然，兩隻肥厚的掌緊扣背包肩帶，不發一語走入校門。喪鐘業已敲響，複習考卷接踵而來，一個週末寫十張還有學霸嫌不夠。電腦試卷掃過隨機而可恨的污點：一個人進好大學，勢必會擠掉另一個人的名額，使之墜入深淵。這就是競爭，多麼殘酷，奕俘下定決心，沒有什麼會阻礙我學測就上頂大。

　　又低頭走了一陣，陳奕俘突覺今日校園特別安靜。他稍抬起頭，煩躁地打量四周，見大家皆用驚恐的眼神盯著他身後。

　　「什麼東西……」他翻個白眼，順勢轉過身來。

　　新竹高中校門口站著一名制服肥宅。他滿足地深吸一口氣，似久未蒞臨書香世界，喜形於色。他終於邁開腳步，穿過人潮，經過嘴唇發白的奕俘，走入學測生的煉獄之中。

　　那一天，人們又想起被指考支配的恐懼。

　　蔣麓臣是先走進教室的。陳奕俘捧著胸口到門邊時，位置上的零食已堆成一座小山，圍繞著親切友善的同學，嘴裡飄出奉承的句子，甚至有人幫忙按摩搥背。

　　陳奕俘臉色鐵青走向前面一格座位，拉開破舊木椅坐下不吭聲，從抽屜底部取出參考書和上星期四的早餐，一口一口默默地嚼。麓臣把桌面上的零食撥開空間，纖纖玉腿移駕桌面，鞋底恰好頂到陳奕俘的背，兩塊灰印。

　　「你不會介意吧？」蔣麓臣無辜問道。

　　「當然不。」他擠出一個僵硬的假笑。

　　「操！他怎麼會回來！」陳奕俘暴躁地把手中的菸甩在地上，亂踩一通洩憤。一旁的女生沒有抽，躲在樹後往操場方向張望。

「誰啊？」女生轉過身，雙手夾在該逼中間，彎下腰不經意地擠出乳溝。奕俘瞥了一眼，褲襠無聲無息升旗，不講話。

「今天要幫你口交嗎？」女孩問。

「我錢不夠。」他又吸了一口煙，抬頭吐出白霧。

「這樣吧，老客戶優待不用錢，然後你要跟我說那個人的事。」女孩輕輕摟著眼前的人，替他脫下褲子。陳奕俘明白，不付錢他也能享受到這樣的待遇，是因為劉愛虹就是個天生妓女。當然，這樣的小確幸對一個正處水深火熱的考生來說，完完全全是應得的待遇，她一定也這麼想才幫我服務。

「成交。」陳奕俘脫下內褲，身子貼著圍牆。

「你已經射了欸？」女生無奈抬起下巴，沮喪的小孩閃著淚光，指間黏糊糊的液體開合：「壓力這麼大的嗎？沒時間解決？」

「住口，你絕對不能講出去！」奕俘漲紅了臉。

「好好好，我會當這事不存在。」她吮吸手指，悠悠地說：「反正指有你知道。」


那個男人名叫蔣麓臣，是五年前的考生，本是個好好先生，學測放榜失利後整個著魔似的，對身邊的人頤指氣使像是全世界都欠他。他終究沒有指考，胡亂填了間大學，果不其然隔年捲土重來。但蔣麓臣沒去補習班，選擇回去高三旁聽課程——也非真的想重考，而是為打擾大家學習，要死一起死。他的父母似乎跟校長交情很好，反應上去音訊全無，倒是那檢舉者受校方威脅退學。他心神不寧，後來學測指考全爆掉，勉強念三年學店決定重考，回到班上。

那個人就是游毓璋，他沒講過吧，他覺得這對他那麼屬害的人而言是種恥辱，是求學生涯中洗不去的污點，僅能掩蓋。是啦，他成績是不錯，但頂多中上，算活該，太自以為是了，只活在自己世界。我聽別人說的啦，不是我講的。

當大家無法再忍受分毫干擾，便率眾在蔣麓臣座位圍成人牆，要消滅他的跋扈。蔣麓臣哇哇大叫，指著領軍革命的人詛咒他們指考，其中不乏成績好的差的——嗯，這些人學測全數失利，無一倖免。消息很快傳開，人們給他一個稱號，叫 指 考佛地魔；不過他稱自己為「指 控者麓臣」，喜歡披一件廢考卷黏成的標誌性披風，校園裡虎虎生風走路有風，紅極一時，連校長都拜託他別亂搞。

絕對不僅僅是巧合。他又陸續指控許多不信邪的無神論者，全部保送指考。更誇張的是，學測成績出來後有人確定分數超穩，打算捉弄蔣麓臣。他再度神經發作，指控那人去考指考，惹得哄堂大笑。這哪有意義？不料他居然填錯志願，狼狽報名指考，之後每天帶早餐請指考佛地魔吃。無人敢再以身試法。

有趣的是佛地魔往後每每忍耐很久才會爆發，進而養成平時的佯裝和氣。那可是最後一張王牌，使用過後就沒更多影響力了……也許吧，鑒於不曉得他的能力到何等境界，假如他能詛咒明年重考——總之，不要惹他。

對，還真有人學乖，確認放榜後去揶揄挑釁，讓他爆發。蔣麓臣 指 著她的鼻子大叫：「我，指 控者蔣麓臣，指 控你去考 指 考！」周圍的人全笑了，教室內充滿快活的空氣，這次總該沒事了吧。過了幾個月，那人收到 指 考通知，嚇得臉整片綠了，跪在 指 控者蔣麓臣面前求他放過。可他說被 指 控的人避不了 指 考的命運，她一定得去考，幸好那是她母親不知情替她報名的，不會放棄學測分發。那人摸摸鼻子，仍舊把 指 考考完了，反正不影響分發。這，就是命運。

「哦？那我倒有興趣了。」劉愛虹首次對援交以外的事產生興趣：「真有趣，我想套他的話。」

「你是想套他的屁吧？他爆氣 指 控你怎麼辦？」陳奕俘面露不悅。

「我又不在乎成績，我賣身賺的比你們多就好。」鐘聲響起，第八節輔導課結束，放學。倆人小跑步回教室。

「你們又去吸菸了。」迎面來的高個皺著眉頭：「滿滿菸味。」

「我沒有抽。」劉愛虹快速走過，拍拍他的肩膀：「不要記我，我會給你好康。」

「你也喜歡那種的啊，游毓璋？」廖昶毅伸手撈他的褲襠。

「臭甲給我滾去指考！」游毓璋揮他一拳，他蹲下閃過。

「我又不是你，重重重考仔。」他飛快溜走了，回頭做個鬼臉。對吼，陳奕俘心想，這人也知道他重考，畢竟同一屆的。廖昶毅壓根無心應考，毓璋也明白，他是被雙親逼重考的。真羨慕他們的可悲，能夠拋棄自己的人生，不對未來負半點責任。

陳奕俘補習完回到家門已逾十點半，父母正在客廳卿卿我我，電視放著股市，紅紅綠綠的字像黑板上排列組合，捨不得解開。陳奕俘嘆口氣，想說趁他們沒在看轉個台放鬆一下，盡量不要瞄到他們恩愛。

「最近道瓊指數一直跌，什麼時候會指住呢？」

「別管那個啦老公，你看我新做的手指甲！」

「小傻蛋，你只是想炫耀我們的戒指吧。」男子捧起妻子的玉手。

「今天我幫你洗澡吧，我會用三酸甘油指……」

「你們適可而指吧！」陳奕俘破口大罵。肥皂就肥皂，存心搞人。

父母轉過頭狐疑地望著他，異口同聲道：「怎麼啦，兒指？」

「不准刻意提那個字！」陳奕俘氣得渾身發顫。

「怎麼對自己父母頤指氣使呢？日後如何成為首屈一指的人才？」

「這小子真的欠人指點，是師長指導不善嗎？備考應該心如指水，不然叫我們怎麼指望他？」父母輪番指責。

「學無指盡，他或許累了，買個指尖陀螺給他放鬆……」指聞碰的一聲，陳奕俘甩門回到書房。

「我指想哭指想哭指想哭……。」這是陳奕俘的指戰之殤。

「欸？我是不是有看過你？」蔣麓臣瞇起眼睛。

「我跟你同屆過。」游毓璋冷冷地說：「你讓我重考。」

「是噢。」他輕輕吐道：「沒關係啦，我不介意耶。」

游毓璋太陽穴上的青筋浮現，但憋住了。蔣麓臣察覺到這件事，似乎覺得很好玩，戳著鼓動的血管。

「各位！」晨會時他突然愉悅的宣布：「大家都清楚我回來不是為了考試，指是要享受很特別的待遇。然而我認為能者多勞，我決定讓這個班其中一個人指考。」

全班頃刻安靜下來。

「隔天放學前，你們可以給我一個答案。」他同情地說：「這不能怪我，要是今年都沒發洩能力，它恐怕會失控，讓全校一起下去指考。我相信這個結果各位更不樂見。」

312班導寧可信其有，不可信其無，花了上午兩節課討論該獻祭誰。班上指的發音起伏不斷，陳奕俘在聲浪裡載浮載沉，搗起耳朵。新竹高中雖略逐實驗，仍是升學明星學校，無人沒有機會學測就上，這方面廖昶毅也不想代罪。大家激烈辯論的同時，蔣麓臣早不知哪去了。

首先的提案是全班一起合資出錢，看誰要以自己的學測名額換現金，超級資本主義萬歲。然而班上有不少客家人，要他們掏錢簡直比登天難，貧富差距也賦予幣值不同意義。許多家長因為貧困，將所有希望寄託在自己獨生子女的學業上，放棄學測機會短視近利，那是本末倒置。於是這個提案被否決。

第二個提案是大家在紙上寫下想讓那人指考的名字，票高者死。老師欣然贊成，說她也想投票，但被班長阻止說這是霸凌。

第三個提案是最終表決的結果：抽籤。一切推給命。

隨著班長從籤筒裡念出名字，班上爆發一陣幾近勝利的歡呼，彷彿已經繁星上了的狂喜。

中獎的是張謙。

張謙是陳奕侔的好友之一。他哭著來找那夥人商量。

「還是我把耳朵戳聾，有機會靠身障特考上台大？」他拿起筆作勢就往耳道裡塞，被圍觀的吃瓜群眾阻止。

「假如你靠這招避掉懲罰結果指考佛地魔說不算，到時你怎麼賠？」游毓璋在他耳邊大吼，好像這樣不會耳聾。

「你們一定要幫我……我家裡還有八十五歲的老母在癢……。」

「祝割指！」廖昶毅跟著群眾起鬨。

「我想通了，我要殺掉他，在他詛咒我以前。」張謙反握2B鉛筆如匕：「不給他死，就是我亡。」

苦悶的日子裡有幸能上演一齣鬧劇，吃瓜群眾簡直嗨翻。他們吆喝鼓舞，尾隨張謙來到司令台，蔣麓臣正坐在邊邊晃腳。

「殺了他！殺了他！」

「你們要殺我？」他裝出毫不詫異的無所謂貌，看來還不曉得事態嚴重。

「不是我們，只有張謙！他要指考！」廖昶毅高喊。

「指考！指考！指考！」導師也加入喝采行列。

「這是你逼我的！」張謙衝上臺階，握緊鉛筆向他頸背刺去。蔣麓臣呀的一聲翻下司令台肇逃。但畢竟張謙是全縣跳高冠軍，一下揪住對方衣領，拖在地上準備行刑。

「看太陽！」蔣麓臣見情況危急，向上一指。在場所有人的目光隨著指考佛地魔的手指望去，盯著太陽移不開視線。全部人的視覺均被刺目烈陽剝奪了，蔣麓臣趁機逃開。

「怎麼有股焦味啊？」劉愛虹捏起鼻子。

「你的視網膜燒焦了啦！凸透鏡成像！」游毓璋讀生物讀到走火入魔。

「他是不是……跑啦？誰來解除指令？」

「我還在。趁你們耳朵能專心聽話，我有必要好好解釋我的能力。」蔣麓臣語調盡力保持和善卻藏不住慍怒：「我的『指控者』會自動對傷害我的人生效，且依嚴重程度給予對應懲罰。要是殺了我，天知道會降臨什麼災禍。」

眾人在他解除指令後黯然走回教室，眼睛近乎失明好一陣子才恢復。決鬥結束，是張謙敗下陣來。他指不住哽咽，難以接受這種結局。

「那個……聽說你的外號叫做指考佛地魔……。」下課後，劉愛虹白皙的手臂圍繞蔣麓臣的頸子，指尖按住輕柔撫過，下巴至唇峰勾起他的嘴。

「是指控者蔣麓臣。」他糾正。

「噯呀，是我不好。」劉愛虹嬌嗔：「我實在很佩服……想請教你一些知識呢，不知道你那又粗又長的指頭是否也同樣厲害呢……。」

蔣麓臣原來也會臉紅，臭處男，陳奕俘在心底嘲笑。他們倆向附近的旅館前進，游毓璋和陳奕俘躲在牆後偷瞄。經過決議，我們最終派出劉愛虹色誘他道出指考的秘密，保護大家不再受威脅。

櫃檯看了一眼就沒再理他們，蔣麓臣還以為要先付帳。

「他們跟你很熟了？」蔣麓臣有些不安。

「我沒有家，就住這裡啊。」她摟著他說：「就是流鶯呀，不覺得這名字很美嗎？」倆人搭上電梯來到七樓，推開房門，映入眼簾的是一整排性愛玩具。

「你喜歡SM嗎？」劉愛虹心不在焉地甩動豪乳。

門外二人等了約三小時，才終於見到愛虹隻身走出，連忙上去問話。

「怎麼樣？」游毓璋著急地問。他是陰謀論者，斷言是詛咒還沒解開才害他考不好，不是自己的鍋。

「全招了。」

「啊他人呢？怎麼那麼久？」陳奕俘跺腳。

「他前二十分鐘就講完啦，後面是我在測試他的身體，他應該會很久沒辦法走路吧。」劉愛虹淫笑，蠕動舌尖：「你們聽過自證預言嗎？」

「有！女生其實比男生聰明，文理數學本該比男性優越，卻因為大眾說女性數學不好，才導致他們變得學不起來！」游毓璋眼睛發光，希望塑造好印象。肯定是ㄐㄐ癢，奕俘皺起眉頭。

「乾脆說以前的人都會飛，只因為自證預言就不會了。」陳奕俘翻個大白眼。韋瓦第效應簡直歪理邪道，難怪吸引力法則一直在出續集。

劉愛虹生厭地瞥向神情受傷的毓璋：「哼，我倒自願被物化踐踏……不過他確實講對了，差不多。自證預言是指人類先入為主的判斷會導致行為或多或少受到影響，偏見轉化現實。實驗最早是這樣的：」

赫赫有名的博士到某中學班上視察，進行智商測試。教授們最後點了幾名學生，對老師暗示他們將來會大有出息，測驗成績極高。果然，這些小孩日後皆成為很優秀的人才。事實上這些人僅是隨機抽取的樣本，跟智商完全無關。

「這只是老師耍腦，偏心怪。」陳奕俘快快地說。

「蔣麓臣表示自己根本沒什麼超能力，是我們大家被自己催眠了。」她說：「人愈害怕指考，暗示愈強。」

隔天一早，蔣麓臣悠哉來到學校時，桌面被吐滿口水。

「唷，白痴，大家都聽說了啦。你根本 指 是騙子。」

蔣麓臣怒髮衝冠，眼神死咬住劉愛虹：「妳答應我不會說的！」

「有嗎？我忘了。」她故作訝異，很快地切換情緒：「你想懲罰我嗎？但我根本不在乎 指 考啊，我的臉蛋與身材足夠我享盡榮華富貴了，女人既然最後都嫁人，讀書幹嘛？父權紅利不夠充值才要讀書。」

在場所有人捧腹，一根根 指 頭 指 著 指 考佛地魔奚落，直到他一掌拍在桌上，木桌頓時裂成三塊，眾人受驚。抽屜裡廖昶毅暗藏的蟑螂飛出五隻，其中一隻停在蔣麓臣額頭上爬，卻沒人笑得出來。

「很好，那我詛咒妳！」指考佛地魔的手唰一聲指向劉愛虹額心。窗戶玻璃接連爆裂，強風灌入教室捲起試紙飛揚。風壓將劉愛虹瀏海吹開，眾人瞪大眼珠無法動彈。

「下次當妳再提起指考，你就會爆炸！」指考佛地魔繼而環顧每個人的眼睛，用手一一點著，像是標註什麼記號：「在場有誰跟這妓女一起合謀的，你們一輩子都會考指考，不停地考，直到永遠！」

他甩門離去。

「好潮喔，彷彿只要提到指考，任何指令都合理了skr。」廖昶毅聳聳肩：「各位不用擔心，總之這全是騙局，不是嗎？」

蔣麓臣沒再來上課。班上的人非常開心，大家再也不用特地準備東西討好他，昔日的早餐山盛況再沒出現，高三生莫不為學測認真準備。然則陳奕俘幾個卻是被詛咒的一群，活在恐懼之中。

「喂，我說啊，那不只是催眠而已嗎？」張謙拍拍游毓璋的背：「既然如此，你不要想就好啦！指不語怪力亂神……」

「我知道啊！我根本就不在乎！」游毓璋倏地拍桌大喝，任誰皆可聽得話裡的逞強：「你們看我像在乎嗎？」他毫不猶豫指著自己冒汗的臉，更欲蓋彌彰了。

「是啊，那中二病都自己道出真相了，我們趕快忘記那個詞吧。」陳奕俘這才想到，劉愛虹良久沒有說出那兩個字了，原來最害怕的是她。

「詛咒不關我的事喔，我才沒計劃套話啥的。」廖昶毅又一溜煙跑走。

「沒、沒錯！」劉愛虹終於放開仰身大笑：「一切全是我們掉入潛意識的陷阱裡！我要大聲說，我、不、怕、指、考！」

一支沖天炮從窗外飛來，在她臉上炸開。

那年，學測放榜。312全班失利，通通指考。

「我沒有！我沒有合謀！」同學們哭天搶地撞牆。

「說！你們到底做了什麼，害大家連累受罰！」班長揪住陳奕俘的衣領。班長本要找劉愛虹罵的，才想到人已經住院，得找別的替死鬼受氣。陳奕俘低著頭，眼球不自主顫動。他望去的世界正在劇烈地震。

最落魄淒慘絕望的就屬游毓璋了。平時他肯定會阻止，但這次就任憑班長遷怒陳奕俘，顧自望著窗外發呆。他大學讀過三年又回來考，自信滿滿的他仍逃不過學測爆炸的命。

「你相信詛咒嗎？」他問陳奕俘。

「我不知道了。」陳奕俘抱著頭。

「各位小朋友！請不要相信迷信，小朋友們，你們要靠自己戰勝自己！」導師急忙撇清：「我這屆成績太難看，不是你們的錯，也不是我的錯，我們要戰勝自己！」

「換句話說我們被自己打敗了。」廖昶毅撇嘴。

當天下午，導師急忙又招開一次班會討論。指考並沒有不好，反而是另一次機會。愈多人害怕指考，指考佛地魔的力量會愈強──最差也比明年重考來得好吧？導師講得口沫橫飛，目的當然是拯救自己的事業與聲望，但必定喚醒了某些人。以前的學長姐大多指定考試過來的，學測僅只視為先發測驗，何必要拘泥於它呢？同學一個個振作起來，從回收場裡撿回課本。陳奕俘可不這麼認為，當其他班放榜玩心大開，是人肯定會被氛圍影響的，奕俘就是會被影響的人。

「相信指考，指考就會回報你。」今天的課以這句話總結。

陳奕俘回到家，父母面色凝重坐在沙發上。

「你考爛了？我早說吧，早該去買指尖陀螺……」

「我被詛咒了。」陳奕俘打斷父親。

「白痴，你以為我會受騙？你真的讀壞腦子，專心指考很難？」

陳奕俘又離開客廳，拖著疲憊不堪的身體上樓，不過這次他沒甩門，而是貼在門邊滑下身體，臉埋進雙腿哭泣。

醫院裡，劉愛虹朦朧望向窗戶透進的陽光。她的右臉被炸爛，還要求換房間，選了個能不讓訪客瞧見她毀容的角度。她不發一語，僅剩下呼吸，班上老朋友探望不到她的表情。

同學們起身離開時，陳奕俘似乎聽見她輕喃：

「只不過是巧合。」

幸好，312班指考幾乎上了想要的學校，一雪前恥。張謙耳朵被游毓璋喊到半聾，靠殘障名額保送台大資工。那事已過三年，如今陳奕俘與游毓璋仍在重考當中。偶爾，廖昶毅會回去探望他們。

「心情好遮吧：（」廖昶毅說。

「腦麻兒。」游毓璋將手上的搶救國文大作戰砸向他，又被閃過。

「好啊，那你這沒朋友的。」廖昶毅奸笑著跑掉。

「毓璋，你覺得我們這樣下去有可能嗎？」陳奕俘痴傻地望向黑板。

「你要跟我告白？」游毓璋露出嫌惡的神情。

「我是說，這有什麼意義呢？無論詛咒是不是真的，我們已經注定指考到死。」陳奕俘紅了眼眶：「我們停了，好不好？我不想指考了。」

游毓璋嘆口氣。一片靜默，唯有陳奕俘吸鼻子的聲音點綴傍晚斜陽。

「你聽過薛西弗斯嗎？」

「不知道，FGO只有薛西斯。」

「他犯了錯，被眾神處罰得不停把山腳下的大石塊推到山頂。每當他費盡千辛萬苦抵達目標，石頭卻又會滾落下來。他日復一日地推著石頭，直到此刻，直到永遠。」

「聽起來好可憐，」陳奕俘嗚咽：「為什麼他不自殺？」

「可能黑帝斯是他們的人，希臘神不讓他死。」

「幹。」

「可是，你不覺得很帥嗎？」游毓璋站起來順勢轉換情緒，拍拍腿上的灰塵，前去撿書：「他明知徒勞無功，卻依舊日復一日做著苦工，此即是對命運的反抗。他大可不要再推石頭，停在路邊等神懲罰，反則執意要推，推到爽為止。」

「只要他不放棄的一天，他就是在反抗整個世界，反抗詛咒。」游毓璋意有所指地說：「你不也還未放棄嗎？」

「游毓……。」陳奕俘突然有股衝動，想把頭埋進對方的擁抱裡。

「只要能陪著你，再多的指考我也考。」游毓璋將破爛破爛的搶救國文大作戰遞還給陳奕俘，視線交錯：「其實，我早就能上想要的學校了，但你沒有，所以我留下來陪你。」

「為什麼要為我做到這種程度？」陳奕俘淚眼婆娑，伸出雙臂撲進游毓璋懷中。

「我沒辦法呀……我只是你的想像。」毓璋憂傷一笑：「你出於軟弱不敢指考，將自己的失敗推託給指魔法，大家都陪你演戲呢。但我總算醒悟了，身為你的朋友，我決定要讓你認清現實。你可別怪我……。」

陳奕俘撲了空，人影化開如本無一物。他哭喊著他的名字，在這廢棄的校園內。他的身體發出光芒，想起自己真正的樣子。事件逐漸明朗。

游毓璋僅是陳奕俘幻想出的朋友，佛地魔也是陳奕俘給自己考差的藉口。事實上，這三年重複苦讀指考的日子的人，唯獨陳奕俘一個。要說人家絕無僅有的實際朋友就屬廖昶毅了，二十八歲，太常反串久而久之弄壞腦子成了限制行為能力人，反倒能融入別人的幻想世界。他腦子不好使了，早就沒考了。

「你要戰勝自己啊，都幾，年了。」廖昶毅的話在耳邊響起。

劉愛虹從來不愛他。幾年前那屆學生說，陳奕俘常到樹林裡自言自語抽著菸，偶爾偷偷自慰，是個怪咖。劉愛虹日後中輟做了妓女，因性病糾紛臉被割傷的妓女，與學測失利的雙重打擊造成奕俘精神分裂。

陳奕俘總在旅館前等待心上人出現，和自己的幻想朋友談話，幻想劉愛虹只在乎他，幻想劉愛虹哪天還會從那大門走出。他去醫院探望的是另個不知名的失語症病患。真正的劉愛虹早引退許久。

一切都是假的。

「只有指考是真的。」指考佛地魔換上披風，從五樓破窗而下。

# 九族文化村

「老公，你想看什麼電影？」伍華雙臂繞過羅仁美的腰，將頭貼在背上探聽他的心跳。

「鬼片怎麼樣？新的一年，首要之務是嚇掉身上的晦氣。」羅仁美切著大白菜，唰唰唰唰。有這麼好的老公真是上天賜給他的禮物，他們夫妻倆第一次過年，待會兒親戚來團圓，肚子裡的寶寶剛滿兩個月，一切計劃美好無暇。

「選個經典的吧，我去找鬼來電。」伍華小跳步來到客廳搜尋電影。

誰的骨盆最端正，我的骨盆最端正⋯⋯

「老婆，幫我接一下電話。」那是羅仁美的鈴聲。

「公公好像是來了，你接，我去門外看看。」伍華已至玄關，探頭出去。

羅仁美扣下菜刀，轉頭察看餐桌上螢幕，是他最好的朋友。可他竟然閃過一個直覺，是不應該接起這通電話。他搖搖頭，準是自己在忙想找理由拒聽，好朋友理當是來祝賀他的。

羅仁美接起電話，靠在耳邊。

「欸欸，Clubhouse超紅的欸，你還沒下載嗎？我特地留了個邀請碼給你。」田勝偉正在處理不很重要的文書，邊忙邊跟羅仁美閒聊。

「沒有，我耳朵不好，不喜歡談話節目。」羅仁美倚著他辦公桌，小口啜飲咖啡：「我甚至聽不到某些頻率的聲音。」

「酷欸，第一次聽說。」

新年要到了，公司的案子少很多。老闆說，等明年會有很多工作給你們做，現在好好休息吧。羅仁美看著帳單，年終有他三個月的薪水。

「齁⋯⋯反正我還是會寄邀請碼給你，你點開訊息連結就收得到了。」他故作感傷地說：「回去記得看。」

羅仁美電話響起，是田勝偉的通知。他鬆了口氣，滑開，還是下載了Clubhouse，用邀請碼登入。好多房間，羅仁美對這些東西感到莫名焦慮，關上手機。他覺得這程式主要是滿足稀缺品的虛榮心，沒什麼好碰的。

咚。廚房傳來重物掉落的悶聲。伍華在走廊上張望，是別人家應門，不是丈夫的親戚。

「我搞錯了，老公？」伍華句尾上揚。

羅仁美倒在地上抽搐。

伍華指腹不斷打在嘴上，太惶恐以致無法聚焦丈夫的身影。沒聽過羅仁美有身體問題，難道是不想讓我操心有病瞞著我？

伍華驚叫一聲，自己的口袋在震動。她抓起手機，無法置信地盯著螢幕。

寶貝 來電

她緩緩把頭別向地上的人，已經不抽動了。他的手機螢幕顯示撥給老婆。

伍華的手指不由自主地滑過接通，將手機放在耳旁。一股極尖銳的聲音直衝腦門，她從不曉得小米手機可以發出這種聲音。伍華雙眼上吊，頭顱砸向地板，身子癲癇扭成奇異的形狀。

蓋上手印，自動門無聲啟開。穿紅衣的傢伙踏進監控室，幀幀螢幕懸掛前方，數秒切換一次畫面。

大門旁戴耳機的女士猛然站起，向他敬禮：「老闆。」

「叫熊頭即可，大過年不用那麼拘謹。」熊頭下意識拉拉自己的大紅短袖：「情況如何？」

「目前仍持續偵測到敏感語詞，正在處理。」

熊頭比了個手勢，旁邊立即送上蜂蜜茶水。他啜飲一口，來回掃視螢幕，倒下的人與痙攣的人。監控螢幕裡那個躺在地上的傢伙，看得出人在公司，這種時候還在加班，熊頭心裡無奈，西裝上的名牌刻著田勝偉。

「Clubhouse背後是中資……」滑掉。

「兩岸人民一齊討論新疆勞改營……」滑掉。

「專家警告……」滑掉，過年沒有更好的新聞了嗎，田淑聳肩。

「最近有什麼好玩的？」田勝偉跌進沙發裡，屍體似的不再動作。

「我高中同學傳Clubhouse邀請碼給我，可以聽別人討論。」她說：「哥，你要邀請碼嗎？」

「那不就是飢餓行銷而已嗎？上面都在聊什麼？」

「最近新疆集中營很火，中國人全翻牆來聽人權問題呢。」

「你注意一點啊，這可能被監聽的。」田勝偉皺起眉頭：「這種議題能不碰就不碰。」

「我是還好，倒是高中同學在高談闊論。」她不在意地說。

「別跟那種人扯上關係，會害到我們家。」沙發道：「離遠一點。」

「你好煩喔，掛VPN就好，不會怎樣啦。就別到時候你自己玩瘋了喔，小心上癮。」

田勝偉百無聊賴地用了妹妹的邀請碼登入。他滑著滑著，忽然眼睛一亮，看見自己愛慕的歌手的名字是房間的主持人。


監控室正在回播處刑畫面，一名年輕人，編號4602倒在地上抽搐，手機摔在旁邊。旁邊的投影切到某個年輕女性上，她正戴著AirPod。4602的手機自動撥號出去，另個畫面裡年輕女性看了下手機，叫語音助理接聽。

她淒厲慘叫，太陽穴與耳膜同時爆出鮮血，倒地不起，螢幕左下角浮現編號4637。熊頭鬱悶的眼神掃視這些視頻，嘆氣。

「老闆，你的病毒模式很成功，臨近新年大家很熱絡，也以為自己能夠暢所欲言。」女士沖泡新一壺蜂蜜茶：「尤其是綁定手機與邀請碼，每個人的關係網便如此建立起來；加上用戶還自願上傳他們的通訊錄，他們的朋友圈也能納入稽查……。」

「不過已經有人查到Clubhouse背後是中資，誰要負責？」此話一出，眾人面面相覷。

「算了，的確很成功。」熊頭說：「真是扼腕，我的人民知法犯法，逼得我只能痛下狠手。」

「老闆，不是你的錯。他們被邀請到就優越感爆棚，把自己的觀點看得太重要了，高談闊論的。」

「是啊老闆，古代就有株誅連九族了，他們活該。」

「這些計劃也不是我提出的，我並不主導中國，只負責執行。」熊頭語帶悵惘：「人民……究竟何時才曉得閉嘴就好？」

「白癡就是白癡。」旁人附和：「身在羅馬，請遵守羅馬法律。」

羅仁美的身體抽了一下，蹣跚爬起。

「耳朵好痛……發生什麼事？」

他的妻子跪撲在客廳，臀部翹高頭貼地，像一個草寫的i去掉頭顱。羅仁美望著這幕，任憑腦袋空轉——在某一刹，他妻子的屍身彷彿在說，至少在生命的最後，也要用身體勉強寫出個自我。

羅仁美撿起妻子的手機，翻開通話紀錄，熟悉不過的號碼前幾分鐘才撥出去。他默默把Clubhose移除，再刪掉自己的，坐在餐廳桌邊發呆。

他知道今天的團圓飯只會有自己一個。

# 女性存在主義

　　星期六下午，一名穿破舊裙子的女人優雅地坐在多姆咖啡館外頭，不時掏出懷錶查看，像在等待誰。懷錶內側一對女男的泛黃照片，尚看得出是她；而又從口袋取出另張照片，是別的年輕小伙子，帥氣迷人。她嘆氣，把照片收了回去，留下懷錶擱在桌上轉動。

　　她站起身，拎著包包到廁所。不久她身穿典雅藍西裝來到櫃檯要寄放東西，身上多了工作系的香水味……以及魅惑的氣息，朝門口走去。

　　「多麼美麗的女人啊……要是能跟她結婚就好了。」後面傳來耳語。

　　女人，她心想。至少不是醜女，醜女不是男人也不是女人，是獨立於性別的存在，是遭強姦甚至會因扭曲的愛而喜悅的存在。

　　她走向大門時被攔了下來。

　　「西蒙・波娃。」她掏出記者證給矮胖的守衛：「這是通行證。」

　　守衛挑起一邊眉毛，頷首致意讓她過去。

　　「教授又有新女人了？」另名守衛打趣道：「他很少開放見人的。」

　　「不，這應該是正宮。」他神情怪異地說：「沒想到她竟然能容忍這種關係，還簽下那種合約，怎麼看都不像會寫出《第二性》的女人。」

　　「你說什麼？第二性是什麼？」

　　打開門，中年男子正在窗台抽菸，邊抽邊咳。

　　「保羅・沙特。」波娃輕輕叫喚，像一陣風吹過去。

　　「你又換了工作啊？」沙特斜眼看她。

　　「我必須賺錢。」她嗓音平靜而溫和：「倒是你能不能正眼看我？是罪惡感嗎？」

　　「因為看見妳使我痛苦，波娃。」沙特說：「但我同時也需要你，因此我給彼此雙方自由——」

「是你判給我的自由。」波娃打斷他:「你自私地要我簽下那樣的契約。我厭倦了貞潔又鬱悶的日子,又沒有勇氣過墮落的生活。」

「是我不好,我太循求主觀而故意忽視你。」沙特話鋒一轉:「不過妳今天似乎不為此而來。」

「請叫我記者西蒙‧波娃,我來採訪編號415。」

「噢,你竟然知道是我,我明明只用假名現身,而且匿名投稿。」

「你不是希望人創造自己的價值而能無限地轉變本質嗎?」她憂傷地微笑:「存在先於本質,我們都沒有一定。」

沙特滿意地側點一下頭:「好極了,所以記者女士登門造訪想請教我什麼?」

「415預測到2008的金融海嘯,三年後的日本沿海大地震,其他大大小小的事全說中了。這又非哲學問題,你怎麼辦到的?」

「哇噢噢噢,真是犀利。」沙特臉縮成一團,像要逃避這一切:「那是因為我給的信賴區間很寬——」

「而且準確率百分之百。」她補充:「四個標準差之外都註記零,你知道機率零透露的涵義。」

「嘿,那可以只是巧合的!」他抗議:「蝴蝶一拍翅,佛羅里達就暴風,有可能墨西哥人端火鍋跌倒,台灣就……」

「但你曉得不是。」

保羅‧沙特雙手一攤。

「我知道學術界正如火如荼熱烈討論著,我僅僅在幫助社會,不為成名。」他聳肩:「唉,這無所謂善惡。」

「更甚你有次資料沒有提供偏差,篤定失業率會迎上4.5%。這也確實分毫不差發生了,活像是忘記加上信賴區間。」她瞇起眼睛:「我可是獨家。來吧,透露一點資訊,或是——以別的身份跟我講。」

「好極了。你要記住,我是冒著生命危險跟你講這些話的。」

　　盧梭說：人生而自由，卻無處不在枷鎖。當所有事物皆屬自由，世界將會處於失序的混沌狀態，無法預測，終致意想不到的災難。我的預測都是亂掰的，是全然自由的信口胡謅，事件的發生才是後設。

　　當鑽研自由的定義時，我意外開啟了命題極限：平行宇宙。每個原子乃至量子皆為隨機的存有，他們無可預測地晃動，乃自由的意志的展現；於是在確定的此刻一點，會有超級超級超級多，幾近無限種未來可能性的發散，一個很大的數目。

　　然後，我的異能『自由判處』得以將下一刻導至任一種可發生的情況。我決定一切以可能為前提發生的事，賦予理由，也就是「過程」。有這麼多未來能無縫銜接我當下的主觀意識，亦即我幾乎能把任何概率抽換成事實。

　　「所以你讓規模9.0的地震發生？」西蒙・德・波娃瞪著他。

　　不，我說了未來並不是無限多種。地震是地殼錯動釋放的能量，他們必須釋放，沒有不釋放的可能。地震一定會合理地形成，如果那時不使之爆炸，將來必然會有更大的，或是更糟糕的境地。

　　你也清楚，現今人類技術根本對地震的來臨一無所知。我想讓學術界重視我的預測，是由於我能讓某個「目的點」被絕對銜接，提前警告防範。目前我已做到這點，不過依舊放出偏差值，唯恐這種人工干擾引發其他問題，那非我所樂見。

　　「那其他平行時空呢？你害了他們，有將近無限個沙特做出錯誤的預測。你殺了近乎無限減一種可被選擇的自己。」

　　不，他們仍然活著，海德格的有限性是錯的，因為平行時空真實存在，我深知自己可以選擇成為所有東西，只是分散在眾多世界。總得有時空作出犧牲，但他們就在那兒，編號415因預測錯誤失卻威信，引退預測界。那樣的我回到本業當哲學家就好，關鍵是我處的位置，以及這條線未來的導向均屬此時空我的控制之內，總有一條。

　　這不表示我能洞悉所有未來，我僅能選擇每一個瞬間，進而推導特定結論。我未必知曉地震原理，但我領略它在某些情況下的或然率；在此刻A

點與「三月十一號日本必須發生地震」B點之中，我能裁奪AB線段的路程，且隨時修改成符合公理的假設。

「好唄，我相信你是對人類好。」她手抱胸：「呃，所以，我要怎麼寫？」

大門轟一聲炸開，幾名穿著奇特長袍的巫師手裡握著雷射槍對準倆人。

「終於逮到你了，沙特！你究竟對高等維度做了什麼！」

「高等維渡是誰？中等常渡的進化嗎？」

「快，抓回去審問，別讓他──」

窗外，一台保時捷以時速兩百公里飛了進來，巫師們壓根兒來不及反應，在聽到玻璃碎裂聲前已全給輾了過去。

「你殺死了他們！」波娃驚呼。

「我沒有，是那台車自己衝進來的，我怎麼知道會壓死他們？」

「還敢卸責！你明明可以在達成目的同時，又不殺掉他們。」

「好嘛！他們已經掛了，未來沒有復活的可能性。」他委屈地說：「我又不是隨時準備好自由判處的狀態，不然豈不累死？」

「這台車哪來的？」

「我不知道，我在某一條未來看見這台車飛進來。」沙特一副無關緊要的樣子：「任何事物均有其之所以如此的理由，或者說任何事物皆可被解釋。」

「嘿！你偷萊布尼茲的思想！」

「這是我的自由！」

沙特上前翻看那些巫師的屍體，卸掉斗篷，有穿白袍的肌肉男，也有沒穿衣服的裸女。

「該死，這些一定是希臘人跟數學家。希臘學家穿袍子的，數學家窮到沒自己的衣服，他們也不在乎。」他碎念：「可是為什麼有阿爾法雷射槍？這不是很久之後的科技嗎？」

「為什麼他們要殺你啊？」波娃非常焦急，深怕沙特有什麼危險。

「這些人是混沌派的極端分子，教義宗旨是神創造的宇宙完美無缺，應順其發展，禁止人為干擾自然法則。希臘哲學家支持上帝造萬物，要遵循祂的意志；數學家則是研究混沌很久了，要是他們發現混沌其實能被操縱一定會氣瘋，自己幾十年研究來徒勞無功，乾脆消滅我這個異端保全他們飯碗。」

「這樣你豈不整天活在恐懼之中？」

「沒辦法，這是我過於自由的代價。」沙特無奈移開視線，繼而點出奇怪的地方：「你口袋鼓起來那是啥？方才沒注意到。」

口袋？

西蒙・波娃從口袋掏出一隻雷射槍。她對著沙特連開數槍。

沙特在那幾毫秒間洞悉未來，尋找避開要害的方法，卻瞭解到這麼近的距離下不存任何躲避空間。他胸腔被擊穿上千億次，肺部破裂。

波娃看著握槍的手尖叫，丟棄，衝上前呼喊情人的名字。

「我發誓我不知道怎麼了！我不知道口袋裡為什麼有槍！」她哭喊：「你不是能選擇未來嗎！為什麼會這樣！你竟然自殺？」

「我沒有，妳應該是被其他時空的……！」沙特咳出一大灘血，打斷自己，露出紅色的牙齒痛苦咧著嘴：「不過只死了這個時空的我，好像也稱不上自殺呢。真有你的，叔本華。」

「沙特！我的沙特！你一定還有救，我這就去找醫生。」波娃起身，卻又突然想到什麼坐了下來，說：「我知道了。」

「是的，我看不見可能性。」他虛弱呻吟著：「我要死了，反正哲學家本屬異類……。」

「我們都是。」她把頭靠上去。

「現在，我給你自由了。去做妳想做的吧。」沙特的手沿著女性的臉滑下。波娃陪在屍體旁，直到搜救人員趕到。

於某個分歧點，波娃已衝出去求救。

「媽的。」沙特逐漸闔眼，臉上掛著神秘釋然的笑。

# 橘子紅了

　　我很喜歡吃橘子，甜甜的酸酸的帶著皮一起吃，是懶得剝的緣故。我還有咬指甲的習慣，不僅摳不開皮，傷口沾到橘子汁會刺痛難受，毋寧橘子整顆咬下去來得方便。出門在外沒有人幫我洗橘子的時候，我也不會洗，直接啃，就像蘋果一樣，可是蘋果是紅色的，橘子是橘色的。

　　另一點是我覺得橘子皮的味道很棒，拿來清潔簡直暴殄天物。我鍾愛那款銷魂的芳香，從小到大阿嬤買給我的橘子都是這種味道，且表皮光滑得像嬰兒的肌膚。迷戀地撫摸著它，沒留神就落在地面高高彈起。外面賣的橘子都不是這樣，肯定是它們的香氣都碰撞而逸散了，徒留坑坑疤疤。

　　你已經知道我是多麼怠慢的人，白色纖維亦懶得挑除：那麼我的橘之路上唯一的阻礙只剩下橘子籽了。起初吃到籽的時候會連果肉一起咬碎，但那口感不佳，尚帶有些許苦味，只好憤憤地吐掉。

　　某天運氣很好，吃完整顆橘子竟然沒有咬到籽。我脫口而出：「真是太棒了！橘子裡竟然沒有籽。」話才講完，我的後腦勺竟被誰給莫名扒了下去，比被母親教訓還疼。

　　我轉過頭來正要埋怨，卻環顧自己身在月台，旁邊一輛黑色的復古車半掩窗戶，裡面的男子看起來莫名聰明。他說道：「爸爸，你走吧。」

　　那人的父親往車外看了看說：「我買幾個橘子去。你就在此地，不要走動。」

　　我看那邊月台的柵欄外有幾個賣東西的等著顧客。走到那邊月台，須穿過鐵道，須跳下去又爬上去。那人的父親是一個胖子，走過去自然要費事些。我看見他戴著黑布小帽，穿著黑布大馬褂，深青布棉袍，蹣跚地走到鐵道邊，慢慢探身下去，尚不大難。可是他穿過鐵道，要爬上那邊月台，就不容易了。他用兩手攀著上面，兩腳再向上縮；他肥胖的身子向左

微傾，顯出努力的樣子，這時男子看見他的背影，他的淚很快地流下來了。

「知道了嗎？橘子的意義是多麼重大。」他一邊拭乾了淚，一邊K我的頭。

「你他媽誰？」

「我是橘子仙子，朱自清。」

朱自清的父親已抱了朱紅的桔子往回走了。過鐵道時，他先將桔子散放在地上，自己慢慢爬下，再抱起桔子走。

「我犯了什麼錯？我那麼愛橘子，每天吃它！」

「你吃橘子，是多麼得意的事！好用來說嘴！」他氣得握拳發抖，然後舔了下我的角膜：「橘子那麼可憐，被你吃，還嫌它籽太多！那可是它的後代啊，沒有籽他怎麼繁衍？」

原來是這個緣故呀，我嘴上向橘子仙子道歉，心底卻不太柑願。

「你一看就不柑心的樣子，我要懲罰你讓你變成一顆橘子！」

哭啊！火車疾疾飛過，景象變換，回過神來我已是一顆掛在樹上的朱紅果實。我以長長的綠葉按著自己肚皮，感覺像少了什麼，原來是我是一顆無籽的橘子。那麼，我存活的意義是什麼呢？我註定是一顆沒用的無籽的果實，身為水果的自覺告訴我不該耗費植物的養分，應趕緊摘取掉落。想到這，我的臉旋即羞愧地紅了，垂下頭，果汁隨時要滴下來。

「秀娟！秀娟！快來！」那年輕的女人頭上挽著一個大大的橫愛司髻，指著我臃腫坑疤的臉。

「什麼事啊，姨娘？」一臉懵懂無知的姑娘跑來。

「這顆橘子好大好甜，保證多汁，咱們來採收橘子吧！」她雀躍地叫嚷。

本以為將要被吃掉了，沒想到是推去市場上賣。遠遠走來一位老太太，看來有些面熟，居然正是我的祖母！

「阿嬤！阿嬤！」我叫道，可是我身旁的橘子也全跟著叫，阿嬤阿嬤！

「阿嬤你怎麼沒感覺⋯⋯」我感覺淚又要湧出來了。

「婆婆,要不要來買橘子呀!」老闆娘把我舉起:「今天打折!」祖母這才走過來揀了幾顆。我們這袋橘子很高興能被選中,七嘴八舌的唱起歌來。

「橘子橘子,啊～～～一袋一袋一袋。」我們高歌。

「橘子橘子,啊～～～一代一代一代。」這又想到我是一顆沒有後代的橘子,對世界零貢獻的橘子,啞然失聲。

祖母到家把我們放了下來,仔細檢查我們的皮膚狀況,然後一顆顆抓起來塞進她的屁眼。這裡很黑很鬆,只感覺自己的身體不停滾動,皮膚磨得緊實而滑嫩了起來,質地產生變化,似葡萄蛻變成酒的過程愈陳愈香。

一道曙光終於出現,我被擺到盤子上,未反應過來便被人類的我一口咬下,連皮都不剝。我大力作嘔,胃裡的酸液全湧進人類的我的嘴裡。

「真好吃,而且這顆橘子沒有籽,好幸運!」這番話令我憤慨異常,他根本不理解我身為一顆橘子經歷了什麼,而且又舔、又舔、又⋯⋯又舔嘴唇!!!

接著我就醒了,是阿嬤叫我起來的。她端上一盤阿嬤ㄟ橘子,表情滿懷期待等我享用。我氣惱地奔出家門,去最近的水果攤買下一顆橘子,這才是真正的橘子,阿嬤一直以來都在騙我!

可是,這顆橘子索然無味,我才瞭解到,原來我已經離不開阿嬤的菊子。回家的路上,看著祖母在遠方招手的身影,我的淚很快地流下來了。

# 蚊學

　　由於極度厭惡蚊子，我以一半壽命換取「讓蚊子吸了我的血以後，會在一天內痛苦死亡」的報復型特質。隔天一早醒來，新聞頭條說歷任總統與高階政客全掛了。對國政不抱期待的熱血的年輕人又活躍了起來，紛紛自願替補上位。由於沒有其他人參選，全國機構引進了許多新血。不過他們很快也死光了。

　　第二波接替者是不信邪的人，不過他們還是死光了。終於沒人願意競選，新聞爭相邀請玄學專家評論，一時牛鬼蛇神群起亂舞，民心惶惶。我自責損壞了政府的構成，便向警察局自首此事，還抓了一隻蚊子當場示範，說請等我一天的時間，被視作神經病趕了出去。我也向媒體爆料，但收到的是官方謝絕採納的制式回應，螢幕上還是同一批名嘴講著屁話。

　　台灣已陷入無政府狀態一星期，我認為自己難辭其咎。大抵死過幾輪，直至沒人敢出來競爭後，我站出來毛遂自薦欲參選總統。名嘴譏諷說又有人出來送頭了。

　　為避免吸到自己的血，我上台第一件事便是修改憲法，總統不用繳稅不被法律約束。記者甚至懶得採訪，以為我在辦家家酒，他們只想報導我的死訊。而且，明明他們也不願意當總統，卻有十萬民眾上街抗議我的作為。

　　第二天，那些抗議民眾都死光了。在等我死的記者也死光了。

　　有人挖出我曾投稿的自首，在網路上謾罵我，民心動搖，使我無法專心治理國家。我請殘存的記者轉告：你們罵我，耗費我的精力也是一種吸血，我會貧血頭昏。那些人旋而噤聲，不過似乎沒死。

　　總統住進官邸，房間內根本沒有蚊子；就算很偶爾被叮上一口，他們也很快地死去了，沒有折磨的快感。我想當初我寧可許願讓蚊子擁有人的

智慧，說不定他們會因為認知到自己的極其渺小且無意義而絕望地哀嘆那歸咎能力有限永不實現的崇高理想直至自我毀滅。

我努力維持政府運作，大家看沒死人便沒多說什麼，他們畢竟需要領導。有一天，有個年輕人開槍把我殺掉了。我想日後這個國家會很快恢復到原本的樣子，我的犧牲是不必要的，況且蚊子沒有因為我而減少多少。

以反政法我得出結論：你不該阻止蚊子吸血。

一窪池塘邊，法院正在招開聽證會。蚊子們同聚一堂，嗡嗡鳴叫。

「請公蚊子發言。」

「我要抗議母蚊子，我們公蚊明明沒有吸過血液半毫，卻莫名遭到人類拍打成為代罪羔羊。憑藉這點，我認為應該向母蚊課更高稅。」

「什麼鬼！我賭命吸血是為了攝取養分孕育下一代！你們也有責任，只是你們不選擇履行！」

「好處都被妳拿光了，妳每天喝到營養飽滿的血，我們只能喝水。」

「這是我們的功勞，我們每天從軍遠征，為自己與下一代性命搏鬥，你們做了啥？男權自助餐？」

「不能生小孩又不是我們的問題。」公蚊嘀咕：「我們口器早已退化。」

「那肇因於你們長久不用。」母蚊駁斥：「而且前天我明明看見你私自去舔衛生棉上的血！」

眾蚊驚呼。真是僭越，還有什麼比經血營養且應優先留給母親？

「我偶爾也想吸血！我是蚊子，我哪怕口器陽痿也還有慾望！」

「你根本用不上血液，理當通知我們先食用！你又沒上場打仗，憑什麼爭取和我們同等的權利？」

「我是蚊子！蚊蚊平等！該死的母系社會！」

「你前面講了大家生理構造皆不同，不承擔你的責任現在又要求不屬於你的東西——」

「我說了我想要吸血！如果可以，我也想幫忙打仗！」

「藉口！如果你想幫忙，口器怎麼可能放任退化！我們跟人類不一樣，我們的目的只有生存繁衍，沒有其他工作了，而你除了在空中招蜂引蝶射點精之外，沒有半點貢獻。那些漂亮的昆蟲根本不會鳥你也不想跟你這種咖性交，別挨罵了！」

公蚊子臉部漲紅，指著對方大罵：「這是……性物化！你們體型比我大就想霸凌我，你們想強姦我你們想拿我的精子授精！」

「你知道嗎，我們寧願找非男權蚊子交配，誰想跟男權交往啊？」

一隻手拍下來，公蚊子區瞬間死光了。

「耶！做得好人類，擊掌！」

母蚊子也死光了。

作家像是殺紅了眼，高舉雙手血腥，得意地露齒而笑。

「我願稱你一聲殺蚊大將軍。」室友對螢幕上的蚊液望之卻步：「這蚊子藏得之精妙，你打得很好。」

「畢竟我可是一流血手呢。」他勾起一邊嘴角：「各種雙關。」

# 一起去吧，哪裡都行

黔驢技窮才思枯竭的我好久沒發文了，於是上臉書徵詢幻想文題材。

「雞雞會跟全班男生同步，別人不管在哪射精你也會跟著射。」一隻名叫張耀愷的小吉回道。這超級超級好笑並戳中我的低級梗，害我笑到無法自己，還射精了。

是的，我從此刻便被詛咒了。

起初幾天還挺爽的：嗚呼！不用尻尻就能高潮欸，而且在女二麥當勞長得像元首的店員面前不小心失禁的羞恥感真令我加倍爽快，好似被全國人民的熱切眼神注視著。可是這種感覺很快膩了，取而代之是戒慎恐懼，懼怕下一次會在什麼時候跑出來。你也知道暴戾男大生——尤其資工系魯宅如我，最喜愛的休閒娛樂即是對著下流裸身的Linux企鵝尻槍，箕踞而坐的開腿誘惑。每逢假日，我幾乎淹沒在精液與Linux獸圖之中，躲在廁所不敢離去。

此事明顯應由張耀愷負責，但人家只是一隻吉娃娃，我並不想對低等動物報復，何況對方八成也不知道發生什麼事。

為了阻止我的嚴重腎虧，我唯獨能做的，便是殺光我的資工系同學。

這實在是難以達成的目標，自從大三我沒再修過資工課程，更別說踏進工程三館，誰會記得我；往好處想，這反倒是一個優勢讓我能迅速準確地撲殺他們。我先從幾個熟悉的傢伙著手，趁深夜拖去清大後山埋了；剩下的比較費功夫，我全不認識他們，更別說邀他們出來。

因而我發憤讀書，半個月內晉升為頂級駭客，輕鬆駭入學校毫無戒備可言的e3系統，驗證系統甚至能從網頁原始碼裡直接拉掉。我假冒資工系辦繳交畢業學分調查表的名義瘋狂寄信催促學生集合，亮出槍枝殲滅他們。人們驚恐地逃竄，但所有逃生口早被我封死了，陸續淪為我的槍下魂。地上的屍體只有四個女生，可是一堆人有胸部。

噠噠噠噠。

眼見趕盡殺絕，我心滿意足，這下不可能再亂高潮了。但才一晃眼，我無法控制地發出淫叫。屍堆裡爬出一個男人，我認出他是小馬哥。

他握著他垂涎的鳥頭：「想不到吧！我可是快槍俠，要比槍法我不輸你。」

我咬著牙根拔槍決鬥，小馬哥莞爾，輕輕晃動一下鳥鳥，我又全身酥麻繳械了。只要他還能尻，我絕不可能殺掉此人，尤其他的能力極為可怕，硬cc瞬間就能斷我大招。我眼巴巴望著他端詳被封住的逃生口，轉頭對我說：「我們合作吧，你放我一條生路，換我一個保證。」

這不是我默許的主要原因，是他再來又問我：難道你不想試試幫自己口爆嗎？

不瞞你說，這是我一個很大的心靈創傷。我們家有著優良的遺傳，每個人的ㄐㄐ都很粗很長，無論男生女生都有辦法替自己口交，只有我例外。此事困擾了我將近二十年，終於能在今天以另一種方式達成救贖。

我脫下小馬哥的褲子，嘴巴含到的剎那，小馬哥毫不遲疑地去了。我的ㄐㄐ噴出炫目的白光，亦即我已獲得我們白家的認可。

以防萬一，我為小馬哥的ㄐㄐ裝上貞操鎖。說起來實在方便，我只需輕輕按住對方下面，即可獲得連續高潮的快感，像擠洗手乳唾手可得。他有時候會要我投錢進去他的馬眼，因為藉由買賣獲得高潮會讓他有被貶抑的快感，他好喜歡。

# 柏拉圖式愛情

【Flora】

她被父親推倒，側臥在磁磚上，暗紅色的黏液往四面八方擴散。

「妳這個蕩婦！」父親著魔似的吼聲像潰敗的牆壓下來：「是誰？絕對是他，妳跟他最要好，弄破處女膜月經才流出來！」

他對女兒大聲咆哮不堪入耳的話語。女兒垂下的眼與緊閉的乾癟雙唇沒有動靜。

父親抓起她單隻手臂拖到外頭，不理會旁人的訝異眼神朝學校而去，地上拉出長長的暗色血痕，像排泄物，像一支繪筆，街道上扭曲的筆觸彎過坑坑疤疤的路，箭頭指向她的下體。

【翔太】

他在大便。

他覺得別人的糞便很臭，但自己的總有股親切感，很安全。雖然貼在大便上嗅理應令人作嘔，但目前鼻孔到排遺的距離是舒適的。

確認廁所裡整體瀰漫臭味後，翔太沖了馬桶，從一旁捲筒裡取幾段衛生紙出來，以左手搓揉龜頭，生殖器逐漸挺立。他闔起雙眼，裝作沒這回事。

【Flora】

「我們交往嗎？這樣就沒關係了。」

「不算。」

「我知道的喔，你昨天一回家就自瀆對吧。」她輕聲說：「你還想上我嗎？」

【翔太】

他變胖了，雖然緩慢，但體重有增加趨勢。怪的是他只胖在肚子，他以為是蛔蟲，檢查沒有異常。

翔太出院時望見馬偕對面的麥當勞，點了一份吉士堡，並且要了雙份的醃黃瓜。他覺得自己肯定怪怪的，她也是。他有點愧疚，但愧疚是不健康的，翔太不喜歡不健康的生活型態。

【Flora】

學校正門外的樹根上有很大一攤經血。父親要她把東西吃回去，因為那些是她的精氣。她照做了，跪在地上捧起一瓢，低頭啜飲。

父親覺得女兒的臀部翹得太高，看得不很高興便用力踢去。她的臉埋進經血之中，臉上一片赤紅。她抬起視線，同學們迅速別過頭去。她抓起一顆扭動的血滴塞入嘴裡。

【翔太】

他高潮了，抹乾淨把衛生紙折疊成完美的四方形。他想到自己還沒擦屁股，便用這張紙從後面往前刮。紙張破了，裡頭的液體漏出來黏在股溝裡，滑滑的，觸感像濕紙巾。他又拉出幾張衛生紙把剩下的弄乾淨。

他意淫她，強姦她，很真實的感覺。

【Flora】

紅姬緣椿象似乎更喜歡她的經血，沿著標記爬進她的下體，如月經倒流。父親終於滿意地點頭，轉身離去。她重播這幕，決定這輩子不能再漏出來一次。

【翔太】

他在廁所產下一枚男嬰。他打電話給她說這件事，問她怎麼處理。

「那就再做一個。」她說。

# 宇宙必鮭魚混亂

經由壽司郎熱潮，王鮭魚甚至交到了女友。他在社群媒體上秀出自己改名後的身分證，馬上湊齊一桌，一男五女，比喜來登的十二星座草莓派對更有正當性，畢竟全是他本人的功勞。時間成本不計，以五十塊換兩天壽司怎麼想都是賺的。據說有人為了尋找鮭魚人，還願意出錢聘請，誓言一餐就要嗑掉上萬。壽司郎也不虧，全國上下無不為他播送廣告。

「我最崇拜身體力行的男人了。」女孩靠在他肩膀柔柔地說：「我當你的女友好不好？我們一起去吃吧。」

萬年魯宅王鮭魚自然是答應了。他明白對方是在利用他吃霸王餐，不過也罷，他想，我也是為了利益暫時改名，各取所需也挺好。

然而女友用完餐並沒有離開他，反而更在餐桌上深厚了愛情。王鮭魚壓根沒料到如此不切實際的幸福邂逅真存在著，也沒意會到他即將走上一條不鮭路。

「所以，你本來叫什麼名字呀？」

「我不講，等我名字換回來再告訴妳。」

「那麼神秘的嗎？」女孩說：「好啊，我會等你。」

但當王鮭魚來到戶政事務所，才發現自己的名字已被動過三次，不能再改了。他氣急敗壞返家質問母親，問她為什麼浪費自己兩次改名機會。

「你記不記得前年有一次，我們去吃一客兩萬的牛排？」

「記得啊，那家牛排好好吃，我都不知道你怎麼捨得帶我去。」

「哦，那時候我把你名字改成王品牛排，吃完幫你改回去了。」母親笑得爽朗：「很好吃吧？好吃就好，你瞧我們都有享受到呢。」

王鮭魚躲在被窩裡爆哭一下午後，最終拭乾眼淚掏出男子氣慨，就用這個名稱活下去吧，不要緊的。

　　惋惜感情來得快去得也快：「對不起，可是跟名為鮭魚的人交往太丟臉了」，他前女友嫌道。王鮭魚又回家哭了，但倘若沒人知道水裡的魚在哭，那便不算哭了。誰都沒想到在無人的森林裡，還住著一條魚。

　　不過，在水草間穿梭悠遊時，鮭魚偶然發現了法網漏洞。詳見行政法內政部戶政目姓名條例第九條，有下列情事之一者，得申請改名：

　　一、同時在一公民營事業機構、機關（構）、團體或學校服務或肄業，姓名完全相同。

　　二、與三親等以內直系尊親屬名字完全相同。

　　三、同時在一直轄市、縣（市）設立戶籍六個月以上，姓名完全相同。

　　四、與經通緝有案之人犯姓名完全相同。

　　五、被認領、撤銷認領、被收養、撤銷收養或終止收養。

　　六、字義粗俗不雅、音譯過長或有特殊原因。

　　依前項第六款申請改名，以三次為限。但未成年人第二次改名，應於成年後始得為之。

　　既然如此，一旦找到另一條樂於合作的鮭魚，王鮭魚即能改名了！其他無法易名的鮭魚們也正打著算盤：有的鮭魚假結婚相互認領，有的遷學籍，有的遷戶籍，為了鮭避限制花招百出，任誰也不想做一輩子的鮭魚。

　　鮭魚們在臉書成立成立「鮭魚自救會」相互扶持，和樂融融或熱淚送別一尾又一尾的鮭魚，彷彿看著親骨肉離開身邊。久而久之，有些鮭魚愛上了海，不願鮭去了。不是魚的人類，就是老虎。

　　鮭魚不凡，鮭魚拒絕歸於平凡。

　　王鮭魚竟也覺得叫做鮭魚沒什麼不好了，不過他總有一天也要離開，如果哪隻鮭魚來找他，那他就會順便改回去。他又想像自己死後的樣子，棺材上刻著鮭魚兩字實在羞愧，搞不好還會被揶揄駕鶴西鮭、魂鮭西方、顯考鮭魚等，他絕不允許。他闔上眼，卻發現自己的眼皮不見了。

　　類似平時上課分組，邊緣王鮭魚認為總會有人來找他，便默不吭聲。然而社團人數竟無聲無息減少，他被背叛了！洄游季過去，眨眼社員只剩十餘隻，王鮭魚驚覺，最後勢必剩下一尾鮭魚無法配對，那條魚必然孤獨寂寞地過完魚生。

　　「不是說好要一起走到最後的嗎……叛徒！」劉鮭魚咕嚕咕嚕，連珠泡地罵。

　　「抱歉了，我的時刻到了。」洪鮭魚舉起魚鰭，接過戶政事務所的小水晶瓶，一飲而盡。他的身形扭成古怪的姿勢，魚尾痛得像數千根針刺著，撕裂，切出原本細長的雙腳。洪以諾終究站了起來，一瘸一拐地離開了他曾擁有的一小塊海洋。

　　殊途同鮭。

　　剩餘的鮭魚們以猜忌的眼神彼此打量。欲速戰速決，則須將某條魚陷害成嫌疑犯，迅速改名回來。

　　「不會疼的，只是一點點割傷……。」鮭魚喬瑟握緊顫抖的生魚片刀游近。

　　「我們不是朋友嗎！」藍鮭魚大聲呼叫：「你們別光顧著看，救救我呀！」

　　但其他鮭魚默默移開視線。如果他們放任這件事發生，大家皆可搭上便車享受到改名的特權：「你乾脆為我們犧牲吧，我會永遠記得你的。」

　　「你們……！」藍鮭魚鮭懶趴火咆哮：「好啊，那我要與你們同鮭魚盡！」

　　「事到如今你還想反抗！」眾鮭魚竟也逼到他身邊，從漠視進而轉為加害者：「趕快犧牲，為整體魚群著想啊！這才是效益最大化！」

　　藍鮭魚視死如鮭，退到身後的餌，哀傷地彈了下釣魚線。上方幾百公尺，水面午覺的漁夫在夢中聽到了神奇而沈重的弦音。驚醒，瞧旁邊的浮標扯動，他扭開馬達。

　　「是芥末日啊……。」雙手握在繩裡的他。

　　流刺網收束，交錯拉起鮭魚一夥，想逃也為時已晚。

口吐白沫賣相很差。為維持新鮮，他們出海後依然被安置在小小窄窄的水缸裡，車程跌跌撞撞像人類走路似的，他們已經忘了怎麼走路，也許沒有那麼不穩。對王鮭魚而言，他也遺忘自己曾發誓要把名字改回來，甚至記不得原先的名字，永遠地迷失了。

他們被取出放在砧板上時掙扎也不掙扎一下。壽司師傅覺得奇怪，不過照常剖開，取出內臟，腹肉蓋上醋飯以掌心捏揉，擺到壽司郎盤上。

畢竟，如果商品是免費的，你就是那個商品了。

# 打飛機

　　一道雷電打在飛機上炸開，倒楣的乘客全成焦土。然而她們固執的靈魂沒有飛散，沿著煙幕攀上雲端，直逼天頂仙宮。奧丁先是派出女武神與她們作戰，卻一一被說服倒戈反抗暴政，前往大廳對峙昔日父王。

　　奧丁男性開腿，正襟端坐黃金寶座，手持岡格尼爾。他老邁的眼神掃過新客人，再審視背叛的阿斯嘉德人民，捏著銀白鬍鬚。

　　「為何背叛？」睿智的神諭問道。

　　「古代以來，最強的神全屬男性。」女武神以宏亮的嗓音答覆：「只要你還存在，女性價值則會受到打壓，永生無法破除天花板。」

　　海拉從分開的人群間站了出來，操縱兩支夜空之劍向天頂壁畫射去。天花板剝落，歷史的真實圖像是：奧丁與海拉曾一起征服九界。

　　「你太懦弱了，我的王。」海拉冷笑一聲：「曾經我們比肩而戰，而你畏懼我的才能，因為我們女性更為強悍。」

　　「女人，團結，強大。」宮殿裡迴響革命的號角。

　　「我不理解。」奧丁說。他舉起永恆之槍，降下萬鈞神雷。曾聽命於祂的悉數化成灰燼。但那些不速之客沒有一個命中的。

　　天神又降下一次雷霆，同樣的結果。

　　「這是怎麼回事？」

　　「我們平時就很會躲議題了，只挑對我們有利的解讀。」女人豔麗地笑著：「你們父權愈想除掉我們，我們便愈強。」

　　那一瞬間，天上的飛行器全被雷給擊落。各處機場宣布停班，不信邪的機長才剛離地，立刻被賜死在跑道。

　　「神發怒了，各位，這是唯一的可能。」面臨這種超自然狀況，科學家們只得尋求宗教解釋：「我們做了很不好的事，讓宙斯震怒了。」

　　話才說完，一道閃電擊穿攝影棚泯滅了希臘神專家。

「那麼，既然耶穌也沒有閃電癖，這位神祇想必是奧丁。」第二位學者冒死發言，這回沒有釀災。

考古學家於是乘船趕赴北歐拼了老命挖掘，把國土翻個傾國傾城，再小的線索都不放過。

"Eureka!"

盧恩字母刻著：『自瀆會造成神憤。』

聯合國表決中，有人提議男性加裝貞操鎖，被批評太不方便；有人支持再也不駕駛飛機，但任何飛行機具都會被雷擊鎖定，天候探測器不能沒有；有人支持男性全體閹割，想當然是女性提出的。

最後表決如下：平日航班正常，假日停飛並召回所有飛行物。全體人類只准在週末自慰。美國將研發更強的飛機外殼的金屬覆網，以期引導奧丁的能量不造成損害。為制止洩慾，所有色情網站從此刻起皆為非法，全數刪除封鎖。

藉由嚴密的監控人權的剝奪，男性強制配戴微型電擊設備，一旦有舉動不軌之嫌則自動觸發，電至麻痺。男人皆遵守著新規定，不過機器偶有誤判，開車開到一半若釋放電流很容易出車禍。女權們樂不可支，因為車是沙文主義的符號延伸，撞爛好；而且不好說男性駕駛其實真在偷尻，還想賴給儀器故障。看看現在誰是三寶啊？

女性發言人宣稱女性不會縱慾，並成功爭取到不配戴設備的特權。飛機平日再無傳出事故。然而一名女權發言人毫不掩飾地在臉書昭告天下自己昨天自慰了四次，卻沒有任一架飛機被擊墜，故得證自慰是女性自由，身體自主權，像口罩一樣可以抉擇要戴不戴；正因為女性的純潔，所以自慰不會造成天譴，只有男性才會。

愈來愈多女性群起效尤，背著全世界飛機墜毀的風險，高聲宣揚自己「潔淨的自瀆」是神授權的正當性。考古學家進一步研究，最普遍的說法是北歐當時女性探索身體的行為不盛，因此奧丁並不曉得也沒考慮到。全球女性為之瘋狂，各種情趣用品推陳出新。

「活該，打飛機本就是汙辱女性的舉動，A片是父權遺毒。」

男性只好轉而苦苦哀求女性與其性交，不過女性早已嚐到獨立自主的爽感，堅拒邀請：「看看現在是誰得在體制下矜持了啊？」有些沙豬露出本性想硬上，但聯合國早有預料，所有女性均能以腦波操控麻痺器，一旦男性有強姦的徵兆，便能及早預防（電爆對方），皮卡丘還因此成為女權吉祥物。

「換個角度想，如果能把奧丁的電搜集起來，電力的供應……」

「住嘴，我們不想聽科學。」

最近，東方女性發覺自己的腳愈來愈小，一跨出門即腦袋脹痛。西方女性也過得不好，明明無人動手，身上卻有斑斑瘀青像芋頭鑲在皮膚下。

「我們沒做錯任何事，所以一定是男性的錯。」女性意見領袖義憤填膺：「我個人揣測，精液象徵著父權遺毒，如果不排除乾淨，會使得人類籠罩在父權陰影之下。」

故女性綁起白帶上街抗議，要求男性定期付起清槍責任，否則即為迫害女性。修法規定，男性每逢必須週末尻出兩百毫升的量，評鑑人員會檢查（此時最高權力機構均由女性佔領，規則是她們制定的）。縱使平日節慾，不等於每個人都能在週末擠出如此多性慾。打不出來的會被押走，強制榨乾；怪的是，被帶走的全是韓系美男，且沒再從機構裡出來過。

「過度尻槍會導致記性變差！」

「哼，那你就為我尻到腦殘吧，夠光榮了吧！」

「好讚……。」下等肥宅癡笑。

半年後，世上最後一個雄性智人精盡人亡。日前固然有兩顆卵子結合生育的案例，不過那些負責人全是男性科學家；換言之，人類即將滅絕。

「我們沒有男人能怪罪了，難道這一切是我們的錯……？」

「不可能！」女性領袖大力搖晃她的肩膀：「我們怎麼會有錯！我們怎麼會有錯！」

「事到如今，我們只能怪罪於……」

「沒錯。」她咬牙：「一切都是奧丁的錯。」

「原來是這樣啊。」奧丁長吁：「但既然你們已經滅種了，報復我幹嘛？我死了也不會對你們有幫助。」

「但是這一切都是你的錯！我們要反抗神！我們要諸神黃昏！」女人們獻上靈魂，招喚與之匹敵的女神「女媧補天」。

「我是女生！」女媧大喝，舉起五色石就要砸奧丁頭顱。

「等一下，地表現在缺乏男性人類，我正是啊！我可以幫你們延續後代！」

「不管，你得先付出代價，吃我轉型正義！」

磅！磅！磅！磅！磅！

奧丁的臉毀容得無法辨認，身體癱在座位上，金色的血淌下台階。

「妳瞧，他身體裡裝金子，是精子的諧音，這種時候還開沙文玩笑，真噁心。」

「再來呢？再來怎麼辦？」女人面面相覷，有的瀕臨崩潰。

女權鬥士采藍姊姊站到寶座前，神色自若似早有萬全準備。她握緊雙拳，朝天大喊：

「都是男人的錯啊啊啊啊啊！！！！！！」

# 分手月老

「……所以我說呀，我簡直分手月老嘛，沒一個能逃過我的魔掌。」利艾甩動及下巴的俐落髮根，扭動十隻爪子，很滿意自己所謂的超能力：「帥啊，是吧？」

以霖尷尬地笑，僵硬的皮拉開上排皓齒。她在學校公事上認識了她，沒兩天就慘遭男友封鎖，還被那群VT豚罵台灣女孩。在此之前，已有耳聞舉凡成為利艾的朋友，不分男女老少沒一個逃得過分手的命運：更妙的是有人曾以此為由，「拜託幫我擺脫死纏爛打的男友」而接近她，隔天另一半就人間蒸發了。

「自以為高冷嗎？知不知道別人怎麼看你的？」一團黑影閃過眼前。

以霖遙想高中被霸凌的境況。他們會用掃把打她，拓上一條條瘀青。她終於痛得叫出聲，居然還因此被他們嘲笑。「會哭了齁？裝得再久，遲早要露餡的。」

男友離開的原因，以霖也不是不懂，早在接近利艾前就被警告過「分手月老」的詛咒了。她依舊想挽回男友，隱約也曉得那不是男友的過錯，他明明沒有那麼壞的，怎一夕間變了樣——不過此刻她對眼前那位特立獨行、魅力四射的情感佛地魔更好奇，好奇利艾為何有這種能力，為何她對戀愛如此深惡痛絕？

「很想知道超想知道齁？好！」利艾雙掌一拍，眼睛骨碌碌地轉：「那我便收妳為徒，讓妳待在我身邊見識愛情的蠢樣吧！」

以霖才舉起手，還未答應已先被利艾拉走了。

首先，第一件事是開假帳號到各大留言板上裝噁男發文，製造男女間的仇恨。「這叫防患未然，以防自己的分手靈氣因此耗盡。」利艾說，就怕有個萬一，假如魔法是她的靈魂能量，持續觸發豈不短命。

以霖其實沒想做那麼偏激的事，便待在利艾身旁觀摩她創一堆建華，邊打字邊哈哈狂笑。以霖也很想笑，卻又憋住。

噁男結束，再來便是腐女，把認識的人胡亂湊cp，開部落格寫肉文，激發男生對宅女的厭惡感。再來是女權、ptt宅……據她所言，講得出名字的SNS版上大半仇女文章是她刷的，反正性質大同小異，抽換特徵就有新的一篇。

「像你前任那種宅宅齁……我研究過啦，他最愛無口屬性，譬如綾波零之類的啊，他一定最討厭三八的女生，那麼……」她滔滔不絕，也不在意以霖有沒有聽進去或想不想聽。

曾問過其他同學，只是似乎沒人清楚利艾的過往，是個很神秘的人物。上次有個白目問她情史，結果……噢，她也沒怎麼樣，只是吐舌說：才不告訴你咧。大家並不討厭與利艾相處，要是大家知道她背地搞這些齷齪事，八成也見怪不怪。

「喂！所以妳為啥想當我的弟子？」不對啊，不是她強迫的嗎？以霖差點脫口而出說這只是她的一廂情緣，話在嘴邊又吞了回去。

利艾給人的印象是個無害的傻大姐，「說實話要討厭她也很難」，以霖好友曾這樣評論，關於這點，利艾說她讓自己刻意散發出惹人喜愛的靈氣，不是她討喜。「可是你就想嘛，怎麼可能有人討厭我？」利艾輕甩她的頭髮。

是的，利艾待以霖不薄，給予她很高的信任，還把電腦密碼告訴人家。以霖曾在用電腦時，滑到利艾與不認識男人的親密合照，照片裡的她笑得比發仇女文章時更為燦爛真誠。是這個男人改變了她的一生嗎？在她化身分手月老之前，過著怎麼樣的生活？以霖甚至翻到了她自己的名字。她閱畢才知道這不是她該看的，照利艾的個性想必是忘了刪，就放心把電腦交給她了。

不過以霖現在也只有利艾能相處，因為前男友一直在說她的壞話，學校靠北版上充斥攻擊她的惡意言論。儘管碼掉名字，照內容推測也很清楚。她的特徵太好分辨了。

「不會反擊啊？妳怎麼還是那麼懦弱呢！」利艾聽聞，坐在電腦前自顧自地打字，卻提高音量責備她。

以霖心情很複雜，到外頭散步。她決心成為不一樣的自己，又傳訊息確認了一次。「真的要反擊嗎？」，利艾立刻回覆肯定的答案，因為她很清楚這不是以霖的問題。

於是以霖把前任邀出來，想當然爾被拒絕了。

「我只是希望你不要再發那些傷害我的文章。」至少還沒被封鎖。

「妳哪來的立場？你以為你傷我多深，妳這怪胎！」

以霖此刻想到的不是前任，不是自己，而是利艾的每一句話。腦海裡流動的是利艾的照護與陪伴，以及她教會她最重要的一課：勇氣。因為這一切都是妳給我的，她在心裡祈禱，儘管不知道結果，我也要努力去做。以霖按下傳送，都出去了，關於分手的原因，全攤在男友的手機裡了。

在以霖回到利艾住所的時候，映入眼簾的是女人癱倒在散亂的地面，以及握著刀男人的背影。黑影向下劈砍，她飛奔過去，裸手硬生生擋下這一記。鮮血從以霖的虎口湧出。

「妳們、兩個、瘋子！」男人喘著氣咆哮，像一隻發狂的牛。對肥宅而言這種活依舊太吃力了。「妳明知道她用你手機傳那些訊息給我害我們分手，妳甚至選擇袒護她？」

但男人是真的怕了，眼中的驚恐已經求饒。他手無力地墜下，刀子滑落，金屬鏗鏘轉印成襪子上的紅色點點。他退後數步，轉身逃去，眼神猶如詛咒狠狠烙印在利艾的瞳裡。

在以霖背後，利艾從未如此驚嚇，乃至忘記擦拭流出的口水。以霖的手指沾滿鮮血，沒辦法比劃，只能以一種深含意味的表情望著她。

「你……早就知道？」

以霖下意識舉起紅色的雙手，卻癱軟無力。她只好回覆一個尷尬的笑容，如初次相見，陌生的二人回到原點，不過角色對調。

大姐頭嘴裡發出無法辨識的音節。她無法直視對方的臉，下意識避開她的視線卻望見深深刀痕的指頭，滴在顫抖的腳前。

「你……我害你再也無法比手語……都是我害的……。」

以霖吃力倔強地移動右手，沾血的食指按在自己嘴上，挪開。

「不，」她輕聲喃道：「妳給了我聲音。」

利艾瞠目結舌，講不出話來。這是她生平第一次，聽見以霖情感的震動從嗓子裡真實地發出，而不是單純的手勢，手勢。

語言，語言是什麼？

是妳，是我，是手上的疤。

「我理解的，妳根本不是什麼分手月老，而是出於嫉妒，才一再離間身邊的情侶。」以霖愛惜地望著利艾，眼色滿溢同情。

「但正是妳這樣的人教會我勇敢，給了我開口的勇氣啊……。」

# 靈光乍現

　　許建德閒著沒事的時候就把搜集來的複製文整理投稿在各靠北版，偶爾引笑偶爾引戰，是上大學培養出的嗜好。他自從認識中等常渡的作者後，因為暗戀他（噓！）都會附上他粉專的出處。建德在疊字系上朋友不多，後來又被靠北版抓到會搬運複製文而被公審，轉而在網路圈圈中求溫暖。他先從白良壑的朋友下手，全部送出邀請，接著到靠北帝大找留言的有趣的人加友。漸漸的建建德，他的網路聲量浩大起來，還開團創理工電神小圈圈切磋數學。不過他從未忘記他的初衷，繼續在靠北版發文，前些日子夢見田姓少年就讀哪裡，那種改一改校名到處發的模板，很明顯是他的功績。

　　然而，縱使事業蒸蒸日上，建德兄卻日漸消瘦，暗自覺得被班上同學排擠。那倒還行，他想，能在網路上走路有風留言有怒一切便值得了。既捧他人電神，對方也理所當然回敬，走到哪電到哪，如此生活豈不美哉？是以當白良壑去找他時，他壓根沒把他放在眼裡，只顧埋首鍵盤。

　　「那個，你有沒有想過，你的身體出狀況可能是衝到煞或什麼之類的？」

　　「何以見得？」建德。

　　「就是，嗯，我知道你很喜歡複製文。」良壑眼珠滾了半圈：「可是你這樣隨意的複製貼上，作者會不高興吧？」

　　「複製文能夠廣為流傳的最大因素，在於我們不必對作者負責。如果標註來源，等同令文章添掛了某種重量，沒法輕易轉發。」

　　「我懂，也謝謝你會附上我粉專的連結。我想說的是，靈光只存在作者最初的發文，至少每篇都有連結的話，能把流量導向……」

　　「網路興起多久了，你還在講靈光？分享的觸及率超低，尤其靠北版上沒人看的話就沒屁用了。上DE4，作者已死，會打出複製文的人希望的不

是出名，而是內容能廣為流傳，為此他們默認鬆綁版權限制，讓氣球能飛得更高。」

「我知道啦，我是說你身體……」

「你只是建不德我好吧。」許建德把椅子轉了過來，狹窄冷漠的眼神刺穿良壑的心。良壑眼角閃著淚光，轉身離開。

「早不爽他很久了，」他一個人自言自語：「又少一個競爭者了，做得好。」

他揉揉眼睛，手濕濕的。

近日工工系有個傳聞，說上課時有個怪咖會自言自語影響他人。他宣稱自己有妥瑞症，不過這症狀不會是一天造成的，以前的他明明很安靜，突然喃起話來，是想引起別人注意吧。

網路消息發達，許建德哪怕沒去上課也聽到了奇聞，對這號人物產生興趣，說不定是個好題材（他也嘗試寫起複製文）。建德最近都窩在宿舍耍廢，畢竟網路上的人稱他電神，建德根本不需要去上課嘛。他試著探聽消息，也許先從加那人臉書開始親近，不過他沒什麼現實朋友能告訴那人是誰。聰明如建德靈機一動，在靠北版上發文，說工工怪胎不要再吵了好嗎！然後期待有人透露蛛絲馬跡。

你也曉得那種留言大多數是鬧朋友的，很少有人敢直接標出事主；幸運的是還真給他盼到，一堆哇佐證必是本人。點進去頭像全黑，第一眼就是怪咖，翻不出任何個人資料或臉照。許建德欲發出好友邀請，卻找不到那個按鈕，有的只有一個眼睛，一個放大鏡，三個點，以及「編輯個人檔案」。

小丑竟是我自己——覺得滑稽。

「我得了精神分裂，剛好其中一個人格有妥瑞混亞斯伯格，以後得想盡辦法叫他出來才能買愛心票。」許建德發文自嘲，但他不記得自己寫過這篇文。他覺得自己內心僅剩瘋狂轉貼複製文的衝動，最好二十四小時不間斷地輸出。既然他已無心上課（感覺背後大家都在斜眼瞪他），不如遵

照慾望而行。由於實在洗太多廢文，建德的ip位址被crushninja封鎖，再也無法投稿。他想去圖書館借電腦還被管理員拒絕。

可憐的建德不得不拼轉學考離開這傷心之地，但也不建德能進。他的聲音告訴他不用轉學，只要一直發複製文一直發……就是你活著的目的。我看墓地形容更為貼切，我認為你應該從霸社裡偷。不，去電神版面搬運更好吧？靠交搬運工失聯很久了，世界需要我，快，黑夸產業鏈動起來了。你是我們的工具——才怪！我發自內心喜歡複製文！那幫我轉啊，這篇是我寫的啦；不不不，我寫得比較好，先幫我發。怎麼看也是先幫我吧，他偷我最多文欸，可是我們講求的是質量……嘿嘿！中共同路人！支語警察怗怗！學弟，我好想念你鮮嫩欲滴的屁眼，你給我滾！你們快點離開，他不喜歡你們這樣！誰叫他不標來源！搞什麼，他也有發我的文啊，只要有複製過我們都有權佔據他的思想！他不附上靈光，我們就成為他的靈光！

轟的一聲，許建德從方格間望出去，宿舍房門炸開：白良壑叼著煙扛把火箭筒在肩上。他對準許建德的醜臉，把他的頭炸開，腦漿跟血噴上牆壁像是當代藝術。

許建德不可置信地望著火箭筒底部，又是一陣強光與顱內轟鳴。

轟！在嗎==我勸你不要太過分哦 威脅就算了 跟麻糬說那三小 還有 這種事是你可以拿來亂講的？做人真的不要太過分 之前對我也是，你到底是怎樣 不想跟你撕破臉 但是你最近已經太超過了 最後 不要逼我 只要我一個下令 你的人脈都會消失 我也有你的把柄 就這樣 我只是勸告

轟！但其實浴室裏沒有人，水是我開的，過了一會，我覺得這樣很浪費，就把水關了回到自己的房間睡著了。後來我的室友就跟人說，我有一個女友。別人就一問我，你有一個女友嗎。我怎麼說呢。我只能說是，恩，我有女朋友。因為我不能告訴他們水是我開的，臥室裏沒有人。

轟轟轟轟轟轟轟轟轟轟轟轟轟轟轟轟轟轟轟！

「還有幾個？」他大喊。

「七個！」許建德飆淚，他竟然明白發生什麼事。

轟！不敢什麼 蛤? 阿~學長我不敢了(pa pa pa pa pa) 阿X22 大聲點 阿阿學長我不敢了學長我不敢了阿 大聲一點啦 不敢蛤? 學長我不敢了 阿不是很邱(阿~~~) (吐口水)幹! 嗯啊~ 嗯啊~(呻吟)X7 嗯X10

轟！莫那魯道是利用敵軍屍體製造出長相似自己的乾屍，而他本人沒死。他正隱身在原住民部落的深處，除了部落元老，沒人知道有關莫那魯道的事。靠著日軍帶給他的機械力量，用機械日夜改造自己。莫那魯道變的力大無窮、長生不老。當有一天台灣發生戰爭，鋼鐵改造人莫那魯道將會從深山中走出，他一躍就能飛到空中手撕戰機，裝甲車的裝甲對他如同玻璃珠般脆弱。子彈對他只是搔癢，給深山蚊子螫還比較難受。這正是鋼鐵改造人莫那魯道。

轟！我拿起一根，我的族人，一根杏鮑菇，緩緩塞進他的屁眼。

「幻想的東西，用幻想的東西消滅準沒錯！」

轟！很好....你很腦殘嗎....敢這樣講刀劍神域.......我死也不會放過你。

轟！佛哭了，說：「操你媽，三天之內殺了你，看到沒有小逼崽子，你媽了個臭B操你媽，把你骨灰都給你揚嘍！」我茫然的看著佛說：「哪三天？」佛說：「昨天、今天、明天。」

轟！轟！轟！轟！

「等一等！最後這個不要殺掉！」

「什麼？太遲了！」

轟！


最近T女家附近新開一間自助餐。招牌寫著五個字：女泉自助餐。走進店裡沒有半個男性，疑惑的T女問了服務生原因……

中等常渡的零碎字句飄散在空中，在兩人之間抹成灰燼。

「我只是希望你能永遠待在我身邊，成為我的一部份。」許建德咕噥。

白良壑走向前，吻了他的額頭。

「我是啊。」他展露久違的笑靨。

# BONUS

# 郭教授獵奇（原版結局）

　　「這是她的幼年狀態，我回到外婆生下媽媽的前一個月，精心策劃如何拯救她。」教授攪動舌尖。

　　「終在生產日，我攔截了那輛救護車——我把它撞下懸崖，編制錯位的時空網減緩墜落速度。好在其他人全死光了，剩下年輕外婆護著肚子裡的母親，奮力掙扎著。那濃烈的母愛使我動容，外婆呀外婆，真是貼心到使我興奮。」教授冷血地賊笑。

　　「可她已無抵抗能力。我拿起針線包，把她的陰道口與我的肛門縫合在一起。」教授兩手在頭上華麗交叉，翻轉下來怪異地摟著自己的腰側。「我真是天才呀，還有誰能想到如此縝密的計劃呢？」

　　我喉嚨湧出酸液。

　　「然後我推擠外婆的肚子，由上而下助產，母親就出來啦。」教授喉結興奮地上下運動，嚥下滿溢的口水，手順勢游移到肥肚腩上，大拇指充滿感情地摳入肚臍，彷彿在遙想自己與母親數十年前的親密連結。

　　「我就扯開線嘛，讓時空裂縫自行坍塌，最終就收斂回原點了。是不是很棒！」他眼睛真誠地發亮。他是真的沒感覺到一絲不安。

　　「你……我要舉發你！」我氣得發抖。

　　「這可不行啊，2606160。我要把媽咪養大，再跟我最愛的媽咪結婚，怎可以讓你壞了我預謀幾十年的好事。」郭教授走到我旁邊蹲下，輕撫我的頭，像在摸狗。

　　所以代號是這種意思啊。他從沒把我當成人看過，工具才不需要名字。如今我被利用完了，可以丟了。

　　我掙扎想爬起，但地上的屎實在太滑。

　　「該讓你永遠沒辦法說話了。」他撿起那條裂隙，一穿一出，用收束的時間線縫合我的嘴。

我是個奴隸。

更可以說，我過得比奴隸還不如，而且我在這個時空不會死亡。

教授說不必擔心祖父悖論，那傷害的是另個平行時空裡的人，反正不是他。

我被倒吊在鳥籠上由郭教授的腸子緊緊繫住，那是當時他能找到唯一的繩索。沒了屁眼的郭教授再也用不著屁眼了，排泄物全排進我的嘴裡；最噁爛的是，我能用舌頭舔到他一顆顆的痔瘡，與R20內側無異。

偶爾會有一兩根屎進來，我早該想到的。

# 疫情間的愛情故事

　　一名眉目娟秀的腐女為了消解疫情的苦悶，看上了兩個男生網友並嘗試勾引他們，做他們的傳聲筒將對方的話即時遞給另一方，相當於AB看著腐女的頭像互傳曖昧訊息，讓腐女自導自演自爽。可是經過這些談情說愛的日子，腐女發現自己好像喜歡上A了，企圖偶爾用她的觀點回話，欲把B逐漸抽換成她本人的特質進而佔據A的心房。這勢必得擋掉B某些關鍵性的訊息，讓B開始留意到A的回話古怪且不連貫，但提出的質疑都被腐女擋掉了。而腐女還不能封鎖B，鑑於人格的抽換尚未完成，她需要知道B會回什麼。B做出了行動，扮演偵探找到A直接的聯絡方式，道出全部的真相。A坦露他本來漸漸對腐女沒興趣了，是由於他以為的她早已失去了昔日相處的感覺。原來B才是A想要的人。可是B不喜歡A，他僅僅想破壞腐女的如意算盤，給她嚴厲的懲罰，要求A立刻封鎖她。A提出方案，既然B想徹底傷害她，不如A假意跟腐女在一起，但這段感情中其實一直找別人出軌，最後再公布實情戳破她的幻想泡泡。B答應了，且為了狠狠的報復，B自願下海當A的出軌對象，畢竟目前A最喜歡他。揭發時刻，腐女卻感受到比和A交往更大的喜悅。她終究是個腐女，喜歡的是兩個男生搞在一起，喜歡喜歡的男生跟別的喜歡的男生搞在一起。她由衷地祝福他們，三人也盡釋前嫌和好。AB繼續處於一種曖昧的階段。穩定後B檢查手機的對話，發覺在腐女逐漸抽換人格時，A早已察覺到異狀並猜出她的計謀。但鑑於A喜歡B，遂跟腐女約好將計就計演下去，直到AB兩個人在一塊。B再一次感到痛切的背叛並離開了A，卻發現自己對A實在也動情了。B原諒了A，但這段感情在反覆欺騙之下早打破了B的底線，B知道自己日後肯定會一直翻對方手機，疑神疑鬼的，不可能再跟A正常交往了。他們只能瘋狂打砲讓腐女在旁邊錄影，印證了那句老話：三人行，各取所需焉。

# 鍾佩雯（節錄）

「能在夢中死去，是多麼的幸福啊！」

「本該是我配音的！」

「別這麼講嘛，我今天是想來跟你合作的，我也要籌錢拍片啊。」

「沒錯。我要來拍一部咱歹灣人國產的鬼滅！」

「卡！情緒要再激昂一點！我們這是賀歲片不是鬼片！」

「太好啦！鬼島之刃動力火車篇的主演來啦！」

「賀歲片怎麼能少了我呢？」

「我用穢土轉生復活的。吳憲列車……建軌啦！」

「無限鐵路走九遍～」顏尤在耳。

「欸……你留下了第一滴淚？」

「大哥你腸胃不好，別再吃燙的！」

「豬突猛進！賀歲片怎麼能少得了喜氣呢？」

「射歪了！這種距離你居然會射不中，你這個爛砲兵～～～」

「抱歉吳天王！」

「不喜歡我的影片就滾開掰！」

「我摸到腫塊了。你是不是大腸癌？」

「不要碰我，我還正紅著！」大哥痛苦地喘著：「你過氣了！」

「你才過世。」

「不要再冒充我的身份了。」

「萬憲天引！」

「你媽死了。」

「不准再消費我媽！」

「這劇情如何？」

「一定會大賣。」豬哥亮從墳裡爬出來按讚。

# 春宴

　　翻找營養標示，用手指掃過一遍：辣椒粉、甘草粉、醬油、食鹽、糯米、食用黃色五號、食用紅色六號、食用紅色七號。南泉甜辣醬根本垃圾食物啊，李杰龍心想，化學成分這麼多，與我自然清新的政策方向十足不符。

　　雖然嚴家勢力曾與李杰龍所屬政黨掛鉤，但身為新任市長仍得整頓一番；起碼也得展現一下手腕，讓海線知道歪主意不能動到太歲頭上。曾經的山之王蔣兆民重心移往中央開闢霸業，密會時表明過台西事務已不會是他的優先考量。他原握有的權力將暫時轉交給李市長，再加上杰龍手中的市區，有威脅的僅剩海線一帶，可以投入全部心力治理。

　　輪過幾個朝代，在台西嚴家勢力一直都是最雄厚的，尤其指南宮一戰後更穩固了地位。嚴淑齊介入手段高明，證明她的實力依舊，年老不衰。為民愛戴的女性掌權者並不多見，既然無法煽動民意，杰龍勢必得親自出馬，先發制人。

　　「媽，你確定嗎？」嚴帛毓憂心地攙著母親：「真的用不著這樣，妳身體愈每況愈下，我可以替你應付這些破事。」

　　「不行，打著台西之母的名號，我要親自應戰。」李杰龍一上任便邀請各地方大佬辦桌，明顯是場鴻門宴。「給他打電話，說我一定登門慶賀。」嚴淑齊手上的金筷子像一把刺刀戳入水餃餡皮。可惡的傢伙，想搞我也不先掂掂自己能耐。

　　家族其他人都有自己的事業要忙，能到場的只有嚴氏母女。場面確實盛大，座無虛席。海景優美，刻意選在嚴氏的地盤，是引狼入室，抑或羊入虎口呢？

　　幾位黑衣人排開站在安檢門前，是機場經過時會大叫的金屬偵測器。嚴氏母女互相交換眼神，還好身上沒帶東西。李杰龍首先走進門內，機器沒有反應，母女倆也尾隨跟進，安然通過。

　　紅色圓桌排場，見張張桌上都有南泉甜辣醬，兩個台西囡仔才安下心來。

　　「今天很榮幸邀請各位大駕就職晚宴，請大家好好享受美食，我們廢話不多說，謝謝鄉親父老支持，這就開動——」

　　大家都投身於饗宴之中，貪婪嚙咬著山珍海味。嚴氏有說有笑，已將威脅什麼的拋至腦後。這裡沒有心懷不軌的傢伙，還能出什麼紕漏呢？是我們曲解了新市長的善意。

　　酒酣耳熱，賓主盡歡，大夥四處敬酒，嚴帛毓甚至乾了十杯。棚內飄著濃濃醉意，大多數都倒下來睡著了。嚴淑齊不敵酒力，趴在桌上歇息，女兒也處半夢半醒間。李杰龍坐在角落，拿起一個看似塑膠垃圾的容器，將管口闔上。

　　「棒極了，我的蠱棺空氣很奏效。」他嫣然一笑，朝嚴氏走去：「請不要怪我……這是一個生意，我的條件會好得讓你無法拒絕。」

　　教父將瓶子收回風衣內側的暗袋，左右掌在筵席的肉盤上發功。他左手將瘦肉精從牛裡萃取，一股紫藍色的邪氣；右邊豬肉提煉出來的，則是綠色晦氣萊克多巴胺。教父將手掌交合，兩氣猶如太極輪轉。

　　他深吸一口，臉頰隨之欣喜潮紅：「是國際地味……。」

　　杰龍來到嚴淑齊後頭，指尖沾取一縷氣靠近老人家太陽穴是要灌入腦內。他的計劃真的成功了，比想象中順利太多。他竊笑。

　　太陽穴開出了洞。

　　李杰龍兩側太陽穴開出了洞，往後直挺挺地倒下。

　　嚴帛毓扶著桌面站起，信手拈來一瓶南泉甜辣醬插進鼻孔替母親洗胃。

　　「我就知道……那些酒我偷吐掉了，沒有喝掛。」她喃道：「平常抽煙已經把肺抽壞了，毒氣對我沒有影響的。」

嚴帛毓彎腰查看母親的狀況。嚴淑齊似乎身體無恙，只是酒喝太多而昏睡。她在心中祈禱，希望母親不要有事。帛毓轉頭俯瞰地上那可憎的男人，卻驚覺他的身軀消氣陷下，有如薄紙貼地。什麼？是長得很像李杰龍的加藤鷹充氣娃娃？竟然沒察覺到，他的本體在哪？得趕快解決他，不能被他逃了。

一個西裝男人的身影從後台步出。嚴帛毓眼角餘光瞄到，立刻將南泉甜辣醬從母親鼻腔抽出。槍聲轟然響起，人影中彈，是氣球爆裂的聲響。

「又是充氣娃娃！到底有多少充氣娃娃長得像李杰龍？」

「非常非常多。」

李杰龍本體終於現身，雙腿交叉站在門邊。

「你把我媽怎麼了！」

「那只是普通的酒罷了，我沒動到她的玉體，被妳阻止啦。」他說：「是你母親的肝本來就快壞了，即使啤酒她也沒什麼消化。」

嚴帛毓橫著牙，沒有接話。

「倒是你子彈哪變來的？我不是有安檢了嗎？」砰的一響，李杰龍雙手齊發護臉，拿住迎面的四顆子彈，夾在指間：「這樣我們就扯平了吧，跟我聊聊你的能力。」

「台西人最喜歡南泉甜辣醬對吧，不過那起初只是假象，是人們被篡改記憶的結果。我們嚴家自祖父那代落地深根，家族壯大繁衍之後便能透過王之血脈操控記憶。」

嚴帛毓往瓶底一拍，掉出幾顆子彈。

「嚴家的直系能力叫做『嚴射』，把親手殺掉的人製成彈藥包，就能塑造備用子彈。咱們家族深受擁戴，人民連死後也臣服我們，你一個新來的想要奪權，門都沒有！」她低聲咆哮：「妳以為為什麼南泉是那個顏色？那是人的血肉！不管在哪我們都吃得開，這是我們的嚴射主場秀！」

嚴帛毓發動王的呼喚，桌面所有甜辣醬蓋頭應聲噴去，凝成數千顆子彈浮在空中瞄準李杰龍腦門。

　　「順帶一提，我們已經很久沒有覆寫記憶了，現在鄉民是自發性愛著南泉。」她啞然失笑：「為什麼？因為台西因仔骨子裡就是嗜血！我們渴望見紅！」

　　李杰龍像突然領悟了什麼，大驚失色。不管逃到哪，台西小吃攤桌上總會放著南泉甜辣醬，台西遍地凶器，無處可躲。再這樣下去，他就要像水煎包一樣被南泉內射了。李杰龍決意拼死一博，叫出特大充氣巨人對抗始祖血脈，哪怕兩敗俱傷也要給她們顏色瞧瞧！

　　「且慢！」

　　嚴淑齊大夢初醒，扶額站起。

　　「這裏沒人樂見台西的體制崩壞。」她呻吟道：「女兒啊，認清真正的壞人吧，我們應當槍口對外，對抗破壞我們締結友誼的兇手！」

　　「有這號人物？」李杰龍自己也沒察覺。

　　「就是寫這篇故事的人！他是幻想文作家，就愛挑撥離間！」嚴淑齊低吼，手心朝下打開叫出傳送門。在那個圓下頭，有個帥氣大學生正在打字。

　　嚴淑齊召喚力量，將子彈貫

註：本篇部分設定有參考現實原型。但因政治因素過強，為避免冒犯/影射他人，所有角色、物品及特徵均作替換。再次強調劇情設定和利害關係只存在於架空世界，與真實無關。

# 萬聖劫

　　場外版務發布聲明後，這下是真的惹到眾人了。北投這麼小，又破，又內陸，隨手一翻就能把它滅了。田家人雖躲得隱蔽，依舊存在北投某處，若號召人力地毯搜索必定能將人揪出來繩之以法：網路上於是發起「進擊的正義」運動，相約在某日進行私刑。

　　T姓少年固然懼怕，可老實講他也無處可去。一離開北投縣政府的庇護，他僅是待宰的魚肉，高機率活活被人打死。他在床上蜷縮著，發抖，連父親重金聘來的口交娃也沒心情用。

　　這幾天欲蓋彌彰的田父對為何一堆人加了他的賴毫無頭緒。當今肉搜能力已經進展到如此程度了嗎？不堪入目的字眼，只堪入口。他把邀請權限關掉，殊不知網友尚能透過手機號碼傳訊息騷擾他。禽獸的老爸，他們如是說：不，你也是禽獸，一丘之貉。

　　資工系的冠冠同學自然也有響應運動，有按讚，還在網路上轉很多聖捷笑話，所以不到場也沒關係吧？其實他心底著實憧憬人家有那麼給力的老爸，貨真價實的父權結構。

　　脫下褲子，打入blowjob, reluctant, crying等關鍵詞。在聖捷的記憶中，一定充滿這些悖德而美好的實際體驗吧，可悲魯宅如冠冠是羨慕嫉妒恨。隨著一陣電流傳遍全身，冠冠去了。

　　到場造勢的約有千人，許多是看不慣想報仇的北投縣民，不乏被騷擾過的女性（受害者包含數百名男性），其餘是義憤填膺的場外大眾。

　　人肉圍牆把山區輕而易舉地圍起來了，正義的網逐漸往T姓少年的脖子進逼，誓為所有緒光高中的受害者爭一口氣。他們還開直播，即便偏鄉收訊極差，在線觀看仍舊破萬，吃瓜群眾無不歡騰慶祝，各家記者見局勢如

推倒的骨牌一發不可收拾，索性忽略很大的官威跟進報導。他們被指示要壓新聞很久了，早也想做點什麼。

北投縣的疆域開始人工收縮，待在外面形同社會性死亡，聖捷只得逃往更深處的林間。這裡適合躲藏穿梭，同時也容易以立體機動裝置戰鬥，是把雙面刃。

調查兵團來到最後一畝森林，少年必定在此。巴哈版務下令全面放火，犧牲機動性也絕不讓對方有苟活的機會，焦土策略。森林陷入火海，偏鄉北投好久沒有人煙了，把大家都引出來看戲。

半個人影都沒出來。偵察兵隊在一棵燒焦的槐樹旁找到田姓父子抱樹而死，兩具不成形的屍體，但身型似乎……待隊長意識到不對勁，插在屍體下腹部的雷彈爆開，將眾人炸飛炸爛，只因為兵長太強所以要先智商打擊削弱他。田姓父子趁隙從土裡鑽出逃逸，矗立面前的卻是版務本人。

田父先是遭後頸一擊必殺，版務手起刀落，將田男的生殖器切成數十段凌遲。男孩手臂護著下體，一齊被捲成碎片。

「吵死了。」版務以極鄙夷嫌惡的眼神俯瞰那隻禽獸：「有什麼遺言趁現在講，免得等等又講不出話來。」

「各位父母們！謝謝你們為了我辛苦養大了那些自慰器！」田姓少年困獸猶鬥，使勁力氣吶喊：「啊啊啊啊啊啊啊啊！一代一代！」

在那一刻，除了版務之外，大家都感受到身體穿過一陣電流，近似高潮的電流。

「你知道精液的成份是什麼嗎？」聖捷喘著氣淫笑：「那，就是脊髓液啊。」

不遠處，昔日的戰鬥夥伴均化成了少年的面貌，忸怩地飛馳而來。他們沒穿褲子，碩大的生殖器如藤蔓晃著，「叫人口交」成了唯一的本能，巴哈勇造同時換成已下架的T姓少年。

「不可能！全北投的人都幫你口交過？」版務的眼神尖叫著恐懼。

「還沒完呢，凡是喜歡強迫口交系列的人，理所當然是我的士卒。巴哈那麼多魯宅，他們都很喜歡，口嫌體正直。」他單膝跪立，沒了手的衣

罷隨風飄揚：「你應該怪罪男性的獸慾，這不是我的錯：我是野獸，我順著本能，僅此而已。」

遠方，冠冠身體穿過一道如高潮的電流，上課中猛然站起。他瞄向身旁的女孩，露出了淫邪的微笑。

「你這隻禽獸！」版務雙眼發紅。

「夏娃出自亞當肋骨，女人本就是男人的所有物！」T姓少年雙手快速修復，總算能扶著枯樹站穩：「你也是這麼想的吧，男人？」

大量聖捷湧入，已分不清真聖捷在哪，Bang!

限縮圈被擊潰了，田男以鳳凰治療包重新為自己充電。

「要怪就怪始祖亞當吧……這一切都是他造成的。繼承血裔的後代呀……我們每個人都是惡魔。」

T姓少年摘下眼鏡擦拭。他在流淚。

「要是……要是福爾摩莎島上的人民沒出生過就好了。」

「父親……。」此時他的父親正被無垢聖捷姦屍。

一秒前的瞬間，破敗殘存的世界
若能展翅飛翔便請傳達給他

展著焦黑羽翼的無數鳥兒
揚起灰燼而安穩笑了笑
誰快來宣揚
將我曾在於此的證明一同宣揚
明知屍骸終究會化作砂土散去的

被吞沒、被踏平的同伴之聲，那無法拉下帷幕的理由
不停猛推著我們的背奮勇向前

一旦逃脫因果螺旋，他羽化昇華而我卻萬劫沉淪
為巨柱添滿光芒的月光照耀著朦朧的記憶
彷彿在找尋著他似的
「就在那部小說中團聚吧」
引領的聲音猶如幻聽一般
漂浮的海，這是你自己揭開序幕的故事

展著焦黑羽翼的無數鳥兒
揚起灰燼而安穩笑了笑
誰快來宣揚
將我曾在於此的證明一同宣揚
明知屍骸終究會化作砂土散去的

明知屍骸終究會化作砂土散去卻依然存活著

（結局未明。）

註：歌詞為進擊的巨人最終季片尾曲《衝擊》的中譯版本

# 咒術迴戰

　　年輕女性推開門，將社宅資料放在辦公桌上整理。皮椅上駝著背的中年男子望向窗外，灰白的髮略顯疲態，正嗑著花生，嘴巴沒有歇過。

　　「市長最近有做什麼娛樂嗎？」

　　「噢，偶跟你講，之前年輕人不是在看什麼動漫？」柯文哲搔搔頭：「那叫什麼，什麼咒怨迴廊的。」

　　「咒術迴戰嗎？」

　　「對啦，偶就在研究為什麼年輕人會喜歡。」

　　「你也太操勞了，連下班都在工作。」學姊笑道。

　　「這是休閒娛樂啦，偶就看，裡面有個人叫夏油傑的。」市長說：「他提到要讓那世界好轉有兩條路可走，第一條是……」

　　「等等，你現在是要劇透了嗎？」學姊提高音調：「這邊有些人還不想知道！」

　　「第一種是讓所有普通人類變成咒術師，這樣大家都能控制咒力就不會有咒靈了。」市長罔顧民情：「但這太難了嘛。」

　　「同意。」一陣暴雷劈下，學姊焦急地望著天空。

　　「第二種勒，是殺掉咒術師以外的所有人類，唯有這兩條路可以滅絕咒靈，讓咒術師不再受誤解與歧視。咒術，就是政治的理解，抵抗民怨的操弄，識破風向的能力。」

　　「嗯嗯，有點殘忍，畢竟只是漫畫。」

　　市長喝了口茶。

　　「偶就想到，這其實跟現實世界，尤其是台北齁面臨差不多的問題。」他抬頭，與學姊的視線交會：「你知道咒靈代表什麼嗎？」

　　「嗯……以漫畫裡的形成來看，是台北市民的怨恨？」

　　「差不多，那猜猜看歧視咒術師的普通人類是指什麼？」

　　「不就市井小民嗎？」

「錯了，市井小民沒那麼多抱怨。」市長說：「抱怨的是老人，老人就是最難搞的那群，還握有極大權勢和詮釋優先權。」

學姊手中的資料灑落在地。

「老人問題最嚴重了，超高齡化社會不久也會蔓延到台北。」柯文哲長嘆：「你想想看嘛，年輕人除了覺青為反我而反之外，還算好照料；而老人真的問題一大堆，給他們共餐計劃不是群聚罵我的欸，我以前當醫生會不知道（他們多難搞）？」

「市長，我沒不相信啦。」學姊尷笑：「不如你把重陽敬老……」

「所以縮啦，夏油傑提出兩種解決方案：第一、讓所有人都變成咒術師。咒靈由人類的負面情緒產生，控制自身的政治傾向自然不輕易外洩咒靈，且大家都會自己找資料查證文宣，就沒有資訊斷層與對立了。」

市長吸一口氣：「第二種，則是除去全世界的咒力，讓政治不平等徹底消失。」

「那怎麼辦？等所有掌權者自然消長？」

「太慢了啦，偶們應該主動減少老人數量。」市長起身躞步：「寧可像醫療廢棄物那樣集中燒毀，把非咒術師趕盡殺絕，提升城市效率。即便咱是小小的柯勢力，再強大的颱丸都不得不逆時鐘！」

「蛤？？？」

「中央當然知道北市的醫療資源短缺，一定會刻意陷害我們，起碼不會給我們機會像高雄那樣提前部署。」市長舉起手刀一揮：「那麼，老人就是上層害死的！他們最愛不顧政令亂跑，很快就會把自己搞死！」

學姊心想，這人近期是遭受了什麼心靈打擊，看過太多生死心智不清了嗎？但對望市長視死如歸的雙眼，她還是依循他的命令執行。


北市府公告：大家近期都在家憋慘了，端午節市府計劃舉辦「老人包粽大賽」慰勞各位……歡迎各位老人出門走走，曬曬太陽保持健康！

這果然引起很大的反彈，新聞一面罵，說是要害死多少人啊？

北市府公告：資源隨你用任你拿！參加就免費！通通免費！

老人不顧攔阻，趨之若鶩地奔向大海。

市長再度加碼，辦在北農大廳，噎到送醫不用錢政府全額補助，還可以多領一些老人藥……近期醫院都限診，許多老人家裡沒有三年份的藥渾身不自在的。如推演時那樣，貪小便宜的摳老人蜂擁而至，現場來了兩三倍人，多半沒報名的，市府也不推托，全數開放參加。

「這樣北市府不會虧錢嗎？」

「所以說吼，乎伊死一死長久看來就不浪費資源了，放長線釣大魚，用肉粽換未來乃是槓桿投資，啊債主全死光就不用交割……天上不知唯我獨損。」市長開始胡言亂語：「台灣齁就是藥吃不死人，老人才一直在那邊!@#$%^&，我就常想，那樣算活著嗎？不如早點下葬吼。」

眾老人們被限制出門許久，趁比賽皆不自量力把包葉油飯拼命往嘴裡塞，像平時那樣送醫隨意耗費醫療資源。他們沒想到一進醫院，急診醫生聽了市長吩咐，把糯米往更裡頭推，老人也沒力氣反抗，腦死直接插管，向家屬說明病患缺氧太久為時已晚，畢竟植物人也無法反駁。

老人群聚而亡。前頭被擔架運走後，後面的立刻衝上去瘋搶各種粽跟其他物資，一波接著一波，台大醫院負壓病房沒辦法收留那麼多人，有的就在家裡等救護車，血氧不足暴斃死了。電視名嘴還把近期的死亡率全部歸咎於食用粽子，明明老人包粽大賽都過兩星期了。

「大剷除」兩星期後，效果才開始顯現。活動統計噎死率七十九趴，台北市重新褪去高齡化的沈重外殼，健保壓力減少有感令中央暗地讚譽有加。市長失職下台，但台北市的生命力更旺盛了，遊民、都更、老人安養等等，各類問題均降低許多。

「資訊量太大的時候，偶們反而看不清事情的真相，這就是無量空處。」退休市長躺在涼椅上對探監的妻子說道。

他沒說的是，自己也跟虎杖很像，憑著一股衝勁誤入邪途，被上級拿來當作裝載仇恨的容器，打壓另一派系；直到另一派系爛到不用打，直到沒有利用價值，尾大不掉便像萊豬一樣狠狠電宰，讓眾覺青啃食。守護人類的咒術師掛了，村人還大聲喝采——唉，終究沒人理解。

「對的事情，齁，偶們做一千遍。」他說：「這就是生死的哲學。」

# 摺疊

　　難得享用一頓豐盛晚餐，算作慶祝梓萱成績進步考到班排第十四名。她應當不知道我是藉著母親節優惠帶她去關新路用餐，儘管宥彤已經不在很久了。我真慶幸班上沒有人取笑她，改天要謝謝老師把同學教得很好。

　　八點半，東區縣道上車流擁塞，工程師這時才加班結束，抑或接送小孩從補習處返家。明早要早起回工廠搬貨：公司新進一批原料，又得和那些拖延症患者周旋算帳。小女兒兩條馬尾甩呀甩，在機車踏墊上站著兜風，嘴巴張開啊啊地叫。我一身疲累汗臭等著沖去，為的都是給梓萱好的生活環境，別像我一樣來到這可悲的城市照舊待了下來，做個卑微的倉儲人員餬口。

　　遠方，不能看到的地方排著煙。地獄在發光。

　　女兒哼出某種曲調。思考良久，我憶起這是那首母親節的歌「美麗的康乃馨」，推測是學校老師教的。宥彤……不，我們壓根沒有結婚。

　　路邊停靠車輛令摩托車寸步難行，空隙僅供一台勉強擠過去。路肩縮起，正當我預備駛過車與車的間隙，一台腳踏車從巷子衝出來欲搶先鑽進，若不是我急煞早撞到了。我馬上對這低能按下喇叭，緊壓五秒發洩。他背著黑色的小巧背包，短袖垮褲三線拖，屬正統的男大生外出裝扮。

　　葉梓萱問道：「把拔，為什麼要按那麼久的喇叭？」

　　我見獵心喜，回答時蓄意跟在那自行車的尾巴：「因為他不會過馬路啊。」我講得很慢、很標準：「交大學生的素質……嘖嘖嘖嘖。」

　　他無動於衷。我超車到他前面用餘光窺伺他的表情，臉上沒有動靜。這人連反省都不會嗎？我又騎到他側邊併排，前後逼車繼續教育女兒，實則拐彎抹角洩憤。過了高速公路口我嘴巴尚未歇下，那人裝沒事令我愈加惱火，他剛差點害死我們耶！我要唸到他有反應為止。

　　「哦，那實在讓人很生氣。」小女兒說，語調童真。

「你以後千萬不要變成那種人。」我大聲而徐徐地講。

右前方，腳踏車騎士的背影忽而減緩速度。不對，是全世界同時慢了下來。他冷不防擺過頭來，照樣面無表情，左手放開握把上半身扭向我，正面相對，食指不知是挑釁還是怎樣地指著我的臉。我想嗆他，但聲音卡在喉嚨的震動裡。時間流速確實不對勁，在此刻似乎唯有他能活動，縱使他動作比周遭一切快得多了，仍比正常遲鈍些許。

我想到了，閃電俠拍電影就是這樣強調速度感的。

小女兒把頭逐格右轉，因發現哪個傢伙指著我的臉而感到好奇。大學生也留意到了，略微俯首，眼神與女兒四目相接。女兒無辜把頭側向一邊，此時我才正要喊出首字的子音ㄎ。

大學生把手指滑向女兒的臉，視線又回到我身上，嘴巴微張。

他把指著女兒的食指往外一抽。

世界恢復運轉，我終於把「跨三小，你還知道丟臉」叫出來，接著梓萱從我面前往左飛去，撞進汽車的擋風玻璃，彈起，車頂翻滾數圈，凹下的行李廂蓋，臉朝下摔在柏油路，被後方的車輛過。

我抱起葉梓萱的屍體痛哭流涕，潮濕的觸感流到手肘。至少有三台車壓過她，沒血沒淚的新竹人！最可恨的當然還是那個大學生，他殺了我的女兒！那是催眠嗎？念力？這一定是場恐怖的夢魘，天啊，快點醒來！

沒有醒來。

在醫院陪伴屍體五小時後，我回到家，悲痛欲絕地沉入破舊的沙發床裡。這個家尚有十九年的房貸，可現在什麼都不值得做了。外面的車流好吵，不斷聯想到某一瞬間切身折磨我。我跳起來，抓狂踩腳，衝去窗前使勁咆哮，映入眼簾卻是新竹的疆界逐漸崩毀的場景。

它裂成正方形大小不一的黑色碎塊往上掀起，從遠方某處擴散開來。黑暗的夜，炫目的光，掃走車輛人物通盤裂解，崩潰成繁複的碎形。大地的轟鳴搖動似要把我震成碎片，吞噬我的所有。顛簸漸強，末日已叩臨眼前，牆角零碎瑣碎的物質遁入高空，地板朝我襲捲而來。

罷了，丟失人生意義的我何必活著？我張開雙臂，迎向奔湧的粉屑。

　　腳下的地面敗壞瓦解，方形的刀邊割穿我的肉身，極痛，卻不比我失去女兒的心痛。我仰首，管線土石鋼筋從我眼球裡插出飛出，大片陰影遽然橫過視線像三維空間中穿越的四維實體，五臟六腑重複攪壞；如果可以的話，這些痛苦，我都要加倍奉還給那大學生，全都是他的錯！即使輪迴上千萬遍，我也要找到他，向他復仇！

　　全黑，亦是全白。

　　我沒有死，而是飄在奇怪的力場之中。這裡的虛無屬於純粹的黑，同時屬於純白，我難以描述這種感官經驗，反正也沒有任何人會懂的。碎片抹成灰燼，世界全面崩解，為何單單放我一馬？假使全世界都消亡了，我的存在還有任何意義嗎？我撫過左臂的肌理，皮膚末端翹起，似要綻開成屑。我連忙壓住缺口，但，我為什麼而活？梓萱已經不在了……。

　　對了，報仇。

　　我恨他，我要報復。

　　我懸浮在虛空裡頭，肢體無重力地浮沈好似每一點的密度都與我合而為一，意識到自己的肉身其實正由上千萬層的方形切片所建構，以我的個人意志黏著而成，精神即為本體。當我恍惚中睡去，一回神便發現自己的身體降解了，四散於虛空各處。我將意識向中心匯集，屢次拼湊離散的物理性，一遍一遍組成我的整體，又分散。

　　體感過了幾個月，又回過神時，我躺在自家床上。

　　還好是夢，必須是夢。

　　「葉梓萱！」我喜不自勝地大喊：「爸爸剛做了個惡夢，夢見你遭遇不測！」

　　無人回應。今天是星期幾啊……門外陽光正面照過來，我和鄰居對上眼，他竟別過頭佯裝沒事。那個人叫什麼名字來著？我上前叫住他：「打擾了，你有看見我女兒嗎？」

　　「節哀。」他含糊回道。

　　「什麼？我說，我要找葉梓萱。」

　　他很哀戚地瞥了我一眼，搖搖頭，而後離去。

經過再三確認，甚至再三檢查過遺體（這位先生，她已經死了！），我的獨生女委實是走了。然則那片虛無是什麼？是緣於失去女兒太過悲慟誘發的幻覺嗎？我依稀記得那表情，那張殺人魔的臉，叫我拿什麼忘記。

我前往交大翻調資料，一一比對數萬張臉。他名叫呂哲安，電機系。正當我離開資料庫，我腳邊忽然踩到一塊軟土，再踏一步摔進路面，四周地形如薄紙貼覆住我，無止盡地跌落。我甩開布簾似的披覆發覺自己回到了虛無界。仰首窺伺，那塊大洞依然不停有東西漏出噴出，像太空艦破損的吸力。

現實中，再大的定義域也總有個界限。我速度逐漸減緩，停在某條看不見的邊界附近，鑑於沒有作用物也無法自行移動。謝天謝地，這裏倒還不會窒息。我眺望原世界的破損，旁觀其悠悠潰散，像氣球漏氣。

我漂泊於清醒與入睡間，交替直到重新睜眼盯著自家的天花板。這次重生比上次短。我終於被賦予精確的目標：幹掉殺人魔。這準是我再三重生的意義，在這明日邊界。

一命償一命，我向竹聯幫訂購土製手槍，潛入研三舍到他房間，敲敲門？沒人回應。我持續守候，畢竟我人生僅剩此理由。時間又扭曲了，我在這兒待了四天，不會餓，但仍舊沒有人使用這扇門。徒勞終又歸於虛無，我看著窗外奔騰而來的碎屑，靜待肉體千刀萬剮，像凌遲一樣。

第四次輪迴，我翻遍研三舍各個角落。

第六次輪迴，我翻遍交大。

第十七次輪迴，我在他門前守了半年之久。

我的任務只有一項，因此並不勞累或感到挫敗。我的永恆建立於雪恨之上，生活所及皆是復仇。女兒沒回到我身邊，我就不會違抗宿命之道。特別的是，無常中我察覺我以外的世界每次解構重整後都迎來些許變動，鄰居殊異甚至面貌模糊，自家擺設不盡相同，旁人的記憶也每每被清空唯獨我的意識保持連貫，喚得起每一場經驗。此外疆域還有逐漸擴大的趨勢，若走出域外則會直接墜入虛空，唯有等下一次重生降臨；但邊界也不甚明顯，往往不小心就失足了，需要靠經驗摸索標記。

第二十七次輪迴，關新路中央我終於看見那個背影。呂哲安，我叫他，他轉過頭來，我不會認錯的，正是我尋覓已久絕世的反派。我立即拔槍殺了他，驚異的神情倒臥在血泊中。我的反擊結束了，我的意義完備了，我可以長眠了。

他凹陷的頭顱向內崩塌，洞裏竟是虛無，我最熟悉不過的虛無。我也不逃，就站著讓腦洞吞入，靜候我的涅槃。我破關了。

終於可以超脫了嗎？

沒有，而且這次轉生直接跳過了漂浮階段。

我醒來在全新的環境。這是間高中。

校名掛著羅東高中，但走廊教室血跡斑斑無人影，屠殺似的。

我拂過無垠的須臾，行遍校園，翻出了殺人魔的教室，佈告欄掛有他跟班上的大合照。我瞧了很久，他在照片裡非常不起眼的位置，臉甚至被裁一半，要不是我印象非常清晰根本兜不上來。他的座位在中間的第一排，桌面刻滿難堪的綽號，尚可塗鴉的空位讓立可白不留情地勾出辱罵的字眼，抽屜塞著不屬於他的垃圾。是有幾分淒慘，倘若他先殺了我的女兒才經歷這些欺負，也許我還不會置其於死地──不對，這是兩碼子事，既往不咎，我必須讓他感受我的痛苦，而我也成功了。

所以，這裡是哪？是他的記憶嗎？那個彈孔，我介入了他的過往？

教室內霎時熱鬧起來，場景截斷宛若看影片時把時間軸挪移。血跡盡除，班上同學相互熱絡，視我如無物。呂哲安的位置坐了個黯淡的影子，宛若來自別的次元。

一具老而乾癟的人踏進教室，高中生肅靜歸位。

「真希望他去死。」外頭突然傳出一股很大的人聲。

不，應該說，這聲音從四面八方傳來，雲層之上乃至教室內各種用具均發出同樣的頻率。這老師究竟多令人厭惡？

「哲安啊，你的數學怎麼考這樣哪。」老頭以極度遲緩與奇怪重音位置起頭，句與句總隔上好幾秒才含糊接續，超沒效率且讓人反感非常。他又耗了十幾分鐘不知所云地嗟嘆，許是想表達學生應盡本分，可厲害的是

他最大限度置入各種惱人的元素，非常成功。若非我不屬於這裡，我便直接給他一拳了。

呂哲安居然頷首而笑。天搖地動的聲響又出現了：「老潘在跟我講話，我應該對他微笑點頭。」我至此才肯定自己確實身在他潛意識裡，我所經歷的全部，俱是依附在他腦海的幻想歷程。

老潘歪斜病態的表情似乎非常滿意，幾顆特別白亮的齒間自顧自談著那沒內涵的滔滔幹話，頻頻跳針折磨台下的莘莘學子。他甚至又講了半節課去，二十多分鐘在全班面前羞辱一個男孩！

「我不能做其他事，長輩在跟我講話，我要微笑以對。」

「不！」我對他耳邊大吼：「快點掀桌翻臉！他在欺負你！」此無關乎輩分仇家，單純就是這未社會化的老頭欠教育。要是有人敢這樣跟我講話手上的子彈就讓他腦門開花了。

呂哲安忽然站起，左手向前使力，老潘的身體旋即砸在黑板上龜裂掙扎。呂哲安飛向台前，右掌尖刺進他的腹部，轉動手腕拉出對方的腸子。老潘沙啞地哀求，鬆垮脖子上的青筋條條綻出，哲安猛烈擊打頭部敲出血來。好啊！再來！

呂哲安轉向驚恐的同學，隔空劈下手刀，斬斷他位置左側的同學軀體，再空手以念力將他捏成肉泥。教室內瞬間引爆恐慌，驚叫奪門而出。但就在這樣怪力亂神的非常時期，一名面容姣好妍麗的女同學卻毫無懼色地朝他走來，將手環繞他的背脊，耳語：「你真是太強了……。」隨則親了上去，倆人沈醉地擁吻。

下一格畫面再度斷軌。大家尚坐在座位上，忙著自己的事沒人搭理台上碎念的老頭。我看向呂哲安，他依然笑著聆聽來自深淵的折磨。

斷軌。呂哲安頭部刹時轉向我望進我的雙目：「你是誰？在這裡幹嘛？」

我是誰？我回過神來，想起我唯一的使命。我從褲襠掏槍指著他的頭顱，扣下板機。喀嚓，斷軌。我手上的泡泡槍射出泡沫。

「去死。」他說，手指向下。

我腳邊的地板迸裂，拼貼的幻想場景再次失速急墜，連我一同對折，結局收得喘不過氣。我在虛空裡持續落下整整六小時，未知未及而惴恐。

在床上醒來前，墜落的體感時間約莫有兩天，突然頓住彷彿使我反向以光速往上拋飛，思緒震到九霄雲外。我在家裡，已經學會不必費力喊女兒的名字了，抓起外套鑰匙槍管，身體自動跳上車騎去交大。我來到研三舍門口才驟然想起，我不是殺掉他了嗎？我確實搞死他了，那我還來這裡幹嘛？我基於什麼緣故仍存在著？

但我赫然撞見那張空洞駭人的臉龐在我目光三公分前貼在玻璃的另一側。他那瞬的表情怵目驚心地深入骨髓，是我無畏的獵殺生涯裡首次徹底喪膽，魂飛魄散讓人反射性要嘔吐。在我迫使自己反應以前，他捏掌，我的身體剎那間擠成肉糊，但，即便是肉糊還為剛剛發生的一切戰慄著。那景象驚悚至極，不像是人類會有的樣子。

看來我目前仍在呂哲安的遐思裡嗎？殺了幻象，本體不滅就能持續製造幻想？

他的故事未必是連貫的，常在新竹，偶爾在宜蘭，或一些奇特的世界觀內，不變的是我總會跟他一齊在同個幻想域裡現身，可惜不一定找得著他。他年齡時有變化，而我則無。我像是定格在他腦海裡的一個角色原型，是他的終極對立，不斷狩獵他的同時自問我為什麼會以這種形式出現。我懂我對他保持無上的恨意與敬意，出於尊敬，所以殺了再多次也用力地憎恨他。我練就一套潛行的好功夫，求得競速通關：殺掉他，陷入他的回憶，或被他逮到而排除。上場結局絕不影響我再回到他的世界，當其幻想，便是我暗殺的號角。

後來我才瞭解到，不是我自甘於這種意義，而是我被他的幻想框住了。我被困在一個不能登出的遊戲裡。

當我接受自己只是某人的幻想後，我的憤恨與慾望不減反增。我相信我之所以被創造，是因為外頭有真實的模板能夠投射到腦海，建立模型。呂哲安是個魯蛇，他面對挫折時往往在腦中創造另一幅光景替換掉現實中遭遇的低劣，藉精神勝利法平衡情緒。也就是說，我打賭在我的真實世界

的人生裡梓萱仍然健康平安地活著。我發誓要見到她，我要逃出這個屢次折疊翻建的海市蜃樓，讓鬧劇告終。

「怎麼又是你？」我的身體被刨成細絲，朝四面八方彎下。

活像是在打怪。我擊殺呂哲安愈多次，就對他愈有了解，窺伺他的秘密，極力掩飾的每一隅脆弱我要通盤摸透，狠狠地羞辱他。我甚至學會如何穿梭他的過去，盤腿坐著，心裏幻想當下的位置疾速崩落成一個奇點，藉此遁入我曾拜訪的區域。我鍾愛在開槍的前一刻喊出他暗戀的女孩名字，調侃他只能藉由幻想自慰。他會畏怯地愣住，捉準時機在他惱羞成怒的那刻擊殺他，彼時擰出的幻想則會更加鮮美。

偶爾我會嘗試凌遲他，但這畢竟還是他的主場，一不小心他就能反殺我。很疼，的確，但再沒有比我失去至親還疼。來互相傷害。

每當我處決他，我便在左臂上刻出一道疤痕。這世界總在改變，唯有刻在身上才能紀錄下來。我兩隻手臂已經劃滿了。

獎勵關卡內呂哲安的形象愈來愈年輕，我十分好奇是否有那麼一天我總算探究完每一場白日夢，那接著會是什麼？屆時再思考吧，我要千刀萬剮他百億次，我記得我的女兒因他而死，我記得她在車輪下喪命的瞬間。

第四千七百五十七次輪迴我擊殺他，是我的最後一次擊殺，但我當時還不清楚，心裏想反正持續刷到底，遲早來到一切事物的開端。

對一般遊戲玩家而言，「破關」乍看之下不過是擊敗了幻境持有者，讓場景收尾進入下一關；實則是取代了他，成為該幻域的最高管理員，故我才能無損重複體驗同樣的關卡，是呂哲安意識本體不復存在的劇情，像成為了他本人。縱使我也常被擊敗，在下一次的侵入時我依然能夠再度挑戰，更瞭解環境構成與關主慣用伎倆；但同時自己也被寫入關卡守護者的紀錄，這些記憶讓他能更快地辨認並驅逐我，甚至開場策略改為主動出擊，變成兩個獵人在競技場對決，刺激萬分。

如果在先前的幻境已打敗過呂哲安，後續時間點因為有戰鬥經驗了，他的關卡守護者（通常以他本人的形象出現）也都會防範我的面孔。我在虛空的召喚條件是現實中呂哲安又創造出新的幻想；既是最晚近，關主也

理所當然會認得我的人。打敗他之後進入的獎勵關卡由於通常是逐步逆推，更年幼的哲安都不會認識我。這不意味關卡容易，相反地，肇因他還未歸順於社會規範之下，對現實絕無可能發生的情況一概拒絕承認，他的幻境有時離奇地難以破解，甚至找不著本體，不能用常規解出答案。

我狂喜地奔向他的腦洞加速吞噬，我已經連破六關獎勵關卡，年紀都在八歲左右，這次是什麼樣的過往呢？可我直接傳送到了虛空。機制是不是被玩壞啦？有bug要修啊，喂，工程師！

純黑與純白在閃爍。灰色，小孩的背影在抽動。

「嗨，你看起來不太開心。」朦朧的影子說道。我瞇起眼睛，那是一隻拼布的粉色狗布偶，身長一米五，比小孩還高。

呂哲安轉向它，臉上有淚痕，五官身型約是剛上小學的年紀。

「你是誰？」

「我是妄想代理人，在你們人類最絕望的時候就會出現哦。」布偶說：「要來點妄想嗎？」

「妄想有什麼用？」他問。我悄悄接近他們倆。

「你可以過得開心一些呀，」布偶說：「至少，據我所知沒有什麼副作用。」

「我的世界有可能被妄想取代嗎？」哲安問。這提問有點尖銳，不像這種階段的小孩子會斟酌的。

「這取決於外在因素，不會是你能控制的。」

呂哲安陷入沈思。

「在妄想裡想做什麼都可以嗎？」

「兜得起來都行，規則由你制定，舉例你可以設定念力的運作法則乃是瞬間做功，替將要進行的動作繳款，一次付清能量……。」

布偶話才說完，呂哲安的影子瞬間移至後方十步的距離。他小跳步回原處，咧開嘴笑。

「印象深刻。」代理人說：「我們成交囉？」

原來這是他的起點，一切的起點，幻想的太初。

不過，如果說這是他幻想的開始，而他往後的幻想都有我的影子，那在這個幻想設定的當下，我的形象在哪？我跟哲安是唯二不被重灌的物件，代表打從一開始我倆就被設定完畢了。莫非那隻玩偶已有匯入我的資料？不可能呀，我對布偶全無印象。我的樣子不會變化，始於……

「成交。」他說。

我朝他們狂奔而去。

玩偶從胸口取出白色的光球，將其推向小孩的眉心，在賦予儀式的最後一刻，我及時伸手碰觸那個光點。我們三人被宏大的光暈所吞噬。再能張開眼睛時，妄想代理人已不復存在。

「你是誰啊，我剛剛似乎紀錄到你了。」呂哲安歪著頭問：「你是我第一個幻想朋友嗎？」

「也是最後一個。」我對準他眉心扣下板機。

當我妥善地佔據了他每一寸幻境，則等同佔據了他的內在整體。

呂哲安近期參加系學會交到不少朋友。他很久沒製造新妄想了，也不曉得腦中的區塊正被割據反噬。哲安不會心血來潮檢視自己曾有的想像，用過就用過了，何況他不再稀罕世界另一頭虛假的串接。他已經有能陪他玩的好夥伴了。呂哲安誤以為那些是不重要而自動刪去的印象，人的真身跟幻想畢竟是分開的，即使他的關主們傾盡全力在殲滅入侵者，他也感應不到，在他所熟稔所建構的幻想之外究竟有什麼生物長存，某個源於虛空，潛伏已久的禍患。

呂哲安突然弓起身子，手如爪般縮在胸前痙攣，頭部上仰，四肢僵直抽搐，喉裡發出咕嚕聲像要嘔出東西。巨大異物沿脖子攀升而上，一隻血手自他口中抓了出來，緊緊扣住他的下巴，另一隻手四指也隨之伸出推擠左臉頰。呂哲安重重跪地，想尖叫卻不能，眼球上吊至滲血。他舉高雙肘呈現M字型，手臂怪誕地外翻抵著嘴裡竄出的手腕，欲將其塞回體內。但那血手奮力一扳，呂哲安的臉頰肌肉整個扯開爆血，面部、頸部、裂到胸腔。偌大的撕裂傷口裡兩條上臂完整顯露，反壓著肩膀將自己拔出來。一個渾身赤裸的中年男子半身喘著氣，脫褲子似的卸下腿上的屍體，一次一

腳。他蹣跚離開地下室，留下一串血腳印與掏空的軀殼，圍觀的大學生呆若木雞。一名女性愕然清醒，放聲尖叫。

猩紅的中年男子鳴槍，攔下一台車朝關新路加速駛去，皇天不負苦心人，他真正的人生意義終於回來了，他要回家舉高親吻他的獨生女，他要永遠陪著她，再也沒有分開了。

家裡大門深鎖，男子拿槍轟爆它，逕自闖入空無一物的房子。

「葉梓萱……？」

發狂的中年男子奔出門，揪起隔壁婦人的衣領：「我的女兒呢？葉梓萱呢？」

「請先放開我！」婦人恐慌地掃視男子身上半乾涸的血跡：「葉梓萱？你是說十幾年前曾在這裡自殺上新聞的孤兒？」

「十幾年前！我的天啊！」血男子咆哮：「我明明才消失一陣子，家裡的東西全被清空了！」

「先生，這棟房子已經幾十年沒住人了。」婦人躲進家內，懼怕的眼神隱沒於床簾縫裡。

中年男子再次跨進空曠的一樓，面目全非，像此刻某輛呼嘯而過救護車上荒唐死法的屍體。

男子趴在地面，涕泗滂沱地慟哭，哭到時間失去了刻度。周圍的景色愈哭愈模糊，融合成不起眼的灰色。

「嗨，你看起來不太開心。」

男子轉頭，是一個小女孩，兩條烏溜亮麗的馬尾。

「我答應……我都答應。」男子跪著前進，將女孩緊緊摟抱在懷中，不再放手。

# 後記

## ——吾之憤怒所及

　　這本書忙了好久好久，檔案裡十六萬軍兵調動完畢，再拉到頁首迎接新一波清點，通篇至少掃過二十來次，每次都有手賤想改的地方，那就永遠就改不完啦。好比〈摺疊〉的父親沒完沒了地追求，若不是幻想確實存在終點，我們該怎麼從夢中甦醒呢？（儘管現實更為悲催？）順帶一提，〈摺疊〉許多分鏡都是實際經驗，本也打算叫白良鏨來當主角——惋惜的是，我並沒有被霸凌過，怕遭到誤會想想還是找了個演員代替上場。我想這也是幻想文的魅力所在，你始終不曉得作者究竟挪用了什麼、演繹了什麼，敘述讀起來都差不多真實，閒暇之餘還可以猜猜作者有沒有遷怒過海龜、拿精液敷臉、凶門閉鎖不全或是意淫馬桶。（否、否、否、否）

　　再想到書末習慣性會補上心得替這趟神奇旅程做一個統整，尤其能出版「這款」文學對我、對社會而言皆意義非凡。認真算來幻想文開筆不過一個年頭，卻是高密集的心志鍛鍊。寫一篇兩千字左右的篇幅平均會耗上三小時，其中一半架設劇情，更多係校閱修改。最輕鬆的反倒是構想，驚世一念，大多在洗澡或散步時萌生，頓時丟下手邊的事在句讀間搏命狂飆，很快就有草稿，然後覆讀細修……過幾天想到又再拿起來塗改。

　　去年底有出書計劃起我便著手修訂作業。面對螢幕裡親密到無感的廢文，我常跑市區找獨立咖啡廳坐一下午，這邊的座位間距舒適怡人，尤其抓準甜點而來（當一個縣市爛到你只講得出咖啡廳，不然就是拉麵店。）和文字對話久了，身上也飄出一陣最初在星爆克蔑視的文青特質；意外的收穫是我在頻繁抨擊社會現象之間被迫爬梳脈絡，直截或迂迴地審視自身的偏執，搜羅女性主義、哲學、時事議題等觀點而迎向中立，心緒變得透徹。此類變化固然不會在字裡行間彰顯，一旦動筆我就是要開罵，哪來的心情跟你親切介紹喔喔這個觀念問題出在哪正常人可以怎麼改。除了某些經驗心法被我偷渡，這並不是教科書，我不對整體人類的進步負責。但以

防被笑話，每每牽扯到不甚瞭解的領域，做功課是必須的；又為了能被笑話，我的敘事視角得夠偏頗，本身實際立場未必那麼激烈。人之發噱源自於「突兀感」、「意料之外」，像那些網路上不知道在兜三小的回覆很容易被截圖分享，夠激烈才會好笑──但不要過火，點到為止，如何取捨兩者也是門學問。好啦，我承認由我講出這種話沒半點說服力，但我對於特定議題的尺度拿捏實在太嫻熟，好笑到不寫不行。

四月起我的產量銳減，心力移至校稿及學業，將來更計劃挑戰長篇小說，沒太多心力讓給新的幻想。我歸納當前的寫作弊端有二：首要是篇幅太短，由於我各獨立小品的契機（你可以想像成巨人的本體）多是基於一段架空世界的主題（特殊性狀），預設爆點的結尾（骨架），再往空隙鋪墊次要的梗（肌肉）與劇本銜接平順化（關節液），笑點才是主角，繞著特定角度打轉自然難以擴充，也無此必要。後期我對純惡搞風格已多少厭倦，而長篇文少不了詳列設定，單靠一瞬的靈感打腫臉充成胖子乃窒礙難行。我得反覆自問，「究竟哪種呈現最合適」，不再僅是「因為我想消費誰」就解決掉動機。當然我還是很喜歡齷齪梗，可是我也有別條路能走。第二項陋習歸咎於我書讀得少，詞彙量貧乏（寫幹文講求的是創意，文學造詣次之），避免被看破手腳不由得想賣弄生僻字擴充辭藻，因而置入太多冗餘喪失節奏感，需要重新把關。早知有拾筆的一天，應趁閒暇之餘博覽群書，就不必落得頻繁搜尋「所以 同義詞」、「即使 同義詞」的窘況。我的記事本甚至存著一頁常用連接詞方便代換，實在有愧作為一個作家的名號。以前嚷嚷看書無非是挑些資訊財經科學等「有效率的知識」，排斥純文學──然而換個角度想，說不定正是如此才讓我在遺世獨立的文壇孤島上發育壯大，保有異國的情調。我似乎也偏好理工人寫的散文和論述，某種特殊的韻味，長久耳濡目染的共鳴。

再談及編撰，我難以抗拒把新作塞進書裡的慾望，但考量書的厚度不得不篩掉廢文，忍痛肅清。與其說本書只收錄一年份量，不如說是為了不要苦惱而封筆。

　　這時期的我已稍嫌疲憊，至有種「嗯，是時候收筆了」的念頭。我有幾個月沒寫新篇了，都是改動或補足昔日的舊作。不瞞你說，我埋首創作的當下往往面無表情，更別提反覆改訂的時候一切驚喜早退回樸素的劇情層面了。嚇人盒既由我親自裝配，理當記得它們的位置，屢次觸發下已喪失驚奇感，但我仍依稀記得當時的思考片段，會心一笑，沾染咖啡店某個位置的味道。這又得講回我的MacBook破，用沒半小時畫面便開始閃跳，不得不闔上螢幕請它冷卻一會才能繼續作業；而這也是個訊號，促使我揹起電腦衝下市區，此來再打開電腦時螢幕恰好恢復。我大部分作品均在這種險惡的處境下完工，很惱人，直到疫情在家徵了台外接螢幕才能一次殺青。對，大四之所以讓一個宅宅往外跑，不過是螢幕壞掉的結果。那時它每次閃動都令我近乎抓狂，但長期來看這其實帶給我不一樣的風景、不一樣的靈感。

　　身為一個菜鳥，我不清楚後記應該寫些什麼，大概就是出版心得跟有趣的事吧？因為太愛幻想文，才沒需要特別贅述，留下的反而多是埋怨的部分。如果真不喜歡，壓根不會想完成整本書，從編排、委託、封面、預購、和廠商反覆確認……一手包辦真的頗累（但比想像中輕鬆了，最麻煩的還是文筆的自我要求）。出書是我的夢想嗎？不是，但挺好玩的，只因我恨普世價值，恨它把社會壓得沒有空間讓我傾訴。很多人曾問我為何叫做中等常渡，背後的含義是什麼？其實純粹是亂取的，如同我喜歡胡亂過活，再從中汲取價值。粉專經營幾個月後，我發現自己有一個寫作慣性：為提升網路讀者讀完的意願，我的文趨向一兩千字的中等長度，且講求排版的易讀性，使用空白換行轉換器逼出臉書吃掉的\n才敢發文。若當初不選這個名字，好像會叫小姬姬吧？印象中中等常渡本就是暗指性器官，在這個男生需要誇耀陰莖長度的社會風氣下告訴那些小屌其實夠用就好，以平均自居，誰知道今日竟衍伸出文章長短的含義呢？這正是有趣的地方，靈感是無法強求的，需要憑藉耍廢或神經無意識地迷走驅使產能最佳化。你可以搜尋「韓流智障反轉字」找到新聞圖片，那是我兩年前無意間設計的字體，至今仍是幾乎不劃輔助線的傑作。我曾想將其印成衣服售賣，沒實

現，反倒在兩年後出了本書。我像個醉漢走在馬路雙黃線，一切隨機，我也甘於飲醉。

《中等常渡・憤怒集》裡頭指涉多項非主流的意識形態，更不乏引起爭辯的悖德觀與次文化核心，我從未特意規避。所謂的幻想文，就是得任其抽離現實而萬象包羅地蔓延，越是獵奇越能帶來跳脫世俗的衝擊性享受，像嗑了藥，放逐漂流到未知境地。這種蓄意營造的突兀感，不搭嘎的乖張叛逆，才是逃離已知事物的最強解方。千篇一律的宇宙原則平凡得令人懼怕，每個人心底無不渴求宣洩的出口；幸運的話，我的出口也能是你的出口。

那麼，出口外面的世界是什麼呢？故事主角們「現實」的外頭虛無得很純粹，他們畢竟是我腦海中的人物，只能活在包覆的狂野之中。而我，一介人類，所見的並非虛空，而是一整片野火從裡而即將延燒到外。我仍未竟的霸業好比一氧化碳燃燒不完全，有燒出東西，紅血球也喜歡，但遠遠不夠。只要我活著，我就不會停筆，任何理由都不能阻撓我探索想像力的極限，我的極限，終匯聚成一本憤怒集。

這一年出乎意料的轉折讓我有幸見證那些從未達成的自己，歸功於網友圈的力挺和支持我的死忠粉絲。我是中等常渡，我玩得愉快，希望你們也玩得開心！

# 回憶錄

2020/4/15 台南之旅 · 糖人傳奇：城鄉差距，陶朱隱園從天上飛下來

2020/4/16 海妖之音：用唱歌掩蓋尻槍

2020/4/17 星爆克：理組在桐人指導下做報告

2020/4/18 蚊子大姊姊：肥宅在夢中跟蚊子大姊姊做愛迎接社會性死亡

2020/4/19 唐縫：無能的兒子發現自己一直都在意淫老媽

2020/4/20 體面：淡敷在臉上可以保養

2020/4/21 平行時空 · 鳥人：蘿莉控回到過去跟母親結婚，被姐控阻止

2020/4/26 熵學院：文組意外製造黑洞，用文組的方式解決

2020/4/28 量子糾纏：隨身碟是一種量子力學

2020/4/29 台男日常：糖村生活

2020/5/7 金家好媳婦：金正恩整型成金與正再取代掉本尊

2020/6/14 晴天娃娃：上吊的嬰靈化為天氣之子來宿舍抓交替

2020/6/15 女泉自助餐：女生吃飯不用錢

2020/6/20 香jo哥哥：寄生獸葛格殺掉老闆以保全Yoyo家族

2020/6/27 小愛愛：肥宅被幹，精液卡在腸子息肉裡三年

2020/7/9 腦波腦：頭殼裂開的時候大家都愛腹擊交

2020/7/15 克萊因瓶：國王是刀劍廚

2020/7/18 反叛的常客（節錄：終章）：社會約束實體化嘴砲戰鬥番

2020/7/20 味覺記憶：媽咪吃了炸醬麵返老還童，大家都來搶餿水油

2020/7/22 葡萄園：三個兒子為尋找葡萄園裡的寶藏而賺了大錢

2020/7/25 尋犬：逼你看醜小孩

2020/7/28 吃到飽：如何吃得物超所值

2020/7/31 李登輝の長壽之謎：李登輝為了長壽騙死神自己是日本人

2020/8/2 肇賜：低能語錄低能文青低能迷妹

2020/8/4 配角：螢光幕外哆拉AV夢的世界觀

2020/8/5 郭美江：鬼畜美江下地獄除惡，以此作紀念牧師帶來的歡樂

2020/8/22 媿：我的屁飄進女鬼身體

2020/8/27 咖哩飯神偷：阿神搶人家攪拌過的咖哩飯

2020/9/2 歸零：中華民國國旗左上是顆屁眼

2020/9/16 心電感應唷( ·ω<)~☆：素食提倡者聽見蔬果尖叫裝沒事

2020/9/26｜50｜：學長學弟制Ⅹ基督教Ⅹ日本性觀念之匱乏

2020/9/27 免治馬桶之戀：被馬桶弄高潮

2020/10/1 不可名狀之島：如果台灣寫成克蘇魯小說

2020/10/9 三色豆：HAIYAA

2020/10/13 夢遊仙境：春夢便車指南

2020/10/13 智者與同志：性向不正常不代表社會不接受

2020/10/14 閉上你的嘴唯一的恩惠：不敗閉嘴

2020/10/26 星之所向：指標·性·人物：指標的意思是屁眼

2020/11/2 神說：論神為何使人受苦

2020/11/5 可愛寶貝，可視：搶救小動物還有時間拿攝影機出來拍

2020/11/13 如果洗衣機有意識……：對家電指桑罵槐

2020/11/14 子曰：教授當我，所以我要屠殺海龜

2020/11/15 函式崩塌：科學唬爛戰鬥番 ft. 猗窩座

2020/11/27 鼎泰豐：小包莖在我吃炒飯的時候吵

2020/12/1 馬臉姊：性幻想對象是馬桶

2020/12/6〈2050〉抱抱寶：2050年，人類可以藉由抱抱傳遞訊息

2020/12/13〈2051〉點精手，精手指：把手指練成馬眼

2020/12/31 吉樂世界：因為太冷人類變成吉娃娃

2021/1/5 觸吉：兄弟，為什麼每篇文都有吉娃娃

2021/1/5〈2052〉Generative Art：藝術與精蟲

2021/1/5〈2053〉分生：演算法成為特權，以複製人預測本尊行為

2021/1/7〈2054〉萬物記憶：活著是為了紀錄自身活過的證據

2021/1/8 衛生棉：把衛生棉貼在蛋蛋上涼颼颼的很爽

2021/1/10 第二性徵：女裝上癮到迷失，被鏡中自我反噬

2021/1/15 永遠的一天：喜羊羊談哲學，柯南粉都是白痴

2021/1/17 反譯尼采：老高是共匪

2021/1/25 指考佛地魔：邊緣人害怕指考於是活在幻想裡頭

2021/2/13 九族文化村：中國人翻牆聽ClubHouse集體被鬼來電肅清

2021/2/20 女性存在主義：自由的極限，哲學的總和

2021/3/10 橘子紅了：民初橘子遇難記

2021/3/11 蚊學：對血下毒誓結果害到自己/父權遺毒雙關語

2021/3/12 一起去吧，哪裡都行：當班上同學高潮時自己也跟著高潮了

2021/3/16 柏拉圖式愛情：蒙太奇的斯德哥爾摩症候群

2021/3/17 宇宙必鮭魚混亂：壽司郎的奇幻文學

2021/3/21 打飛機：每打一次飛機天上就有一架飛機掉下來

2021/4/2 分手月老：啞巴講話

2021/4/12 靈光乍現：偷文不附上來源會被作者的意識寄生

網址：https://www.facebook.com/Fantasick.cm

（註：粉專常被祖，找不到就算了）

"從前從前，有個賣核彈的小女孩
她賣了一天，一顆核彈都沒賣出去
夜裡她特別的冷，手腳都凍傷了
碰的一聲，她引爆了一顆核彈
那晚，村裡的所有人都看見了她奶奶
因為她把自己的衣服炸破了"

■國家圖書館出版品預行編目（CIP）資料

憤怒集/中等常渡著. -- 初版. -- 高雄市：麗文文化
事業股份有限公司, 2021.08
　　面；　公分
ISBN 978-986-490-182-1(平裝)

863.57　　　　　　　　　　　110012065

**憤怒集**

初版一刷・2021 年 8 月

|   |   |
|---|---|
| 作者 | 中等常渡 |
| 發行人 | 楊曉祺 |
| 總編輯 | 蔡國彬 |
| 封面設計 | 林筠熹/賴寰毅/洪以諾 |
| 出版者 | 麗文文化事業股份有限公司 |
|  | 地址：802019 高雄市苓雅區五福一路 57 號 2 樓之 2 |
|  | 電話：07-2265267 傳真：07-2264697 |
|  | 網址：www.liwen.com.tw 電子信箱：liwen@liwen.com.tw |
| 劃撥帳號 | 41423894 |
| 購書專線 | 07-2265267 轉 236 |
| 臺北分公司 | 100003 臺北市中正區重慶南路一段 57 號 10 樓之 12 |
|  | 電話：02-29222396 傳真：02-29220464 |
| 法律顧問 | 林廷隆律師 |
| 電話 | 02-29658212 |

行政院新聞局出版事業登記證局版台業字第 5692 號
ISBN：978-986-490-182-1

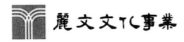
麗文文化事業

定價：新臺幣 350 元

"如果尖銳的批評完全消失，
溫和的批評將會變得刺耳；
如果溫和的批評也不被允許，
沉默將被認為居心叵測；
如果沉默也不再允許，
讚揚不夠賣力將是一種罪行；
如果只允許一種聲音存在，
那麼唯一存在的那個聲音就是謊言。"